ALLES MUSS VERSTECKT SEIN

THRILLER

WIEBKE LORENZ

couch books

ISBN der TB-Druckausgabe: 978-3-98683-002-1

1. Auflage der überarbeiteten Ausgabe November 2021

Originalausgabe: Alles muss versteckt sein, Blessing Verlag, 2012

Covergestaltung: Fiverr International Ltd.

Covermotiv: Depositophotos ™

Lektorat: couchbooks ®

Autorenfoto: © pressebild.de

Bei Anmerkungen, Lob oder Kritik wenden Sie sich gern an info@couchbooks.de

Postfach 20 18 04

20208 Hamburg

www.couchbooks.de

Über den Roman:

Ihre Gedanken sind mörderisch, ihre eigene Angst davor unaussprechlich: Nach einem Schicksalsschlag erkrankt Marie an aggressiven Zwangsgedanken, die so real sind, dass sie glaubt, zur Gefahr für sich und andere zu werden – vor allem für die Menschen, die sie liebt. Niemand ahnt, dass Marie monatelang gegen grauenhafte Mordfantasien ankämpft, die wie Kobolde durch ihren Kopf spuken. Und mit jedem Tag wächst in ihr die Panik vor dem Moment, an dem sie diese Gedanken nicht mehr kontrollieren kann und in die Tat umsetzt. Und dieser Tag kommt, als Marie eines Morgens im Blut ihres Geliebten Patrick aufwacht, der mit einem Messer auf grausamste Weise im Schlaf niedergemetzelt wurde. Am Ende eines Gerichtsprozesses wird Marie aufgrund ihrer Schuldunfähigkeit in die geschlossene Psychiatrie eingewiesen. Hinter Gittern sucht sie verzweifelt nach Erinnerungen an die Tat. Denn für Marie selbst sind die Geschehnisse wie ausgelöscht. Nur ihr Arzt Jan scheint sie zu verstehen und will ihr helfen, die Erinnerung an die Mordnacht zurückzugewinnen. Aber schon bald wächst in Marie der Verdacht, dass in Wahrheit vielleicht alles ganz anders war.

Über die Autorin:

Wiebke Lorenz, geboren 1972 in Düsseldorf, studierte in Trier Germanistik, Anglistik und Medienwissenschaft und lebt heute in Hamburg. Gemeinsam mit ihrer Schwester schreibt sie unter dem Pseudonym *Anne Hertz* Bestseller mit Millionenauflage, auch ihre Romane als *Charlotte Lucas* sind höchst erfolgreich. Mehr Infos unter www.wiebke-lorenz.de

Personen, Handlung sowie Handlungsorte dieser Geschichte sind frei erfunden, Ähnlichkeiten mit lebenden Personen sind zufällig und nicht beabsichtigt.

Auch wenn mein besonderer Dank Dr. Guntram Knecht von der Asklepios Klinik Nord gilt, der mir einen Einblick in den Alltag der forensischen Psychiatrie gewährte und mich darüber hinaus exzellent beraten hat, möchte ich ausdrücklich darauf hinweisen, dass dieser Roman nicht die Gegebenheiten in der Forensik Hamburg Ochsenzoll wiedergibt, sondern rein fiktionaler Natur ist.

»Wenn ich mir vorstelle, was in meinem Kopf manchmal los ist, und davon ausgehe, dass es noch viel schlimmere Köpfe als meinen gibt, ist es ganz erstaunlich, dass nicht viel mehr passiert.«

Roger Graf, »Zürich bei Nacht«

Mit Schaudern denken wir an dieses geheimnisvolles Etwas in unserer Seele, das kein menschliches Urteil anerkennt und selbst die unschuldigsten Menschen Schreckliches träumen lässt und ihnen unaussprechliche Gedanken einflüstert.

Herman Melville (1819–1891)

Für Peter – worüber man nicht reden kann,
darüber muss man schreiben.

PROLOG

Weißt du, wozu du fähig bist? Ahnst du es auch nur ansatzweise?

Du liest die Zeitung oder schaltest den Fernseher ein und siehst die Nachrichten, Meldungen von Mord und Totschlag rieseln auf dich nieder wie der Wetterbericht oder die Aktienkurse, du merkst nicht einmal auf, wenn du hörst, dass ein Kind entführt und missbraucht wurde oder ein Mann erschossen, eine Frau gequält, enthauptet, zerstückelt, eine ganze Familie in Raserei ausgelöscht.

Ja, sicher, einen leichten Schauer verspürst du, der dir durch die Glieder fährt, ein fast köstliches Unbehagen, das von dir Besitz ergreift, sich aber sofort wieder verflüchtigt, denn du weißt ja: Das hat nichts mit dir zu tun. So etwas passiert woanders, nicht in deinem ganz normalen Leben, in dem du morgens jeden Tag zur Arbeit fährst und abends wieder nach Hause kommst, in dem du dich mit Freunden triffst, mit der Familie nach Spanien in den Urlaub fährst und zu Weihnachten die Schwiegereltern besuchst. So ist dein Leben, Tag für Tag. Die Welt da draußen ist manchmal krank, aber dich geht das nichts an.

Bist du sicher?

Ganz sicher?

Was, wenn es dich doch betrifft?

Was, wenn du eines Tages aufwachst und entdeckst, dass in dir ein Monster lebt? Und sosehr du dich auch bemühst, es lässt sich nicht vertreiben oder beherrschen, es hat von dir Besitz ergriffen und lässt dich nicht mehr los.

Was tust du dann?

1

Am schlimmsten ist die Ungewissheit.

Dass sie nicht sagen kann, ob sie es wirklich getan hat oder nicht, nicht mit vollkommener, nicht mit endgültiger Sicherheit. Denn da ist keine Erinnerung, nicht das kleinste Überbleibsel in ihrem Gedächtnis von dieser Nacht, in der es passiert ist. Nur Beweise. Erdrückende Beweise und Indizien, die allesamt dafür sprechen, dass sie es gewesen ist, dass da nicht der geringste Zweifel an ihrer Schuld besteht.

Die klebrige rote Lache, in der sie neben Patrick erwachte, das verkrustete, geronnene Blut, tiefschwarz wie Öl saß es unter ihren Nägeln, steckte in jeder Pore ihrer Haut, als hätte sie mit bloßen Händen ein Tier geschlachtet.

Dann der Geruch, nein, dieser metallische *Gestank*, den sie regelrecht schmecken konnte und den sie nie wieder würde vergessen können. Ihre Fingerabdrücke auf dem Messer, mit dem sie Patrick erst die Kehle durchgeschnitten hat, um ihn anschließend mit weiteren siebenundzwanzig Stichen niederzumetzeln.

Heimtückisch. Während er ahnungslos und friedlich schlief und sich nicht wehren konnte.

Genau so hat sie es gemacht. Genau so, wie sie es schon oft in ihrer Vorstellung getan hatte, hat sie ihn abgestochen wie ein Schwein. Aber doch nur in ihrer Vorstellung, in ihren Gedanken, in ihrem Kopf; und verewigt in den Aufnahmen, die auf ihrem iPhone sind und mit deren Hilfe sie sich ihre kranken Fantasien von der Seele geredet hatte. Doch nur da, sonst nirgends. Alles sichergestellt und beschlagnahmt, ihre geheimsten Ängste und Befürchtungen, ihre Horrorfantasien. Das, was sie immer verheimlichen wollte, niemandem anvertrauen oder eingestehen, am liebsten nicht einmal sich selbst – jetzt hatte es sie letztlich verraten.

»Denken ist nicht tun!« Das hatte Elli ihr immer wieder versichert. Aber dann hatte sie es doch getan. Hatte den, den sie am meisten liebte, auf bestialische Art und Weise ermordet. Und sich selbst gleich mit. Denn in ihrem Innern ist sie jetzt auch tot. Abgestorben. Nun muss sie nur noch darauf warten, dass ihr Leben ein Ende nimmt. Sie hofft, dass es bald sein wird, dass sie nicht mehr allzu lange darauf warten muss. Aber so leicht werden sie es ihr nicht machen, so leicht nicht. Sie werden sie hier festhalten, Tag für Tag, Nacht für Nacht, für Wochen, Monate und Jahre, werden ihr nicht erlauben, dass sie vor sich selbst flieht. Vor sich selbst und vor dem, was sie nun ist.

Das Klacken. Zu Anfang fällt es noch jedes Mal auf, lässt einen hochschrecken oder zusammenzucken, wenn es alle paar Minuten zu hören ist. Doch mit der Zeit verkommt es mehr und mehr zu einem Hintergrundgeräusch, bis es schließlich fast vollständig verklingt. Macht der Gewohnheit, Adaption, der Mensch gewöhnt sich schnell an das, was ihm ständig gegenwärtig ist, und hier ist es eben das permanente Klacken – klack,

klack, klack – das Geräusch drehender Schlüssel in den Türen, schnappender Schlösser. Aufschließen, Tür öffnen, durchgehen, zuziehen, abschließen. Eine wichtige, eine notwendige Sicherheitsvorkehrung im Maßregelvollzug. Hier, wo sie alle weggesperrt, wo sie alle gemaßregelt sind. Klack, klack, klack – daran sind sie zu erkennen, die Ärzte, Pfleger und Therapeuten, immer ihr Schlüsselbund in der Hand, Türen auf- und abschließend. Dazu der Pieper, angesteckt am Hosenbund, der Notfallknopf für den – ja! – Notfall, denn schließlich sind sie alle, *sie alle* hinter diesen geschlossenen Türen gemeingefährlich.

Wegschließenswürdig.

Maßregelvollzugspflichtig.

»Was hast du gemacht?« Marie sitzt beim Mittagessen an einem kleinen Vierertisch im privaten Speisesaal von Station 5 in Haus 20. Eine gemischte Abteilung, Männer und Frauen, deutschlandweit eine absolute Seltenheit, aber für den Resozialisierungsprozess angeblich ungemein förderlich. Gemischt also, gemischt gemein und gefährlich. Sie blickt auf und sieht in das Gesicht von Günther, der ihr gegenüberhockt, beide Ellbogen auf den Tisch abgestützt, mit der Gabel schaufelt er sich Pasta in den Mund und schmatzt. Günther, zweiundfünfzig, seit dreizehn Jahren hier, hat seinem Nachbarn nach einem Streit mit einer Schrotflinte den halben Kopf weggeschossen, die Leiche dann mit einer Axt zerhackt und im Garten verscharrt. Keine Chance auf Entlassung für Günther. Niemals, nie.

»Bitte?«, fragt sie.

»Du sprichst ja kaum.« Wieder Schmatzen. »Will nur wissen, warum du hier gelandet bist.« Er sollte auch nicht sprechen, denkt sie. Seine Stimme ist schleppend, müde, die Worte kommen lallend, kaum artikuliert, dazu die verstopfte Nase, die tränenden Augen, der dämmrige, gebrochene Blick. So sehen die meisten auf dieser Station hier aus, medikamentös sediert, mit psychotropen Substanzen stillgelegt, jeder Handlungsfähigkeit beraubt, schlurfen sie durch die Gänge oder draußen durch den abgesicherten Innenhof.

Marie hat Glück. Sie selbst muss nur manchmal, wenn Kummer und Schmerz sie zu überwältigen drohen, ein paar Beruhigungsmittel schlucken. Ansonsten harmlose, aber hoch dosierte Antidepressiva, das Dreifache der normalen Menge. Die lähmen nicht, aber sie sollen helfen, den Zwang in den Griff zu bekommen. F42.0 nach ICD-10, *vorwiegend Zwangsgedanken*, Maries Diagnose laut »Internationaler statistischer Klassifikation der Krankheiten und verwandten Gesundheitsprobleme«.

So hat ihr Anwalt es ihr erklärt, ein simpler Buchstaben- und Zahlencode für diesen unbegreiflichen Dämon, der Marie schon so lange quält, ein Buchstabe und ein paar Ziffern für die Schreckensbilder und -gedanken, die ihren Kopf, ihre Seele, ihr gesamtes Leben beherrschen und es in Schutt und Asche gelegt haben. Dazu noch ein bisschen F33 für die rezidivierende depressive Episode, F61 für die kombinierte Persönlichkeitsstörung, von der niemand bisher so recht weiß, welche genau es ist (histrionisch? passiv-aggressiv? dissozial? Nun, das wird man mit der Zeit in dieser Einrichtung schon herausfinden), F44.0 für die dissoziative Amnesie, denn sie kann sich ja nicht daran erinnern, wie sie Patrick ermordet hat. *Dass* sie ihn überhaupt ermordet hat. Dann noch F43.1, eine posttraumatische Belastungsstörung hat sie schließlich auch, überhaupt sind die Diagnosen überlappend. Komorbidität, auch so ein Wort, das Marie von ihrem Anwalt gelernt hat. »Man kann auch Läuse *und* Flöhe haben«, hatte er ihr erklärt, als sie verwirrt wissen wollte, was das bedeutet.

Gelandet ist sie hier nach Paragraf 63 StGB, Unterbringung in einem psychiatrischen Krankenhaus, nicht nach Paragraf 64 StGB, Unterbringung in einer Entziehungsanstalt. Sie war zwar angetrunken in der Nacht, in der es geschah, aber eine von den

»Suchtis«, das ist sie nicht, da gehört sie nicht hin. Die sind in einem anderen Gebäude und bekämpfen neben den unwillkommenen Geistern in ihrem Kopf noch Koks, Heroin, Cannabis, Benzodiazepine, Alkohol und was man sonst noch alles einnehmen kann, um die Unerträglichkeit des Seins ein wenig zu dämpfen, um sich selbst daran zu hindern, sich einfach umzubringen.

Warum Marie also hier ist? Sie könnte Günther all diese Kennziffern nennen, um seine Frage zu beantworten. Aber keine von ihnen verrät die ganze Wahrheit, die Wahrheit darüber, was sie ist: ein Monster. So wie er, Günther. So wie sie alle hier. Trotzdem ist Marie eben nicht ausgeschaltet wie ein Großteil der anderen Patienten, nach der Beobachtungsphase auf der Akutstation gilt sie nicht als selbst- oder fremdgefährdend, also wird sie nicht medikamentös ruhiggestellt. Da hat Marie wirklich, wirklich Glück.

Oder auch nicht, denkt sie, während sie nun Günther betrachtet, der noch immer den Blick unverwandt auf sie gerichtet hält. Seine Nase läuft, mit dem Handrücken wischt er sich den Schnodder weg und streift ihn an seiner abgestoßenen Cordhose ab, um eine Sekunde später geräuschvoll den restlichen Rotz hochzuziehen. Rotz, der sich mit Pasta vermischt, eine zähe, breiige Masse, die er beim Kauen mit offenem Mund hin und her wälzt.

Wäre Marie wie er, eine von den Lahmgelegten, müsste sie jetzt nicht wegsehen, sich abwenden und den Würgereiz niederkämpfen, den Kopf senken und auf ihren Plastikteller mit der Lasagne starren. Sie hat so gut wie nichts davon angerührt, das tut sie fast nie. Wozu essen, wenn man keine Energie mehr braucht, wozu den Körper erhalten, wenn die Seele schon tot ist?

Maries Blick wandert neben den Teller zu ihrer zitternden Hand, mit der sie ihre Gabel hält. »23« steht auf dem Griff, die gleiche Zahl ist ins Messer eingraviert. Das ist Maries Nummer, die 23, auch das Besteck wird hier mit Zahlen versehen, genau wie die Erkrankungen seiner Benutzer. Nach dem Essen wird sie es beim Küchenpersonal abgeben, denn immer muss peinlich genau darauf geachtet werden, dass jeder Patient alles abgeliefert hat. Keine Gabel, kein Löffel und erst recht kein Messer darf einbehalten werden, Maries 23 wird jeden Tag dreimal kontrolliert, morgens, mittags, abends.

Manchmal kommt es vor, dass einer der Patienten ein Teil verschwinden lässt, es unter den Pulli steckt oder in irgendeine Körperöffnung schiebt, vaginal, rektal, ganz egal. Oder sein Besteck aus reiner Boshaftigkeit in einen Mülleimer wirft. Dann heißt es »Alarmstufe Rot«, die gesamte Station wird gesperrt, alle Zimmer abgeschlossen, und eine hektische Suche beginnt. So lange, bis das fehlende Teil gefunden wird, ist das Pflegepersonal im Ausnahmezustand. Denn die Gefahr ist zu groß, dass ein Messer oder eine Gabel später in einem ihrer Rücken wieder auftaucht oder einer der Insassen – nein, Patienten! – versucht, sich damit seinen Weg in die Freiheit zu erzwingen. Allein den Versuch findet Marie absurd. Welche Freiheit kann das schon sein? Sie alle sind in ihrem inneren Gefängnis lebenslänglich eingesperrt, dazu braucht es keine Mauern, Zäune, Stahltüren oder Fenster aus Panzerglas, eine zerrissene Seele ist ein verlässlicherer Kerker als jeder Hochsicherheitstrakt.

»Kein Bock zu reden, oder was?« Marie betrachtet Günthers Teller, *seine* Lasagne, und *seine* Nummer. 5. »Nummer 5 lebt«, denkt sie. Und als Nächstes »23«, das war auch ein Film, da ging es um eine Verschwörungstheorie, daran erinnert sie sich, sie hat ihn damals im Kino zusammen mit ihrem Mann Christopher gesehen. Marie hebt den Kopf und blickt in Günthers aufgedunsenes Gesicht. Sie also nun hier, in diesem Raum, mit diesem Menschen – muss das nicht auch eine Verschwörung sein? Elli hatte es doch wieder und wieder behauptet: »Denken ist nicht tun.« Also kann es doch gar nicht sein, dass sie etwas »gemacht« hat, es kann doch einfach nicht sein!

»Das ist alles nur in meinem Kopf«, ein Song von Andreas Bourani, das Lieblingslied der Sonnenblumengruppe. Das war ihre Gruppe im Kindergarten Mansteinstraße, fünfundzwanzig süße Mäuse, mit denen sie als Erzieherin »gearbeitet« hat: hat mit ihnen gebastelt, geturnt, Waldtag, schwimmen gehen, Gedichte lernen, Theaterstücke für Weihnachten einstudieren, alles, was kleine Kinder lieben.

Und sie hat diese Kinder geliebt, das hat Marie, wirklich, und das tut sie noch. Wenn sie jetzt daran denkt, wie glücklich sie war, glücklich in ihrem Unglück, wenigstens das war sie – und sie hat es dabei nicht einmal gemerkt. Dazu musste erst das hier passieren, musste sie erst auf dieser Station landen, um zu begreifen, dass sie doch eigentlich glücklich war. *Das ist alles nur in meinem Kopf, alles nur in meinem Kopf* ... Aber eben das stimmt nicht, es ist nicht in ihrem Kopf geblieben, sonst wäre sie ja nicht hier.

»Was glotzt du denn so blöd?« Günther lässt seine Gabel klirrend auf den Tisch fallen und starrt sie angriffslustig an, sucht wieder Streit mit einem Nachbarn, wenn auch nur am Tisch. Sofort kommt ein Pfleger herbeigeeilt und stellt sich direkt hinter ihn, alle Muskeln im Körper zum sofortigen Einsatz angespannt.

»Alles in Ordnung?«, fragt er. Günther zieht den Kopf ein wie ein geprügelter Hund, fehlt nur ein gequältes Jaulen oder Fiepen. Dann greift er wieder nach seiner Gabel und schaufelt weiter Pasta in seinen Mund, als wäre nichts.

Marie steht auf, nimmt ihr Tablett, geht wortlos rüber zu den Rollcontainern und schiebt es in eine freie Schiene. Ihr Besteck wirft sie in den Sammeleimer, neben dem eine junge Schwester steht und die Rückgabe überwacht. Schlafen, denkt sie, als sie draußen durch den langen Flur in Richtung ihres

Zimmers geht, sie will einfach nur ein bisschen schlafen, so, wie sie es die meiste Zeit tut.

Wer schläft, sündigt nicht. Ein nächster Gedanke, und sie muss fast lachen. Auch das ist falsch, so falsch wie die Dinge, die nur in ihrem Kopf sind. Denn es ist ja im Schlaf passiert, nachts, da hat sie es getan. Hat das Messer genommen, Patrick die Kehle durchgeschnitten und dann auf ihn eingestochen. Sünde im Schlaf. Patrick hatte keine Chance gegen die »scharfe Gewalt«, so der Fachbegriff für das, was Marie getan hat. Im Gegensatz zu »stumpfer Gewalt«, wenn sie ihm mit einem Kristallaschenbecher oder einem Kerzenleuchter den Schädel eingeschlagen hätte. Aber das hat sie eben nicht, sie hat das Messer benutzt.

Heimtückisch, das hat der Richter gesagt, ja, ganz heimtückisch hat sie ihn ermordet. Nur das Warum, das konnte sich niemand erklären. Am wenigsten Marie selbst, denn sie hat Patrick ja geliebt, genau wie die Kinder, wenn auch natürlich auf eine andere Art und Weise. Er war es gewesen, der sie zum ersten Mal seit langer Zeit wieder zum Lachen hatte bringen können. Zum Leben. Und zum Lieben.

Also gab es für die Tötung keinen Grund, jedenfalls keinen, der verständlich, der nachvollziehbar wäre. Nicht für einen normalen Menschen, es muss ein psychotischer Schub gewesen sein. F63.8, Störung der Impulskontrolle. Impuls und Kontrolle, Kontrolle, Kontrolle und Rolle; genau diese Rolle spielt es nicht mehr, denn auch ein Darum wird Patrick nicht wieder zum Leben erwecken, Maries mörderische Hände nicht von ihrer Schuld reinwaschen.

»Gucken Sie mal, die Karte kann man aufklappen, und dann geht da so ein Bild hoch!« An Schlaf ist nicht zu denken, Maries

Zimmergenossin Susanne steht mitten im Raum und redet gerade auf Dr. Jan Falkenhagen, Oberarzt der Station, ein. Er begrüßt Marie mit einem kurzen Nicken und wendet sich dann wieder seiner Patientin zu. Aufgeregt zeigt sie ihm ihre gestrige Bastelarbeit, eine Glückwunschkarte für ihre jüngste Tochter Emma, die am Wochenende neun wird. Neun *würde*.

Jetzt klappt sie die Karte wieder und wieder auf und zu, demonstriert Dr. Falkenhagen stolz den Mechanismus, denn beim Aufklappen stellt sich ein bunter Schriftzug hoch. »Happy Birthday!« steht auf der Pappe, eine der Schwestern hat Susanne beim Beschriften geholfen, ihr eine Schere geliehen und sie ihr später, nach dem Basteln, wieder weggenommen.

Marie geht rüber zu ihrem Bett auf der rechten Seite und setzt sich darauf, hoffend, dass die Audienz im Zimmer nicht lange andauern wird und sie sich gleich in den Schlaf flüchten kann.

»Die ist sehr hübsch«, sagt Dr. Falkenhagen und lächelt Susanne nachsichtig an. Nachsichtig, so werden die meisten Patienten hier vom klinischen Personal betrachtet. Wie man es bei kleinen Kindern tut, so, wie Marie es auch viele Jahre lang gemacht hat, in ihrem alten Leben mit der »Sonnenblumengruppe«. Die Kinder ermutigen, sie loben, ihnen das Gefühl geben, dass sie wichtig sind und von den Erwachsenen ernst genommen werden, positive Verstärkung nennt man das. Genau diesen Blick sieht Marie jetzt bei Dr. Falkenhagen, der fast andächtig Susannes selbst gebastelte Glückwunschkarte begutachtet und sie dann sogar in die Hand nimmt.

Maries Mitpatientin strahlt ihn an, als würde ihr gesamtes Glück von seinem Urteil abhängen. Dabei federt sie unmerklich mit den Fußballen auf und ab, ein verhaltenes Hüpfen, auch das kennt Marie von den Kindern. Doch bei einer Frau von Anfang vierzig, wie Susanne es ist, wirkt diese Bewegung seltsam, unpassend. Unangebracht, genau wie der abwartende, fast flehende Blick, *bitte, bitte, sag mir, dass ich ganz brav gewesen bin, sag mir, dass es dir gefällt!*

Auch das sind die Medikamente, sie brechen den Willen, umnebeln das Gehirn, verwandeln Erwachsene in quengelnde Rotznasen, die den Ärzten und Pflegern am Rockzipfel hängen, als hätten sie Angst, verloren zu gehen oder zurückgelassen zu werden wie ein lästiges Haustier zu Beginn der Urlaubszeit an einer Autobahnraststätte.

»Das haben Sie wirklich sehr schön gebastelt«, betont Dr. Falkenhagen nun noch einmal und gibt Susanne die Karte zurück. *Fein, das hast du feiiiin gemacht!*

»Meinen Sie«, fragt Susanne, »dass ich am Wochenende nach Hause darf?« Aus dem flehenden Blick wird ein hoffnungsvoller. Der Arzt seufzt. Er fährt sich mit einer Hand durch die schwarzen Haare, die hier und da von ein paar silbernen Strähnen durchzogen sind, rückt seine Brille zurecht und lässt die andere Hand in seiner Hosentasche verschwinden.

Wie ein Arzt sieht er nicht aus, schon gar nicht wie ein Oberarzt. Marie schätzt ihn auf ihr Alter, Ende dreißig vielleicht, eigentlich zu jung, um eine so wichtige, eine so gefährliche Anstalt zu leiten. Überhaupt, wie krank muss Dr. Falkenhagen sein? Wie krank, dass er sich täglich und freiwillig mit Kranken beschäftigt? Nicht mit »normal Kranken«, die irgendwann wieder gesund werden und dann nach Hause dürfen. Sondern mit hoffnungslos Kranken, unheilbaren Fällen, mit Abnormen, anders gesagt: Verrückten. Verrückten Straftätern noch dazu!

Der Arzt trägt Jeans, blaues Hemd unter dem dunklen Wollpullover mit V-Ausschnitt, seine Füße stecken in teuren braunen Lederschuhen, rahmengenäht. Einzig der Pieper, das kleine schwarze Kästchen am Hosenbund, weist ihn als Mitarbeiter dieser Anstalt aus, kein weißer Kittel, kein Stethoskop um den Hals oder wie man sich sonst einen Mediziner vorstellt. Niemand auf der Station trägt Klinikkleidung, alle sehen aus, als würden sie in irgendeinem Büro arbeiten, vielleicht ein Versuch, gerade hier so etwas wie Normalität zu vermitteln. Vermutlich sollen die Patienten nicht jeden Tag daran denken, wo sie eigentlich sind.

»Darf ich?«, wiederholt Susanne ihre Frage und wirkt nicht mehr ganz so hoffnungsvoll, nachdem Dr. Falkenhagen ihr noch nicht geantwortet hat.

»Sie wissen doch, dass das nicht geht«, teilt er ihr nun, wie nicht anders zu erwarten, mit, auch sein Tonfall ein Muster an Nachsichtigkeit.

»Aber ich mache doch jetzt alles, was Sie wollen«, sagt Susanne, nun schon leicht bockig, ein bald folgendes Aufstampfen mit dem Fuß schwingt bereits deutlich mit.

»Ja, Frau Krüger, das weiß ich. Aber wir müssen einfach noch etwas länger warten, das verstehen Sie doch, oder?« Statt zu antworten, lässt Susanne die Glückwunschkarte achtlos auf den Boden fallen, marschiert aus dem Zimmer, wobei sie auf die Bastelarbeit tritt und sie zerknickt, dann knallt sie die Tür hinter sich ins Schloss. *Ätsch, dann eben nicht!* Der Arzt seufzt ein weiteres Mal. Dann wendet er sich an Marie.

»Und wie geht es Ihnen heute, Frau Neumann?« Wenigstens fragt er nicht, wie es »uns« geht.

»Alles in Ordnung«, lügt sie. »Danke«, schiebt sie dann noch hinterher, denn sie hat ja immerhin Erziehung genossen.

»Wollen Sie heute Nachmittag mit mir reden?« Jeden Tag fragt er sie das, jeden einzelnen Tag in den vergangenen zwei Monaten, die sie schon hier in Haus 20 auf Station 5 ist. Seit sie von der Aufnahme, von der Akutstation, hierher verlegt wurde, möchte er ständig mit ihr reden. Aber Marie will nicht und schüttelt wie immer den Kopf. Sie hat nichts zu sagen, denn die Vergangenheit ist unaussprechlich, die Zukunft nicht existent. Worüber dann reden? Reden ändert nichts an Taten.

Drei Mal hat sie in seinem Büro schon vor ihm gesessen,

eine Stunde lang geschwiegen, seine Fragen unbeantwortet gelassen, bis sie wieder in ihr Zimmer durfte. Seitdem holt Dr. Falkenhagen sie nicht mehr, sondern fragt Marie täglich – außer am Wochenende, da ist keine Rede-, sondern Verwahrzeit –, ob sie ein Gespräch mit ihm führen will. *Stetes Wasser höhlt den Stein*, denkt er vielleicht, irgendwann wird sie es wollen. Soll er das denken. Sie hat Zeit. Alle Zeit der Welt in diesem zeitlosen Raum.

»Ich möchte bitte ein bisschen schlafen«, sagt Marie, als er sie noch immer abwartend ansieht.

»Dann lasse ich Sie allein. Denken Sie einfach darüber nach, Sie können jederzeit zu mir ins Büro kommen.« Er verlässt das Zimmer, Marie bleibt auf ihrem Bett sitzen und starrt vor sich hin. Nachdenken. Als hätte sie das nicht schon genug getan, seit Wochen, Monaten, Jahren tut sie nichts anderes. Nachdenken, Grübeln, Gedanken hin und her wälzen, ohne zu einer Lösung, zu einem Ergebnis zu kommen. *Das ist alles nur in meinem Kopf, nur in meinem Kopf.*

Marie steht auf, geht rüber zu dem kleinen Waschbecken, das sie sich mit Susanne teilt, lässt kühles Wasser über die Innenseiten ihrer Handgelenke laufen, trocknet sie mit einem Handtuch ab und betrachtet sich dann im Spiegel. Ein richtiger Spiegel ist es natürlich nicht, das wäre viel zu gefährlich, blank poliertes Metall reflektiert Maries Gesicht, diesen Kopf, in dem alles ist.

Grüne Augen, links und rechts davon feine Krähenfüße, nichts Ungewöhnliches für ihr Alter von achtunddreißig, die blonden Locken in einem losen Zopf versteckt, der Mund klein mit dennoch vollen Lippen. Eine ganze normale Frau, eine, wie man sie an jeder Ecke trifft. Marie kneift die Augen zusammen und beugt sich näher zu ihrem Spiegelbild, so nah, dass sie nur noch ihre eigenen Augen sieht. Das Grün der Iris ist beinahe Neonfarben, umrundet von einem schwarzen Ring, die Pupillen flackern leicht, weiten sich unmerklich und ziehen sich wieder zusammen, pulsieren im Rhythmus ihres Herzschlags. *Tadamm, tadamm, tadamm*, ruhig und beständig.

Sie tritt zwei Schritte zurück, um sich ganz anzusehen, ihre schmalen Schultern, der zierliche Oberkörper, der in einem viel zu großen Sweatshirt steckt, das ihr irgendwann – das war in einer anderen Zeitrechnung – mal gepasst hat. Schon will sie wieder zum Bett gehen, als draußen im Flur ein ohrenbetäubender Lärm erklingt. Schreie, Poltern, eilige Schritte, ein dumpfes Geräusch, als würde jemand fallen. Marie geht zur Zimmertür und sieht hinaus.

»Lasst mich los!«, brüllt Susanne und kämpft mit zwei Pflegern, die sie links und rechts an den Armen gepackt halten. Wütend tritt sie um sich, das Gesicht verzerrt, Speichel tropft ihr aus dem rechten Mundwinkel. »Scheiße, ihr Wichser, loslassen!« Wieder tritt sie zu, doch sie trifft nicht, die Männer greifen ihr unter die Achseln, zerren sie hoch, ihre Füße strampeln in der Luft wie bei einer Marionette.

Dr. Falkenhagen eilt herbei, ruft den Pflegern etwas zu, die Susanne den Flur runter zum Ende des Ganges schleifen. Wie ein wild gewordenes, tollwütiges Tier, Susannes Speichel spritzt durch den Flur, während sie weiterbrüllt, brüllt, brüllt, Spucke landet auf den selbst gemalten Bildern an den Wänden. Abstrakte Kleckse aus der Kunsttherapie, die hier alles ein bisschen »schöner« und »freundlicher« machen sollen.

Das Vandalenzimmer, da wird Susanne nun landen, bis sie sich wieder beruhigt hat, bis sie wieder »vernünftig« ist, in ein, zwei oder drei Tagen, vielleicht dauert es auch länger. Eine schlichte feuerfeste Matratze auf dem Boden, das Bettzeug ohne Knöpfe, abschließbare Toilette, ein milchiges Fenster aus Panzerglas, in der Stahltür eine Durchreiche für Essen und Medikamente, hier kann sie toben, ohne sich selbst, jemanden vom Personal oder einen Mitpatienten zu verletzen. Das ist das

Wichtigste, schließlich trägt die Einrichtung Verantwortung für Susanne und all die anderen.

Marie macht die Tür wieder zu, Susannes Schreie werden leiser und verstummen schließlich ganz, jetzt ist sie im Vandalenzimmer eingesperrt und darf da nach Herzenslust randalieren.

Auf dem Weg zum Bett fällt Maries Blick auf die Glückwunschkarte, die zerknickt auf dem Fußboden liegt. Sie hebt sie auf, streicht sie glatt und räumt sie auf den Nachttisch ihrer Zimmernachbarin. Neben das Foto von Emma und Johnny, Susannes Kinder.

Die Kinder, die sie vor vier Jahren getötet hat, erst mit Schlafmitteln betäubt und dann in der Badewanne ersäuft wie Katzenbabys. Weil eine Stimme es von ihr verlangt hatte, weil es nötig war, um »den großen Plan« zu erfüllen, wie Susanne es manchmal nennt. Auch der nur in Susannes Kopf, dieser große Plan, dem sie sogar ihre eigenen Kinder geopfert hat, um die Welt vor ihrem Untergang zu bewahren. Weil es eben sein musste, so erklärt sie Marie in ihren verwirrten, schizophrenen Momenten, denn ihre Kinder gehörten zu »denen«, »die« hatten Besitz von ihnen ergriffen.

In klaren Momenten weint Susanne, denn dann weiß sie nicht einmal mehr, wer »die« eigentlich sind, für die sie Emma und Johnny umgebracht hat. Und im nächsten Augenblick vergleicht sie sich selbst mit Abraham. Mit dem Unterschied, dass sie nicht verschont wurde, dass da kein Engel aufgetaucht ist, um die Kindstötung im letzten Moment zu verhindern.

Emma und Johnny, auf dem Bild sind sie acht und fünf, und so werden sie es in Susannes Erinnerung auch immer bleiben, die meiste Zeit leben sie sogar noch, und Susanne will zu ihnen nach Hause, hat Heimweh nach ihren Kindern und ihrem alten Leben. Aber sie kommt nicht mehr dahin, nach Hause, denn das gibt es nicht mehr.

Genauso wenig wie meins, denkt Marie, streicht mit einem Finger über das Plexiglas, hinter dem die Gesichter der zwei Kinder sie anlächeln. Und dann denkt sie an Celia.

Am Nachmittag ist es Zeit für die Hofrunde. Eine Stunde täglich dürfen die Patienten von Station 5 nach draußen, um dort »frische Luft« zu schnappen. »Käfig« nennen sie den Innenhof, zehnmal zehn Meter groß ist er, dieser Käfig voller Narren. Ein paar von denen, die schon länger hier sind, können manchmal in Begleitung die Klinik verlassen, vereinzelt sogar ohne Aufsicht. Vollzugslockerung, ein bisschen normales Leben führen, zum Zahnarzt gehen, etwas einkaufen, Verwandte oder Bekannte besuchen.

Aber das ist nur den wenigsten erlaubt, den meisten bleibt pro Tag eben nur diese eine Stunde im Hof. Die Zigarettenpausen nicht mit eingerechnet, die zählen extra, wer sich abmeldet, darf kurz vor die Tür in den abgesperrten Bereich.

Bevor Marie hier gelandet ist, hat sie nicht geraucht, aber sie hat es sich von den anderen abgeguckt und tut es jetzt mit großer Leidenschaft, als hätte sie ihr ganzes Leben lang nichts anderes gemacht, als zu qualmen. So wie eigentlich alle Patienten hier quarzen, als würden sie dafür bezahlt. »Wer die Psychiatrie überlebt«, hat Marie neulich zwei Pfleger miteinander scherzen gehört, »stirbt später garantiert an Lungenkrebs.« Das mag sein, durchaus, nur was soll man hier auch sonst machen außer rumsitzen und rauchen?

Eine kleine Ablenkung, ein Zeitverkürzer sind diese Zigaretten, so lässt sich das Leben in Einheiten aufteilen. Jede Kippe hat vierzehn Züge, die Marie alle einzeln mitzählt, fast andächtig raucht sie, wie bei einem heiligen Ritual. Etwa siebeneinhalb Minuten pro Stück, macht bei einer Stunde

Hofgang acht Zigaretten, wenn sie sich eine nach der nächsten anzündet. Und das tut sie, sobald Marie eine Kippe austritt, greift sie für die nächste schon wieder zum Feuerzeug. Auch das muss sie immer wieder bei den Pflegern holen und abgeben.

Sie tritt Zigarette Nummer vier aus und entzündet die fünfte. Darum wird Marie beneidet, dass sie sich so viele Zigaretten leisten kann, wie sie will, im Gegensatz zu den anderen wird ihr wöchentlich ein kleines Vermögen von ihrem Geld zugeteilt. Die meisten hier sind arbeitslos, vom Leben schon lange aussortiert, ins Abseits geschoben, bevor sie im Maßregelvollzug endeten. Ein ständiges Streiten um Kippen, das ist eines der Hauptthemen hier auf der Station. Und wer über das Fernsehprogramm bestimmen darf, denn es gibt nur ein einziges Gemeinschaftsgerät. Genau wie das Telefon im Flur, wer überhaupt noch jemanden hat, den er anrufen kann, tut es gern und oft, der Apparat ist meistens belegt. Doch bei Telefon und Fernsehprogramm können die Patienten sich meistens einigen, um Zigaretten herrscht dagegen oft ein regelrechter Krieg. Einige erhalten hin und wieder einen Beutel Sozialtabak, mit vierzig Euro im Monat kommt man eben nicht weit.

»Gibst du mir eine?« Wie in jeder Freistunde kommt Gertrud zur ihr und schnorrt. Marie hält ihr die Packung West Silver hin.

»Aktive«, so heißen fertige Filterzigaretten hier, ein echter Luxus für die meisten, die sich ihre Glimmstängel mit Tabak selbst drehen. Gertrud zieht drei Zigaretten heraus und geht schnell davon. Marie blickt ihr nach, wie sie in gebückter Haltung, als wolle sie einen Schatz hüten, auf die andere Seite des Innenhofs eilt, sich in eine windgeschützte Ecke stellt, die erste Kippe entzündet, den Rauch tief inhaliert und dann in kleinen Ringen in die Luft pustet.

Die kreisförmigen Schwaden lösen sich auf, werden vom Wind zerstoben und wabern an der Betonmauer entlang nach oben. Sechs Meter hoch sind die Wände des Hofs, oben auf der Kante sind sie mit Stacheldrahtrollen und Glasscherben gesichert. Und sie sind bemalt. Mit blauem Himmel und Wolken, ein Illusionskünstler hat sich an dem nackten Beton zu schaffen gemacht. Als würde ein bisschen Farbe reichen, um sie alle hier zu verarschen.

Arsch sagt man nicht!, erklingt eine Kinderstimme in Maries Kopf, keine Halluzination, mehr eine Erinnerung. »Ich weiß«, erwidert sie leise. »Ich weiß.«

Ihr Blick wandert zu Markus, mit Mitte zwanzig einer der jüngsten Männer in der Forensik. Allerdings ist er nicht auf ihrer Station, nur hin und wieder darf er mit zwei Pflegern in den Käfig von Haus 20, weil es dort, wo er untergebracht ist, nicht mal einen Innenhof gibt. Sein Oberkörper pendelt in langsamem Rhythmus vor und zurück, Markus »webt« wie ein eingesperrtes Pferd. Direkt nach ihrer Stationsaufnahme hat Susanne Marie vor dem gelegentlichen Gast im Innenhof gewarnt. Ein Frauenmörder sei er, ein gemeiner Psychopath ohne jede Gefühlsregung, was er aber mit seinem Charme überspielen könne.

Gefährlicher Charme, dem seien mehr als zehn Frauen zum Opfer gefallen, die er erst zum Essen ausgeführt und danach in einem Wald brutal vergewaltigt und erdrosselt hatte. Die Köpfe seiner Leichen hätten sie bei ihm zu Hause in einer Tiefkühltruhe gefunden, hat Susanne behauptet und dabei so verächtlich geguckt, als sei sie nicht selbst eine Mörderin. Wenn auch ohne den Charme von Markus, ihre Kinder hatten ihr auch so vertraut, wie Kinder eben einer Mutter vertrauen können. Können sollten, denkt Marie und betrachtet die Zigarette in ihrer Hand, die schon wieder bis auf den Filter runtergebrannt ist. Und als Nächstes denkt sie: *zu spät.* Dann tritt sie die Kippe aus, zündet die nächste an und sieht wieder rüber zu Markus, dem charmanten Frauenmörder.

Jetzt, wie er da so auf dem feuchten Rasen hockt, von zwei Aufpassern bewacht, die aschblonden, fettigen Haare wirr vom Kopf abstehend, Trainingsjacke und Jeans unordentlich und schmutzig, stumm vor sich hinstarrend und webend, ist von seinem angeblichen Charme nichts mehr zu erkennen. Hospitalismus, psychische Deprivation, daran können auch die Wölkchen auf der Mauer nichts ändern, Markus ist zerbrochen. Welch ein Glück für die Menschen da draußen, der wird ihnen keine Scherereien mehr machen, der nicht, der ist fertig, für immer und ewig. Marie nimmt einen weiteren Zug von ihrer Zigarette, schließt die Augen und lehnt sich gegen die Wand in ihrem Rücken.

Aber sie hat nur eine Sekunde Ruhe, schon wackelt die Bank, auf der sie sitzt, und Marie blickt auf. Günther hat direkt neben ihr Platz genommen, immer noch läuft ihm die Nase, wieder sieht er sie so aggressiv an wie beim Mittagessen.

»Ich krieg noch 'ne Antwort von dir«, raunzt er. Diesmal ist kein Pfleger in Sicht, zwei der Betreuer sind auf der anderen Seite des Hofs miteinander ins Gespräch vertieft. Marie überlegt, was sie tun soll, damit Günther sie in Ruhe lässt. Jetzt sieht er lauernd aus, für den Bruchteil einer Sekunde bekommt sie Angst vor ihm.

»Willst du eine?«, fragt sie und hält ihm ihr Päckchen Zigaretten hin. Er grapscht sich eine Kippe, zündet sie aber nicht an, sondern mustert Marie weiterhin mit abwartender Miene. Er stinkt nach Pisse und altem Schweiß, sauer und zur gleichen Zeit süßlich und klebrig. Ein leichter Windstoß treibt ihr den Geruch direkt in die Nase, die Stationsmitarbeiter müssten dringend dafür sorgen, dass er mal wieder duscht. Aber meistens kümmern sie sich nicht darum, sondern halten sich lieber so fern wie möglich von ihm. Die paar Minuten bei der Blutabnahme, der Tablettenausgabe oder was sonst an pflegerischen Diensten nötig ist, kann man auch gut durch den Mund atmen.

»Was ist?«, schnauzt Günther. Jetzt läuft ihm der Rotz über die Lippen, er leckt ihn mit der Zungenspitze fort, Marie spürt wieder Übelkeit und einen Würgereiz in sich aufsteigen und will aufstehen, doch er hält sie mit einer schnellen Handbewegung fest, seine schwielige Pranke ruht schwer auf ihrem Arm. *Die Hölle, das sind die anderen,* Sartre. Patrick hat ihr einmal abends daraus vorgelesen, aus der »Geschlossenen Gesellschaft«, weil sie das Drama nicht kannte. Woher auch? Sie hat ja nur einen Realschulabschluss, und während ihrer Ausbildung als Erzieherin stand Literatur auch nicht gerade auf dem Plan.

»Alles muss versteckt sein«, flüstert Marie.

»Was?«

»Alles muss versteckt sein«, sagt Marie noch einmal lauter.

Günther nimmt seine Hand weg, schüttelt den Kopf und steht auf. »Du bist ja irre.«

2

Der nächste Tag beginnt wie der davor. Und der davor und der davor und der davor.

6.45 Uhr Wecken, Duschen in den Gemeinschaftswaschräumen, Anziehen, 7.30 Uhr bis 8.00 Uhr Frühstück, danach Morgenrunde mit allen fünfzehn Patienten der Station im Gruppenraum, denn auch die Anwesenheit muss täglich kontrolliert werden (als könnte einer von ihnen nicht anwesend sein; wobei, einmal, vor Jahren, ist angeblich einer von Station 5 getürmt, eine Therapeutin hatte ihm dabei geholfen, nach ein paar Wochen hatten sie ihn wieder geschnappt und zurückgebracht; hat wohl auch einen gewissen Charme gehabt, diesen bösen, manipulativen Charme; aber der ist jetzt nicht mehr hier, der wird woanders mit höherer Sicherheitsstufe verwahrt). Dann Gruppentherapie oder Kunsttherapie oder Sporttherapie oder Arbeiten im Gewächshaus oder in der Wäscherei, für ein paar Cent pro Stunde Kugelschreiber oder Aktenordner zusammenbauen oder einfach stumpfsinnig auf dem Zimmer sitzen und vor sich hin starren. Einschluss um 21.00 Uhr und kurz danach Nachtruhe, bis am nächsten Morgen um 6.45 Uhr die Türen erneut geöffnet werden.

Anfangs hatte Marie noch einen Kalender an der Wand, hat einen Tag nach dem nächsten durchgestrichen. Nach drei Wochen hat sie ihn abgehängt. Sie müsste wissen, wie alt sie wird, dann könnte sie die Tage rückwärts ausmerzen und ihrem Ende entgegenfiebern. Aber so hat es keinen Sinn, wozu soll sie wissen, welcher Tag, welcher Monat, welche Jahreszeit ist? Sie ist in einem Vakuum, alles steht, nichts bewegt sich mehr »hier drinnen«, nichts hat mehr eine Bedeutung, nichts von dem, was in der Welt »da draußen« einmal wichtig war, spielt noch eine Rolle.

Das Adventsgesteck im Glaskasten am Anfang des Flurs, in dem die Schwestern und Pfleger sich aufhalten, weist darauf hin, dass bald Weihnachten ist. Das Fest der Liebe und der Familie, das ohne das eine oder andere nun wirklich überhaupt keinen Sinn hat.

Wieder sitzt Marie auf der Bank im Käfig, wieder hat Gertrud von ihr drei Zigaretten geschnorrt, nur Günther hält sich glücklicherweise fern und spricht lieber mit Susanne, die seit heute früh zurück in ihr Zimmer durfte. Sie hat sich beruhigt, hat versprochen, ab sofort ganz brav zu sein, alles zu tun, was man ihr sagt, damit sie vielleicht doch eines Tages wieder nach Hause darf. *Träum weiter.* Noch so ein Kindersatz, der Marie durch den Kopf hallt. Damit haben sich die Kleinen gegenseitig aufgezogen, *träum weiter,* das klang so unheimlich lässig und erwachsen. Und süß, wenn es von einem Fünfjährigen kam, der sich vor einem anderen aufbaute und ihm erklärte, dass er ganz sicher nicht sein Spielzeug rausrücken würde. *Träum weiter.* Marie träumt. Von früher. Mehr als Träume sind nicht geblieben.

»Frau Neumann?« Hier in der Wirklichkeit steht Dr. Falkenhagen nun vor ihr und blickt auf sie herab. Seine dunkelbraunen Augen hinter den entspiegelten Gläsern seiner Designerbrille mustern sie wach, interessiert.

Schon will sie den Kopf schütteln, ihm damit wie immer bedeuten, dass sie nicht mit ihm reden möchte. Nicht heute, nicht morgen, gar nicht. Doch er scheint etwas anderes zu wollen. Was sie für wach und interessiert hält, entpuppt sich auf den zweiten Blick als ein wenig aufgeregt, erfreut.

»Ja?«, fragt sie.

»Sie haben Besuch, kommen Sie mit rein?« Besuch?

»Hallo, Marie! Wie geht es dir?« Fast knicken ihr die Knie weg, als der Oberarzt sie in sein Büro führt, wo der Besucher auf sie wartet. Christopher, Maries Mann. Genauer gesagt ihr Exmann.

Er sieht genau so aus, wie sie ihn in Erinnerung hat, immer noch der gleiche Sonnyboy, ein erwachsener Surfertyp; die Haut vielleicht ein bisschen dunkler als früher, die Sommersprossen treten deutlicher hervor, die blonden Haare sind etwas heller und länger als sonst. Aber mehr hat sich an ihm nicht verändert, als hätte Marie ihn erst gestern noch gesehen. Dabei ist ihre letzte Begegnung mehr als ein Jahr her, im Amtsgericht am Sievekingsplatz, in einem sterilen Verhandlungszimmer, wo der Richter ihre einvernehmliche Scheidung ausgesprochen hatte. Die Ehe sei zerrüttet, so war es in der Urteilsbegründung zu lesen gewesen.

»Christopher?«, fragt sie, als sei er eine Halluzination, wie er da an dem weißen Besprechungstisch sitzt. Mit verschränkten Armen, seine Finger trommeln im nervösen Rhythmus auf seinen Ellbogen herum. In einer kleinen Plastikschale vor ihm liegen seine Sachen wie Portemonnaie, Auto- und Wohnungsschlüssel, die er an der Sicherheitsschleuse am Eingang aus den Taschen hatte nehmen müssen. Wie am Flughafen wird hier jeder Besucher vor dem Einlass kontrolliert und durchleuchtet, damit er keine Waffen oder Drogen einschmuggeln kann.

»Marie!«, wiederholt er, steht auf und kommt zaghaft ein paar Schritte auf sie zu, hält aber kurz vor ihr inne, als wolle er einen Sicherheitsabstand zu ihr wahren.

»Ich lasse Sie einen Moment allein«, erklärt Dr. Falkenhagen und verlässt sein Büro. Zurück bleiben Marie und Christopher, stehen schweigend und unsicher voreinander, keiner scheint so recht zu wissen, was er nun tun soll. Ob es in diesem Besprechungsraum eine versteckte Kamera gibt?, fragt Marie sich unwillkürlich. Schließlich hat sie bereits einen Menschen getötet – das heißt, eigentlich hat sie sogar *zwei* auf dem Gewissen – da werden sie wohl nicht eine erneute Bluttat riskieren.

»Marie«, sagt Christopher dann ein drittes Mal, jetzt fast seufzend, fast ein bisschen wehmütig. Oder mitleidig? Ehe sie noch zu einem Schluss kommen kann, wie sie den Tonfall ihres geschiedenen Mannes interpretieren soll, hat er zwei weitere Schritte auf sie zu gemacht, legt seine Arme um sie und zieht sie an sich. Sie lässt es geschehen, lässt zu, dass er sie an sich drückt, ihre Wange die seine streift. Angst scheint er nicht vor ihr zu haben. Wie im Reflex erwidert Marie Christophers Umarmung, legt eine Hand auf seinen Rücken, während sie mit der anderen flüchtig über seinen Kopf streichelt. Sie spürt die Wärme seines Körpers, sogar seinen Herzschlag, so etwas hat sie lange nicht mehr gefühlt. *Ich fühle*, denkt sie beinahe überrascht, *ich fühle tatsächlich etwas!*

Nur ein paar Sekunden dauert die Berührung an, dann lässt Christopher sie los und nimmt wieder Abstand von ihr.

»Rauchst du?«, will er irritiert wissen, doch ehe sie ihm antworten kann, schüttelt er den Kopf, als würde ihm selbst in diesem Moment klar werden, wie unwichtig seine Frage ist. »Warum hast du mich nicht angerufen?«, fragt er stattdessen.

»Weshalb sollte ich?«

»Weshalb?« Wieder ein Kopfschütteln, diesmal ungläubig.

»Marie, du hättest dich bei mir melden sollen, ich wäre doch für dich da gewesen!« *Für sie da gewesen.* Wäre er das? »Ich habe erst gestern gehört, was passiert ist«, erklärt er, als wolle er sich dafür entschuldigen, dass er eben *nicht* da gewesen ist. »Die letzten drei Monate war ich in Australien, da habe ich nichts mitbekommen, und mir hat auch niemand davon erzählt.«

»Dann hätte ich dich ja auch nicht anrufen können«, erwidert Marie.

»Sicher hättest du das!«

»Aber was hätte es genutzt, wenn du doch auf der anderen Seite der Welt warst?« Und nicht nur das, Christopher ist nicht nur auf der anderen Seite, sondern in einer völlig anderen Welt, seit mehr als zwei Jahren schon.

»Ich wäre sofort zurück nach Deutschland geflogen.« *Hätte, hätte, Fahrradkette,* singen die Kinderstimmen in Maries Kopf. Christopher wirkt jetzt fast ungehalten. »Ich fasse es nicht, dass sich niemand bei mir gemeldet hat, um mir zu erzählen, was mit dir los ist!« Wieder ein leichtes Kopfschütteln, so, als könne er wirklich nicht verstehen, dass offenbar keiner auf die Idee gekommen war, ihn über Maries Verbleib zu informieren.

Aber wer hätte das auch tun sollen? Seine Freunde? Kollegen? Seine Familie? Die waren sicher alle froh, dass Marie aus Christophers Leben verschwunden war. Vor allem nachdem es in fast allen Zeitungen gestanden hatte. Sie, eine Mörderin. Nein, mit so jemandem pflegt man keinen Umgang. Schon gar nicht in Christophers Position als erfolgreicher, weltweit gefragter Ingenieur hat er einen Ruf zu verlieren, da passt eine wahnsinnige Exfrau, die wegen Mordes in der Klapse sitzt, nicht sonderlich gut ins Bild.

»Ich verstehe nicht, wie du hier gelandet bist!«, dringt Christophers Stimme durch den Nebel ihrer Gedanken.

»Ist doch egal.«

»Das ist doch nicht egal! Was ist denn bloß los mit dir?«

Sie zuckt mit den Schultern. »Ich weiß es selbst nicht.«

»Komm!« Er fasst nach ihrer Hand und zieht sie rüber zu dem kleinen weißen Tisch. »Setzen wir uns.« Gehorsam nimmt sie auf einem der drei Stühle Platz, Christopher setzt sich ihr gegenüber und greift sofort wieder nach ihrer Hand.

Maries Blick wandert über ihre Finger, die nun mit seinen verschränkt sind. Orangegelbe Flecken an Zeige- und Mittelfinger beider Hände, die Nägel heruntergekaut, die Haut rissig, spröde und rau. Kein schöner Anblick, aber Christopher scheint es nicht zu stören, er bemerkt es nicht einmal, sondern hält Maries Hände mit warmem, festem Druck.

»Bitte erzähl mir genau, was passiert ist.«

»Ich habe einen Mann getötet«, erklärt sie und wundert sich selbst, wie teilnahmslos sie bei dieser Aussage klingt.

»Ja, das weiß ich, ich habe seit meiner Rückkehr gestern Abend schon alle Berichte gelesen, die ich darüber im Internet finden konnte. Patrick Gerlach, den Schriftsteller.« Jetzt nickt Marie.

»Du warst mit ihm zusammen, habe ich gelesen.« Wieder ein Nicken. »Warum hast du ihn umgebracht?« Sie zuckt mit den Schultern, starrt wieder auf ihre Hände.

Sie bräuchte ein bisschen Zitronensaft, um die Nikotinflecken zu entfernen. Und Handcreme gegen die raue Haut, so etwas hat sie früher täglich benutzt, da hat sie sich sogar noch die Nägel lackiert, auch wenn sie nach einem Tag im Kindergarten häufig mit Farbe bekleckert oder vom Toben im Wald verschmutzt waren. Schlamm, fällt ihr dabei ein, das ist der letzte aktuelle Ton, die letzte Trendfarbe, an die sie sich erinnern kann. Jetzt ist es nicht mehr Schlamm, sondern Dreck. Nicht wie der aus dem Wald, dafür klebriger, widerlicher, verrauchter Dreck. Ob ihr einer von den Patienten, die die Station verlassen dürfen, eine Tube Creme und eine Feile mitbringen würde? Nein, eine Feile ist verboten, so etwas kann sie nur unter Beobachtung im Schwesternzimmer ausleihen. Aber wenigstens die Creme, die müsste doch erlaubt sein.

Hätte sie gewusst, dass Christopher kommt, hätte sie ihn darum gebeten, ihr Creme mitzubringen. Aber er ist ja überraschend und ohne jede Vorwarnung aufgetaucht. Überhaupt sind in den vergangenen Monaten entschieden zu viele Dinge ohne jede Vorwarnung passiert.

Gedankenverloren schüttelt Marie den Kopf, nur ganz leicht und für sich selbst. Denn das stimmt ja gar nicht, es war nicht ohne Vorwarnung passiert, in Wahrheit hatte es sogar jede Menge Warnungen gegeben. Nur hatte sie nicht gewusst, dass es welche waren, sie hatte sich doch immer darauf verlassen, dass nie etwas passieren könnte, dass alles, was in ihrem Kopf vor sich ging, nichts weiter als harmlose Hirngespinste waren. Erschreckend und grauenhaft, sicher, aber doch nur für sie, völlig ungefährlich für jeden anderen. Sonst hätte Marie sich ganz anders verhalten, hätte irgendwelche Sicherheitsvorkehrungen getroffen, sich zur Not selbst weggesperrt oder eingeliefert, verdammt, das hätte sie doch getan!

»Hat er dich bedroht oder dich irgendwie verletzt?«, geht Christopher in ihre Überlegungen dazwischen, drückt ihre Hände noch ein wenig fester und bringt sie so dazu, ihn wieder anzusehen. Jetzt klingt er so aufgeregt wie die Polizisten damals beim ersten Verhör. Auch sie haben nicht fassen können, dass diese kleine, zierliche Frau, die da vor ihnen saß, für das Gemetzel in Patricks Schlafzimmer verantwortlich sein soll.

»Ich weiß es nicht«, sagt Marie.

»Hattest du etwas getrunken?« Unverwandt hat er den Blick auf sie gerichtet. Vor über zwölf Jahren hat Marie zum ersten Mal in seine grauen Augen mit den vielen kleinen braunen Sprenkeln gesehen, die so gut zu Christophers Sommersprossen passen. Er hatte den Sohn seiner Schwester vom Kindergarten in der Mansteinstraße abgeholt, hatte sich Marie als »Superonkel« vorgestellt und sie angelächelt, wobei das Grübchen in seiner linken Wange deutlich zum Vorschein getreten war.

Liebe auf den ersten Blick war es damals nicht gewesen, aber nachdem Christopher seinen Neffen immer öfter abgeholt und jedes Mal einen kleinen Plausch mit Marie gehalten hatte, war sie irgendwann mit ihm ausgegangen und hatte sich mit der Zeit in ihn verliebt. Sie hatte kaum glauben können, dass so ein attraktiver, intelligenter und erfolgreicher Mann wie Christopher ausgerechnet sie, die einfache Erzieherin, wollte. Aber so war es gewesen, nur ein Jahr später hatten sie geheiratet, und schon in der Hochzeitsnacht hatte Christopher ihr ins Ohr geflüstert, dass er sich bald einen ganzen eigenen Kindergarten oder wenigstens eine Fußballmannschaft von ihr wünschen würde.

Dazu war es nie gekommen, nur einer einzigen Tochter hat sie das Leben geschenkt. Und dieses Leben liegt nun auf dem Friedhof in Hamburg-Ohlsdorf begraben, unter einem weißen Marmorstein mit der Aufschrift »Celia«. Kleine gelbe Teerosen hat Marie auf die Stätte gepflanzt, weil ihre Tochter diese Blumen immer geliebt hatte. Zwei Monate früher wären sie noch rosa gewesen, doch seit der Einschulung war Celia der Meinung, diese Farbe sei etwas für »Babys«, und hatte darauf bestanden, all ihre Sachen in Rosa und Pink wegzuwerfen.

Deshalb also gelbe Rosen, wie ein kleiner Sonnenstrahl auf Celias Grab, ein Lichtschein in ewiger Dunkelheit. Marie hofft, dass ihre eigene Mutter Regina sich nun darum kümmert, dass die Blumen weiter blühen. Wenn sie auch Marie, ihre Tochter, nach den Ereignissen der letzten Wochen aufgegeben hat – ihre Enkelin hatte sie schließlich immer geliebt.

Was für ein Stein wohl auf Patricks Grab steht? Marie vermisst ihn, vermisst ihn sogar sehr und hätte ihn gern noch einmal gesehen, wenn auch nur bei seiner Beerdigung. Man hat sie nicht dazu eingeladen, aber sie hätte ja auch gar nicht kommen können, dafür hätte man sie nicht rausgelassen. Und weder Vera noch Felix haben sich je wieder bei ihr gemeldet. Natürlich nicht, etwas anderes war auch nicht zu erwarten gewesen.

Im Gerichtsaal hatten Patricks Geschwister nur stumm auf ihren Plätzen gesessen und Marie angestarrt, hatten den Ausführungen des Staatsanwaltes und der Gutachter, dem Plädoyer von Maries Verteidiger wortlos gelauscht. Einzig für ihre Zeugenaussagen hatten sie den Mund aufgemacht. Ansonsten wie bei allen anderen Anwesenden auch bei ihnen sprachlose Fassungslosigkeit, die nach dem Urteilsspruch in schweigende Resignation übergegangen war.

»War es im Affekt? Notwehr? Hattest du eine Panikattacke? Wollte er dich vergewaltigen?«, bestürmt Christopher sie weiter mit Fragen, auf die Marie keine Antwort weiß, nicht eine einzige. Sie kann sich doch an nichts erinnern. An rein gar nichts. Nur daran, wie sie morgens neben Patrick erwachte, noch ein bisschen benommen und benebelt vom Abend davor, ein leichtes Pochen in beiden Schläfen, vermutlich vom schweren Rotwein und vom Sekt, den sie Stunden zuvor getrunken hatte. Und wie alles voller Blut war. Voll mit dunkelrotem, fast schwarzem, klebrigem und stinkendem Blut, überall. Im Bett, auf dem Boden, dicke Spritzer und Kleckse an den Wänden, über Patricks Körper verteilt und an der Klinge des großen Fleischermessers, das sie mit ihrer rechten Hand noch so fest umklammert hielt, als wolle sie im nächsten Moment wieder zustechen.

»Ich weiß es nicht«, wiederholt Marie, »ich kann mich an nichts erinnern.« Und deshalb weiß sie es eben wirklich nicht.

»Du kannst dich nicht erinnern?«

Sie schüttelt den Kopf.

»Dann glaube ich das einfach nicht!«

»Was glaubst du nicht?«

»Dass du so etwas getan hast! Doch nicht du, nicht ausgerechnet du, dazu bist du doch gar nicht fähig!«

»Sie sagen aber, dass ich es gemacht habe«, gibt sie trotzig zurück. Wer konnte schon wissen, wozu sie fähig war? »Und ich glaube es auch.«

Auch wenn sie per Gesetz zur Tatzeit nicht ganz bei sich gewesen war, nicht alle Tassen im Schrank gehabt hatte. So hatte es ihr der Anwalt erklärt, Paragraf 20, Strafgesetzbuch: Schuldunfähigkeit wegen seelischer Störung. *Ohne Schuld handelt, wer bei Begehung der Tat wegen einer krankhaften seelischen Störung, wegen einer tief greifenden Bewusstseinsstörung oder wegen Schwachsinns oder einer schweren anderen seelischen Abartigkeit unfähig ist, das Unrecht der Tat einzusehen oder nach dieser Einsicht zu handeln.* Schwachsinn, dieser Begriff hatte es ihr besonders angetan. Er klang so schön ... schwachsinnig. Ja, sie war schwach. Nicht nur im Sinn, auch in Herz und Seele.

Neben den Beweisen, die keinen Zweifel an ihrer Mordtat ließen, neben den Gutachten der Experten, die ihr im Zuge des Verfahrens eine vorübergehende Unzurechnungsfähigkeit und Amnesie infolge der Tat bescheinigten, hatte sie doch genau dieses Szenario in ihrem Kopf schon vorher zigfach durchexerziert, wieder und wieder. Wie sie neben Patrick liegt, der ahnungslos schläft, wie sie in die Küche schleicht, das große Messer aus dem Holzblock neben dem Herd zieht und es im Schlafzimmer gegen Patricks Kehle drückt.

Dann ein einziger, kräftiger Schnitt, direkt über dem Adamsapfel, quer über den Hals, von links nach rechts fetzt es tief durchs Fleisch, durchtrennt alles, Luftröhre, Sehnen, die Halsschlagader. Und Patrick, der erschrocken die Augen aufreißt, nicht verstehend, wie ihm gerade geschieht. Ein starrer, ungläubiger und entsetzter Blick, dann das Röcheln, das Blut, das aus seiner Aorta sprudelt und spritzt, sich rechts und links von seinem Kopf übers Kissen verteilt, ergießt wie ein Strom aus

Lava, Patricks Hände, die hilflos in der Luft herumrudern und versuchen, Maries Arme zu ergreifen.

Das alles hatte sie sich schon vor der Tat vorgestellt, wieder und wieder, hatte es sich in den grausamsten Details ausgemalt, wie sie Patrick im Todeskampf beobachten würde, um am Ende wie von Sinnen auf seinen leblosen Körper einzustechen.

Mal hatte sie auch daran gedacht, ihm das Genick zu brechen, ein gezielter Tritt seitlich gegen seinen Kopf, während er im Bett neben ihr schläft, das laute Knacken der berstenden Wirbelsäule. Doch wesentlich häufiger war die Messerfantasie – und letztlich ist es nun auch ebendiese geworden.

»Doch, ich hab's getan«, wiederholt sie, obwohl sie doch fast wahnsinnig darüber wird, dass sie sich trotz aller Beweise an nichts erinnern kann, dass in ihrem Kopf nur ein großes schwarzes Nichts ist. Doch das sagt sie Christopher nicht, spricht nicht aus, dass ihr diese letzte Gewissheit fehlt.

Aber er tut es: »Wie kannst du dir so sicher sein? Du hast doch selbst gesagt, dass du dich an nichts erinnerst!«

»Nein, das tue ich auch nicht.«

»Wenn du dich nicht erinnern kannst, warum bist du dann trotzdem davon überzeugt, dass du es getan hast?«

»Weil die Beweise eindeutig sind und die Ärzte es auch glauben«, antwortet sie. »Und wer soll es auch sonst gewesen sein? Es war ja niemand da außer mir.« Sie spürt, wie die bleierne Müdigkeit, die sie nun schon so gut kennt, wieder von ihr Besitz ergreift. Sie will nicht darüber reden, das will sie nicht. Nicht mit Dr. Falkenhagen und auch nicht mit Christopher. Lieber soll er wieder dahin zurückfliegen, woher er gekommen ist, nach Australien, ans andere Ende der Welt. Und sie einfach hier allein lassen. Allein und in Ruhe, Marie will einfach nur schlafen, mehr will sie doch gar nicht. Sie will ihre Hände seinem Griff entziehen, aber er hält sie weiterhin fest.

»Aber selbst wenn«, sagt er.

Aha! Selbst wenn!

Für so ausgeschlossen hält er es also doch nicht, eine schöne Show, die er da gerade abgezogen hat. Von wegen »das passt nicht zu dir«! »Du bist krank, Marie«, fügt Christopher hinzu. »Schrecklich krank, das hier ist nicht der richtige Ort für dich!«

»Eben weil ich krank bin, ist er genau richtig.«

»Lass dir doch von mir helfen.«

»Helfen?«

»Ja, ich werde dich hier rausholen. Ich werde mit einem Anwalt sprechen, wir werden das Verfahren noch einmal neu aufrollen, das muss alles ein Irrtum sein, ich kann mir nicht vorstellen ...«

»Nein«, unterbricht Marie ihn und ist überrascht, wie energisch sie dabei klingt.

»Nein?« Christopher sieht sie verständnislos an. »Aber wir müssen doch etwas tun!«

»Warum?«

»Warum?«, wiederholt er, als hätte er Marie nicht verstanden. Einen Moment lang sieht er ratlos aus, dann holt er tief Luft.

»Weißt du eigentlich, wo du hier bist?«

»Natürlich weiß ich das.«

»Und da fragst du allen Ernstes, warum ich dich rausholen will?«

»Ja, das frage ich dich«, sagt sie und klingt dabei ganz ruhig. Sie verkneift sich ein »Ob ich hier bin oder sonst wo, kann dir doch gleichgültig sein«. Ja, das verkneift sie sich, auch wenn es die Wahrheit ist.

Nun ist es Christopher, der ihre Hände loslässt, seinen Stuhl nach hinten stößt, dass er beinahe umfällt, aufspringt und unruhig durch das Büro wandert. Zwei, drei Mal läuft er vom Tisch zur Tür und wieder zurück, dann bleibt er direkt vor Marie stehen.

»Marie, das ist eine *Irrenanstalt*!« Selbst bei diesem Wort verzieht sie keine Miene, denn das weiß sie doch selbst. »Du bist hier unter Mördern, Geisteskranken, Schwerverbrechern!«

»Ja«, sagt sie. Und denkt gleichzeitig: *Ich bin eine Mörderin, eine Geisteskranke, eine Schwerverbrecherin. Also bin ich wirklich ganz zu Recht hier, es ist eben kein Irrtum.*

»Begreifst du eigentlich, dass du vielleicht nie wieder rauskommst?«, fährt er sie an.

»Ja«, sagt sie wieder. »Das habe ich schon verstanden.«

Christopher stößt einen gequälten Laut aus, stemmt beide Hände in die Hüften und mustert sie von oben herab. »Und das ist dir egal?«

Marie antwortet nicht, sondern betrachtet stattdessen wieder ihre Hände. Sie braucht wirklich Zitronensaft und Creme, ganz dringend sogar, so wie jetzt kann sie doch nicht weiter herumlaufen.

»Sieh mich bitte an!« Sie hebt den Kopf. »Das kann dir doch nicht egal sein!«

»Doch. Alles ist egal. Es gibt für mich keinen Grund mehr, hier rauszukommen. Mir geht es gut, und ich will einfach nur schlafen.«

»Marie!« Jetzt setzt er sich wieder auf seinen Stuhl. Hätte sie ihre Hände nicht mittlerweile unterm Tisch zwischen ihre übereinandergeschlagenen Oberschenkel geschoben, er würde mit Sicherheit wieder nach ihnen greifen. So aber stützt er sich mit beiden Ellbogen auf, verschränkt die Finger wie zum Gebet ineinander und stützt sich mit dem Kinn darauf. »Ich weiß nicht, was genau passiert ist, aber ich kann nicht mit ansehen, wie du dich aufgibst.« *Dann geh doch!*, möchte sie ihn am liebsten anbrüllen. *Hau ab! Dann musst du es auch nicht mit ansehen!* »Du sprichst ja nicht einmal mit den Ärzten, hat Dr. Falkenhagen mir gesagt, verweigerst jede Form der Therapie. Denkst du nicht, dass dir zumindest das helfen könnte?«

Marie schüttelt den Kopf.

»Willst du wirklich einfach nur so hier rumsitzen und dein Schicksal über dich ergehen lassen?«

Jetzt nickt sie, ja, genau das will sie. Das Schicksal, das gute alte Schicksal, mit dem hat sie immerhin schon die eine oder andere Erfahrung machen dürfen, inzwischen sind sie so etwas wie Freunde geworden.

»Celia«, sagt Christopher auf einmal und Marie zuckt zusammen.

»Was?«

»Celia«, wiederholt er den Namen ihrer gemeinsamen Tochter.

»Wenn schon nicht für dich selbst, solltest du es wenigstens für Celia tun.«

»Celia ist tot!«, fährt Marie ihn an.

»Das weiß ich.« Jetzt streckt er wieder seine Arme nach ihr aus, aber Marie lässt ihre Hände zwischen den Oberschenkeln eingeklemmt, presst die Beine noch fester zusammen, als würde ihr das ein wenig Halt geben.

»Wie kannst du dann sagen, dass ich es für sie tun soll? Willst du dich über mich lustig machen? Und über Celia gleich mit?« Wut steigt in ihr auf, er hätte den Namen ihrer toten Tochter nicht erwähnen sollen, nicht erwähnen *dürfen*!

Sofort sieht sie ihr kleines Mädchen vor sich. Die blonden lockigen Haare, die sie von ihr, Marie, geerbt hat, dazu die grauen Augen mit braunen Sprenkeln, ganz ihr Vater. Die vorwitzige Stupsnase und die Sommersprossen, der fehlende Schneidezahn im Oberkiefer, den sie sich kurz nach ihrem sechsten Geburtstag selbst herausgerupft hatte, weil er doch »schon ganz doll« wackelte. Maries Hals schnürt sich zusammen, ruckartig schnellt ihr Kopf zur Seite, sie wirft ihn hin und her, ein lächerlicher Versuch, die Bilder, die jetzt vor ihrem inneren Auge tanzen, zu verscheuchen. Das hat ja schon früher nicht funktioniert, genauso wenig wie schreien oder sich die eigene Haut aufkratzen, bis das Blut kam.

Auch jetzt läuft der Film einfach weiter. Sie sieht Celia, wie sie auf ihrem neuen Scooter-Roller den Bürgersteig entlanggeschossen kommt. Ihre geflochtenen Zöpfe flattern im Wind auf und ab, auf ihrem Rücken schwingt der neue Scout-Tornister mit jedem Schwungholen hin und her, sie strahlt Marie an, strahlt von einem Ohr zum anderen, ruft nach ihr und dann ...

»Celia würde nicht wollen, dass ihre Mutter eingesperrt ist.«

»Hau ab!« Jetzt hat Marie es doch laut gesagt. Nein, sie hat es fast geschrien, weil es ein solcher Schwachsinn ist, was er da sagt. Und gleich noch einmal: »Hau ab!«

»Marie ...«

»Du sollst verschwinden, habe ich gesagt! Jetzt geh endlich, ich will dich hier nicht haben!« Als er einfach sitzen bleibt, springt sie auf, stürzt sich mit erhobenen Fäusten auf ihn und schlägt auf ihn ein. Christopher schnellt ebenfalls von seinem Stuhl hoch, wehrt ihre boxenden Hände ab, keiner ihrer Schläge kann ihn wirklich treffen, er ist viel zu groß und kräftig für sie, die nur noch ein abgemagertes Nichts ist.

»Bitte, Marie!«

»Hau ab! Lass mich in Ruhe!«

»Was ist hier los?« Dr. Falkenhagen hat die Tür aufgerissen, kommt in sein Büro gestürzt. Direkt hinter ihm eilt ein Pfleger hinzu, in der Hand schon eine aufgezogene Spritze, allzeit zum Einsatz bereit.

»Ist schon gut«, bringt Christopher gepresst hervor, der jetzt Maries Hände zu fassen bekommen hat und sie so fest umklammert, dass sie bewegungsunfähig ist. »Alles gut«, wiederholt er nun wieder, da Marie jede Gegenwehr aufgibt und ihre Muskeln erschlaffen. »Es ist meine Schuld«, erklärt er Dr. Falkenhagen und dem Pfleger mit entschuldigender Miene. »Ich habe sie wohl aufgeregt.«

»Sie gehen jetzt besser«, teilt der Arzt ihm mit und wirft Marie dabei einen prüfenden Blick zu. Sie nickt stumm, um ihm zu bedeuten, dass Christopher sie loslassen kann, sie wird nicht wieder toben. Ins Vandalenzimmer, nein, da will sie nicht hin. Ihr Exmann löst seinen Griff, lässt beide Hände sinken und sieht Marie schweigend bis ratlos an. Auch sie schweigt, hat ihm nichts mehr zu sagen.

»Kommen Sie«, sagt der Pfleger. »Ich bringe Sie nach draußen.« Einen letzten Blick noch wirft Christopher ihr zu, dann wendet er sich ab und folgt dem Stationsmitarbeiter zur Tür. Bevor er das Büro verlässt, dreht er sich noch einmal zu Marie um. »Wenn du es dir anders überlegst – ich bin immer für dich da, wenn du mich brauchst. Ein Anruf, und ich komme vorbei!«

Ja, sicher doch. Immer. Das hat er ja schon einmal bewiesen, *wie sehr* er für Marie da ist!

Er ist noch nicht ganz aus dem Raum, da passiert etwas Eigenartiges mit Marie. Sie weint. Tränen! Da sind plötzlich Tränen, wo schon lange Zeit keine mehr waren, wie aus dem Nichts ergießen sie sich über ihre Wangen.

»Frau Neumann?« Dr. Falkenhagen. Langsam kommt er auf sie zu, legt ihr eine Hand auf die Schulter, hinter den Brillengläsern wirken seine braunen Augen nun erstaunlich beruhigend und warm. Mit sanftem Druck schiebt er sie zurück zu ihrem Stuhl, auf den sie sich erschöpft sinken lässt. Er nimmt direkt neben ihr Platz, seine Hand ruht während der gesamten Zeit auf ihrer Schulter, nicht eine Sekunde nimmt er sie fort. »Frau Neumann, wollen Sie mit mir darüber reden? Was ist hier eben vorgefallen?« Sie öffnet den Mund, bringt aber keinen Ton hervor, nur ein Schluchzen. Ein verzweifeltes, tiefes Schluchzen, das sich direkt aus ihrem Herzen zu entwinden scheint. »Lassen Sie sich Zeit. Wir können hier so lange sitzen bleiben, wie Sie möchten. Wenn Sie reden wollen, können Sie es gern tun, aber Sie müssen es nicht.«

»Danke«, bringt sie mühsam, immer noch schluchzend, hervor. Und sie ist es tatsächlich, dankbar dafür, dass sie einfach nur so hier sitzen darf. Hier sitzen und nichts tun müssen. Im nächsten Moment, ohne dass ihr bewusst wäre, dass sie selbst es ist, die es sagt, flüstert sie: »Celia.«

»Erzählen Sie mir von ihr.«

3

Es war der letzte Ferientag im August. Ein schwüler Mittwochnachmittag, den wir am Oortkatensee südlich von Hamburg verbrachten. Ich lag träge auf meinem großen Badelaken, neben mir spuckte ein Einweggrill seine letzten Rauchschwaden in die Luft, um mich herum verteilten sich schmutzige Plastikteller und -becher, die ich nachher einsammeln würde, gleich, nur noch eine kleine Rast nach unserem Mittagessen mit Würstchen, Hähnchenflügeln, selbst gemachtem Kartoffel- und Obstsalat.

Den Kopf in einer Hand abgestützt, sah ich runter zum Wasser, das im Licht der sinkenden Sonne funkelte und glitzerte wie ein Spiegel, der in Millionen von Scherben zersprungen war. Kindergeschrei und -lachen wehten an mir vorüber. Wie unter einer riesigen Glasglocke lag die gesamte Szenerie, fast unwirklich, ein friedlicher Augenblick des Glücks an diesem warmen Nachmittag im August, eine stille Momentaufnahme in Zeitlupe, bevor am nächsten Tag wieder das normale Leben beginnen würde.

Direkt am Ufer des Sees standen Christopher und Celia, ganz vorn im Wasser, das unserer Tochter bis zu den Knien reichte. Er half ihr, das kleine Segel auf ihrem Surfbrett im Wind auszurichten. Zwar ging nur eine schwache Brise, trotzdem war sie stark genug, dass unsere Tochter sichtlich mit ein paar Böen zu kämpfen hatte. Seit über einem Jahr hatte sie gequengelt und darum gebettelt, dass ihr Vater ihr das Windsurfen beibringen sollte, weil sie genauso wie er durch die Wellen preschen wollte. Wichtiger als Löcher in den Ohrläppchen oder ein Handy oder ein Pony oder irgendetwas anderes, das sich ihre Freudinnen wünschten, war ihr das gewesen, und zu Beginn dieses Sommers hatte Christopher entschieden, dass Celia nun alt und groß genug sei, um Surfen zu lernen.

»Schließlich kommst du im Herbst in die Schule«, hatte er gesagt, als Ende Juni am Morgen ihres sechsten Geburtstages ein Brett, Segel, Anzug und Schuhe aus Neopren im Flur vor ihrer Zimmertür lagen. »Für mich?«, hatte Celia fassungslos gefragt, und ich hatte noch einen kindischen Witz gemacht: »Nein, für den Weihnachtsmann. Der kommt dieses Jahr nicht mit dem Schlitten, sondern auf dem Surfbrett!«

Voller Eifer hatte sich Celia sofort ans Lernen gemacht, hatte alles aufgesogen, was Christopher ihr erklärte, von Luv und Lee, Halsen, Wenden und Kreuzen, Vorfahrtsregeln und Rettungsmaßnahmen, so viele Dinge, dass mir allein vom Zuhören abends am Küchentisch schon der Kopf schwirrte. Jeden Tag in diesem Sommer fuhren wir runter zum See, und während mein Mann und Celia erst Theorie paukten, um dann zur Praxis überzugehen, lag ich in der Sonne, las ein bisschen, döste vor mich hin oder bereitete etwas zum Essen vor, genoss diese faulen Urlaubstage und das Gefühl, dass in meinem Leben alles richtig und perfekt war. Richtig und perfekt, schöner, als ich es mir je hätte erträumen können.

Wie groß Celia jetzt aussah! Mein kleines Mädchen in einem dunkelblauen Neoprenanzug, der noch überall am Körper schlackerte, die blonden Haare mit einer meiner Spangen zur Banane hochgesteckt, die Gesichtszüge hoch konzentriert und entschlossen. Mit beiden Händen umfasste sie den Gabelbaum, schob das Segel in den Wind, so, wie mein Mann es ihr immer wieder gezeigt hatte. Noch flatterte die Membran kraftlos hin und her, doch in der nächsten Sekunde blähte sie sich plötzlich unter vollem Druck, der Mast stellte sich senkrecht auf, Celia stieg mit einem großen Schritt auf ihr Brett und glitt hinaus auf den See, ein stolzes Lächeln erhellte ihre Züge.

»Mama!«, rief sie. »Mama, guck schnell, ich fahre! Ich fahre!« Sofort sprang ich von meinem Handtuch auf, riss begeistert wie ein Fan beim vier zu null in der Fußball-WM beide Arme in die Höhe und winkte meiner Tochter zu.

»Toll!«, rief ich zum See runter. »Das ist wirklich großartig, mein Schatz!« Und Christoper, auch er klatschte und jubelte, nahm den Fotoapparat zur Hand und knipste Celia bei ihrer ersten großen Fahrt. Wie ihre erste große Fahrt ins Leben kam es mir damals vor, und mir stiegen beinahe Tränen in die Augen, so gerührt war ich in diesem Moment, weil er meiner Tochter so wichtig war.

Später würde das Bild von Celia bei uns zu Hause auf der Anrichte neben dem Esstisch stehen, eine Erinnerung an diesen letzten freien Tag im August, als wir alle noch nicht wussten, dass die Tage dieser Unbeschwertheit weniger als gezählt waren. Aber das ahnten wir eben nicht, als wir abends nach Hause kamen, Celia bereits schlafend auf der Rückbank unseres VW-Vans, müde von Sonne und Wind und ihrem Erfolg. Christopher trug sie hoch in ihr Zimmer, legte sie ins Bett, ich deckte sie zu, und wir beide blieben noch eine Weile neben ihr stehen, bevor ich die Nachttischlampe ausknipste.

»Träum süß, mein Kleines«, flüsterte ich ihr noch von der Tür aus zu, dann zog ich sie hinter mir ins Schloss und folgte meinem Mann, der bereits in unser Schlafzimmer vorgegangen war.

»Sie ist so schnell erwachsen geworden«, sagte ich, als ich später in Christophers Armen lag, den Kopf noch angefüllt mit Bildern vom See, voller Gedanken an den morgigen Tag. Aus dem kleinen Lautsprecher mit Dockingstation, der auf Christophers Nachttisch stand, drang leise das Präludium der Cellosuite Nr. 1 von Bach in mein Ohr, eines unserer Lieblingsstücke, zu dem wir oft zusammen einschliefen. »Jetzt kommt sie schon in die Schule, übermorgen macht sie Abitur, und dann wird sie uns verlassen.« Mein Mann lachte leise, langte mit einer Hand nach dem Schalter der Musikanlage und stellte sie aus.

»Keine Sorge, Marie«, sagte er. »So schnell vergehen die Jahre nun auch wieder nicht.« Ich konnte nicht wissen, dass er recht behalten sollte. Schon bald würde die Zeit nicht mehr schnell vergehen, sie würde stehen bleiben, still, bewegungslos, jede Minute wie ein ganzes Leben, ein Leben, das nur noch eine nicht enden wollende Hölle war, Christopher und ich darin gefangen, zu einer Ewigkeit des Schmerzes verdammt. Doch jetzt, hier, neben ihm, seine warme Haut an meiner, sein Körper ganz nah bei mir, dieser schöne Körper, der immer so gut nach Mandarinen und Kandiszucker roch, seine kräftigen Arme, die mich festhielten und mir ein Gefühl von unendlicher Sicherheit gaben, während unsere Tochter oben in ihrem Zimmer schlief und vielleicht von morgen träumte – in diesem Moment gab es nur Geborgenheit, Glück und Zuversicht. Unvorstellbar, dass sich daran jemals etwas ändern könnte.

Mitten in der Nacht weckten mich Celias Schreie. Ich fuhr im Bett hoch, noch ganz verwirrt, weil ich bis dahin so tief geschlafen hatte, dass ich im ersten Moment gar nicht wusste, wo ich war. Sofort war ich auf den Beinen, lief den Flur hinunter, sprang die Treppe hinauf zum ausgebauten Speicher, wo Celias Zimmer lag, zog die Tür auf und schaltete das Licht an.

Mit weit aufgerissenen Augen saß Celia auf ihrem Bett, ihren Stoffhasen Murmel dicht an die schwer atmende Brust gepresst, das Gesicht rot und verschwitzt, die Haare standen ihr wirr vom Kopf ab, ihre Decke lag auf dem Boden, als hätte sie sie weit von sich gestrampelt. Ich setzte mich neben sie, nahm meinen kleinen, verängstigten Liebling fest in den Arm. Celias Herz raste wie wild.

»Was ist los?«, fragte ich und strich ihr mit einer Hand über die feuchten Haare. »Hast du schlecht geträumt?«

Sie nickte und sagte kein Wort, sie zitterte.

»Schsch«, flüsterte ich und streichelte sie weiter, »es ist ja alles gut, Mama ist hier. Du brauchst keine Angst mehr zu haben.« Da schluchzte sie, ließ Murmel los, schlang ihre kleinen dünnen Ärmchen um mich, drückte sich fest an mich und barg ihren Kopf an meiner Brust. Ein paar Minuten saßen wir nur so da, während ich ihr weiter übers Haar streichelte und ihr Schluchzen langsam verebbte. Nach einer Weile rückte sie ein Stück von mir ab und sah mich aus ihren großen grauen Augen an.

Und dann fragte sie: »Was ist, wenn ihr irgendwann mal tot seid, Papa und du?« Ich unterdrückte ein Lächeln, denn mir war klar, dass Celia diese Frage ganz ernst meinte. Damals beschäftigte sie sich öfter mit dem Tod, weil sie im Kindergarten in ihrer Gruppe, den »Marienkäfern«, die meine Kollegin Mareike leitete, beim Montagsgottesdienst übers Sterben gesprochen hatten.

»Wir sind noch ganz lange da, Papa und ich gehen nicht weg«, sagte ich. Gleichzeitig ärgerte ich mich ein bisschen über meine Kollegin. Ich war dagegen, dass sie über solche Themen redeten, mir erschien das Kindergartenalter dafür zu früh.

»Sie kommen alle in die Schule«, hatte Mareike auf meinen Einwand erwidert, »und wenn sie etwas wissen wollen, erkläre ich es ihnen halt.« Mareike hatte gut reden! Sie war kinderlos und musste nicht wie ich jetzt mitten in der Nacht am Bett ihrer verängstigten Tochter sitzen und versuchen, sie irgendwie wieder zum Schlafen zu bringen.

»Und was ist, wenn ich mal sterbe?«, kam prompt die nächste Frage von Celia.

»Das ist noch viel, viel länger hin.«

»Ganz viele Jahre?«

Ich nickte. »Ja, mein Schatz. Gaaaanz viele Jahre, so viele, wie du dir gar nicht vorstellen kannst.«

»Und du und Papa, ihr lebt wirklich auch noch ganz lange?«

»Natürlich tun wir das! Wir wollen dich doch aufwachsen sehen und auf deiner Hochzeit tanzen!« Da kicherte Celia. Neben dem Sterbethema war auch Heiraten von großem Interesse, denn sie war ein bisschen in ihren Kindergartenfreund Bennet verliebt.

»Denkst du, dass du jetzt wieder schlafen kannst?«, fragte ich, und meine Tochter nickte tapfer, schnappte sich Murmel und ließ sich zusammen mit ihm im Arm zurück aufs Kissen sinken. Ich beugte mich zu ihr hinunter und gab ihr einen Kuss auf die noch immer feuchte und glühende Stirn.

»Bitte das Licht anlassen!«, bat Celia, als ich im Hinausgehen eine Hand auf den Schalter an der Wand legte.

»Kannst du dann überhaupt schlafen?«

»Ich glaub schon.«

»Okay, dann bleibt es an«, sagte ich und wollte die Tür schließen, ließ sie aber auf Celias Bitte hin offen.

»Was war denn los?«, murmelte Christopher schlaftrunken, als ich wieder neben ihm unter die Decke krabbelte.

»Sie hat nur schlecht geträumt«, sagte ich, rutschte dicht an ihn und legte meinen Kopf auf seine Schulter. »Denkt mal wieder über das Sterben nach.«

»Das ist nur die Aufregung. Heute ist sie zum ersten Mal richtig gesurft, morgen ist die Einschulung – da ist sie wohl ein bisschen durch den Wind.«

»Meinst du?« Du bist ja ein echter Chefpsychologe!« Ich kniff ihn fest in die Seite.

Christopher schrie auf, warf sich herum, sodass er plötzlich auf mir lag, und hielt meine Arme mit beiden Händen fest. »Mach das ja nicht noch einmal!«

»Was sonst?«

»Sonst ... passiert das hier!« Dann fing er an, mich gleichzeitig zu küssen und durchzukitzeln, und ich gab mir Mühe, nicht allzu laut zu lachen, damit Celia oben nicht wieder aufwachen würde.

»Ich liebe dich«, flüsterte Christopher mir ins Ohr, als wir uns im Morgengrauen dicht aneinanderkuschelten, um wenigstens noch ein Stündchen Schlaf zu finden.

»Ich liebe dich auch!«

Sie knetet das Taschentuch, das Dr. Falkenhagen ihr irgendwann im Verlauf der vergangenen Stunde gereicht haben musste. Obwohl sie sich nicht daran erinnern kann, wie und wann genau er es ihr gegeben hat. Mittlerweile besteht es nur noch aus Fetzen; feuchten, grauen Fetzen, ein bisschen wie Pappmaschee, diese klebrige Masse, die sie im Kindergarten zusammengerührt haben, wenn es Ende Oktober Zeit war, Laternen für den Martinsumzug zu basteln.

Eine große Schweinerei war das immer, eine große, wunderschöne Schweinerei, das Klecksen und Tropfen und Spritzen, am Ende war mehr Brei quer durch den Raum verteilt, als auf den Luftballons klebte, die als Form für die Laternen dienten. Erst auftragen, dann trocknen lassen, dann anmalen, dann den Ballon zum Platzen bringen und hoffen, dass das Kunstwerk dabei nicht kaputtging. Mehr als einmal hat Marie verzweifelte Tränen trocknen müssen, weil eine Bastelarbeit in sich zusammengefallen war. So, wie sie jetzt gerade ihre eigenen Tränen trocknet, weil ihr klar wird, dass ihr Leben genauso in sich zusammengefallen ist wie eine fragile Laterne. Einfach »Puff« und aus. *Mein Licht geht aus, ich geh nach Haus, rabimmel, rabammel, rabumm.*

»Zu spät«, flüstert Marie. »Zu spät.«

»Zu spät wofür?«, fragt der Arzt, aber Marie antwortet nicht.

»Möchten Sie noch weitererzählen?« Er sieht sie auffordernd an. Die Uhr auf seinem Schreibtisch sagt ihr, dass sie weit länger geredet hat als die fünfzig Minuten, die für Einzelsitzungen in dieser Einrichtung hier vorgesehen sind. Weit länger, als sie es überhaupt vorhatte, denn bis vor einer guten Stunde hatte sie noch gar nichts sagen wollen.

»Nein«, sagt sie. »Jetzt bin ich wirklich müde.« Dr. Falkenhagen nickt verständnisvoll, es ist der gleiche Blick, mit dem er vor Kurzem Susanne betrachtet hat. Nun ist Marie auch brav gewesen, denn sie hat endlich etwas gesagt, damit ist sein psychologischer Auftrag für heute erfüllt, und er kann sie zufrieden zurück in ihr Zimmer gehen lassen.

»Gut«, erklärt er. »Aber ich bin froh, dass wir einen Anfang gemacht haben.« Ein Anfang am Ende.

Tatsächlich fühlt Marie sich etwas besser, als sie am nächsten Morgen vom Pflegepersonal geweckt wird. Der Alb, der sonst wie eine schwere Last auf ihrem Brustkorb hockt, sobald sie die Augen aufschlägt, sie normalerweise durch jeden ihrer Tage begleitet und keine Sekunde von ihrer Seite weicht, scheint verschwunden.

Marie ist überrascht. Hat das gestrige Gespräch mit Dr. Falkenhagen ihr den Druck genommen, hat dieser emotionale Aderlass diese Erleichterung gebracht? Oder war es Christophers Überraschungsbesuch? Aber was auch immer der Grund dafür ist, zum ersten Mal erhebt sie sich von ihrem Bett ohne dieses schwere Gewicht, das bisher wie Blei auf ihrer Seele lag und alles abgetötet hat, was sonst in ihr war.

Doch kaum hat Marie den Speisesaal erreicht, um mit den anderen zu frühstücken, ist dieser Anflug neu gewonnener Unbeschwertheit bereits wieder verpufft. Hinten in der Ecke neben der großen Fensterfront sitzt eine sehr junge Frau, die sie hier noch nie gesehen hat, offenbar ein Neuzugang. Bei ihrem Anblick zieht sich Maries Herz zusammen, denn die Patientin ist noch ein Mädchen, ein halbes Kind, das da hockt und mit einem seltsam großen und unhandlichen Holzlöffel versucht, Müsli vom Teller in den Mund zu befördern. Kaum älter als zwanzig ist sie, wie kommt so eine auf diese Station?

»Die ist total platt im Kopf«, behauptet Susanne, die unbemerkt an Maries Tisch getreten ist und dort ungefragt ihr Tablett abstellt. »Ist 'ne Multiple«, erklärt sie weiter, während sie sich hinsetzt. »Heißt Hannah. Oder manchmal auch Karen oder Mark oder Gustav oder welcher Name ihr gerade sonst so einfällt.« Maries Zimmernachbarin tippt sich mit einem Finger gegen die Stirn und verdreht die Augen. »Echt komplett plemplem, die Tante.« Marie dreht den Kopf unauffällig etwas weiter in die Richtung des Mädchens, das so dicht über seinen Teller gebeugt sitzt, dass eine ihrer roten Haarsträhnen im Müsli schwimmt.

»Du kennst sie?«, fragt Marie, obwohl das ja ganz offensichtlich der Fall ist, so, wie Susanne über die Neue spricht.

»Ja. Hannah ist hier ein Dauerbrenner.«

»Dauerbrenner?«

Susanne nickt. »Pendelt zwischen den Stationen hin und her. Ist mal ein paar Monate hier, dann kriegt sie wieder einen Anfall und landet auf der Akuten. Zwischendurch will sie sich umbringen, wird ein paar Wochen ins Krankenhaus gesteckt und kommt dann wieder hierher zu uns.« Sie lacht, als wäre das besonders lustig. »Und ein Luder ist die, hat auf jeder Station schon mit jedem gevögelt.« Susanne beugt sich näher zu Marie, die am liebsten ein Stück von ihr abrücken würde. »Wenn du mich fragst, waren da auch schon der ein oder andere Arzt oder Pfleger dran. Deshalb hat die auch ein Einzelzimmer, dann geht's leichter.«

Die. Das Mädchen zuckt sichtlich zusammen, als hätte es gehört, was da gerade geredet wird, legt sich wie zum Schutz vor Susannes bösartigen Worten die eine freie Hand übers Ohr.

»Ich könnt ja auch mal wieder einen Fick vertragen«, geht das unerträgliche Geplapper weiter, »aber seit sie Mario verlegt haben, gibt's ja keinen mehr, mit dem ich ins Kontaktzimmer kann.« Sie grinst, und Marie muss sich beherrschen, ihr nicht mit ihrem Teller ins Gesicht zu schlagen.

»Warum isst sie mit einem Holzlöffel?«, fragt sie stattdessen so ruhig wie möglich. Susanne zuckt mit den Schultern.

»Darf kein richtiges Besteck haben, das schluckt die blöde Kuh sonst runter.« Jetzt prustet sie amüsiert. »Musst dir mal die Arme von der ansehen. Hat sich da ein paar hübsche Muster reingeritzt. Mal mit 'ner Kanüle oder 'ner geklauten Nagelschere, die findet immer irgendwas, mit dem sie losschnitzen kann, darum wird die ständig gefilzt. Selbstverletzung, du weißt schon. Also ich würde die ja einfach machen lassen, ist nicht schade um so eine.«

»Warum ist sie hier?«

»Hat ihren Alten abgemurkst. Der hat sie gevögelt, seit sie ein Baby war.«

»Und deshalb ist sie in der Forensik?« Susanne sieht sie begriffsstutzig an. »Hier in der Klapse.«

»Na ja, Hannahs Mutter musste auch gleich mit dran glauben. Ich sag ja, ein echtes Luder ist die!« Wieder wandert Maries Blick rüber zu der hübschen jungen Frau. Jetzt erst bemerkt sie die dicken Verbände, die sie an beiden Armen trägt. An einer Stelle schimmert etwas Rotes durch.

Ein Schaudern geht Marie durch und durch, ihr Körper wird von einer Gänsehaut überzogen, und sie kann nicht einmal sagen, was sie mehr anwidert: Hannahs grauenhaftes Schicksal oder die Art und Weise, wie Susanne voller Häme und Schadenfreude davon berichtet. Im nächsten Moment weiß Marie, was widerlicher ist:

»Mit der verstehst du dich bestimmt gut«, stellt ihre Zimmernachbarin mit heiserem Gelächter fest. »Hab gehört, du hast auch 'nen Kerl abgeschlachtet wie ein Schwein, da habt ihr euch sicher 'ne Menge zu erzählen.«

»Halt den Mund!«, Marie springt vom Tisch auf, lässt Tablett, Teller und ihr nummeriertes Besteck liegen, stürzt so schnell sie kann aus dem Speisesaal. Nicht eine Sekunde länger wird sie sich das noch anhören, keine Sekunde mehr, sonst wird sie sich vergessen, wird irgendetwas Schlimmes tun.

Ein Bild durchzuckt Marie: Sie, wie sie Susanne eine Gabel in den Hals rammt oder in ein Auge sticht, es blutet und spritzt in alle Richtungen, der Augapfel platzt, eine gallertartige Masse quillt heraus wie Gelee. Marie schüttelt sich bei dem Gedanken, sie will ihn nicht haben, er soll verschwinden.

Christopher hat recht, sie muss hier raus. Egal, was sie verbrochen hat, das hier ist nicht der richtige Platz für sie, sie gehört hier nicht hin. Nicht an diesen Ort der Hoffnungslosigkeit, nein, hier kann sie nicht bleiben. Wenn die Bilder, die Gedanken sie auch hier nicht in Ruhe lassen, kann sie ebenso gut draußen sein. Draußen, wo sie zwar kein Leben, aber wenigstens nicht die tägliche Hölle hat.

Statt wie sonst in ihr Zimmer zu gehen, nimmt sie den direkten Weg zu Dr. Falkenhagens Büro und hofft, dass er da ist und Zeit für sie hat.

Gut hundertzwanzig ABC-Schützen, die Luft in der Aula der Grundschule Falkenried vibrierte vor freudiger Erregung, Geplapper und Gelächter, mahnende Eltern- und Lehrerstimmen, mittendrin Christopher und ich. Wir saßen in einer der hinteren Reihen und hielten wie Teenager Händchen. Celia saß ganz vorn mit den anderen Erstklässlern, jeder von ihnen hatte eine selbst gebastelte Schultüte auf dem Schoß, gefüllt mit Süßigkeiten, Spielzeug und einem Federmäppchen für den »Ernst des Lebens«. Meine Mutter Regina, Celias Oma, stand derweil draußen auf dem Schulhof und rauchte, weil die Luft in der Aula ihrer Meinung nach »zum Schneiden« war.

Celia drehte sich zu uns um, winkte und zeigte dabei lachend ihre Zahnlücke. Mein Herz hüpfte, wie nur ein Elternherz an so einem Tag hüpfen kann. Und gleichzeitig war ich traurig und dachte daran, wie gern Christopher und ich noch ein zweites oder sogar drittes Kind gehabt hätten. Eines, das noch bei mir im Kindergarten wäre, und eines, das vielleicht in einem halben Jahr geboren werden würde, noch ein Mädchen und ein Junge, zwei Jungs, zwei Mädchen, ganz egal. Von der Fußballmannschaft waren wir weit entfernt geblieben, schon Celia grenzte an ein Wunder, so hatte mein Frauenarzt gesagt.

Jahrelang hatten wir es versucht, hatten diverse Experten aufgesucht, die keine Ursache für meine Unfruchtbarkeit finden konnten, und dann, als wir es schon aufgegeben hatten, hielt ich plötzlich einen positiven Schwangerschaftstest in Händen und war glücklich wie nie. Deshalb also Celia, wie der Himmel auf Erden, der mit ihrer Geburt in unser Leben Einzug hielt.

»So ist es doch sowieso besser«, hatte meine Mutter gesagt, als es mit einer weiteren Schwangerschaft nicht klappte. »Du bist schließlich auch Einzelkind, und ich glaube sowieso nicht, dass man seine Liebe auf zwei oder sogar noch mehr Kinder aufteilen kann.« Ja, so war Regina, und als Jüngste von vier Geschwistern musste sie ja wissen, wie hart und entbehrungsreich so eine unzumutbare Jugend sein konnte. Immer zu kurz gekommen. Ich dankte täglich dem Herrgott, dass ich nicht so geworden war wie sie, nicht so negativ, nicht so verbittert und böse, denn mein Vater Hans hatte zeit seines Lebens schützend seine Hand über mich gehalten und mich vor den Attacken seiner Frau behütet, die wie aus dem Nichts ausbrechen und auf mich niedergehen konnten.

Vier Jahre zuvor war er an einem Herzinfarkt gestorben, und gerade an diesem Tag fehlte er mir sehr. Er hätte nicht draußen auf dem Hof gestanden und geraucht, er nicht. Er hätte versucht, sich unauffällig zwischen die Kinder in der ersten Reihe zu quetschen, und mit seiner Kamera so viele Fotos geschossen, dass man die gesamte Aula damit hätte tapezieren können. Seine alte geliebte Nikon, ich sah ihn noch vor mir, wie er sie ständig um den Hals trug, um auch die unwichtigsten Details des Lebens festzuhalten.

Nach seinem Tod hatte Mama alles zum Trödler schaffen wollen, die Kamera und all den anderen »unnützen Tinnef«, den mein Vater im Hobbykeller gehortet hatte. Den Apparat hatte ich heimlich an mich genommen, seither lag er bei uns zu Hause in der Kommode im Wohnzimmer, und manchmal, wenn ich Papa besonders vermisste, holte ich ihn hervor. An dem Tag hätte ich die Kamera gern dabeigehabt, aber ich hatte am Morgen bei unserem hektischen Aufbruch nicht daran gedacht, und meine Mutter hätte mit Sicherheit ohnehin nur ihren Senf dazu gegeben.

Der feierliche Akt begann: »Wir begrüßen die neuen Erstklässler der Grundschule Falkenried«, sagte die Rektorin. Es folgte eine Aufführung der angehenden Viertklässler, ein paar Lieder des Kinderchors, zwischendurch drei oder vier rührend unbeholfene Sketche, bis es schließlich an der Zeit war, die Neuankömmlinge einzeln auf die Bühne zu rufen.

»Celia Neumann«, erklang der Name unserer Tochter nach zehn Minuten. Sie sprang auf, legte ihre Schultüte ordentlich auf ihrem Stuhl ab und ging mit langsamen und etwas unsicheren Schritten auf das Podium zu, auf dem sich bereits ein Großteil ihrer zukünftigen Mitschüler versammelt hatte. Ein Mädchen aus der dritten Klasse, Celias Patin für das erste Jahr, nahm sie bei der Hand und begrüßte sie.

»Mach ein Foto«, flüsterte ich meinem Mann aufgeregt zu, der immerhin unsere kleine Digitalkamera mitgenommen hatte. »Du musst ein Foto machen!«

»Schon passiert!«, sagte er lachend. »Man könnte glatt meinen, heute ist deine Einschulung, so aufgeregt, wie du bist.«

»Lass mich doch! Dann bin ich eben aufgeregt.«

»Sie kommt nur in die Schule, Marie, sie geht nicht zur Armee.« Ich streckte ihm die Zunge raus, er beugte sich schnell zu mir und gab mir einen Kuss.

»Ich hoffe, ihr habt die richtige Entscheidung getroffen«, sagte meine Mutter, nachdem alle Kinder von ihren Paten in die Klassenzimmer gebracht worden waren und wir zu ihr in den Hof kamen, um dort eine Stunde zu warten, denn so lange würde der erste Unterricht am Einschulungstag dauern.

»Das denke ich ganz bestimmt«, gab ich zurück und merkte, wie ich innerlich plötzlich wieder diese unglaubliche Anspannung fühlte, die meine Mutter so oft in mir auslöste. »Die Schule hat schließlich einen guten Ruf.«

»Und einen ziemlich hohen Ausländeranteil, wie ich vorhin sehen konnte«, sagte Mama und verzog dabei missbilligend das Gesicht. »Dazu noch die älteren Kinder von der Gesamtschule im Nebenhaus, die Kleinen müssen sich mit denen ja einen Pausenbereich teilen! Meiner Meinung nach wäre Celia auf der Klosterhofschule besser aufgehoben, da wäre sie unter ihresgleichen.« Manchmal legte Mama eine Dünkelhaftigkeit an den Tag, als wäre sie selbst einem ostelbischen Adelsgeschlecht entsprungen und nicht einer stinknormalen Handwerkerfamilie.

»Das ist doch Unsinn!«, sagte Christopher, nahm meine Hand und drückte sie. »Außerdem ist die Grundschule Falkenried für uns zuständig, wir wohnen direkt im Einzugsgebiet.«

»Das hättet ihr ja leicht ändern können«, sagte meine Mutter und spielte damit auf die Eltern von Lotta, Celias bester Kindergartenfreundin, an. Die hatten offiziell sogar ihren Wohnsitz verlegt und sich unter der Adresse von Bekannten in Winterhude gemeldet, um Anspruch auf einen Platz im beliebten Klosterhof zu bekommen. Celia war untröstlich gewesen, als sie hörte, dass sie und Lotta nach dem Kindergarten getrennt würden, hatte wochenlang gebettelt, dass wir sie an derselben Schule anmeldeten wie ihre beste Freundin.

Aber Christopher war hart geblieben, und ich gab ihm recht. Nicht nur dass die Falkenried vollkommen in Ordnung war – das Gebäude lag nur achthundert Meter von meinem Arbeitsplatz im Kindergarten Mansteinstraße entfernt, sodass Celia nach den ersten Wochen, die ich sie morgens bringen und mittags wieder abholen würde, eigenständig zu mir in die Kita kommen könnte, wo wir im angegliederten Hort nachmittags einen Betreuungsplatz für sie hatten.

Zum wiederholten Mal erklärte ich meiner Mutter diesen Umstand und endete mit einem »Alles andere wäre Quatsch und unpraktisch, schließlich muss ich oft bis fünf Uhr arbeiten, und Christopher kommt noch viel später nach Hause. Wenn überhaupt, du weißt ja, dass er häufig auf Reisen ist, und dann bin ich mit Celia ganz allein.«

»Das ist kein Argument«, gab meine Mutter zurück, zündete sich erneut eine Zigarette an und blies mir den Rauch mitten ins Gesicht. »Ich hatte euch ja angeboten, sie am Nachmittag zu nehmen«, erklärte sie in beleidigtem Tonfall. »Von mir bis zur Klosterhofschule sind es keine fünf Minuten!«

»Ich weiß, und das ist auch unheimlich lieb von dir. Aber so ist es wirklich am besten, außerdem reden wir doch nur von vier Jahren Grundschule, da können wir die Kirche ruhig im Dorf lassen.« Als ich das sagte, drückte Christopher noch einmal meine Hand, so, als würde er mir damit Einigkeit signalisieren wollen. Denn in dieser Beziehung teilten wir die Ansicht, dass wir im Gegensatz zu anderen Leuten kein riesiges Tamtam um das Thema machen wollten. Wir hielten auch nichts von irgendwelchen Hochbegabungstests oder speziellen Förderprogrammen, Celia sollte einfach nur eine ganz normale, unbeschwerte Kindheit haben. So wie Christopher und ich sie gehabt hatten, jedenfalls, was die Schule betraf. Denn während meine Mutter immer so tat, als hätten sie und mein Vater mich auf eine Eliteeinrichtung geschickt, hatte ich in meinem Heimatort Stormarn nur eine ganz normale Dorfschule und später nicht einmal das Gymnasium besucht.

»Ihr müsst es ja wissen«, sagte meine Mutter in einem Tonfall, der genau das Gegenteil besagte, nämlich, dass wir es eben *nicht* wussten. »Aber allein die Lage am Ring! Eine vierspurige Hauptverkehrsstraße! Es würde mich wundern, wenn bei dem Lärm überhaupt ein vernünftiger Unterricht in den Klassenzimmern möglich ist.«

»Keine Sorge, die sind schallisoliert«, gab ich zurück, obwohl ich das gar nicht wusste. Und tatsächlich war der Ring neben der Schule das Einzige, was mir anfangs auch ein wenig Bauchschmerzen bereitet hatte. Aber Christopher hatte sämtliche Zweifel im Keim erstickt und mich daran erinnert, dass ich Celia anfangs ja bringen und abholen würde und sie außerdem im Gegensatz zu uns in der Großstadt aufwuchs und so mit dem Straßenverkehr vertraut war. »Oder ist es dir doch lieber, wenn Regina sie nachmittags nimmt?«

»Nein«, hatte ich geantwortet und ihm einen Kuss auf die Nase gegeben. »Bloß das nicht!«

»Das Verhältnis zu Ihrer Mutter ist oder war also gespannt?« Dr. Jan Falkenhagen – jetzt ganz der professionelle Psychiater – bedenkt Marie mit einem Blick, der so viel bedeutet wie: »Aha! Jetzt kommen wir der Sache auf den Grund!« Sie schüttelt den Kopf, denn ihre Mutter hat mit »der Sache« nicht das Geringste zu tun. Höchstens am Rande, höchstens als »Was wäre wenn«, was, wenn Celia doch zum Klosterhof …

»Nein«, unterbricht Marie diesen Gedanken. »Oder, doch, aber nicht mehr oder weniger gespannt, als das Verhältnis zu Eltern eben so ist.«

»Bei manchen ist es überhaupt nicht gespannt«, wirft der Arzt ein.

»Mag sein«, sie zuckt mit den Schultern. »Aber das halte ich eher für die Ausnahme als die Regel.«

»Verstehe.« Mit einem goldenen Kugelschreiber notiert er etwas auf dem kleinen Block, der auf dem Knie seines übergeschlagenen Beins liegt, und Marie fragt sich, was an dieser Banalität aufschreibenswert ist. Aber er ist der Experte, er wird es wissen.

»Warum wollten Sie dann nicht, dass Ihre Mutter Celia am Nachmittag betreut?«

»Ich kann nicht sagen, dass ich es nicht *wollte*.«

»Sondern?« Sie überlegt einen Moment.

»Okay, vielleicht wollte ich, wollten *wir* es nicht. Meine Mutter ist einfach ein bisschen schwierig.«

»Schwierig?«

»Oder nennen wir es streng. Ich habe ihr Celia nicht so gern allein überlassen. Hin und wieder mal abends oder am Wochenende, das schon, aber es sollte keine regelmäßige Einrichtung werden.«

»Haben Sie ihr nicht vertraut?«

»Doch«, sie nickt. »Sehr sogar.« Denn es gibt viel, was man über ihre Mutter sagen kann, eine ganze Menge sogar. Kontrollsüchtig, herrisch, manchmal hartherzig, wenig empathisch und nur selten verständnisvoll, die meiste Zeit drehte sie sich um sich selbst. Aber nicht, dass sie nicht vertrauenswürdig, nicht zuverlässig ist. Allerdings hat Marie sich selbst auch immer für zuverlässig gehalten, und bis auf ein einziges Mal ist sie es ja auch immer gewesen.

»Was war es dann?«

»Hören Sie«, fährt Marie ihn an, sodass er fast unmerklich zusammenzuckt und seine Augen hinter den Brillengläsern nervös blinzeln. »Ich glaube nicht, dass ich hier über meine

Mutter reden möchte, denn sie hat nicht das Geringste mit dem zu tun, was passiert ist.«

»Glauben Sie das?«

Noch so eine Psychologenfrage! Warum soll sie hier rumraten, was sie glaubt? Er soll ihr einfach sagen, was er denkt!

»Nein, ich weiß es!«, erwidert sie, jetzt noch ein bisschen heftiger. »Und deshalb sehe ich auch überhaupt keinen Anlass dazu, Ihnen zu erzählen, wie ich mal mit drei Jahren vom Töpfchen gefallen bin oder mir sonst etwas Furchtbares geschehen ist.« Der Arzt seufzt, legt Block und Stift auf den Tisch und beugt sich dann ein Stück zu Marie vor.

»Frau Neumann.« Nun ist er wieder ganz der verständnisvolle Onkel Doktor, der noch vor Kurzem Susannes Geburtstagskarte bewundert hat, bevor sie von ihm ins Vandalenzimmer gesperrt wurde. »Marie, Sie haben eine schwere seelische Krankheit. Und ich versuche, gemeinsam mit Ihnen herauszufinden, wodurch sie entstanden ist, denn dann können wir Sie auch besser behandeln. Deshalb ist es wichtig zu erkennen, ob Sie schon früher irgendwelche Störungen entwickelt haben und ob der Grund dafür vielleicht in Ihrem Elternhaus zu finden ist. Es ist gut möglich, dass Sie bereits viel länger an Zwängen leiden, als Ihnen überhaupt bewusst ist.«

»Nein.« Marie schüttelt den Kopf. »Meine Mutter ist streng und sehr genau, das stimmt. Und Christopher und ich wollten deshalb auch nicht, dass Celia zu viel Zeit mit ihr verbringt. Eben weil wir der Meinung sind, dass Kinder anders erzogen werden sollen, mit viel Freiheit, Liebe und Eigenverantwortung. Aber so schrecklich ist meine Mutter nun auch wieder nicht, Celia hatte ihre Oma sehr lieb.«

Sie erinnert sich daran, wie sie einmal dabei war, als Regina Celia wegen einer Lappalie – sie hatte ein Glas Limonade umgestoßen – anschrie, sie mit den Worten »Bist du noch ganz bei Trost?« am Ellbogen packte und vom Tisch wegzerrte. Damals war Marie dazwischengegangen, hatte den Arm ihrer Mutter fest umklammert und dafür gesorgt, dass sie von Celia abließ. Im selben Moment hatte sie sich selbst vor Augen gehabt: Sie, Marie, im gleichen Alter, in der gleichen Situation, ein umgefallenes Glas oder ein Löffel, der vom Tisch gepurzelt war. Der eiserne Griff ihrer Mutter, die aufgebracht gezischte Maßregelung.

Maßregelung, ja, das hat Marie schon früher einmal erlebt, und bei der Erinnerung daran zieht sich ihr der Magen zusammen, sie fühlt sich wieder klein und schutzlos. Damals hatte ihr Vater sie verteidigt, hatte seiner Frau gesagt, dass das doch wohl keine große Sache sei und sie beruhigt. Jetzt, in diesem Moment, in dem Marie – erstaunlicherweise zum ersten Mal! – diese Parallele zieht, fragt sie sich, ob ihr Vater damals dieselbe Wut empfunden hatte wie sie, als ihre Mutter Celia wegen einer Kleinigkeit so anschnauzte. Denn das war das Gefühl, das in ihr tobte: Wut. Vermischt mit der unbändigen Lust, Regina zu schlagen, wieder und wieder, so fest sie nur konnte, bis ihre Nase brechen würde, und dann noch einmal und noch einmal und noch einmal.

»Celia mochte ihre Großmutter also?«

»Ja.« Die Oma, die Ferrero Küsschen mitbrachte und mit zum Ballett ging, um sie dort zu bewundern. Die ihr hübsche Kleider kaufte und an Weihnachten mit Dutzenden von Geschenken auftauchte, sodass es einer Explosion unterm Tannenbaum glich, die zu Kindergartenfesten kam und ihr Geschichten vorlas, die liebte Celia, sehr sogar. Die andere bekam sie dank Marie nicht sonderlich häufig zu Gesicht. Und deshalb Falkenried statt Klosterhofschule, so einfach war das.

»Gut.« Wieder greift er nach seinem Block und schreibt etwas auf, die Stirn hoch konzentriert in Falten gelegt, als ginge es um eine komplizierte Forschungsarbeit. Möglicherweise tut es das sogar, und Marie ist sein Forschungsobjekt. Subjekt.

Dieses Subjekt, über das es herauszufinden gilt, wie aus einer einfachen Kindergärtnerin, einer glücklichen Ehefrau und Mutter, eine eiskalte Mörderin werden kann. Vielleicht lässt sich ja doch alles mit einem Sturz vom Töpfchen erklären? »Noch einmal zurück zu Ihnen«, fährt er dann fort. »Sie haben also früher noch nicht unter Zwangsgedanken oder -handlungen gelitten? Zum Beispiel in Stresssituationen?«

»Nicht dass ich wüsste«, sagt sie wahrheitsgemäß.

»Haben Sie jemals irgendwelche Zählrituale ausgeführt? Beispielweise beim Einkaufen immer nur die dritte Tomate genommen? Oder die fünfte? Mussten Sie bei irgendetwas eine bestimmte Reihenfolge einhalten, damit nichts Schlimmes passiert? Umwege laufen, um eine spezielle Route zu gehen oder irgendwelche Ort zu meiden?« Sie schüttelt den Kopf.

»Nein. Für so etwas hätte ich gar keine Zeit gehabt.«

Er räuspert sich. »Darum geht es leider nicht, glauben Sie mir. Was ist mit Kontrollzwängen? Zwanzig Mal nachsehen, ob Herd, Bügeleisen oder andere Elektrogeräte auch wirklich ausgeschaltet sind? Wasserhahn, Lichtschalter und Wohnungstür überprüfen, irgendwas?«

»Nein.« Sein Stift wandert wieder über das mittlerweile gut gefüllte Papier, eng fügt sich eine Zeile unter die nächste.

»Eine irrationale Angst vor Keimen? Stundenlanges Händewaschen oder Duschen? Panik davor, anderen Menschen die Hand zu schütteln oder ungeschützt eine Türklinke anzufassen?«

»Was soll das?« Wieder brandet Wut in ihr auf. »Das habe ich nicht und hatte es auch nie! Wollen Sie mich kranker reden, als ich bin?«

Er hebt abwehrend die Hände. »Nein, natürlich nicht, ich will Ihnen helfen. Aber dazu gehört eine ausführliche Anamnese, bisher tappen wir einfach noch ziemlich im Dunkeln.«

»Das, was ich erlebt habe, ist weit schlimmer, schrecklicher und unvorstellbarer als alles, was Sie hier auflisten! Es ging nicht um blödes Händewaschen oder den Herd kontrollieren oder Gemüse nach einem Schema kaufen!«

»Dann erzählen Sie mir bitte, worum es ging.«

»Das wissen Sie doch schon längst«, ruft Marie aus. »Sie wissen alles, alles, alles! Sie haben doch die Akten, die Aufnahmen auf meinem Handy, alle Beweise! Sie wissen doch längst, dass ich besessen bin! Dass da ein Dämon in mir ist, der mich dazu bringt, Menschen zu töten!« Sie starrt ihn an, seine Miene bleibt unbekümmert, und das macht es fast noch schlimmer.

»Ich weiß das, was nach außen hin sichtbar ist«, erklärt er. »Aber mich interessiert viel mehr das, was unter der Oberfläche liegt, was man nicht auf Anhieb erkennen kann. Und deshalb freue ich mich, wenn Sie mir davon erzählen, mich teilhaben lassen an dem, was in Ihnen vor sich geht. Nur dann kann ich helfen.«

Zu spät, wieder ist der Gedanke da. Es ist, verdammt noch einmal, zu spät! Abrupt schiebt Marie ihren Stuhl zurück und steht auf.

»Heute nicht. Für heute habe ich genug geredet.«

4

In den nächsten vier Tagen will Marie nicht mehr mit Dr. Falkenhagen sprechen. Zu sehr aufgewühlt, zu wund gerieben haben sie diese Gespräche, die alles wieder an die Oberfläche holen. Diese Oberfläche, unter die der Arzt so gern sehen möchte, und die für Marie doch aber der einzige Schutz bedeutet. Der Druck ist immer noch geringer als zuvor, das ja, aber sie ist sich nicht sicher, wie viel an Erinnerung sie überhaupt ertragen kann.

Christopher hat ihr vor zwei Tagen einen langen Brief geschickt, in dem er noch einmal betont hat, dass er für sie da ist, wenn sie es wünscht und ihn braucht. Als sie ihn las, fühlte es sich an wie eine klaffende Wunde. Denn in den handgeschriebenen Zeilen entdeckte Marie wieder den Mann, den sie so viele Jahre geliebt, dem sie vertraut hatte. Mit dem zusammen sie Bach gehört hatte, abends, wenn sie sich unter der warmen Decke ganz dicht aneinanderkuschelten und noch ein bisschen flüsterten über das, was tagsüber alles passiert war. Und mit dem sie bis ans Lebensende hatte zusammenbleiben wollen. Das hatten sie sich immerhin einmal versprochen, *bis dass der Tod uns scheidet.* Wie hatten sie auch ahnen, wie auch nur im Ansatz vermuten können, dass es nicht ihrer oder Christophers, sondern der von Celia sein würde?

»Du bist Marie, oder?« Wie so oft sitzt sie im Innenhof mit einer Zigarette in der Hand, als das rothaarige Mädchen, Hannah, vor ihr steht. Marie nickt.

»Ja«, sagt sie. »Setz dich doch.« Das Mädchen zögert kurz, dann nimmt es auf der Bank neben ihr Platz. »Möchtest du?«, fragt Marie und hält Hannah das Päckchen West Silver hin. Sie schüttelt den Kopf.

»Nein danke, wir – «, sie stockt, setzt neu an: »Ich rauche eigentlich nicht.«

»Okay.« Marie schiebt die Schachtel zurück in ihre Jackentasche, dann sitzen beide Frauen eine Weile schweigend nebeneinander, blicken einträchtig auf die als Himmel getarnte Betonmauer. »Dein Name ist Hannah?«, will Marie schließlich wissen.

»Auch.«

»Auch?«

»Das ist schwer zu erklären. Am besten nennst du mich wirklich Hannah, darauf höre ich immer, egal, wer von uns gerade vorn ist.«

»Okay.« Wieder Schweigen, während Marie sich fragt, was für ein seltsames Mädchen das ist. Sie hat schon einmal etwas über multiple Persönlichkeitsstörung gelesen, die Krankheit aber eigentlich immer für ein Ammenmärchen gehalten. Umso verstörender empfindet sie nun Hannah, die von »uns« und »vorn« spricht. Ob das nur gespielt ist? Etwas anderes kann Marie sich nur schwer vorstellen, als dass die junge Frau sich das alles ausdenkt, um als »Kranke« einer »normalen« Bestrafung in einem »normalen« Gefängnis zu entgehen.

Doch auch das scheint absurd, denn man muss nur kurze Zeit hier sein, um zu erkennen, dass eine gängige Justizvollzugsanstalt im Vergleich zu dieser Einrichtung das Paradies auf

Erden sein muss. Ein paar Jahre Strafe absitzen und gut. Denn das hier zählt ja nicht einmal als Strafe, schließlich gelten sie alle als schuldunfähig. Ohne Schuld keine Strafe, ohne Schuld keine Dauer der Nichtstrafe, ohne Schuld bis auf Weiteres einfach nur weggeschlossen. Klappe zu, aber Affe – leider! – nicht tot.

»Ich habe dich beobachtet«, sagt Hannah.

»Ach ja?«

Das Mädchen nickt. »Sie sagen, du bist Kindergärtnerin.«

»Sie?«

»Die Pfleger, die anderen Patienten.«

»Ja, das bin ich. Oder, besser gesagt, war ich es mal.«

»Magst du Kinder?«

»Natürlich tue ich das!« *Was für eine seltsame Frage,* denkt Marie. Im nächsten Moment wird sie von einer Mischung aus Angst und schlechtem Gewissen erfasst, denn so ganz kann das ja nicht stimmen, das kann es nicht. Das hat sie bis heute nicht verstanden, woher auf einmal die grauenhaften Fantasien kamen, wo sie ihren Ursprung hatten. Elli hatte es ihr damals erklärt, schon ganz zu Anfang, in einer der ersten Mails, die sie miteinander ausgetauscht hatten: »Der Zwang stürzt sich perfiderweise auf genau das, was wir am meisten lieben.« Ein trauriger Trost war das, wie hätte Marie denn aufhören sollen zu lieben?

Als Elli ihr das schrieb, musste Marie an ein Theaterstück denken, das sie mal als Kind gesehen hatte. Sie konnte sich nicht mehr an den Titel erinnern, nur daran, dass es um ein Mädchen ging, das sich wünschte, dass alles, was es berührte, zu Gold wird. Und so geschah es dann auch, wirklich alles wurde zu Gold. Doch nach der ersten Freude darüber wurde dem Mädchen mit Schrecken bewusst, dass es verhungern würde, denn auch Essen und Trinken verwandelten sich in Gold, der Traum war in Wahrheit ein schrecklicher Fluch. Und so, wie das Mädchen Angst davor hatte, noch etwas anzufassen, hatte Marie plötzlich Angst davor, etwas zu lieben. Mit Recht, wie sich gezeigt hat, denn auch Patrick ist jetzt leblos wie Gold.

»Doch«, betont Marie nun noch einmal, denn hier ist sie ja sicher verwahrt, es kann nichts passieren, egal, was mit ihren Gefühlen ist, »ich liebe Kinder wirklich sehr.«

»Ich würde dich gern um etwas bitten.«

»Um was denn?« Sie ist erleichtert, dass Hannah einfach weiterspricht und nicht zu bemerken scheint, was ihre simple Frage gerade in Marie ausgelöst hat, wie sehr sich in ihrem Kopf schon wieder alles dreht, es nahezu drunter und drüber geht.

»Könntet du dir mit mir ein Zimmer teilen?«

»Ein Zimmer teilen?« Die Frage verwirrt Marie. »Ich wohne doch schon mit Susanne zusammen!«

»Ich weiß.« Hannahs Blick wandert rüber auf die andere Seite des Hofs, wo Maries Zimmernachbarin wieder mit Günther steht und spricht. Das Gesicht des Mädchens nimmt seltsam harte Züge an, fast feindselig mustert sie Susanne, um sich im nächsten Moment wieder lächelnd Marie zuzuwenden. »Verstehst du dich gut mit ihr?«

»Ist ganz okay«, meint Marie und erinnert sich daran, wie sie Susanne noch vor Kurzem eine Gabel ins Auge stechen wollte. »Hier kann man es sich ja nicht aussuchen.«

»Vielleicht doch. Wir könnten Susanne fragen, ob sie mit mir das Zimmer tauscht.«

»Du hast aber doch ein Einzelzimmer! Willst du das nicht behalten?«

»Nein. Ich habe Angst, nachts allein zu schlafen.« Wieder verändern sich Hannahs Gesichtszüge, gleichzeitig scheint ihre Stimme einen anderen Tonfall anzunehmen, jetzt wirkt sie nicht einmal mehr wie ein Mädchen, sondern eher wie ein kleines Kind. Ein kleines Kind, das Angst vor der Dunkelheit hat, wenn es nachts allein ist.

»Sicher können wir sie fragen.« Es ist Marie nicht nur egal, mit wem sie sich das Zimmer teilt. Etwas an Hannah rührt sie im Innern an, am liebsten würde sie sogar einen Arm um das rothaarige Mädchen legen.

Wenn nur die Sache mit dem Gold nicht wäre, aber wenigstens will sie versuchen, wieder einen Menschen zu mögen und ein Stück an sich heranzulassen. Vielleicht wird der Fluch ja irgendwann gebrochen? Und da ist eben etwas in Marie, das ihr sagt, dass sie Hannah mögen, sie sogar richtig gernhaben könnte. »Wenn Susanne nichts dagegen hat und die Ärzte es auch erlauben, ist das für mich kein Problem.«

»Danke!« Hannah strahlt sie an, springt im nächsten Moment auf und läuft rüber zu Susanne. Marie sieht dabei zu, wie das junge Mädchen aufgeregt auf ihre Zimmernachbarin einredet, die schließlich mit den Schultern zuckt und nickend ein »von mir aus« signalisiert.

»Wir hatten bei Celias Einschulung aufgehört«, sagt Dr. Falkenhagen, als Marie am Nachmittag doch wieder bei ihm im Büro sitzt. *Ich*, nicht *wir*, manchmal verfällt er eben doch in den typischen Therapeutenjargon. Die Zimmerfrage haben sie bereits miteinander geklärt, er hat nichts dagegen einzuwenden, dass Hannah Behrens und Susanne Krüger die Zimmer tauschen.

»Wenn Sie sich das zutrauen«, hatte er Marie nur kurz gewarnt, »Frau Behrens ist manchmal sehr durcheinander, das sollten Sie wissen.«

»Passt doch zu mir«, hatte Marie seit langer Zeit wieder so etwas wie den Versuch eines Scherzes unternommen. »Ich bin auch oft sehr durcheinander.« Lachend hatte Dr. Falkenhagen zum Telefon gegriffen und den Schwestern Bescheid gegeben, dass Hannah und Susanne noch am selben Tag die Zimmer tauschen würden.

Und jetzt sitzt Marie also wieder hier bei ihm, während Susanne und Hannah vermutlich gerade schon ihre Sachen umräumen.

»Ja, die Einschulung«, nimmt sie den Faden wieder auf und betrachtet ihr Hände, die dank gründlichster Reinigung schon ein bisschen besser aussehen als noch vor wenigen Tagen.

Celia kam in der Schule gut zurecht, sofern man das nach ein paar Wochen überhaupt schon sagen konnte. Sie fand schnell Anschluss und neue Freundinnen, hatte Kunst bereits nach der dritten Stunde zu ihrem Lieblingsfach erklärt und festgestellt, dass die meisten Jungs in ihrer Klasse »total blöd« waren.

Den Weg morgens zur Schule und mittags zu mir in den Kindergarten, in dem auch ihr Hort untergebracht war, fand sie ohne Probleme, schon nach der ersten Woche sträubte sie sich hartnäckig dagegen, weiter von mir gebracht und abgeholt zu werden.

Ich verstand es gut, denn zum einen wollte Celia natürlich kein »Baby« sein, zum anderen war es doch viel schöner, gemeinsam mit den neuen Freundinnen zu gehen, dabei den einen oder anderen Umweg zu laufen, vom Taschengeld beim Kiosk Süßigkeiten zu kaufen oder sich die Nase am Schaufenster einer Boutique platt zu drücken.

»Für dich«, sagte Celia eines Mittags, etwa einen Monat nach ihrer Einschulung, und drückte mir einen Zettel in die Hand, als sie im Kindergarten angekommen war. Ich nahm den etwas zerknitterten Wisch entgegen und überflog die Mitteilung an die Eltern, die er enthielt.

»Was steht denn da?«, wollte Celia wissen, die den Brief natürlich noch nicht lesen konnte.

»Dass du vorm Mittagessen im Hort keine Schokoküsse essen sollst«, behauptete ich, denn in Celias Mundwinkeln entdeckte ich verräterische braune Flecken und Eiweißschaum.

»Stimmt nicht!«, rief meine Tochter, wirkte aber gleichzeitig etwas verunsichert und wischte sich verstohlen mit einer Hand über die Lippen.

»Nein«, sagte ich. »Das stimmt auch nicht. Hier steht nur, dass die Ampelanlage am Ring wegen kurzfristiger Sielarbeiten nächsten Montag außer Betrieb gesetzt und der Verkehr so lange von Polizisten geregelt wird.«

»Sielarbeiten?«

»Das hat was mit den Wasserleitungen unter der Erde zu tun. Aber so genau weiß ich das auch nicht.«

»Und was heißt das jetzt?«

»Dass ich dich nächsten Montag zur Schule bringe und auch wieder abhole.«

»Ach, nöö!«, protestierte Celia, denn das bedeutete für sie gleichzeitig: keine unerlaubten Naschereien vorm Essen.

»Süße, das ist doch nur für einen einzigen Tag, danach kannst du wieder ganz allein gehen«, sagte ich und ärgerte mich ein bisschen. Denn ausgerechnet am Montag hatte ich Spätdienst im Kindergarten und deshalb für acht Uhr einen Termin bei der Massage gemacht, auf den ich mich schon ewig freute, den ich nun aber würde absagen müssen. Die Praxis war unten am Hafen, das wäre zeitlich nicht zu schaffen.

Christopher war bis Mittwoch in Dubai, sonst hätte er Celia bei der Schule abliefern können. Aber so blieb wieder alles an mir hängen, und ich musste meine Bedürfnisse hintanstellen. Wie meistens, dachte ich in diesem Moment und wünschte mir wie schon häufiger einen Mann, der ein bisschen öfter zu Hause war und mich mehr unterstützen könnte.

»Was bedeutet das?«, wollte Celia wissen, als wir am nächsten Montagmorgen an der Ecke Falkenried und Ring 2 standen, wo ein

Polizist auf der Kreuzung gerade seinen Arm senkrecht in die Höhe streckte.

»Das heißt so viel wie ›Gelb‹, da müssen wir warten«, erklärte ich meiner Tochter, die den Schutzmann neugierig musterte.

»Aber der steht ja mitten auf der Straße«, sagte sie. »Was, wenn er von einem Auto überfahren wird?«

»Das passiert nicht«, sagte ich, »wer ein Auto hat, kennt auch die Zeichen.« Im nächsten Moment senkte der Polizist den Arm, drehte sich seitlich zu uns und begann, uns über die Straße zu winken. »Es ist ganz einfach: Wenn du Brust oder Rücken vom Polizisten siehst, musst du stehen bleiben. Dreht er sich zur Seite und winkt, darfst du losgehen. Kann man sich ganz leicht merken.« Dann zitierte ich einen Spruch, der wie aus dem Nichts in meinem Gedächtnis auftauchte: »Siehst du Schutzmanns Brust und Rücken, Bremse drücken – siehst du die Naht, gute Fahrt!« Celia kicherte und wiederholte den Reim.

»Ist ja pupsi einfach«, sagte sie dann ein wenig altklug. Wir überquerten die Straße, meine Tochter schob ihren Roller neben sich her und winkte dem Polizisten zu, der ihren Gruß erwiderte.

»Pupsi einfach, das hat sie gesagt.« Marie betrachtet die Tropfen, die sich auf der weißen Tischplatte vor ihr gesammelt haben und zu einem kleinen See zusammengelaufen sind, die Tränen müssen ihr einfach so und unbemerkt aus den Augen gefallen sein.

»Was ist dann passiert?«, fragt Jan Falkenhagen und reicht Marie ein neues Taschentuch.

Der Tag im Kindergarten war besonders stressig. Manchmal gab es so Zeiten, da schienen sich alle Knirpse miteinander abgesprochen zu haben, uns Erzieher an den Rand des Wahnsinns zu treiben, und an diesem Tag war es so.

Kaum hatte ich mit der Arbeit begonnen, mussten meine Kollegin Jennifer und ich schon einen Streit zwischen zwei Jungs schlichten, während sich vier Mädchen im Spielzimmer um ein und dieselbe Puppe kloppten. Der Geräuschpegel schwoll zwischendurch aufs nahezu Unerträgliche an, und ich hatte schon ein leises Klingeln auf den Ohren. Trotzdem war ich noch bemüht, ruhig und besonnen zu bleiben und keinen der kleinen Racker anzubrüllen. Das fiel nicht immer leicht, vor allem in Situationen wie dieser, wenn alle auf einmal verrücktspielten, aber mit Geschrei würde ich auch nichts bewirken, außer, dass die Kinder noch mehr aufdrehten.

Als ich irgendwann Anton dabei erwischte, wie er die Sportsachen von Lukas aus dessen Turnbeutel geklaut hatte und gerade dabei war, sie mit einer Bastelschere in kleine Streifen zu zerlegen, hatte ich allerdings einige Mühe, nicht die Beherrschung zu verlieren. Ich verstand schon, dass manchen Kollegen mal die Hand ausrutschte, auch wenn mir das bisher noch nie passiert war. In solchen Momenten war ich allerdings kurz davor, Ohrfeigen auszuteilen, vor allem als Lukas sich auf Anton stürzte und der Angegriffene dabei so unglücklich gegen eine Tischkante stolperte, dass es laut rumste und die Stirn des Jungen aufplatzte.

Anton schrie wie am Spieß, Blut rann ihm in Strömen über das Gesicht. Kopfwunden sind immer besonders hässlich und bluten so stark, dass man sonst was befürchtet. Zwar wusste ich das, aber trotzdem wurde mir bei dem Anblick ganz flau im Magen. Lukas wurde kreidebleich und fing vor Schreck an zu weinen, innerhalb von Sekunden tobte ein noch größerer Tumult unter den restlichen Kindern, die natürlich alles mitbekommen hatten, ein heilloses Geschrei brach los.

»Jennifer!«, brüllte ich nach meiner Kollegin, die gerade im Nebenraum damit beschäftigt war, die Bastelsachen vom Morgen wegzuräumen.

Sie kam angerannt und fluchte, als sie Antons blutenden Kopf sah. Auch er heulte jetzt hemmungslos und rollte sich auf dem Boden hin und her, überall verteilten sich rote Schlieren übers Linoleum. Jennifer ging zu ihm in die Hocke und nahm den schluchzenden Jungen in den Arm, strich ihm durchs Haar, während ich versuchte, Lukas zu beruhigen und gleichzeitig die anderen Kinder in Schach zu halten, indem ich sie anwies, rüber ins Spielzimmer zu gehen und sich dort bitte leise zu beschäftigen. Zwecklos, natürlich, sie hörten mir nicht einmal zu, sondern plärrten in wildem Geschrei weiter durcheinander.

»Lass mal sehen«, sagte Jennifer, nachdem Anton sich einigermaßen gefangen hatte, und inspizierte die Wunde. »Die muss genäht werden«, sagte sie und wollte ihn zum Arzt bringen. Ich sollte inzwischen die Eltern anrufen.

»In Ordnung«, sagte ich und merkte, dass meine Stimme leicht zitterte, auch mir war der Schreck in die Glieder gefahren, denn da war einfach so viel Blut. Gleichzeitig warf ich einen Blick auf meine Armbanduhr. Es war schon Viertel vor eins, und eine halbe Stunde später würde ich Celia abholen müssen. Unsere Kollegin Tanja hatte an diesem Tag Frühdienst und war schon zu Hause, die anderen drei Gruppen waren draußen, sodass ich unmöglich wegkonnte, denn sonst wären die Kinder ohne Betreuung. »Beeilst du dich, bitte?«, sagte ich zu meiner Kollegin.

Jennifer machte sich mit Anton auf den Weg, ich selbst schaffte es irgendwie, die anderen zu beruhigen. Nachdem ich Antons Mutter informiert hatte, rief ich in der Schule an, erreichte aber niemanden, und die Liste mit den Telefonnummern der Eltern von Celias Schulkameraden hing bei uns zu Hause am Kühlschrank. Da hing sie gut, wirklich gut, denn so konnte ich niemanden darum bitten, meine Tochter für mich abzuholen.

Fünfzehn Minuten später traf Antons aufgeregte Mutter ein, die ich gleich rüber zum Kinderarzt schickte, um zwanzig nach eins nahm endlich jemand im Schulsekretariat ab, der mir versprach, sofort runter vors Gebäude zu laufen, um nach Celia zu sehen und sie reinzuholen, damit sie vor dem Sekretariat auf mich warten würde.

»Pupsi einfach«, wiederholte ich wie ein Mantra die Worte meiner Tochter vom Morgen und sagte mir, dass ich nicht hysterisch werden sollte, sie war ja schon ein großes Mädchen. Trotzdem rannte ich sofort los, als zehn Minuten später eine andere Mutter, die ihr Kind abholen wollte, dazu bereit war, kurz die Aufsicht der Gruppe zu übernehmen. Eigentlich war das nicht erlaubt, aber darauf konnte und wollte ich in diesem Moment keine Rücksicht nehmen.

Während ich den Eppendorfer Weg runterlief, atemlos und mit Seitenstichen, sah ich zwischendurch immer wieder auf mein Handy, hoffte, dass es gleich klingeln würde und die Schulsekretärin dran wäre. Doch es blieb stumm, und langsam breitete sich in mir Panik aus. Sie musste Celia doch längst vor der Schule eingesammelt haben, wieso rief sie mich nicht an? Ich wählte erneut die Nummer des Sekretariats, aber das Klingeln verhallte ungehört in der Leitung. Wieder ein Blick auf die Uhr, zwanzig vor zwei, um diese Zeit wäre meine Tochter normalerweise längst im Kindergarten angekommen. *Und was,* jagte mir plötzlich ein neuer Gedanke durch den Kopf, *wenn sie einen anderen Weg als sonst genommen hat und ich sie verpasse? Wenn sie doch mit ein paar Freundinnen gegangen ist?* Aber dann wäre es ja gut, dann würde ich von der Schule direkt wieder zurücklaufen und sie wäre im Hort.

Vollkommen erschöpft erreichte ich den Ring, der Schweiß lief mir in regelrechten Sturzbächen herunter, mein T-Shirt klebte mir am Körper. Ich sah rüber zur Schule, scannte das Gebäude und die gesamte Straße, zwei oder drei Einfahrten mit den Augen ab, aber weit und breit keine Spur von meiner Tochter. Auch nicht von der Sekretärin, die mir versprochen hatte, Celia zu suchen und mit reinzunehmen, der Rotklinkerbau lag einsam und verlassen, nahezu ausgestorben vor mir. In diesem Moment klingelte mein Telefon, erleichtert erkannte ich die Nummer vom Schulbüro und ging ran.

»Ich habe sie nirgends gefunden«, sagte die Stimme am anderen Ende der Leitung, und mir sackte das Blut in die Knie. »Sie muss schon allein losgegangen sein.« Ich beendete das Gespräch und machte auf dem Absatz kehrt, wollte schnell wieder zurück zum Kindergarten.

»Mami!« Als ich Celia rufen hörte, fuhr ich herum, die Erleichterung durchspülte mich wie eine warme Welle. Sie war auf der anderen Straßenseite, ein paar Meter von der Schule entfernt, da, wo der Kiosk ist, und selbst auf die Entfernung konnte ich erkennen, dass sie verstohlen kaute. Natürlich war mir das in diesem Moment egal, ich war einfach nur froh, sie gefunden zu haben, und winkte zu ihr rüber. Sie setzte einen Fuß auf ihren Tretroller und fuhr los, ihre Zöpfe flogen im Fahrtwind auf und ab, als sie den Bürgersteig entlanggeprescht kam.

»Nicht so schnell!«, rief ich ihr warnend zu, blieb an der Kreuzung stehen, um darauf zu warten, dass der Polizist mich auf die andere Straßenseite winken würde.

Maries Stimme bricht ab, sie kann nicht weitererzählen, das kann sie nicht. Nicht noch einmal von diesem Moment berichten, sich in Erinnerung rufen, was sie doch so gern vergessen würde. So sehr vergessen möchte, als ob es nie passiert wäre. Denn es darf einfach nicht sein, es *darf nicht sein!*

Wochenlang hat Marie sich das wieder und wieder gesagt, dass es nicht sein darf, nicht sein *kann*. Aber irgendwann, als sie aus dem Nebel aus Tranquilizern und Wein, durch den sie Tag für Tag über Monate schwamm, wieder auftauchte, war es ihr mit grausamster Sicherheit bewusst geworden. Es war wahr. Es *ist* wahr.

»Celia wollte mit ihrem Roller anhalten«, spricht sie tonlos weiter. »Der Polizist stand schließlich mit dem Rücken zu ihr, ich selbst sah ihn von vorn. *Brust und Rücken, Bremse drücken, pupsi einfach.* Wie genau es dann passiert ist, weiß ich nicht, irgendwie ist sie ins Rutschen gekommen oder gestolpert, ich kann es nicht mit Sicherheit sagen. Vielleicht war ich auch einen Moment abgelenkt, weil der Schutzmann mir zuwinkte oder ein Auto hupte, ich weiß es wirklich nicht.« Wieder bricht Marie ab.

»Spielt das denn eine Rolle?«, fragt Dr. Falkenhagen und reicht ihr noch ein Taschentuch.

»Ob das eine Rolle spielt?«, fährt sie ihn an, dann schnäuzt sie sich geräuschvoll und holt tief Luft. »Ob es eine Rolle spielt, nicht genau zu wissen, wie das eigene Kind überfahren wurde? Ob Celia gesehen hat, dass ein Jeep auf sie zuraste? Ob sie sich erschrocken hat und noch zurückweichen wollte, ob sie Angst hatte, Todesangst, oder ob sie gar nicht mehr gemerkt hat, wie ihr kleiner Körper von der Motorhaube des Wagens erfasst und durch die Luft geschleudert wurde? Das spielt keine Rolle?«

»Doch«, sagt er beschwichtigend, »natürlich tut es das. Ich glaube nur, dass Sie es einfach vergessen haben. Verdrängt. Wir Menschen können Ereignisse, die wir nicht ertragen, vollkommen ausblenden.«

»Meinen Sie, so wie die Tatsache, dass ich mich nicht mehr daran erinnern kann, meinen Freund ermordet zu haben?«

»Ja, so ähnlich.«

»Wie praktisch!«, erwidert Marie und spürt ein hysterisches Lachen in sich aufsteigen. »Was man nicht weiß, macht einen nicht heiß.«

»Nein. Das ist ein Schutzmechanismus, was die Seele nicht verkraftet, verdrängt sie.«

»Haben Sie eigentlich Kinder?«, will Marie plötzlich wissen und merkt dabei selbst, wie trotzig sie mit einem Mal klingt. Für einen Moment sieht der Arzt irritiert aus, aber nur ganz kurz.

»Nein, habe ich nicht.«

»Eine Frau?« Wie ein Vorwurf klingt ihre Frage. Er zögert, dann schüttelt er den Kopf. »Wollen Sie keine? Also, Kinder, meine ich?«

»Ist das wichtig für Sie?«

»Ja«, antwortet Marie. »Ich muss wissen, ob Sie mich überhaupt verstehen können. Sie sitzen hier vor mir, fragen mich aus, wollen alles ganz genau wissen, ich soll mein Innerstes nach außen kehren und habe keine Ahnung davon, wer Sie eigentlich sind. Nicht einmal Ihr Alter kenne ich. Irgendwie ist es ungerecht, dass ich gar nichts über Sie weiß, Sie aber alles über mich. Aber so sind wohl die Spielregeln zwischen Patient und Arzt.«

»Ich bin vierzig.« Er lächelt, als er das sagt, obwohl sie ihn regelrecht angreift, scheint es ihn nicht im Geringsten aus der Ruhe zu bringen.

»Und was ist jetzt mit Kindern?«

»Das hat sich bisher nicht ergeben.«

Marie schweigt, sie weiß nicht, was sie als Nächstes sagen soll. Und woher die Wut kommt, die gerade in ihr tobt, Wut auf Jan Falkenhagen. *Der weiß doch gar nicht, wie das ist,* denkt sie. Hockt hier mit seinen rahmengenähten Schuhen, der Herr Doktor, hört sich ihre und die traurigen Geschichten der anderen an und fährt nach Feierabend mit seinem schicken BMW-Cabriolet nach Hause in seine schicke Penthousewohnung über den Dächern von Pöseldorf oder Harvestehude oder Nienstedten, wo man als erfolgreicher Arzt halt so wohnt, mit Designermöbeln und weißem Ledersofa, auf dem bestimmt noch nie ein Löffel Nutella oder ausgelaufene Plakafarbe gelandet ist. Wie soll denn so einer verstehen, was es bedeutet, sein Kind zu verlieren? Danebenzustehen, wenn es überfahren wird, den Aufprall zu hören, das hässliche Geräusch von zerbeulendem Blech, der dumpfe Aufschlag auf dem Asphalt, die verrenkten Arme und Beine, das gebrochene

Genick! Dabei zu sein und nichts tun zu können, nichts, nichts, *nichts!*

Die unheimliche, entsetzliche Stille, die danach kommt, als wäre man in Watte gepackt, alles wie in Zeitlupe, aufgerissene Münder, beim Fahrer, beim Polizisten, bei den Gaffern, die an der Unfallstelle halten, aus ihren Autos springen und tonlos »O mein Gott, o mein Gott!« schreien; irgendwann ein Martinshorn, dass die Leere zerreißt, und dann wird sie, Marie, zerrissen, von irgendwelchen Händen, die nach ihr greifen und sie davonzerren, fort von Celias leblosem Körper, über dem sie kniet, den sie an ihre Brust drückt, diesen kleinen, schlaffen Körper, so sehr an sich drückt, als könne sie ihn damit wieder zum Leben erwecken. Dann Sanitäter, ein Arzt, hektisches Hantieren mit Geräten, Wiederbelegungsversuche an einer Toten.

»Was macht Sie gerade so böse?«

Marie starrt Dr. Falkenhagen ungläubig an, kann nicht fassen, dass er das gefragt hat, dass ihm das nicht klar ist. »Was mich böse macht?«

Er nickt.

»Das Leben.« Sie schlägt mit einer Hand auf die Tischplatte, wischt mit den Fingern durch den See aus Tränen. »Dieses unfaire Scheißleben!«

»Das verstehe ich gut.«

Noch so ein Allgemeinplatz, noch so eine geheuchelte Bekundung, und sie wird ihn schlagen, da ist sie ganz sicher.

»Aber Sie haben ja nicht einmal Kinder!«

»Und deshalb glauben Sie, dass ich Ihren Schmerz nicht nachvollziehen kann?« Nachdenklich wiegt er den Kopf hin und her. »Aber Sie haben recht, ich weiß nicht, wie sich das anfühlt. Ich kann es mir nur vorstellen.«

»Das kann man sich nicht vorstellen«, widerspricht sie leise. »Das ist unvorstellbar.«

»Vielleicht nicht. Aber ich sage Ihnen was: Ich bin froh, dass ich das nicht kann, denn das muss absolut grauenhaft sein, das Schlimmste, was man überhaupt erleben kann. Trotzdem bin ich hier, um Ihnen zu helfen.«

»Mir kann niemand mehr helfen. Ich bin zu spät gekommen, einfach zu spät. Meine Tochter musste sterben, weil mir ein anderes Kind wichtiger war.« Jetzt kommen neue Tränen. »Ein *anderes Kind*, nicht *meins* – begreifen Sie das?«

»Wer hat das behauptet?«

»Alle.«

»Wer ist alle?«

Sie zuckt mit den Schultern. »Christopher. Meine Mutter. Unsere Freunde und Bekannten.«

»Das haben sie zu Ihnen gesagt?«

»Nein«, gibt sie zu. »Aber ich habe es gespürt. Schon bei Celias Beerdigung habe ich das, wie sie mich da alle angestarrt haben, mich, die Rabenmutter. Nach außen hin voller Mitgefühl, die Beileidsbekundungen, die Versprechen, immer für mich da zu sein, verbunden mit einem Tätscheln auf den Rücken. Und dann sind sie alle verschwunden, einer nach dem anderen. Bis auf meine Mutter, die blieb natürlich noch so lange, bis sie einmal mit aller Deutlichkeit loswerden konnte, dass sie ja von Anfang an für die Klosterhofschule gewesen war.«

»Haben Sie noch Kontakt zu ihr?«

»Nein, ich wollte sie nicht mehr sehen. Und sie ist dann noch nicht einmal zu meiner Verhandlung erschienen. Hat mich vorher nur angerufen und mir gesagt, dass sie das leider nicht durchsteht, dass ihr das zu viel ist und sie es nicht ertragen kann, ihre einzige Tochter so zu sehen. Sie steht das nicht durch und kann es nicht ertragen – lustig, oder?«

»Was war mit Ihrer Ehe?«, fragt der Arzt. »Ihr Mann hat Sie auch verlassen?«

»Nicht sofort«, sagt Marie. »Wir haben versucht, uns zusammenzuraufen, haben uns gesagt, dass wir ja wenigstens noch uns haben. Aber ich habe immer gespürt, dass er mir das nicht verzeihen kann, habe es jeden Tag, jede Minute und Sekunde in seinen Augen gesehen.« Diese Augen, die sie so an Celia erinnern, beinahe kam es ihr vor, als würde ihre Tochter sie vorwurfsvoll anschauen. *Und was ist, wenn ich mal sterbe?,* hört sie Celia fragen.

»Es war ein Unfall«, sagt der Arzt.

»Nein. Ich war nicht da, sonst wäre es nicht passiert. Das konnte und kann ich mir nicht verzeihen, und mein Mann konnte es eben auch nicht.«

»Aber gesagt hat er das nie?«

»Nicht direkt, nein.«

»Woher wissen Sie dann so genau, dass er Ihnen die Schuld an Celias Tod gab?«

»Was heißt wissen?« Sie zuckt mit den Schultern. »Es war mehr so ein Gefühl, vielleicht war es Christopher ja selbst auch gar nicht bewusst.« Marie seufzt. »Heute kann ich das nicht mehr so genau sagen.«

»Und dann hat er Sie eines Tages verlassen?«

Sie schüttelt den Kopf. »Er hatte eine Geliebte.« Sie lacht. »Das war *seine* Art, mit der ganzen Sache umzugehen, hat sich eine Freundin gesucht, die ihn von zu Hause und dem zerstörten Wrack, das ich nur noch war, ablenkte, bei der er das alles vergessen konnte. Die typischste, die billigste aller Reaktionen auf so ein Ereignis.«

»Wie haben Sie es herausgefunden?«

»So banal, dass es schon fast peinlich ist. Lippenstift am Hemdkragen, der Klassiker.« Sie erinnert sich daran, wie sie es entdeckt hat. Und daran, dass sie nicht einmal sonderlich überrascht war, dass sie es sogar fast logisch fand, wie Christopher reagierte. »Er hat es gar nicht erst abgestritten, sondern gleich alles zugegeben. Hat gesagt, dass es ihm leidtut, dass es dumm von ihm war und ihm nichts bedeutet.«

»Das hat Sie verletzt?«

»Man kann nicht verletzt werden, wenn man nichts mehr spürt«, gibt sie zurück und meint es so. »Vielleicht war es mir sogar ganz recht, ich wollte sowieso nicht mehr mit ihm schlafen, das konnte ich nicht. Ein halbes Jahr später haben wir uns beide eine neue Wohnung genommen, drei Monate danach haben wir die Scheidung eingereicht. Und das war es dann. Aus drei mach eins, so schnell kann es gehen.« *Ene mene muh und raus bist du!*

»Hat es da angefangen?«

»Was?«

»Die Zwänge. Haben Sie da zum ersten Mal einen Schub bekommen?«

»Das begann schleichend, kaum merklich«, sagt Marie und knetet jetzt schon wieder vor Nervosität ein Taschentuch in Fetzen. »So, dass ich mir anfangs überhaupt nichts dabei dachte, außer vielleicht, dass ich natürlich noch total neben mir stand. Wer hätte das nicht? Celia tot, die Beziehung zu Christopher zerbrochen – meine Kolleginnen waren alle der Ansicht, dass ich mich besser noch länger krankschreiben lassen und zu Hause bleiben sollte.«

»Aber das wollten Sie nicht?«, fragt Dr. Falkenhagen, obwohl die Antwort doch mehr als auf der Hand liegt. Marie wundert sich ein bisschen darüber, dass der Arzt ständig Dinge fragt, die er doch eigentlich schon weiß. Oder wissen müsste. Positive Verstärkung vermutet sie dahinter, diese pädagogische Allzweckwaffe, er will Marie dazu motivieren, weiterzusprechen. Auch das kennt sie ja selbst von ihrer Arbeit als Erzieherin, den Kindern immer und ständig signalisieren, dass man an ihnen interessiert ist, ihnen zuhört, sie ernst und wichtig nimmt.

»Nein, ich war ja schon ein halbes Jahr ausgefallen und

dachte, dass ich zu Hause irgendwann verrückt werden würde. Wie hätte ich auch ahnen können, dass es nicht zu Hause passiert? Dass ich ganz woanders wahnsinnig werde?«

Die Babys. Mit ihnen fing es an. Die Trennung von Christopher war ungefähr ein Vierteljahr her, und eigentlich dachte ich, dass es mir wieder ganz gut ginge. Natürlich nicht wie früher, aber manchmal konnte ich sogar schon wieder lachen oder mal ein paar Minuten am Tag nicht an Celia denken. Tatsächlich half mir die Arbeit auch irgendwie dabei. Ein regelmäßiger Tagesablauf, über den ich nicht nachdenken musste, morgens in den Kindergarten, nachmittags nach Hause, ein paar Stunden auf dem Sofa sitzen und gegen die Wand oder in den Fernseher stieren, drei oder vier Gläser Rotwein, damit die Müdigkeit kam, dann ab ins Bett und hoffen, dass die Albträume mich verschonen würden. So ging es dann ja auch eine ganze Weile gut, unspektakulär und regelmäßig. Bis es dann passierte.

Barbara, die Mutter von Paul, kam eines Morgens in den Kindergarten und hatte ihren neugeborenen Säugling dabei, den sie uns allen zeigen wollte.

»Wir möchten euch Pauls kleine Schwester Henriette vorstellen.« Paul selbst stand stolz daneben und genoss es sichtlich, dass alle seine Freunde mal neugierig gucken wollten, wer das kleine Mädchen war, das da schlafend auf Barbaras Arm lag und an seinem Schnuller nuckelte.

»Die ist ja total winzig!«, quiekten die Mädchen verzückt, als wäre das Kind eine Puppe, die Jungs warfen nur einen kurzen Blick auf Henriette und wandten sich dann wieder spannenderen Dingen zu, ein Baby fanden sie dann doch nicht so interessant.

»Wie süß!«, rief Jennifer aus. »Darf ich sie mal halten?« Barbara legte meiner Kollegin das Kind in den Arm. Sofort fing Jennifer an, verzückte Dutzi-Dutzi-Laute von sich zu geben. Als sie meinem Blick begegnete, verstummte sie und schlug verschämt die Augen nieder. Richtig, die Frau mit der toten Tochter, das war ihr in diesem Moment natürlich unangenehm.

»Gib sie mir bitte auch mal«, bat ich, um meinen Aussätzigenstatus zu überspielen, und gab mir Mühe, dabei zu lächeln. Eine kurze stumme Frage Richtung Barbara, die Jennifer mit einem Nicken erlaubte, mir das Kind zu überlassen, schon hatte ich das Mädchen auf dem Arm.

Und es war seltsam. Ein unangenehmes Gefühl kroch in mir hoch, eine Art von Unsicherheit, etwas, das ich nicht genau benennen konnte, aber es war ein bisschen wie der Drang, den man verspürt, wenn man an einem steilen Abhang oder auf einem hohen Balkon mit niedriger Brüstung steht. Die Lust und gleichzeitig die Angst davor, in die Tiefe zu springen, denn es wäre ja nur ein einziger Schritt, ganz einfach, nur ein kleines Stückchen vor, schon wäre man im freien Fall und dann, ohnmächtige Sekunden später, kawumms!

Ich bekam eine Gänsehaut, mein gesamter Körper spannte sich seltsam an, und es war fast so, als hätte ich noch nie ein Baby im Arm gehalten, obwohl ich das ja schon tausendfach getan hatte. Mir war, als könnte ich aus Versehen etwas kaputt machen, dieses kleine, verletzliche und schutzlose Wesen irgendwie beschädigen.

Ich war ja viel größer als Henriette, hatte die vollkommene Macht über sie, sie war mir ausgeliefert. Noch nie zuvor war mir in den Sinn gekommen, dass Kinder uns wirklich komplett ausgeliefert sind, auf Gedeih und Verderb.

Plötzlich war da dieses Bild in mir, wie ich das Mädchen fallen lassen würde. Oder mit Schwung wegwerfen, gegen die Wand klatschen oder auf den Boden, die weichen Knochen würden brechen, alle auf einmal, erst durch den Sturz, und dann würde ich noch einmal auf das Kind drauftreten. Knack, der Schädel eines Babys, er würde so einer Gewalt nicht standhalten können. Scheinbar war mir mein Unwohlsein anzumerken, denn Jennifer fragte »Ist was?«.

Panik stieg in mir auf, was denn das nur für seltsame und beängstigende Vorstellungen waren, die mir da ohne jede Vorwarnung durch den Kopf schossen. Und die den anderen vielleicht nicht verborgen blieben.

»Nimm sie bitte mal wieder«, sagte ich und drückte Barbara ziemlich hektisch ihr Kind zurück in den Arm. Ich wollte das Baby nur noch loswerden, weg von mir, es außerhalb meiner Reichweite bringen, bevor ich irgendetwas Schlimmes tun würde.

»Alles in Ordnung?«, fragte sie.

»Ja«, sagte ich, »aber ich muss mich jetzt wieder um die Gruppe kümmern.« Mit diesen Worten floh ich nahezu rüber ins Spielzimmer, völlig verwirrt und durcheinander, fassungslos über das, was ich gerade gedacht hatte. Doch so schnell die Bilder gekommen waren, so schnell verschwanden sie auch wieder.

Ich versuchte, mich damit zu beruhigen, dass das absolut verständlich und normal sei. Als ich nach der Arbeit mit dem Auto nach Hause fuhr, sagte ich mir, dass es doch vollkommen klar war, dass ich in meinem Zustand nicht so gern ein Baby auf den Arm nahm, noch dazu ein Mädchen! Ich würde einfach noch mehr Zeit brauchen, bis die Wunden verheilt wären. Das vorhin war nur eine Übersprungsreaktion gewesen, kein Grund zur Sorge, alles war gut.

»Das war also das erste Mal?«

»Ja. Aber da wusste ich natürlich noch nicht, was es war.«

»Und was passierte dann?« Wieder knetet Marie ein zerfetztes Taschentuch in ihren Händen, senkt den Blick und flüstert: »Es wurde nicht besser. Es wurde immer schlimmer.«

5

EINE GUTE WOCHE lang passierte nichts, und ich wiegte mich schon in der Sicherheit, dass mein gedanklicher Aussetzer wohl ein Einzelfall bleiben würde.

Aber dann musste ich irgendwann mittags rüber in den Supermarkt, um beim dazugehörigen Bäcker ein paar Berliner für die kleine Geburtstagsfeier zu besorgen, die wir für eines der Kinder am Nachmittag veranstalten wollten. Vor mir in der Schlange stand eine Frau mit Kinderwagen, das Baby darin war nur wenige Wochen alt.

»Wie süß«, sagte ich, als ich das kleine, verknautschte Gesicht sah, das unter einem himmelblauen Mützchen hervorlugte; die winzigen, zu Fäusten geballten Händchen, der Miniaturkörper, der unter der Decke im Schlaf leicht zuckte. Die Mutter lächelte mich an, so wie Mütter einander eben anlächeln, wenn es um ihren Nachwuchs geht, lächelte freundlich und stolz, ein Lächeln, das ich sicher auch schon tausendfach gelächelt hatte.

»Wie alt ist er denn?«, wollte ich wissen.

»Drei Wochen«, sagte die Frau. »Ist mein Erstes.« Ich beugte mich runter, um dieses erste Baby noch genauer in Augenschein zu nehmen. Dachte mir überhaupt nichts dabei, nicht das Geringste, die Erinnerung an mein Erlebnis mit Henriette war wie weggeblasen, ich wollte mir einfach nur dieses süße Baby ansehen, den typischen Geruch von Puder und leicht gegorener Milch einatmen, vielleicht seine weiche Haut einmal kurz berühren und es streicheln.

Meine Hand wanderte Richtung Kind – und dann war es, als würde mir jemand mit einer Axt in beide Kniekehlen schlagen, ich knickte fast weg und konnte mich gerade noch irgendwie taumelnd wieder fangen, indem ich nach dem Lenker des Kinderwagens griff und mich daran festhielt.

»Hoppla!«, rief die junge Mutter und lachte. »Passen Sie auf, Sie fallen ja gleich um!«

Schnell zog ich meine Hand zurück, als hätte ich einen Stromstoß bekommen. Und es war auch wie ein Stromstoß, nur tausendmal gewaltiger. Ich hatte mich selbst dabei gesehen, wie ich blitzschnell den Hals des Babys umfassen und einfach zudrücken würde. So fest, wie ich nur irgendwie konnte, es würde zappeln und schreien und schließlich blau anlaufen im Gesicht, so lange würde ich zudrücken, bis es keinen Mucks mehr von sich gab.

Entsetzt starrte ich die Mutter an, die mich noch immer so freundlich ansah und natürlich nicht wissen konnte, was da gerade in mir vor sich ging. Mir brach der Schweiß aus, mein Herz raste, alles drehte sich, die Frau, der Kinderwagen, die Theke der Bäckerei, das gesamte Geschäft.

»Ich muss los«, stammelte ich und rannte kopflos nach draußen, hyperventilierte und musste so sehr würgen, dass ich Angst hatte, ich könnte mich jeden Moment übergeben.

»Alles in Ordnung?«, fragte ein älterer Herr, der plötzlich neben mir stand. Er legte mir eine Hand auf den Arm und musterte mich mit sorgenvoller Miene. Mein gesamter Körper zitterte, dazu klapperten meine Zähne unkontrolliert aufeinander, und für einen kurzen Moment hatte ich das Gefühl, keine Luft mehr zu bekommen. So, als würde mir gerade eine unsichtbare Hand die Kehle zudrücken, auf genau die gleiche Art und Weise, wie ich es noch vor Sekunden bei dem Baby hatte tun wollen.

Ohne dem Mann zu antworten, schüttelte ich seine Hand ab und lief davon, hechtete den Bürgersteig entlang Richtung Kindergarten, kein einziger Gedanke war da mehr an die Berliner, die ich doch hatte kaufen wollen.

Plötzlich sah ich überall Mütter und Väter mit Kinderwagen, überall, überall, überall! Blind vor Tränen, rannte ich weiter, bog um eine Ecke und noch eine und noch eine, bis ich mich schließlich in irgendeinem Hauseingang erschöpft und weinend in die Hocke sinken ließ.

Wie lange ich da kniete, weiß ich nicht, ein paar Minuten oder Stunden, mit gesenktem Kopf, den Blick starr auf meine Füße geheftet, aus lauter Angst, ich müsste nur nach oben schauen, und schon wären da wieder irgendwelche Kinderwagen mit Babys, die ich umbringen wollte oder könnte.

Als ich mich wieder einigermaßen beruhigt hatte, stand ich auf, atmete ein paarmal tief ein und aus, straffte die Schultern und machte mich auf den Weg zum Kindergarten. Am liebsten wäre ich sofort nach Hause gefahren, aber ich hatte meine Tasche mit meinem Wohnungsschlüssel nicht dabei, hatte für meinen Einkauf nur ein bisschen Bargeld eingesteckt.

Ich zitterte immer noch, als ich die Mansteinstraße erreichte, und als ich die Tür zum Kindergarten öffnete, schlug mein Herz so laut, dass ich dachte, jeder müsste es hören können. Jetzt einfach nur unter irgendeinem Vorwand für heute bei Jennifer, mit der ich Spätdienst hatte, abmelden und dann so schnell wie möglich wieder raus hier, ab ins Auto und in meine Wohnung.

»Wie siehst du denn aus?«, fragte Jennifer, als ich, die Knie immer noch weich wie Gummi, unsere kleine Teeküche betrat, um meine Tasche zu holen und Bescheid zu sagen, dass ich nach Hause gehen würde. Meine Kollegin reinigte gerade ein paar Pinsel von Wasserfarbe und warf mir einen verwunderten Blick zu. »Hast du einen Geist gesehen?«

»Nein«, antwortete ich und hoffte, dass meine Stimme nicht zu sehr bebte. »Ich weiß auch nicht, mir geht's auf einmal gar nicht gut.«

»Das merke ich, du schwitzt ja richtig, was ist los mit dir?«

»Vielleicht ein Virus, oder so, fühlt sich ziemlich heftig an. Tut mir leid, die Berliner hab ich nicht mehr besorgt, mir ist schon beim Bäcker ganz schlecht geworden.«

»Auweia, du Arme!« Jetzt blickte sie ähnlich sorgenvoll drein wie der Mann vorm Supermarkt, vor dem ich wie von Furien gejagt weggerannt war. Gleichzeitig schwang in ihrem Ausdruck noch etwas anderes mit, dieses unbestimmte Mitleid, das ich seit Celias Tod in fast allen Mienen zu sehen glaubte. »Dann geh mal besser nach Hause!«

»Ist das in Ordnung?«

Jennifer nickte. »Sind ja nur noch gut zwei Stunden, die schaffe ich schon allein. Außerdem kommt gleich der Papa von unserem Geburtstagskind, der wollte sowieso mithelfen. Ist also wirklich okay.«

»Danke.« Diesmal zitterte ich vor Erleichterung, jetzt nur noch meine Tasche greifen, und ich wäre raus hier.

»Ich will Apfelsaftschorle!« In der Tür zur Teeküche stand Anton und reckte uns auffordernd seine Trinkflasche entgegen.

»Kannst du noch kurz?«, wollte Jennifer wissen und deutete mit einer Kopfbewegung auf ihre Hände, die mitsamt der Farbpinsel unterm laufenden Wasserhahn steckten.

»Sicher«, sagte ich, aufs Äußerste darum bemüht, noch diesen einen kurzen Moment der Anspannung irgendwie zu überstehen. Ich nahm Anton die Trinkflasche ab, griff nach der Flasche Mineralwasser, die neben der Spüle stand, wollte sie öffnen und ihm einfüllen.

Wieder ein Schlag mit der Axt. Die Bilder fluteten meinen Kopf, als wäre in mir eine Schleuse gebrochen: Ich, die Glasflasche in der Hand, wie ich mich zu Anton umdrehe und sie mit voller Wucht und ohne jede Vorwarnung auf seinen kleinen Schädel niedersausen lasse. Ein dumpfer Aufprall, dann ein Knallen, ein Krachen, ein Knacken, die Narbe an seiner Stirn platzt auf, eine triefende rote Wunde, Knochensplitter treten zwischen nass verklebten Haaren hervor, Blut spritzt herum, verteilt sich wie bei einem außer Kontrolle geratenen Rasensprenger über Wände, Decke und Boden der kleinen Küche, über Anton, über Jennifer, über mich selbst. Mit angstvoll aufgerissenen Augen starrt der Junge mich an, ich hole ein weiteres Mal aus, schlage mit der Flasche unter sein Kinn, sodass sein Kopf nach hinten fliegt, ein zweites Knacken für sein gebrochenes Genick, bevor er rückwärts taumelnd gegen die Küchentür schlägt und langsam an ihr entlang nach unten rutscht.

Jetzt knallte es wirklich, die Flasche, die ich vor Schreck losließ, ging zu Boden, zersprang auf den Fliesen in tausend Stücke. Wasser spritze nun wirklich wie bei einem Rasensprenger durch den Raum, ein paar Splitter hüpften durch die Gegend, Anton schlug reflexartig zum Schutz beide Hände vors Gesicht.

Meine Hände, sie hielten jetzt nicht mehr die Mordwaffe, sondern krampften sich ineinander, so fest, dass sich die Nägel meiner Finger ins Fleisch bohrten. *Festhalten, festhalten,* ratterte es in Panik durch meine Gedanken, *halt deine Hände fest! Lass nicht zu, dass sie so etwas tun, dass sie als Nächstes nach einer größeren Scherbe greifen! Anton kann doch nichts dafür, das kann er nicht, er ist doch nicht schuld daran, dass du damals für ihn da warst und nicht für Celia! Tu das nicht, um Himmels willen, tu das nicht!!!*

Das Zittern, jetzt war es so stark, dass mein ganzer Körper hin und her zuckte, dazu warf ich meinen Kopf von links nach rechts, um das Grauen, das da gerade in mir tobte, irgendwie loszuwerden. Seltsame Knurrlaute entrangen sich meiner Kehle, gleichzeitig mit einem schrillen Kieksen, wie bei einem Tier, das in eine Falle tritt, das jault und schreit und um sich beißt, sich dadurch die schneidende Drahtschlinge aber immer nur tiefer in die eigenen Wunden treibt.

»Marie!« Jennifers aufgebrachte Stimme holte mich in die Wirklichkeit zurück. Mein Blick sprang hektisch hin und her, zwischen Anton, der mich angstvoll anstarrte, und meiner Kollegin, die mich fassungslos betrachtete. »Was ist denn los? Du bist ja völlig außer dir!« Sekundenlang stand ich einfach nur so da, mitten in den Scherben, kleine Splitter klebten überall an meiner Kleidung. Dann griff ich wortlos nach meiner Tasche und rannte einfach davon.

»Das muss für Sie sehr beängstigend gewesen sein.« Dr. Falkenhagen blickt von seinem Notizbuch auf, in das er bis eben ohne Unterlass geschrieben hat.

»Beängstigend?« Sie bedenkt ihn mit einem Blick, als wäre *er* hier der Verrückte. »Es war die Hölle! Ich dachte, das sei nun die gerechte Strafe für Celias Tod, jetzt würde ich sie bekommen, jetzt würde ich wirklich ...« Dann hält sie inne. »Nein, das stimmt so gar nicht, in diesem Moment habe ich eigentlich überhaupt nichts gedacht. Ich war schlicht in Panik, denn das, was sich da vor meinem inneren Auge abgespielt hatte, war so unglaublich real, als hätte ich Anton tatsächlich mit der Flasche niedergeschlagen. Nein, gedacht habe ich nichts. Außer vielleicht, dass ich jetzt verrückt bin, wahnsinnig, vollkommen durchgeknallt. Dass ich den Verstand verlieren würde, einfach so.«

»Und was haben Sie getan, nachdem Sie aus der Kita gerannt sind?«

»Das Einzige, was mir in diesem Moment einfiel: Ich lief zu meinem Auto und fuhr auf dem direkten Weg zu Christopher.«

»Ausgerechnet zu ihrem Exmann?«

Marie nickt. »Er war der Einzige, dem ich vertraute. So sehr, dass ich ihm erzählen konnte, was passiert war. Ihm konnte ich gestehen, was mit mir los war.«

»Sie haben gehofft, dass er Ihnen helfen kann?«

Wieder ein Nicken. »In guten wie in schlechten Zeiten. Ich habe einfach gehofft, dass das trotz allem immer noch gilt. Oder vielleicht habe ich es nicht gehofft, aber ich habe in jedem Fall darum gebetet.«

Es war nicht Christopher, der mir antwortete, nachdem ich an seiner Tür geklingelt hatte. Es war die Stimme einer Frau.

»Hallo? Wer ist da?« Ich zögerte.

»Hier ist Marie«, wollte ich sagen. »Ist Christopher zu Hause?« Das wollte ich sagen, aber ich brachte keinen Ton heraus. Dafür war ich zu überrascht, irgendwie hatte ich nicht damit gerechnet, dass sich eine Frau melden würde. Eher schon damit, dass um diese Zeit am Nachmittag überhaupt niemand da war, aber dann hätte ich eben gewartet, bis Christopher aufgetaucht wäre, denn als ich es zuerst per Handy in seinem Büro versucht hatte, hatte man mir gesagt, dass er für heute schon Feierabend gemacht hätte.

»Hallo? Ist da jemand? Melden Sie sich doch!«

Aber ich blieb stumm. Ein paar Momente später sagte mir ein knackendes Geräusch, dass der Hörer der Gegensprechanlage aufgelegt worden war.

»Christopher war also nicht zu Hause?«

»Ich weiß es nicht.«

»Und wer war die Frau, die Ihnen geantwortet hat?«

»Das weiß ich auch nicht. Vielleicht seine Freundin, mit der es ja angeblich vorbei war. Wobei ich das auch nicht genau sagen konnte, denn seit der Trennung hatte ich nicht mehr mit ihm gesprochen, gut möglich also, dass es sie wieder in seinem Leben gab oder dass er eine neue Partnerin hatte. In jedem Fall war es jemand, der einfach so an die Tür ging, als wäre das vollkommen normal. Das reichte mir, um zu wissen, dass ich in diesem Moment unmöglich mit Christopher reden konnte. Wie denn? In meiner Verfassung, total aufgewühlt und hysterisch, schneite ich unangemeldet einfach bei ihm herein, heulend, verzweifelt, komplett neben der Spur?«

»Denken Sie, er hätte Sie weggeschickt?«

»Keine Ahnung«, sagt Marie. »Ich glaube es nicht. Aber das spielte keine Rolle, für mich stand einfach nur fest, dass ich hier keine Zuflucht finden würde.«

»Und dann?«

»Dann?« Sie merkt, wie sich ihre Mundwinkel zu einem bitteren Lächeln verziehen. »Dann habe ich gemacht, was mir in meiner Lage noch übrigblieb. Ich bin zu meiner Mutter gefahren.«

»Mama!« Als sie mir öffnete, fiel ich ihr sofort schluchzend um den Hals. Sie erwiderte meine Umarmung, minutenlang standen wir einfach nur so da, ich weinte und weinte und weinte.

»Kind, was ist denn?«, fragte sie nach einer Weile, aber ich antwortete ihr nicht, konnte ihr gar nicht antworten, sondern mich nur weiter an ihrem warmen Körper festkrallen und weinen, hoffen, dass meine Mama mich halten und nicht wieder loslassen würde, so lange, bis alles wieder gut wäre. »Bitte, Marie, du machst mir Angst. Was ist denn los?« Meine Mutter versteifte sich, wurde hart wie ein Brett und rückte merklich von mir ab. »Jetzt erzähl endlich, was los ist!«, sagte sie, nachdem sie sich gewaltsam aus meiner Umklammerung befreit hatte.

»Ich, ich …«, setzte ich stockend und stotternd an. »Ich …«

»Komm doch erst mal rein,«, unterbrach sie mich. »Das muss ja nun wirklich nicht im Hausflur sein.« Wie befohlen folgte ich ihr in die Wohnung, setzte mich an den Küchentisch, auf dem ein aufgeschlagenes Heft mit Kreuzworträtseln lag, eines davon war mit rotem Stift halb gelöst. »Willst du was trinken?«, fragte sie, aber ich lehnte ab. »Dann erzähl!«

»Ich«, fing ich erneut an, doch ich fand die Worte nicht mehr. Zu monströs, zu unglaublich erschien mir plötzlich das, was ich Mama eben noch hatte anvertrauen wollen. Wie sollte ich das erzählen, wie? Wie die Angst und die Scham überwinden, wie die richtigen Worte wählen für das, was ich doch selbst nicht begriff?

»Wenn du nicht mit mir sprichst, kann ich dir auch nicht helfen.« Sie klang nun so ungeduldig wie die Frau an der Gegensprechanlage. Unauffällig schielte sie auf ihr halb gelöstes Kreuzworträtsel.

»Ich glaube, ich werde verrückt.« Nun war er raus, dieser Satz, zusammen mit neuen Tränen.

»Was?«

»Verrückt! Ich drehe durch, mit mir passiert etwas ganz Schreckliches.«

»Etwas Schreckliches?«

»Ja.« Dann erzählte ich, ließ alles heraus, berichtete von den Schreckensszenarien in meinem Kopf, den Gewalt- und Mordfantasien, von dem unwiderstehlichen Drang, der mich schon drei Mal heimgesucht hatte, und von der Panik davor, diesem Drang nachzugeben, mich nicht mehr unter Kontrolle zu haben, als sei ich von einer bösen Macht besessen. Einer bösen Macht, die in mir hauste, die mich beherrschen und zu Dingen treiben wollte, die schlimmer als der schlimmste Albtraum waren. Die Babys. Und dann Anton, den ich töten wollte, brutal mit einer Flasche niederschlagen.

»Was ist das?«, fragte ich verzweifelt, hoffend, dass meine Mutter einen Rat wusste. »Ich begreife das nicht, was passiert da mit mir?« Aber ich bekam keine Antwort, keine einfache und logische Erklärung für das alles, es erklang kein amüsiertes, kein abwiegelndes Lachen, kein »Ach, Kind, das ist doch nur halb so wild, mach dir keine Sorgen«. Nein, Mama starrte mich nur an. Erschrocken, verstört – angewidert.

»O Gott«, flüsterte sie. »O Gott!« In ihrer Miene spiegelte sich Angst wider, dieselbe Angst, die auch in mir wütete und die ich so gern losgeworden wäre, hier an diesem Küchentisch. »O Gott!«

»Mama, bitte, hilf mir!«

»Erzähl das bloß keinem!« Schnell war meine Mutter wieder Herrin der Lage. »Auf gar keinem Fall darfst du das jemandem erzählen, hörst du? Keiner darf wissen, was mit dir los ist. Nicht auszudenken, wenn das jemand erfährt!« Sie schrie fast, und ein unausgesprochenes »Was sollen die Leute denken?« schwang in ihren Worten mit. Sie schlug beide Hände vors Gesicht, rieb sich die Augen wie jemand, der ein Trugbild verscheuchen will und erwartet, dass es allein durchs Reiben verschwindet.

»Was soll ich denn bloß tun?«

»Ich weiß es nicht.« Mama legte nachdenklich die Stirn in Falten. »Gut«, sagte sie dann. »Meld dich zuerst einmal krank. Im Moment darfst du auf gar keinen Fall zur Arbeit gehen. Stell dir vor, du tust einem der Kinder etwas an, nicht auszudenken!« *Aber genau das stelle ich mir ja vor,* hätte ich am liebsten geschrien, *genau das ist doch das Problem!* Doch ich schwieg, hörte weiter zu und ließ mich instruieren. »Wenn das jemand mitbekommt, bist du sofort deinen Job los. In diesem Zustand bist du ja eine Gefahr für alle!« Ich nickte, ja, eine Gefahr für alle, das war ich. »Vielleicht verschwindet das auch wieder«, sagte meine Mutter, ohne dabei allzu hoffnungsvoll zu klingen, »vielleicht brauchst du einfach nur noch mehr Ruhe und musst dich länger erholen.«

»Ja, das kann sein.« Ich klang genauso hoffnungslos wie Mama.

»Vielleicht sollte ich zu einem Arzt gehen?«

»Auf gar keinen Fall!«, fuhr meine Mutter mich an. »Bist du noch ganz bei Trost?« Ich zuckte zusammen, dachte an Celia und die umgestoßene Limonade und daran, dass ich eben *nicht* ganz bei Trost war, dass ich aber so gern ein bisschen Trost, ein bisschen Zuspruch und Zuversicht bekommen würde.

»Aber vielleicht kann ein Arzt …«

»Um Himmels willen, nein! Die sperren dich doch weg, ist dir das denn nicht klar? Wenn du jemandem erzählst, was du für Gedanken hast, was glaubst du, was dann passiert? Man kann doch einen

Verrückten nicht einfach so frei durch die Gegend laufen lassen, wir sind hier ja nicht in Amerika! Die werden dich in eine Klapsmühle stecken, damit du niemandem etwas antun kannst, das ist so sicher wie das Amen in der Kirche!«

Nun ist es an Dr. Falkenhagen, erschrocken und verstört zu wirken, aber wenigstens sieht er dabei nicht angewidert aus. Marie entdeckt sogar ein wenig Mitgefühl in seiner Miene, das Mitgefühl, das sie damals bei ihrer Mutter vergeblich suchte.

»Natürlich war die Reaktion Ihrer Mutter vollkommen falsch«, sagt er. »Das, was Sie erlebt haben, war ein erster Ausbruch Ihrer Zwangsgedanken, ein erster und sehr schwerer Schub.«

»Das weiß ich heute auch. Aber damals war ich komplett ahnungslos und hatte einfach nur riesengroße Angst.«

Der Arzt nickt. »So geht es den meisten, die so etwas erleiden müssen, sie sind verunsichert. Und sie tun alles, um es vor anderen Leuten zu verheimlichen, es zu verstecken, weil sie nicht wissen, dass diese Gedanken im Grunde genommen harmlos sind.«

»Harmlos?« Marie schüttelt den Kopf. »Ich habe Patrick ermordet, habe ihn mit siebenundzwanzig Messerstichen getötet!«

»Ja. Aber nicht, weil sie an einem Zwang leiden.«

»Was ist es dann? Was hat mich zu einer Mörderin gemacht? Ich begreife das einfach nicht!«

»Genau darum sind wir hier, um es miteinander herauszufinden«, sagt er und lächelt freundlich, beinahe zuversichtlich. »Ich vermute einen psychotischen Schub, das haben ja auch schon die Gutachter gemutmaßt. Aber bisher erlebe ich Sie nicht psychotisch, Sie erscheinen mir im Gegenteil sogar überaus klar. Und deshalb müssen wir nach der Ursache suchen, nach dem Grund für Ihre Tat, nach dem Auslöser.«

»Überaus klar?«

Er nickt. »Da ist kein wahnhaftes Erleben, keine Anzeichen für Halluzinationen, keine Ichstörung, nicht mal ein Hinweis auf formale oder inhaltliche Denkstörungen. Nichts davon.« Er macht eine Pause. »Jedenfalls jetzt nicht.«

»Aber damals?«, fragt sie.

»Ja, vermutlich. Irgendetwas muss passiert sein, irgendetwas, das Sie nicht verhindern konnten.« Er wiegt den Kopf nachdenklich hin und her.

»Sie glauben nicht, dass ich das, was passiert ist, hätte verhindern können?«

»Nein«, sagt er. »Ich glaube, sie hatten keine Wahl.« *Keine Wahl.* Maries Anspannung lässt ein wenig nach.

»Und halten Sie mich für gefährlich?«

Er lächelt. »Das tue ich nicht. Ich glaube, dass Sie krank sind, sehr krank. Aber Sie sind keine Psychopathin.«

Der will mir wirklich helfen, denkt Marie. *Der ist nicht der Feind, der ist ein Freund.*

Sie lehnt sich auf ihrem Stuhl zurück und mustert Jan Falkenhagen verstohlen, lässt ihren Blick über seine Hände gleiten, die das Notizbuch und den Stift halten. Langgliedrig und fein sind seine Finger, glatte Haut, irgendwie das, was man sich unter »sensibel« vorstellt.

So sensibel wie die Art, in der er mit Marie spricht, nicht der Hauch eines Vorwurfs oder der Ablehnung liegt darin, als wäre es das Normalste auf der Welt, freundlich und entspannt mit jemandem zu plaudern, der Mordfantasien gegenüber Kindern und einen anderen Menschen auf dem Gewissen hat.

Sie versteht auf einmal, warum die meisten Patienten der Station seine Nähe suchen. Während er mit ihr spricht, kommt es Marie vor, als wäre das alles gar nicht so tragisch. Da ist jemand, der begreift, was sie durchlitten hat, der sie nicht verurteilt für das, was sie ist, für das, was sie getan hat.

»Vermutlich wurde der Zwang durch das Trauma ausgelöst, das der Tod Ihrer Tochter bei Ihnen verursacht hat«, erklärt er, als habe er soeben ihre Gedanken über das Begreifen erahnt. »Ich vermute auch eine verschleppte, unbehandelte Depression. Unser Geist funktioniert wie ein Bodyguard, wissen Sie?«

»Ein Bodyguard?«

»Er versucht, uns darauf hinzuweisen, wenn etwas nicht stimmt. So wie Schmerzen quasi dazu da sind, dass wir körperliche Verletzungen bemerken und sie versorgen. Genauso haben seelische Erkrankungen die Aufgabe, emotionale Verletzungen sichtbar zu machen. Und Sie sind ja emotional verletzt, Celias Tod und die Trennung von Ihrem Mann haben Sie nicht verkraftet. Also erst das Trauma, dann die unbehandelte Depression – und so bricht irgendwann der Zwang aus.«

»Aber das passiert nicht bei jedem«, wirft sie ein und plötzlich kommt sie sich vor, als würde sie ein »Fachgespräch« unter »Kollegen« führen. Denn mittlerweile ist sie ja schlauer, viel schlauer noch, als sie damals gewesen war, als die Verzweiflung ihr den Blick verstellt hatte. Elli hatte ihr nach und nach vieles erklärt, auch, wenn das nicht erklärt, weshalb sie jetzt auf Station 5 in Haus 20 ist. Aber den Grund dafür, das hat Dr. Falkenhagen ja eben versprochen, werden sie nun gemeinsam herausfinden.

»Nein«, sagt er, und Marie spürt ein bisschen Stolz in sich aufsteigen, wie ein Schulkind, das vom Lehrer gelobt wird. »Dazu braucht es auch eine Disposition, eine Veranlagung, genetisch oder sozial bedingt, zum Beispiel durch seelische Missstände. Und«, er lehnt sich ein Stück zu ihr vor, »solche seelischen Ursachen scheinen mir nach dem, was Sie mir bisher über Ihre Mutter erzählt haben, bei Ihnen nicht ganz ausgeschlossen zu sein. Sehr liebevoll sind Sie ja scheinbar nicht erzogen worden, eher mit Druck und hohen Anforderungen.« *Bist du noch ganz bei Trost?* »Jedenfalls wundert es mich überhaupt nicht, dass sich Ihre aggressiven Zwangsgedanken ausgerechnet gegen Kinder richten. Das ist mehr als logisch und liegt für mich absolut auf der Hand.«

»Der Zwang stürzt sich perfiderweise auf genau das, was wir am meisten lieben«, wiederholt Marie Ellis Worte. Und dann fängt sie an, zu erzählen, wie es weiterging, wie sich die Schlinge um ihren Hals fester und fester zuzuziehen begann. Denn es blieb ja nicht bei den Kindern. Es fing an, sich auszubreiten. Auszubreiten wie ein bösartiges Geschwür.

Ich hielt mich an den Rat meiner Mutter. Meldete mich im Kindergarten krank, besorgte mir vom Hausarzt einen gelben Zettel – um den zu bekommen, musste ich gar nichts groß erzählen, ein totes Kind reichte schon, um für Wochen oder Monate arbeitsunfähig geschrieben zu werden – und versuchte ansonsten, mich mit Lesen, Schlafen und Fernsehen zu entspannen.

Aber hin und wieder musste ich natürlich trotzdem meine Wohnung verlassen, und zu meinem Entsetzen musste ich dabei feststellen, dass meine grauenhaften Hirngespinste ein immer größeres Ausmaß annahmen, dass sie um sich griffen und langsam, aber sicher sämtlichen Raum eroberten, dass sie mich fast nirgends mehr in Ruhe ließen.

Zuerst passierte es beim Postboten, der mir ein Päckchen brachte und dem gegenüber ich plötzlich den Drang verspürte, ihm einfach ins Gesicht zu schlagen. Dann bei der Nachbarin, die vor mir im Haus die Treppe runterging und hinter deren Rücken ich überlegte, dass ich ihr, wenn ich wollte, einen Schubs geben könnte, sodass sie stolpern, fallen und sich vielleicht an einer Stufe den Hals brechen würde.

Wenn ich im Auto saß, umklammerte ich mit beiden Händen das Lenkrad, um zu verhindern, dass ich das Steuer verriss, in den Gegenverkehr raste oder einen Fußgänger auf dem Bürgersteig überfuhr. Und immer öfter musste ich anhalten, aus dem Wagen steigen und nachsehen, ob ich auch wirklich niemanden überfahren hatte, der nun verletzt und hilflos auf der Straße lag. Ich war mir einfach nicht mehr sicher, ob ich es getan hatte oder nicht. Irgendwann benutzte ich das Auto gar nicht mehr, weil mir das zu gefährlich erschien. Selbst mein Fahrrad ließ ich stehen, denn auch damit könnte ich jemanden anfahren und verletzen.

Überhaupt ging ich mit der Zeit immer seltener vor die Tür, brach den Kontakt zu den wenigen Freunden, die ich noch hatte, ab. Denn draußen und unter Menschen ereigneten sich in meinem Kopf nur die furchtbarsten Dinge, ich wütete und mordete, ohne dass ein Außenstehender etwas davon ahnte. Ich war eine Täterin ohne Tat. Noch. Und jede Minute, jede Sekunde hatte ich Panik davor, dass es nicht so bleiben würde. Dass ich irgendwann die Kontrolle über mich verlieren und irgendetwas Schreckliches tun würde.

Oder am Ende sogar schon getan hatte, denn die Unsicherheit in mir, dieses Nicht-genau-Wissen, was passiert war und was nicht, breitete sich in mir mehr und mehr aus. Die Dinge, die ich nur dachte und die, die ich vielleicht tatsächlich getan hatte, verschwammen in meinem Kopf zu einer undurchsichtigen Melange. Wahn oder Wirklichkeit, das war für mich kaum mehr zu unterscheiden. Ein Gefühl wie bekifft: Die Gedanken lassen sich nicht mehr beherrschen, und man weiß nicht, was nur im Kopf vor sich geht und was die Wahrheit ist. Dazu das Misstrauen mir selbst gegenüber, immer wachsam sein, immer darauf achten, was ich gerade tat oder dachte oder ob es auch nur die kleinsten Anzeichen dafür gab, dass ich ausrasten und etwas Schlimmes anstellen könnte. Ich war unter Selbstbeobachtung, jeden Tag, jede Stunde, jede Minute und Sekunde, ich war nicht mehr frei. Eines Abends trieb mich die Verzweiflung ins Internet. Seit Tagen hatte ich meine Wohnung nicht mehr verlassen, versorgte mich nur noch mit Lieferdiensten, immer darauf bedacht, dem jeweiligen Boten das Geld mit ausgestrecktem Arm und aus einem angemessenen Sicherheitsabstand zu reichen. Da hatte ich irgendwann die Idee, im Netz nach einer Erklärung zu suchen. Vielleicht gab es dort noch andere Menschen, die unter einem ähnlichen Phänomen litten wie ich. Die genauso böse waren, obwohl sie es auch nicht sein wollten, die sich dagegen wehrten und dieselben Qualen durchlebten.

Also setzte ich mich an mein Notebook und fing an, Begriffe in eine Suchmaschine einzugeben. Gewaltfantasien. Mordlust. Tötungsdrang. Unkontrollierbare Gedanken. Ich tippte und tippte, durchforstete das Netz nach Schlagwörtern, die in meinem bisherigen Leben noch nie eine Rolle gespielt hatten, musste dabei fast lachen, weil mir der Gedanke in den Sinn kam, dass vielleicht schon bald die Polizei vor meiner Tür stünde, um meinen Computer zu beschlagnahmen, weil man mich und meine eigenartige Suche überwacht hatte.

Ich wurde fündig. Ziemlich schnell sogar, bei meiner Suche stieß ich bald auf ein Forum, in dem sich Menschen austauschten, die *genau das* beschrieben, was mich seit Wochen so beherrschte. Die vollkommen verstört und ratlos waren, weil sie nicht verstanden, was mit ihnen los war, die sich keinen Reim darauf machen konnten, dass sie wie aus dem Nichts einen nahezu unwiderstehlichen Drang in sich verspürten, anderen etwas anzutun. Wie ein Sog, wie eine unsichtbare Macht, die sie lenkte und die immer stärker wurde, je mehr sie versuchten, sich gegen sie zur Wehr zu setzen. Da las ich es zum ersten Mal, eine Definition für das, was ich hatte. Eine Zwangserkrankung. In ihrer gemeinsten, ihrer heimtückischsten Ausprägung, den Zwangs*gedanken.*

Zuerst spürte ich unglaubliche, unfassbare Erleichterung. Endlich hatte der Horror einen Namen! Endlich wusste ich, dass es eine Krankheit war, die mich seit Wochen beinahe in den Wahnsinn trieb, und dass ich nicht allein war mit meinem Schicksal, dass es noch andere Betroffene gab. Doch dann kam die Ernüchterung. Denn zum einen las ich mit wachsendem Entsetzen und Ekel das, was andere in diesem Forum über ihre Zwänge berichteten. Zum anderen stolperte ich über ein Wort, das mir den Boden unter den Füßen wegzog, sodass ich mich am liebsten auf der Stelle umgebracht hätte:

unheilbar.

6

Marie wird von einem Schrei geweckt, dann erklingt ein leises und anhaltendendes Wimmern.

Sie fährt im Bett hoch, knipst ihre Nachttischlampe an und sieht rüber zu Hannah, die kerzengerade auf ihrer Matratze sitzt, mit dem Rücken gegen die Wand gelehnt, die Decke hochgezogen bis unters Kinn. Mit panischem Blick starrt sie ins Leere.

Marie steht auf, geht zu Hannah, setzt sich neben sie aufs Bett und legt einen Arm um die verängstigte Frau. Sie kennt ihre Zimmernachbarin kaum, aber wenn jemand weint oder Angst hat, muss sie trösten, das ist ihr mit den Jahren in Fleisch und Blut übergegangen, zur zweiten Natur geworden.

»Was ist los?«, will sie wissen. »Hast du schlecht geträumt?« Keine Antwort, stattdessen windet Hannah sich aus ihrer Umarmung, rückt von ihr ab und sieht sie verwirrt an. »Hattest du einen Albtraum?«

»Wer bist du?« Die Frage klingt vollkommen ernst. »Was machst du in meinem Zimmer?« Ihr Blick wandert unsicher durch den Raum, dann die Erkenntnis: »Das ist gar nicht mein Zimmer!«

»Ich bin Marie«, sagt sie lächelnd und widersteht dem Impuls, dem Mädchen wie einem verstörten Kind beruhigend über den Kopf zu streicheln. »Wir wohnen seit heute zusammen, schon vergessen?«

Hannah zögert, dann nickt sie. »Das wusste ich nicht mehr.«

»Es ist alles gut, du hast nur schlecht geträumt«, versichert Marie, als wäre es Celia, die da neben ihr auf dem Bett sitzt und die spät in der Nacht beruhigt werden muss. Gleichzeitig wundert sie sich darüber, wie das Mädchen vergessen haben kann, dass sie sich ein Zimmer teilen, der Umzug ist doch erst wenige Stunden her, und Hannah hatte vorm Einschlafen noch fröhlich vor sich hin geplappert, bevor ihr irgendwann – mitten im Satz – die Augen zugefallen waren. Aber Dr. Falkenhagen hatte Marie ja schon gesagt, dass Hannah manchmal sehr durcheinander ist, und jetzt, direkt aus dem Tiefschlaf gerissen, scheint sie die Orientierung verloren zu haben.

»Du heißt also Marie?«, fragt Hannah.

»Ja.«

»Und du wolltest dir mit mir ein Zimmer teilen?«

Marie schüttelt den Kopf. »Eigentlich war es genau umgekehrt«, sagt sie, »du hast mich darum gebeten. Und Susanne, mit der ich vorher hier gewohnt habe, gefragt, ob sie mit dir tauscht.«

Hannah nickt. »Das muss eins der Kinder gewesen sein«, sagt sie leise, mehr zu sich selbst als zu Marie.

»Welche Kinder?«

»Hör zu«, kommt es plötzlich wie aus der Pistole geschossen zurück, Hannahs Stimme klingt jetzt seltsam anders, tiefer, aggressiv und feindselig. »Frag mich nicht aus, okay?«

»Nein, nein, natürlich nicht.« Marie hebt beschwichtigend die Hände, steht langsam auf und geht wieder rüber zu ihrem Bett, setzt sich und lässt die Beine an der Kante entlang runterbaumeln.

»Ich hab keinen Bock auf Psychogequatsche!«, fügt Hannah hinzu und verschränkt die Arme vor der Brust.

»Tut mir leid.« Marie nimmt eine defensive Haltung an, obwohl sie sich gar nicht erklären kann, weshalb, schließlich hat sie nichts getan, nicht das Geringste. »Ich habe mir nur Sorgen gemacht.«

»Sorgen gemacht! Na klar, alle machen sich immer Sorgen! Alles nur aus lauter Sorge um mich!«

»Ich weiß nicht, was du auf einmal hast, was ist denn los mit dir?«

Hannah antwortet nicht, sie steht auf, geht zu ihrem Schrank und beginnt, darin herumzuwühlen. Marie beobachtet sie stumm. Irgendwann hat Hannah offenbar gefunden, was sie sucht, sie dreht sich um und hält ein Päckchen Zigaretten in der Hand.

»Ich dachte, du rauchst nicht!«

»Denk einfach nicht«, schnauzt Hannah sie an. Marie versteht nicht, was in ihre Zimmernachbarin gefahren ist. Es kommt ihr vor, als stecke da ein anderer Mensch in Hannah.

»Du hast doch gar kein Feuer«, sagt Marie. Rauchen ohne Feuer, das geht schlecht, und die Tür zu ihrer Zimmerzelle bleibt bis 6.45 Uhr verschlossen.

»Denkst du?« Ein Grinsen breitet sich auf Hannahs Gesicht aus, triumphierend und verschlagen. Sie dreht sich wieder zu ihrem Schrank, wühlt in einem Schubfach herum, fördert einen kleinen viereckigen Gegenstand und noch irgendetwas, das Marie nicht erkennen kann, zutage. »Hiermit geht's.« Sie zeigt Marie, was sie da in der Hand hält, eine 9-Volt-Batterie und ein Stück Draht. »Pass auf!« Wieder hat sich ihr Tonfall verändert, jetzt klingt sie wie ein vorwitziger Lausejunge, der gerade einen Streich ausheckt.

Sie pflanzt sich im Schneidersitz auf ihr Bett, holt eine Zigarette aus der Schachtel und hantiert dann mit der Batterie herum, drückt die zwei Enden des Drahts auf die beiden Pole, das eine links, das andere rechts. Es dauert eine Weile, dann beginnt das Metall zu glühen. Hannah steckt sich die Kippe zwischen die Lippen, beugt sich hinunter, hält die Spitze an den Draht und fängt an zu saugen, ein Mal, zwei Mal, drei Mal, dann brennt die Zigarette.

»Siehst du?« Mit Siegesgeste streckt Hannah Marie die qualmende Zigarette entgegen. »Man muss nur wissen, wie!«

»Ja«, antwortet Marie, »das muss man wohl.«

»Willst du auch eine?«

»Lieber nicht. Das ist hier doch verboten, und sie werden es morgen sicher riechen.«

Hannah lacht. »Das ist hier verboten!«, äfft sie Marie mit verstellter Stimme nach, dann lacht sie noch einmal. »Hast recht! Sie könnten uns ja einsperren, wenn sie uns beim Rauchen erwischen!«

Nun muss Marie auch kichern. »Okay, ich nehm gern eine, danke!«

Hannah steht auf, kommt zu ihr rüber, drückt ihr eine Zigarette in die Hand und reicht ihr ihre brennende, damit Marie die Kippe an der Glut entzünden kann. Dann setzt das Mädchen sich direkt neben sie aufs Bett. Eben war sie noch voller Feindseligkeit, nun verhält sie sich auf einmal so, als wären sie einfach beste Freundinnen, die nachts heimlich zusammen rauchen.

»Das tut gut«, stellt Marie fest, während sie den Qualm Richtung Decke pustet. Direkt über der Tür hängt ein Rauchmelder, möglich, dass er gleich pfeifend losgeht. Aber Hannah hat recht, was können sie hier auf der Station schon tun?

»Ja«, stimmt Hannah ihr zu. »Fehlt nur noch was zu trinken.« Rotwein, denkt Marie. Sekt und Rotwein hat sie getrunken, an ihrem letzten Abend in Freiheit, bei dieser Feier, auf der sie mit Patrick war, auf der sie mit ihm gelacht und getanzt hatte. Jahre scheint das zurückzuliegen. Sie versucht sich daran zu erinnern, wie Wein überhaupt schmeckt. Und wie man tanzt, das weiß sie auch nicht mehr, alles in ihr scheint viel zu schwer dafür.

»Tut mir leid«, unterbricht Hannah ihre Gedanken.

»Was tut dir leid?«

»Dass ich dich eben so angepampt habe.«

»Macht nichts.«

»Tut mir trotzdem leid.«

»Von welchen Kindern hast du gesprochen?«, wagt Marie einen erneuten Vorstoß, jetzt, da sie nebeneinander sitzen, rauchend und kichernd, eine eingeschworene Gemeinschaft wie im Mädcheninternat oder auf Klassenfahrt.

»Ach, gar nichts.« Hannah seufzt, nimmt einen weiteren Zug von ihrer Zigarette, die schon bis fast auf den Filter runtergebrannt ist. Bevor sie ganz erlischt, holt sie eine neue aus der Packung und zündet sie an. Mittlerweile ist die Luft in dem kleinen Zimmer schon diesig vor lauter Qualm. Wenn sie so weitermachen, ist es nur eine Frage der Zeit, bis der Rauchmelder losgeht.

»Gut, du musst ja nicht darüber reden.«

»Du würdest das nicht verstehen.«

»Was würde ich nicht verstehen?« Gleichzeitig denkt sie: *Ist das hier ein Ort, an dem man überhaupt etwas verstehen, etwas begreifen kann?*

»Was mit mir los ist.«

»Dasselbe könnte ich auch von mir behaupten.«

»Kannst es ja mal probieren!« Hannah sieht sie an, nickt ihr auffordernd zu. »Ich bin ganz Ohr.«

»O, nein!«, erwidert Marie lächelnd. »Ich hab dich zuerst gefragt!«

Das Mädchen zuckt mit den Schultern. »Ich bin multipel.« Ihr Tonfall ist gelangweilt. Oder resigniert, das lässt sich nur schwer unterscheiden. »Aber das hat dir bestimmt schon jemand erzählt.«

»Ja, Susanne hat's mal erwähnt«, meint Marie. »Aber ich verstehe nicht ganz, was das heißt.«

»Mein Ich ist aufgeteilt. Wir sind viele.«

»Viele?«

»Ungefähr zehn.«

»Zehn?«

»Ich sag doch, dass es schwer zu verstehen ist. Ich selbst habe es ja lange Zeit nicht mal begriffen, dazu musste ich viele, viele Stunden mit vielen, vielen Ärzten reden und jede Menge Fachbücher lesen. Bis ich es selbst glauben konnte, hat es fast ewig gedauert.« Sie nimmt einen weiteren Zug, starrt dabei an die Decke. »Für die meisten klingt meine Krankheit wie aus einem schlechten Science-Fiction-Film. Nur dass es leider kein Film ist, sondern mein Leben.« Dann schüttelt sie den Kopf, als könne sie selbst nicht fassen, in was für einen Film sie da geraten ist.

»Ich würde es aber gern verstehen.«

»Gut.« Hannah überlegt einen Moment, blickt weiterhin an die Decke, dann spricht sie weiter: »Meistens bin ich Hannah. Das ist die, die jetzt gerade mit dir spricht.«

»Jetzt gerade?«

»Ja. Eben war ich Mark.«

»Mark?« Sie nickt.

»Dann gibt es noch Karen und die Kinder. Und noch ein paar mehr Leute. Sie sind alle in mir.«

»In dir?« Marie gibt sich Mühe, nicht allzu skeptisch zu wirken.

»Meine Seele hat sich in verschiedene Persönlichkeiten aufgespaltet. So haben sie es mir mal erklärt, als sie angefangen haben, mich zu therapieren. Das ist, als würde ich aus mehreren Menschen bestehen. Sie sind unterschiedlich alt, manche männlich, die meisten weiblich.« Sie nimmt einen weiteren Zug. »Hannah und Mark rauchen, die anderen nicht, sie haben unterschiedliche Vorlieben und Ansichten, es ist wirklich so, als wären es eigenständige Personen.«

»Und wie kann das passieren?«

»Die Ärzte haben mir gesagt, dass meine verschiedenen Persönlichkeiten mich schützen wollen.«

»Schützen? Vor was?«

Hannahs Hand umkrampft ihre Zigarette, so fest, dass sie den Filter zusammenquetscht und die Hitze darin ihr fast Zeige- und Mittelfinger verbrennt. »Glaub mir, das willst du nicht wissen!«

»Vor deinem Vater? Vor deiner Mutter?«, fragt Marie trotzdem weiter. Susanne hatte ihr ja erzählt, Hannah hätte ihre Eltern ermordet.

»Ja. Und vor all den lieben Onkeln und Tanten, vor denen auch. Vor all denen, die sich ja so sehr um mich gesorgt haben.« Sie wendet den Blick von der Decke ab, dreht sich zu Marie um und sieht sie direkt an. »Immer wenn es zu schlimm wurde, wenn ein Teil meines Ichs es nicht mehr aushalten konnte, was sie mit mir gemacht haben, ist dieser Teil in meinem Innern verschwunden, abgetaucht. Dann ist ein neuer entstanden und hat übernommen. Wenn ich, also Hannah, Schläge bekommen habe oder mir wehgetan wurde und der Schmerz nicht mehr aufzuhalten war, dann musste ich weg. Dann ist eine neue Person in mir aufgetaucht, eine, die das besser ertragen konnte.«

»Verstehe«, sagt Marie und begreift kein Wort.

»Wie ein Stellvertreter, so in der Art ist das. Du selbst gehst weg – und jemand anders hält das aus, was du nicht mehr ertragen kannst.«

Marie denkt: *Wie schön das doch wäre!* Wenn ein anderer ihr das Erlebte abnehmen würde. Die Erinnerungen, die schmerzhaften Erinnerungen an ihr früheres Leben, an Celia, an all den

Kummer, den sie erleiden musste, die Einsamkeit und Hoffnungslosigkeit, die mit der Trennung von Christopher Einzug hielten.

Und den Moment, als sie neben Patrick erwachte, als sie all das Blut sah und erst langsam begriff, dass er tot war, getötet durch ihre eigene Hand. Ja, den würde sie auch gern abgeben, diesen furchtbaren Moment, so als hätte sie damit überhaupt nichts zu tun. *Es ist ein anderer gewesen, nicht ich, das war jemand anderes!*

»Klingt nicht übel.«

»Nein«, widerspricht Hannah. »Es ist eine Folter. Ich bin zerrissen, meine Seele besteht nur noch aus Fetzen, aus zusammenhanglosen Teilen, die so gut wie nichts miteinander zu tun haben. Als wären in mir verschiedene Menschen mit unterschiedlichen Erinnerungen, sie existieren parallel zueinander, lange Zeit wussten sie nicht mal voneinander.« Sie macht eine Pause, zieht an ihrer Zigarette, dann spricht sie weiter. »Vorhin hab ich ja nicht einmal dich erkannt, weil Mark dir noch nie begegnet ist. Ständig habe ich Erinnerungslücken, weiß nicht mehr, wie oder warum ich irgendwo gelandet bin, was ich gesagt oder getan habe, weil die Teile meines Bewusstseins unabhängig voneinander handeln und sich meistens nicht miteinander austauschen. Als hätte ich ständig Amnesien, einen Filmriss nach dem nächsten. Und damit das keiner merkt, bin ich zur Meisterin im unauffälligen Nachfragen geworden. Das ist so, als würdest du jemanden treffen, den du noch nie gesehen hast. Der andere dich aber schon, er begrüßt dich freundlich mit Namen. Und weil du nicht zugeben willst, dass du dich nicht erinnern kannst, versuchst du, irgendwie herauszufinden, wie er oder sie heißt und woher ihr euch kennt.« Verstohlen knibbelt sie an der Nagelhaut ihrer Finger herum, die schon ganz rau und aufgerissen ist, ihre Stimme klingt klein, traurig und hoffnungslos. »So ist das. Und dann kann ich nicht einmal selbst beeinflussen, welche meiner Persönlichkeiten gerade übernimmt. Ich lebe nicht selbst, ES lebt mich.«

»Tut mir leid«, sagt Marie und fühlt sich mit einem Mal unglaublich dumm, weil sie Hannah für den Bruchteil einer Sekunde sogar beneidet hat.

Zögernd spricht Hannah weiter. Erzählt davon, woran sie sich noch erinnern kann, was sie nicht komplett verdrängt oder erst in der Therapie herausgefunden hat. Von ihrer Kindheit und Jugend, von den Schlägen und dem Missbrauch, seit sie ein Baby war. Von erwachsenen Männern, die kleine Kinder brutal vergewaltigen. Von Ärzten, die wegsehen und die hanebüchene Märchen glauben, von Barbiepuppen, die ein Kind sich beim Spielen selbst eingeführt hat, von Treppenstürzen oder Balgereien unter Kindern. Davon, wie ein Kind benutzt wird wie eine Sache, die man wegwerfen kann, wenn sie endgültig kaputtgeht. Wie Tränen zu noch mehr Schlägen führen, und wie Mütter tatenlos zusehen und ihr Kind nicht retten vor einem perversen Vater oder Onkel, sondern sogar noch zu Komplizen werden.

Mit jedem von Hannahs Worten wachsen Ekel und Traurigkeit in Marie. Und gleichzeitig die Angst. Denn während sie Hannah zuhört, ist da noch ein weiterer Gedanke, der wie in einer Endlosschleife durch ihren Kopf kreist: *Und ich? Was ist mit mir? Habe ich nicht auch das Abscheulichste, das Niederträchtigste, das Unaussprechlichste gedacht? Wollte ich nicht ausgerechnet die, die man mir anvertraut hat, quälen und zerstören? Habe ich am Ende nicht auch einen Menschen getötet, nicht nur innerlich, sondern sogar wirklich?*

»Was ist los?« Marie merkt gar nicht, dass sie weint. Erst als Hannah sich unterbricht und sie sorgenvoll mustert, wird ihr bewusst, dass ihr dicke Tränen übers Gesicht kullern. Sie wischt sie mit dem Ärmel ihres Schlafanzugoberteils fort, zieht geräuschvoll die Nase hoch, wie es sonst nur Kinder oder schlecht erzogene Erwachsene tun.

»Gibst du mir noch eine Zigarette?« Mit zittrigen Händen steckt sie die angezündete Kippe, die Hannah ihr reicht, zwischen die Lippen, nimmt einen tiefen Zug, stößt Luft und Qualm geräuschvoll wieder aus. Dann fängt sie an zu reden. Gesteht Hannah das, was sie bisher nur Dr. Falkenhagen erzählt hat. Das und mehr. Quid pro quo.

Ich schäme mich.

Schäme mich, schäme mich, schäme mich.

Die Angst, dass irgendjemand etwas merken könnte, ist unerträglich, das muss ich unbedingt verhindern! Die Angst, etwas zu tun, was ich nicht will, noch größer. So groß, dass sie mich überwältigt, dass ich manchmal kaum atmen kann.

Niemand darf wissen, was mit mir los ist!

Was habe ich getan, dass es ausgerechnet mich trifft? Warum? Woher kommt dieser Druck in meiner Brust, in meinem Kopf, als würde ich in einem Käfig stecken? In einem Gefängnis, das ich mir selbst erschaffen habe. Manchmal denke ich, dass ich platzen werde, dass ich den Druck nicht mehr aushalten kann.

Bin ich ein schlechter Mensch? Ist das, was ich denke, echt? Ist es das, was mich ausmacht, das, was ich wirklich bin – und alles andere ist nur Fassade?

Ich werde verrückt, wahnsinnig, ich gehöre weggesperrt. O mein Gott, bitte hilf mir!

Im Internet fand ich sie alle: die Fragen und Gedanken, die mich seit Wochen verfolgten. Hier waren Menschen, die genau dasselbe erlebten und durchlitten wie ich. Die sich in der Anonymität des Netzes miteinander austauschten, die nur hier den Mut hatten, ihre schrecklichen Fantasien aufzuschreiben, sie in Worte zu fassen, sie sich selbst und anderen einzugestehen.

Und sie waren schrecklich, diese Gedanken. Entsetzlich. Unmenschlich. »Gehirnverschmutzung« wurden sie von einem User genannt. Aber dieses Wort war viel zu harmlos für das, was ich hier las.

Da war die Geschichte von Robert, der in Wahrheit vielleicht Sebastian heißt oder Michael, irgendwie eben, nur mit Sicherheit nicht Robert, und der sich seit zwei Jahren bei seinen Eltern verkriecht. Fünfundzwanzig Jahre alt, hilflos wie ein Kind. Ohne Job, ohne Zukunft, den Kontakt zu allen Freunden abgebrochen aus Angst, sie könnten ihn verurteilen für das, was er jetzt ist. Für das, was er denkt.

Wie bei allen anderen fing es harmlos an, mit der zufälligen Berührung einer Arbeitskollegin, die sich beim Mittagessen in der Kantine an ihm vorbeidrängelte, wobei ihr Busen flüchtig Roberts Rücken streifte. Ein kleines, verlegenes Lächeln bei der Kollegin – und in Robert der umgelegte Schalter, der Startschuss für ein jahreslanges Gedankenmartyrium. Was, wenn er sie absichtlich berühren würde? Wenn er einfach so ihre Brüste streicheln, ihr zwischen die Beine fassen würde, ohne jede Vorwarnung, so schnell, dass sie es gar nicht verhindern könnte?

Der Damm war gebrochen, die Vorstellungen breiteten sich weiter aus, streuten wie aggressive Krebszellen in Roberts Hirn, in rasender Geschwindigkeit, unaufhaltsam und unkontrollierbar, im Gegenteil, je mehr Robert versuchte, seine Gedanken zu beherrschen, desto schlimmer wurden sie. Bald schon konnte er sich keiner Frau mehr nähern ohne die Angst oder den inneren Drang, sie unsittlich zu berühren, obwohl er es gar nicht wollte. Ständig Panik davor, sie »Schlampe« zu nennen oder »Fotze« oder sie dazu aufzufordern, ihm ihre »Muschi« zu zeigen.

Er könne es einfach nicht mehr aushalten. Ein paar Wochen vielleicht noch bei seinen Eltern, die von nichts wussten, sondern nur hilflos dabei zusahen, wie ihr Sohn sich mehr und mehr von der Außenwelt abschottete. Ja, ein paar Wochen noch, vielleicht sogar Monate würde er das ertragen und sich in seinem Kinderzimmer verkriechen. Aber irgendwann würde er sich vor einen Zug werfen oder aus dem Fenster springen oder irgendetwas anderes tun, damit dieser Kobold, der da in seinem Schädel tobte, endlich Ruhe geben würde.

Ich las Geschichten von Menschen, die seltsame Rituale einhalten mussten, um damit ein Unglück im Freundeskreis zu verhindern oder die an anderen eigenartigen »Marotten« litten: nicht mehr an Friedhöfen vorbeigehen, keine Knöpfe anfassen oder auch nur aus Versehen berühren, vor jeder Mahlzeit bis fünfzehn zählen, hundert Mal am Tag die Hände waschen, beim Fahren auf der Autobahn alle drei Minuten drei Mal blinzeln, Angst vor runden, eckigen oder kreuzförmigen Gegenständen haben, nichts Gelbes mehr essen, Namen mit mehr als zwei »A« nicht aussprechen oder auch nur daran denken, nicht auf die Fugen zwischen Steinplatten treten, niemals links um eine Ecke gehen, von rechts ganz zu schweigen, an ungeraden Tagen nicht duschen, an geraden kein Geld ausgeben …

Und dann stolperte ich über einen Bericht, der mich beinahe vollends aus der Fassung brachte. Denn wenn diese Geschichte auch nicht meine war – sie hätte meine sein *können*. Geschrieben von Monika, die ihren eigenen Sohn Finn nicht versorgen kann, weil sie ständig fürchtet, ihm etwas anzutun. Ihn beim Wickeln vom Tisch stoßen, ihn beim Spaziergang aus dem Kinderwagen holen und in einen Bach werfen, seinen Brei vergiften.

»Hilfe«, flüsterte ich immer wieder leise vor mich hin, während ich all diese schrecklichen Geschichten, diese unwirklichen Schilderungen las. »Hilfe!«

Doch Hilfe – die schienen die meisten hier vergeblich zu suchen. Jahrelang schon wurden sie gequält von ihrem eigenen Kopf, begaben sich auf eine Odyssee von Therapeut zu Therapeut, mal mehr, mal weniger erfolgreich. Im Großteil weniger, jeder Versuch meist nur ein Tropfen auf dem heißen Stein, der manchmal etwas Linderung verschaffte, häufig aber nur von einem Zwang schnurstracks in den nächsten führte.

War das meine Zukunft? War das das Leben, das ich fortan führen würde? Als Teil einer Freakshow, die sich im Internet versammelte? Eine Aussätzige, unfähig, jemals wieder ein normaler Mensch zu sein? Ich schloss die Augen, rieb sie mir mit beiden Händen, öffnete sie erneut, starrte minutenlang bewegungslos auf den Bildschirm vor mir, bis die Buchstaben vor meinen Augen tanzten und verschwammen.

Und dann schrieb ich einfach los. Meldete mich im Forum an, um einen eigenen Eintrag zu verfassen, nannte mich »Helena HH« und schrieb mir in ihrem Namen meine Ängste und Sorgen von der Seele. Als ich fertig war, begann ich zu weinen und schaltete den Computer aus.

Eine ganze Woche dauerte es, bis ich mich traute, mich wieder vor den PC zu setzen und nachzusehen, ob es auf meinen Beitrag irgendwelche Reaktionen gab. Halb hoffnungsvoll, hab panisch kehrte ich zurück ins Forum, fast befürchtend, dort von den anderen als verrückt oder pervers beschimpft zu werden.

Aber da waren keine Beschimpfungen. Ehrlich gesagt waren da nur ein paar belanglose Kommentare zu dem, was ich geschrieben hatte, etwas wie »ich drück dich« mit einem Knuddelsmiley oder »das kenne ich«, aber nichts, was mir hilfreich erschien, nur verzweifelte und ebenfalls ratlose Anmerkungen. Dann allerdings entdeckte ich eine neue Nachricht in meinem privaten Postfach. Ich las die Betreffzeile: »Denken ist nicht tun!« Wenige Worte – aber doch gleichzeitig so unendlich viel.

»Das war eine Nachricht von Elli?« Dr. Jan Falkenhagen, der jetzt wieder mit Marie in seinem Büro sitzt und dem gegenüber sie wiederholt, was sie Hannah letzte Nacht bereits anvertraut hat, sieht interessiert von seinen Notizen auf.

»Ja.« Marie nickt. »Diese Mail hatte Elli geschrieben, so habe ich sie kennengelernt.«

»Sie haben ihren Namen schon oft erwähnt, aber noch nie etwas über sie erzählt. Ich bin neugierig!«

»Elli war meine einzige Freundin zu dieser Zeit. Das heißt, eigentlich ist sie es bis heute. Nur dass ich schon lange nichts mehr von ihr gehört habe. Wie auch?« Sie lacht. »Ein privater Internetzugang gehört hier ja leider nicht zum Zimmerstandard.«

»Sie nennen Elli Ihre Freundin«, wiederholt Dr. Falkenhagen.

»Eigentlich war sie nur eine Userin im Netz, anonym und versteckt hinter einem Webnamen. Aber ich habe sie schnell als Freundin empfunden, in so einer Situation freundet man sich schnell an. Verzweiflung schweißt zusammen, wissen Sie?«

»Was war das also für eine Mail?«

»Ich musste nur die ersten Zeilen lesen und war sofort wie elektrisiert. Elli schrieb ziemlich genau das, was ich durchmachte. Von ihrem Drang, anderen etwas anzutun, von ihrer Angst und ihrem Schamgefühl. Gut, das hatte ich von anderen in dem Forum auch schon gelesen. Aber bei Elli war es anders.«

»Was war anders?«

»Sie war nicht so verzweifelt, nicht so mutlos. Ihre Mail kam mir vor, als würde sie mich bei der Hand nehmen, so wie ich früher Kinder an die Hand genommen hatte, wenn es nach draußen ging, zum Schwimmen oder rüber in die Turnhalle.«

»Und was genau hat Elli Ihnen geschrieben?«

»Warten Sie kurz, fünf Minuten, dann zeige ich es Ihnen.« Marie geht rüber in ihr Zimmer und holt ihr Tagebuch. Das Buch, in dem sie irgendwann alles aufgeschrieben hat und in dem sie jede von Ellis tröstlichen Nachrichten als Ausdruck aufbewahrt. Und das seit dem Prozess reichlich zerfleddert ist, zerfleddert und zerlesen von Fremden, denn es war als Beweisstück ebenfalls sichergestellt worden. Mittlerweile hat Marie es zurück. Und ist froh darüber, dass sie wenigstens noch ihre Aufzeichnungen hat. Und die Mails von Elli. Auch wenn die ihr jetzt natürlich nichts mehr nützen.

»Liebe HelenaHH,

ich lese deinen Eintrag und muss dabei weinen. Weil ich genau weiß, wie es dir geht, weil ich doch fast das Gleiche erlebt habe wie du. Wir kommen sogar beide aus Hamburg und sind fast gleich alt, auch ein Grund dafür, dass ich dir sofort schreiben musste.

Vielleicht erzähle ich ein bisschen von mir: Ich bin schon seit meiner Kindheit zwangserkrankt, wobei ich erst sehr spät erfahren habe, woran ich leide. Begonnen hat es bei mir im Alter von vier Jahren, als mein älterer Bruder bei einem Schwimmunfall ums Leben gekommen ist.

Zuerst fing es mit magischem Denken an. Du glaubst, dass du das Schicksal beeinflussen kannst, indem du etwas tust oder auch nicht tust. Ein bisschen wie Zauberei oder wie im Märchen ist das, man muss bestimmte Rituale einhalten, sonst passiert etwas Schlimmes.

Bei mir war es so, dass ich anfing, mich vor dem Schlafengehen in einer ganz bestimmten Reihenfolge auszuziehen und meine Sachen nach dem gleichen Schema wegzuräumen. Immer erst die Socken oder die Strumpfhose, und zwar IMMER erst den rechten, dann den linken Fuß, dann zwischendurch das Licht drei Mal an- und ausschalten, danach meinem Kuschelhasen eine gute Nacht wünschen, dann erst Rock oder Hose ausziehen und unten links in den Kleiderschrank legen und so weiter und so fort. Ich war ja noch ziemlich klein, und ich musste so viel befolgen, dass ich manchmal durcheinanderkam. Wenn das geschah, musste ich noch einmal ganz von vorn anfangen und alles wieder anziehen, so lange, bis ich alles »richtig« gemacht hatte. Wenn ich das nicht tat, hatte ich plötzlich schreckliche Angst, dass noch jemand aus meiner Familie sterben würde, also wiederholte ich das Ritual natürlich, denn ich wollte ja nicht schuld an etwas Schlimmem sein.

Mit der Zeit entwickelte ich immer mehr »Macken«, musste immer mehr geheimnisvolle Regeln befolgen, ich war ständig im Stress und brauchte für alles Ewigkeiten, weil ich ja diese Rituale einhalten musste. Manchmal habe ich versucht, es einfach bleiben zu lassen – aber der Druck in mir war viel zu groß, den konnte ich nicht aushalten, er hätte mich sonst verrückt gemacht.

Tja, und im Erwachsenenalter kamen dann irgendwann die aggressiven Zwangsgedanken dazu. Da war ich etwa Mitte zwanzig und steckte gerade im Examen an der Uni, was für mich eine unglaubliche Belastung war. Kein Wunder, ich hatte ja genug damit zu tun, ein nach außen hin »normales« Leben zu führen und meine Zwänge vor anderen zu verstecken. Dann trennte sich mein damaliger Freund von mir, ich musste aus unserer gemeinsamen Wohnung ausziehen, meine Mama erkrankte an Krebs, und ich hatte Zoff mit meiner besten Freundin. Dann fiel ich mit Pauken und Trompeten durchs Examen ...

Zack, da waren sie mit einem Mal da! Zuerst hatte ich plötzlich die fixe Idee, meine Katze in der Badewanne zu ertränken oder ihr den Schwanz abzuschneiden. Verrückt war das, denn ich liebte sie doch! Dass unsere schlimmen Gedanken oft genau so anfangen, indem sie sich gegen das richten, was wir lieb haben; dass sie nicht das widerspiegeln, was in uns ist, sondern das Gegenteil – das wusste ich damals natürlich nicht und hatte riesige Angst.

Die Gedanken wurden immer schlimmer, es war ganz ähnlich wie bei dir. Ich habe zwar keine eigenen Kinder, aber es ist schon vorgekommen, dass ich auf die beiden Jungs meiner älteren Schwester aufgepasst habe und jemanden dazurufen musste, weil ich auf einmal Angst hatte, ich könnte sie verprügeln oder sonst was mit ihnen machen, wenn ich allein mit ihnen blieb.

Auch ich habe mich da immer gefragt: Wann überschreite ich die Grenze? Wann stelle ich es mir nicht nur vor, sondern setze es in die Tat um, wann verliere ich die Beherrschung? Und genau wie bei dir fingen die Gedanken an, sich mehr und mehr auszubreiten, irgendwann richteten sie sich gegen alles und jeden, wurden vollkommen unberechenbar und traten beinahe ständig auf. Nur wer das selbst erlebt hat, wer es gefühlt hat, weiß, wie grauenhaft das ist.

Und deshalb möchte ich dir einen Satz sagen, der mir sehr geholfen hat, als ich ihn zum ersten Mal hörte: Denken ist nicht tun! Das musst du dir immer wieder sagen, egal, wie schlimm das ist, was in deinem Kopf vor sich geht: DENKEN IST NICHT TUN! Du hast bisher nie etwas getan und wirst es auch nicht, das ist entscheidend, nichts anderes. Die Tatsache, dass wir darunter LEIDEN, zeigt, dass wir nicht wirklich dazu fähig sind, im Gegenteil, es widerspricht komplett unserer Natur. Gewalttäter genießen ihre Fantasien, sie gefallen ihnen. Das ist der Unterschied. Was wir haben, ist eine seelische Störung, eine schlimme Krankheit – aber wir sind keine Monster!

Schreib mir gern, wenn du magst, alles Liebe, Elli

»Ich bin kein Monster. Das hat sie mir geschrieben.«

»Und damit hat sie auch recht.« Der Arzt legt den Computerausdruck, den Marie ihm zu lesen gegeben hat, zurück auf den Tisch. »Alles, was Elli hier schreibt, ist richtig.«

»Dann erklären Sie mir, warum ich hier sitze und eingesperrt bin, wenn Denken doch nicht dasselbe wie Tun ist!«

»Ich verstehe, dass Sie das verwirrt. Und tatsächlich wissen wir ja, dass Zwangsgedanken nicht verwirklicht werden.«

»Wir?«, fragt Marie ironisch. Dr. Falkenhagen grinst, wodurch er mehr wie ein großer Junge als ein seriöser Mediziner aussieht.

»Okay«, verbessert er sich und lächelt noch immer, »die Fachwelt, wenn Sie so wollen.«

»Und was denkt die Fachwelt?«

»Eben genau das, worüber wir schon gesprochen haben und was Elli Ihnen geschrieben hat. Es ist so«, mit einer schnellen Handbewegung rückt er seine Nickelbrille zurecht. »Im menschlichen Gehirn, genauer gesagt im Vorderhirn, liegt der Frontallappen, der für die Impulskontrolle zuständig ist. Ein Wächter, der dafür sorgt, dass wir nicht alle Impulse ausleben, die uns so durch den Kopf schießen. Bei Zwänglern ist dieser Bereich überaktiv, also besonders ausgeprägt. Untersuchungen haben gezeigt, dass es bei Gewalttätern genau umgekehrt ist, der Bereich ist gar nicht oder kaum aktiv, sodass ihre Impulskontrolle gestört ist. Damit haben sie keine oder eine nur sehr geringe Hemmschwelle, wenn es um Verbrechen geht. Kurz gefasst ist es bei Zwangserkrankten so, dass diese innere Schranke, dieses Stoppschild sogar besser funktioniert als bei anderen.«

»Trotzdem habe ich einen Mord begangen!«

»Ja«, sagt Dr. Falkenhagen. »Deshalb glaube ich ja auch nicht, dass Sie möglicherweise an einer Störung der Impulskontrolle leiden.«

»Aber warum? Warum? Woher kommt das?« Marie spürt Tränen in sich aufsteigen. Aber sie hat schon zu viele davon vergossen und unterdrückt den Drang, hemmungslos zu weinen.

»Marie.« Die Stimme des Arztes klingt sanft, beruhigend, als er sie bei ihrem Vornamen nennt. Fast zärtlich berührt er ihre Hände . »Wir sind doch erst ganz am Anfang, haben Sie Geduld! Zusammen werden wir es herausfinden.«

»Ich bin kein Monster«, wiederholt sie trotzig. »Das bin ich nicht!« Wie eine Beschwörungsformel möchte sie das wieder und wieder sagen, so lange, bis es endlich wahr wird!

»Nein, das sind Sie nicht, ganz sicher nicht.« Wieder ein Lächeln, diesmal ein ermutigendes, er nimmt sogar seine Brille ab und legt sie auf den Tisch, sodass sie zum ersten Mal seine braunen Augen ohne das geschliffene Glas dazwischen sieht, das sie und die anderen Patienten unmerklich auf Distanz hält. Groß und warm sind sie, so unglaublich warm, wie ein weicher Mantel, in den man sich nur hüllen muss, dann kann selbst die eisigste Kälte einem nichts mehr anhaben. »Ich habe Sie beobachtet, seit Sie hier sind. Und bisher haben Sie keinerlei Anzeichen von Aggressionen gezeigt.«

»Vielleicht bin ich es ja doch gar nicht gewesen?« Die Frage schießt ihr durch den Kopf und ist schon heraus, kaum dass Marie bewusst wird, dass sie sie formuliert hat. »Vielleicht habe ich Patrick gar nicht getötet?«

Der Arzt sieht sie fast traurig an. »Doch, Marie, das haben Sie. Es tut mir leid, ich würde Ihnen gern etwas anderes sagen, aber das kann ich nicht.«

»Was soll das dann alles hier?«, fährt sie ihn an und entzieht ihm ihre Hände. »Wozu das Reden, Reden, Reden, wenn es doch nichts ändert? Warum sperrt ihr mich nicht einfach weg und schmeißt den Schlüssel fort, das wäre doch viel einfacher?«

»Weil ich glaube, dass ich Ihnen helfen kann. Und es geht doch um Ihre Zukunft!«

»Von welcher Zukunft reden Sie? Selbst wenn ich jemals aus dieser Anstalt hier rauskomme – was erwartet mich denn da draußen? Was? Sagen Sie mir nur einen einzigen Grund, weshalb ich lieber frei sein sollte als hier in dieser *Klinik*.«

»Sie haben doch geliebt«, erinnert er Marie. »Sie haben Patrick geliebt. Wollen Sie das nicht noch einmal erleben? Sie sind doch noch jung!«

»Alles, was ich liebe, stirbt! Durch mich!«

»Nein«, sagt er. »Ich habe Ihnen doch schon mehrfach gesagt, dass nicht die Zwangsgedanken Sie zur Mörderin gemacht haben. Und selbst wenn man den Zwang vielleicht nicht ganz heilen kann, können Sie trotzdem lernen, damit zu leben. Und ich bin fest davon überzeugt, dass Sie das können!« Fest davon überzeugt. Die Worte treffen sie im Innersten. Genau so überzeugt war Elli. Und Marie hatte ihr geglaubt. Jetzt kann sie niemandem mehr glauben.

»Denken Sie?«, fragt sie trotzdem. Er nickt. Obwohl es nur eine kleine Geste ist, ein Nichts, völlig unbedeutend und banal, reicht es aus, um wieder eine klitzekleine Hoffnung in ihr zu schüren. Die Hoffnung darauf, dass vielleicht doch nicht alles verloren ist.

»Aber wie?«

»Erzählen Sie weiter. Erzählen Sie mir, was als Nächstes passiert ist. Von Elli. Und von Patrick. Wie haben Sie ihn kennengelernt, wie ist alles weitergegangen?«

»Da.« Das aufgeschlagene Tagebuch, das vor ihr liegt, sie schiebt es zu ihm rüber. Er darf es lesen, er *soll* es lesen. »Hier steht alles drin.«

7

DONNERSTAG, 10. MAI

Zum ersten Mal seit Wochen sieht mein Leben nicht mehr ganz so hoffnungslos aus wie bisher. Ich kann kaum glauben, wie sehr Elli mir dabei hilft, mich wieder zurechtzufinden und neuen Mut zu fassen, dabei tauschen wir uns erst seit fünf Tagen miteinander aus! Es kommt mir fast vor, als wäre sie mir vom Himmel geschickt worden. Aber wo soll jemand, der dich aus der Hölle befreit, sonst herkommen? Für mich ist sie wirklich ein Engel, genau so empfinde ich sie. Ein Engel, der alles versteht, was ich schreibe, selbst wenn es teilweise so schlimm ist, dass ich mich kaum traue, es zu formulieren. Elli muss ich nichts erklären, sie kennt das ja alles, hat die Verzweiflung und das Entsetzen am eigenen Leib gespürt. Es tut so unglaublich gut, sich das von der Seele zu schreiben!

Heute Morgen war ich sogar im Supermarkt und habe in Ruhe eingekauft. Natürlich hatte ich dabei wieder diese grässlichen Gedanken, erst gegenüber der Verkäuferin an der Käsetheke, die ich wüst beschimpfen wollte, als sie mir aus Versehen Leerdammer statt Edamer eingepackt hatte; dann, als ich über zehn Minuten in der Warteschlange an der Kasse stehen musste. Aber ich habe mir die ganze Zeit gesagt: »Denken ist nicht tun!« So, wie Elli es mir geraten hat. Sie hat mir erklärt, dass ich einfach lernen muss, dass es nur Gedanken sind, nichts weiter. Und dass sie vorüberziehen, wenn ich es lange genug in der Situation aushalte und nicht weglaufe, dass sie verschwinden, ich brauche nur ein bisschen Geduld. Und sie hatte recht, als ich endlich bezahlen konnte, war ich innerlich ganz ruhig, keine Spur mehr von den Aggressionen in mir.

Danke, Elli!

Samstag, 12. Mai

Ja, ja, Geduld! Es zum Aus-der-Haut-Fahren! Oder zum Wahnsinnigwerden – wenn ich das nicht schon wäre! Ganze vier Stunden lang habe ich gestern Vormittag rumtelefoniert, weil ich im Forum gelesen habe, dass eine Verhaltenstherapie in meinem Fall vielleicht helfen kann. Und dass man damit so schnell wie möglich anfangen soll, weil die Chance, den Zwang doch wieder ganz loszuwerden, umso größer ist, je früher man etwas dagegen tut.

Aber erst mal einen Therapeuten finden! Eine Telefonansage nach der nächsten habe ich mir angehört, und wenn jemand ans Telefon ging, hieß es entweder »Tut mir leid, ich bin komplett ausgebucht« oder »Mindestens ein halbes Jahr Wartezeit, eher ein Jahr«.

EIN – GANZES – JAHR!

Wenn ich es noch ein Jahr allein schaffe, brauche ich auch keinen Therapeuten mehr! Denn dann geht es mir entweder besser, oder ich habe mir schon einen Strick gekauft.

Wie kann das sein, dass einem nicht geholfen wird, wenn man in echter Not ist? Hätte ich mir ein Bein gebrochen oder hätte ich Krebs – würde es dann auch heißen »Sorry, kommen Sie in einem Jahr wieder«? Nur weil man meine Krankheit nicht sieht, kann ich sie nicht sofort behandeln lassen? Und was, wenn doch irgendwann etwas passiert? Wenn ich einfach losziehe und jemanden umbringe, sage ich dann hinterher: Tut mir leid, ich wollte das nicht, aber die Psychologen hatten erst in einem Jahr Zeit für mich???

Elli meint, ich soll mich nicht aufregen, sie würde mir helfen, dann ginge es schon. Aber gerade bin ich wieder ziemlich mutlos. Wie kann es sein, dass es so viele Menschen wie mich gibt – und keiner hilft ihnen? Vielleicht muss ich doch erst etwas Schlimmes tun ... Irgendwie muss ich gerade an Amokläufer denken, die ausflippen und alles abknallen, was ihnen vor die Flinte kommt. Da heißt es dann hinterher von irgendwelchen erschütterten Nachbarn immer: »Er war nach außen so ein netter, ruhiger Kerl, das hätten wir nie gedacht«. Kann eben niemand wissen, was in Wahrheit hinter der Fassade steckt. Und vielleicht hat der Todesschütze ja vorher auch Hilfe gesucht, hat darum gebettelt, dass man sich um ihn kümmert. Und als man ihm »Kommen Sie in einem Jahr wieder« geantwortet hat, hat er sich halt lieber seine Knarre geschnappt und ist losmarschiert ...

Montag, 14. Mai

O mein Gott, das Wochenende war schrecklich! Aber ich bin auch selbst schuld, ich hätte auf mein Bauchgefühl hören sollen! Gestern war im Kindergarten unser Frühlingsfest, und Jennifer hat mich schon letzte Woche gefragt, ob ich nicht auch kommen will. Wäre ich nur zu Hause geblieben! Aber Elli meinte, ich solle ruhig hingehen, mir immer wieder das mit den Gedanken und dem Tun sagen, dann würde es schon gut gehen. Sie hat gesagt, dass es falsch ist, mich von dem fernzuhalten, vor dem ich Angst habe, ich soll mich solchen Situationen erst recht aussetzen. Expositionstherapie würde das heißen, das könnte sogar helfen.

Es endete damit, dass die Kleinen sich so sehr darüber freuten, mich zu sehen, dass sie sich alle auf einmal auf mich gestürzt haben und auf mir rumturnten. Und natürlich habe ich sofort wieder die schlimmsten Fantasien bekommen, habe in Gedanken um mich geschlagen und die Kinder getreten, ein regelrechter Blutrausch war das in meinem Kopf, ich habe gezittert und geknurrt, mir ist der Schweiß ausgebrochen, und ich hatte Herzrasen. Da konnte ich mir noch so oft sagen, dass Denken nicht Tun ist und dass das hier doch nur meine Expositionstherapie ist, es half einfach nichts, es wurde so schlimm, dass ich mal wieder einfach weggerannt bin.

Klar haben das auch meine Kollegen und vor allem die Eltern der Kinder mitgekriegt, die denken jetzt alle, dass ich wirklich verrückt bin. Jennifer hat mir gestern Abend noch auf den Anrufbeantworter gesprochen, ob es mir gut geht, dass sie sich Sorgen macht und ich sie doch mal anrufen soll. Natürlich habe ich nicht zurückgerufen. Vom Kindergarten halte ich mich erst einmal fern, so viel ist sicher. Da kann Elli sagen, was sie will, das schaffe ich einfach noch nicht. Vielleicht ja nie mehr, im Moment bin ich da mehr als skeptisch, dass ich je wieder mit Kindern arbeiten kann.

Ach, und dann hat noch Mama angerufen und eine Nachricht hinterlassen. Hat nicht mal gefragt, wie es mir geht, sondern nur von ihrem Kurztrip nach Verona geplappert, ein Opernabend in der Arena. Einfach so tun, als wäre überhaupt nichts los und zur normalen Tagesordnung übergehen, so hat sie das schon immer gemacht, sogar nach Celias Tod. Worüber man nicht spricht, das ist auch nicht passiert, so simpel ist das. Das heißt, nein, das stimmt nicht ganz. Sie hat mir aus ihrem Urlaub eine Karte geschickt, die vorhin in meinem Briefkasten lag. Muss sie an einer Raststätte oder so unterwegs bei ihrer Reise entdeckt haben. Mit einem wirklich sehr passenden Sinnspruch:

Achte auf deine Gedanken, denn sie werden zu Worten.
Achte auf deine Worte, denn sie werden zu Handlungen.
Achte auf deine Handlungen, denn sie werden zu Gewohnheiten.
Achte auf deine Gewohnheiten, denn sie werden dein Charakter.
Achte auf deinen Charakter, denn er wird dein Schicksal.
Aus dem Talmud

Na, danke, Mama! Das hilft mir wirklich ungemein! Zu begreifen, wie sehr du mich verstanden hast.

Samstag, 19. Mai

Elli hat mir etwas vorgeschlagen. Etwas, das ihr selbst sehr geholfen hat. Ich soll meine Fantasien aufnehmen, sie aufsprechen und sie mir dann anhören, wieder und wieder, so lange, bis sie nicht mehr so schrecklich für mich klingen.

Elli selbst würde das auch so machen, mit einem Handy würde das ganz einfach gehen, dafür bräuchte ich nicht einmal ein extra Aufnahmegerät. Das wäre ebenfalls eine Expositionsübung. Ungefähr so wie Leute, die sich vor Spinnen ekeln und dann eine auf die Hand gesetzt bekommen, damit sie merken, dass gar nichts passiert.

Aber schaffe ich das mit den Aufnahmen? Irgendwie habe ich riesige Angst davor. Wenn ich die Gedanken ausspreche, werden sie dann nicht noch mehr Wirklichkeit? Und die Vorstellung, mir das Ganze dann auch noch mit meiner eigenen Stimme anzuhören – die gruselt mich!

Mittwoch, 23. Mai

Gestern Abend hab ich's gemacht. Hab erst eine halbe Flasche Rotwein getrunken, mir dann mein Handy geschnappt, den Aufnahmemodus eingeschaltet und alles erzählt, was ich bisher immer nur gedacht oder maximal an Elli geschrieben habe.

Sätze wie: »Ich nehme einen Hammer und schlage damit einem Kindauf den Kopf, so lange, bis der Schädel bricht, das Blut spritzt und das Kind tot umfällt.«

Puh, ich musste ein paar Anläufe machen, auf Anhieb hab ich das überhaupt nicht hingekriegt.

Und dann das Anhören! Meine Stimme, die mir solche schlimmen Sachen erzählt, richtig widerlich war das, so widerlich, dass ich die Aufnahme zwischendurch immer wieder anhalten musste. Ich hab nur weitergemacht, weil Elli mir versichert hat, dass es mit der Zeit besser werden würde. Wurde es dann sogar auch.

Nach vier, fünf Mal Anhören kam mir das alles gar nicht mehr so schrecklich vor. Eher unwirklich. Wie ein Gruselfilm, den man sich ansieht, mit dem man aber nichts zu tun hat, »Nightmare on Elm Street«, allerdings bei mir zu Hause, auf meinem Handy. Es war auszuhalten. Dann irgendwann kamen mir die Aufnahmen nur noch bescheuert vor. Und am Ende musste ich sogar lachen und mir innerlich selbst einen Vogel zeigen.

So verrückt ist das alles! Viel zu verrückt, als dass ich irgendetwas davon jemals tun würde!

Freitag, 8. Juni

Mir geht es besser, so viel besser! Die Aufnahmen helfen mir tatsächlich, seit ich mich täglich mit meinen furchtbaren Gedanken auseinandersetze, sind sie schon viel weniger und schwächer geworden. Ich weiß gar nicht, wie ich Elli danken soll, ohne sie wäre ich komplett aufgeschmissen. Wir schreiben uns täglich, und ich würde ihr zu gern etwas zurückgeben. Aber sie meint, dass es ihr schon guttäte, sich mit mir auszutauschen, weil wir uns so ähnlich sind. Und dass es sie freut, wenn es mir gut geht, weil ihr das selbst auch Mut macht. Viel weiß ich immer noch nicht über sie, sie hält sich ziemlich bedeckt, wenn es um ihr »echtes« Leben geht. Aber das kann ich auch verstehen, es ist so viel leichter, über die Krankheit zu reden, wenn man anonym bleibt.

In der Zwischenzeit habe ich ihr meinen echten Namen verraten, und sie hat mir geschrieben, dass sie wirklich Elli heißt (von Elisa? Elisabeth? Das hat sie mir nicht gesagt, aber es ist ja auch eigentlich egal). Sie ist zwei Jahre jünger als ich, arbeitet bei einem Steuerberater, ist Single und kinderlos, das ist alles, was ich weiß. Und dass sie für mich immer noch ein Engel ist, deshalb nenne ich sie Elli-Engel, worüber sie wohl zuerst ein bisschen beschämt war. Aber mittlerweile sind wir so etwas wie Freundinnen, sie mein Elli-Engel, ich ihre Gold-Marie. Ach, es tut so gut, sie in meinem Leben zu haben, ohne sie wäre immer noch alles grau und trostlos.

Montag, 25. Juni

Ich bin total aufgeregt!

Elli hat mich gefragt, ob wir uns nicht mal treffen wollen. Im richtigen Leben, miteinander einen Kaffee trinken gehen und ein bisschen plaudern.

Ich weiß, wie viel Überwindung sie das gekostet haben muss, mir selbst ist bei der Vorstellung ja auch ein bisschen mulmig. Zum einen, weil es eben doch etwas anderes ist, sich persönlich zu begegnen und sich nicht nur übers Netz auszutauschen – zum anderen, weil ich schon ein klein wenig Angst habe, ob wir uns auch mögen. Vielleicht findet sie mich ja total unsympathisch, oder ich sie, obwohl ich mir das eigentlich nicht vorstellen kann.

Wie sie wohl aussieht? Ich glaube, dass sie sehr hübsch ist. Einfach weil das, was sie mir bisher geschrieben hat, immer so schön ist. So warmherzig, so berührend. Nein, wir werden uns mit Sicherheit mögen, etwas anderes kann gar nicht sein.

Morgen Vormittag um elf treffen wir uns. Im »Café Bley« auf St. Pauli, da gibt's den leckersten Streuselkuchen der Stadt, hat Elli behauptet. Wir haben uns sogar ein geheimes Erkennungszeichen überlegt. Jede von uns soll eine rote Rose in der Hand halten, wie bei einem Date.

Ich bin so unglaublich gespannt auf sie und freue mich riesig!

Dienstag, 26. Juni

Sie ist nicht gekommen! Über eine Stunde lange habe ich in dem Café gesessen und darauf gewartet, dass Elli auftaucht. Zwischendurch hab ich mich sogar noch zwei Mal bei der Kellnerin erkundigt, ob es auch wirklich nur ein einziges »Café Bley« auf der Reeperbahn gibt. Ich saß da mit meiner dämlichen Rose, habe einen Tee nach dem nächsten getrunken, Streuselkuchen gefuttert (der wenigstens wirklich lecker war!) und versucht, die Blicke der anderen Gäste zu ignorieren.

Ich kam mir so unglaublich bescheuert vor und fühlte mich richtig schlecht. Einem jungen Typen, der an meinem Tisch vorbeiging und mich blöd angrinste, hätte ich am liebsten den Hals umgedreht, in Gedanken hatte er schon meine Kuchengabel im Rücken stecken. Ein oder zwei Mal habe ich vermutlich meinen Kopf wieder so komisch hin- und hergeworfen, um die Vorstellung abzuschütteln, aber das hat, glaube ich, niemand gesehen.

Als ich nach Hause kam, habe ich sofort nachgesehen, ob ich eine Nachricht von Elli habe. Aber da war nichts. Ich habe ihr geschrieben und sie gefragt, ob alles in Ordnung ist. Jetzt gehe ich frustriert ins Bett und hoffe, dass sie sich morgen bei mir meldet.

Mittwoch, 27. Juni

Sie hat geschrieben! Heute Nacht noch um 2.54 Uhr, gleich nach dem Aufstehen habe ich Ellis Antwort in meinem Postfach entdeckt. Sie hat sich tausendfach bei mir entschuldigt, dass sie nicht aufgetaucht ist. Hätte sie meine Handynummer gehabt, hätte sie mich angerufen, aber das ging ja leider nicht. Als sie gerade zu unserem Treffen loswollte, hat sie wie aus dem Nichts einen sehr starken Zwangsschub bekommen, so schlimm, dass es ihr unmöglich war, das Haus zu verlassen.

Natürlich habe ich mich gefreut, dass sie sich wieder gemeldet hat – und gleichzeitig habe ich Angst bekommen. Wenn sogar Elli, die doch schon so viel mehr weiß als ich, die doch schon so lange mit ihren Zwängen lebt und sie meistens gut im Griff hat, wenn sogar sie noch solche Anfälle hat, was heißt das dann für mich? Unheilbar, diese Krankheit, ich fürchte, sie ist wirklich unheilbar!

Jedenfalls haben Elli und ich beschlossen, uns weiter zu schreiben, uns aber lieber vorerst nicht zu treffen. Das heißt, Elli hat das vorgeschlagen, weil sie sich momentan für ein persönliches Treffen zu angespannt fühlt. Ich bin darüber natürlich etwas enttäuscht, aber mit ihr zu schreiben ist immer noch besser als gar nichts!

Samstag, 7. Juli

In den letzten Wochen ging es mir richtig gut, und jetzt habe ich mir bei einem blöden Unfall den kleinen Finger gebrochen! Dabei hatte ich noch Glück, ich hätte mich noch schwerer verletzen können, denn gestern bin ich mit voller Wucht von einer Radfahrerin umgenietet worden. Mitten auf dem Bürgersteig! Ich wollte gerade nur kurz raus zum Einkaufen, da ist es passiert. Ich war erst ein paar Schritte unterwegs, da ist sie von hinten in mich reingesaust. Scheiße, tat das weh!

Natürlich hat die Frau sich mehrfach bei mir entschuldigt, sie hätte mich schlicht nicht gesehen, obwohl ich wirklich ganz normal über den Bürgersteig gegangen bin, auf dem sie mit ihrem Rad ja eigentlich nichts zu suchen hatte. Klar war ich sauer, aber die Frau hat fast geweint, so leid tat es ihr. Sie hat mir eine Theaterkarte als Wiedergutmachung geschenkt. Zur Eröffnung der Sommerfestspiele im Schauspielhaus. Von dem Titel des Stücks habe ich noch nie etwas gehört, aber ich kenne mich ja auch nicht so aus. Sie selbst würde die Hauptrolle spielen, sagte sie.

Das fand ich schon sehr rührend, trotzdem wollte ich die Karte nicht annehmen, weil ich da sowieso nicht hingehen werde. Sie hat aber darauf bestanden, dass ich die Karte nehme, ich könne sie sonst ja auch verschenken. Da hab ich sie halt genommen, mal sehen, ob ich jemandem damit eine Freude machen kann.

Dass mein Finger gebrochen ist, habe ich erst später gemerkt, als er fast aufs Doppelte angeschwollen ist. Jetzt trage ich eine schicke Schiene. Na ja, es könnte schlimmer sein.

Mittwoch, 11. Juli

Elli findet, ich soll unbedingt zu der Premiere gehen. Sie hätte von dem Stück gehört, und es soll ganz toll sein, sie sagt, es sei die Umsetzung eines sehr bekannten Romans. Sogar die Schauspielerin kenne sie, Vera Gerlach. Hat mich also eine kleine Berühmtheit über den Haufen gefahren! Und ihr Bruder, Patrick Gerlach, hätte den Roman geschrieben, den habe sie auch gelesen. Ist mir fast ein bisschen peinlich, dass ich von beiden noch nie etwas gehört habe.

Jedenfalls findet Elli, ich wäre dumm, wenn ich mir das entgehen ließe. Es wäre auch eine gute Übung, unter Menschen zu kommen und wieder richtig am Leben teilzunehmen.

Aber was, wenn ich Panik kriege? Wenn ich da eingequetscht wie eine Sardine in der Dose zwischen lauter Fremden sitze und einen Zwangsschub bekomme?

Ich könne ja immer noch aufstehen und gehen, hat Elli geschrieben. Stimmt natürlich. Ich glaube, ich muss darüber noch ein bisschen nachdenken. Oder ich schenke die Karte einfach Mama?

SAMSTAG, 14. JULI

Es – war – super!!! Ich bin tatsächlich zu der Aufführung gegangen, und der Abend war großartig! Nicht nur, weil es wirklich ein tolles Stück war und Vera unglaublich gut spielte (jedenfalls, soweit ich das beurteilen kann), sondern, weil überhaupt nichts Schlimmes passiert ist!

Am Anfang habe ich mich ein bisschen unwohl gefühlt, da waren so viele Menschen, das Schauspielhaus war bis auf den letzten Platz ausverkauft. Und ich saß direkt in der ersten Reihe! Aber kaum ging der Vorhang auf, war ich von dem Stück so gefesselt, dass sich alle meine Ängste in Luft auflösten.

Nach der Aufführung kam Vera Gerlach noch im Kostüm zu mir gerannt und hat mich mit einem etwas zerknirschten Blick auf meine Handschiene gefragt, ob es mir gut geht und ob ich noch mit auf die Premierenfeier kommen würde. Keine Ahnung, woher ich den Mut dafür genommen habe, aber ich hab einfach ja gesagt, bin zusammen mit ihr und dem gesamten Ensemble runter in die Kantine vom Schauspielhaus und hab bis morgens um drei mit ihnen gefeiert. Bis morgens um drei! So etwas habe ich schon ewig nicht mehr gemacht!

Alle waren unheimlich nett zu mir, vor allem als Vera wieder und wieder die Geschichte erzählte, wie sie mich angefahren hatte. Dabei wurde ihre Schilderung von Mal zu Mal dramatischer, am Ende fehlten nur noch ein Rettungshubschrauber und eine Straßensperre.

Dann hat sie mir auch ihren Bruder Patrick vorgestellt. Als ich vor ihm stand, konnte ich mich sogar daran erinnern, ihn schon einmal gesehen zu haben. Muss ein paar Jahre her sein, da habe ich tatsächlich mal etwas über ihn in der Zeitung gelesen oder ihn in einer Talkshow gesehen. Wir haben uns ganz normal unterhalten, als würde ich dazugehören. Er hat sich sogar für meine Arbeit interessiert, über die ich aber nicht so gern sprechen wollte, weshalb ich dem Thema ein bisschen ausgewichen bin. Patrick sieht Vera wirklich sehr ähnlich, die gleichen rotbraunen Haare, allerdings kurz und nicht bis zur Taille wie bei seiner Schwester und im Gegensatz zu Veras auch schon hier und da ein bisschen ergraut. Den »Rotschopf« hätten sie ihrem irischen Großvater zu verdanken, erzählte er mir. Dieselben Augen, die ich fast bernsteinfarben nennen würde. Und sogar die gleiche Himmelfahrtsnase haben die beiden.

Später tauchte dann noch Felix, der mittlere Bruder von Patrick und Vera, bei der Feier auf, der allerdings mit schwarzen Haaren und dunklen Augen ganz anders aussieht als seine Geschwister. Felix fand ich ehrlich gesagt ein bisschen unangenehm, weil er ziemlich betrunken war. Und die Art und Weise, wie er mich ansah, war irgendwie ... fast unverschämt. Als würde er mich dabei mit Blicken ausziehen, das war mir richtig peinlich. Komisch, dass zwei Brüder so grundverschieden sein können.

Nach der Feier hat Patrick mich sogar nach Hause gefahren, weil er meinte, er könne nicht zulassen, dass ich noch einmal einer gemeingefährlichen Radfahrerin wie seiner Schwester zum Opfer falle. Das fand ich sehr süß, vor allem weil ich in meinem Überschwang dann doch auch das ein oder andere Glas Wein zu viel getrunken hatte und schon leicht beschwipst war. Als ich vor meiner

Wohnung ausstieg, hat Patrick mir seine Handynummer gegeben und gesagt, er würde sich freuen, von mir zu hören.

Ich muss zugeben, dass es bei dem Gedanken an Patrick schon ein bisschen kribbelt. Irgendwie ein schönes Gefühl. Eins, das ich lange nicht mehr hatte. Und eins, das ich genießen möchte. Das hat auch Elli gemeint, der ich natürlich noch gestern Nacht alles geschrieben habe. »Siehst du, meine Gold-Marie«, hat sie geantwortet, »ich hab's dir doch gesagt, irgendwann findest du ins Leben zurück!«

Es stimmt. Jedenfalls fühlt es sich gerade so an. Ich finde ins Leben zurück. Endlich, endlich wieder ins Leben zurück!

IN DIESER NACHT liegt Marie wach und denkt an Patrick. Angeregt von ihrem Gespräch mit Dr. Falkenhagen über ihr Tagebuch erinnert sie sich. Und diesmal sind es schöne Erinnerungen und Gedanken.

Sie wartet drei Tage, bis sie zum ersten Mal Patricks Handynummer wählt. Drei Tage, in denen sie fast rund um die Uhr an ihn denkt, da ist kaum noch Platz für Zwangsvorstellungen, drei Tage, in denen sie das Gefühl genießt, eine ganz normale Frau zu sein, die ein bisschen verliebt ist, und keine, deren Leben in Trümmern liegt. Drei Tage, in denen sie sich mit Elli schreibt, sich darüber berät, was sie nur sagen soll, wenn sie Patrick anruft, soll sie ihn fragen, ob er Lust auf ein Treffen hat, oder lieber warten, dass er es vorschlägt. Drei Tage, in denen sie alles liest, was sie über ihn im Netz finden kann, und es ist eine Menge, was sie da findet. Tatsächlich ist er regelrecht berühmt, ein erfolgreicher Schriftsteller, mit all seinen Büchern immer sofort auf der Bestsellerliste, in mehrere Sprachen übersetzt. Schon sein erster Roman hat ihn vor über zehn Jahren und mit gerade mal dreißig über Nacht zum neuen Star der Literaturszene gemacht. Marie nimmt sich vor, das Buch unbedingt mal zu lesen.

Auch über Vera und Felix findet sie ein bisschen was, darüber, dass Patricks Schwester als Schauspielerin gerade kurz vor ihrem Durchbruch steht und dass Felix auch schon zwei Bücher veröffentlicht hat. Allerdings im Eigenverlag, sodass sie lange nicht so bekannt sind wie die seines Bruders. Marie erinnert sich an den Abend der Premierenfeier, an Felix, der Patrick zu seinem neuesten Erfolg gratulierte. Daran, wie sie ihn als ziemlich unangenehm empfand, betrunken und anmaßend, in seinem Lob dem Bruder gegenüber nahezu feindselig.

Jetzt kann sie Felix fast verstehen. Marie kennt den Neid unter Geschwisterkindern, hat in der Kita schon oft vergossene Tränen getrocknet, wenn der eine auch gern das haben möchte, was dem anderen gehört. Vielleicht hat ihre Mutter Regina ja doch tatsächlich recht? Marie muss an Celia denken und daran, wie oft ihre Tochter sie und Christopher gefragt hat, ob sie nicht ein Geschwisterchen haben kann. Und dass sie traurig war, als Marie ihr erklärte, dass das leider nicht ginge – um sie im nächsten Moment damit zu trösten, dass sie dafür aber Mama und Papa immer ganz für sich allein haben würde und nie etwas teilen müsste. Für immer, das war nicht gelogen, nicht für Celias »Immer«.

Drei Tage nach der Premiere ruft sie ihn also an, mit zittrigen Händen tippt sie seine Nummer in ihr Telefon, halb hoffend, dass er rangeht, halb befürchtend, dass er es tut. »Ist doch keine große Sache, wovor hast du solche Angst?«, hat Elli gefragt. Nein, eine große Sache, das ist es nicht. Aber für sie eben doch, seit Ewigkeiten hat Marie nicht mehr bei einem Mann angerufen, jedenfalls nicht, um sich mit ihm zu verabreden. Sie war schließlich lange Zeit mit Christopher zusammen, über zehn Jahre, da gab es keinen Grund, andere Männer anzurufen. Und auch wenn es wirklich keine große Sache ist – die vergangenen Monate haben ihr gezeigt, dass es auch die kleinen Sachen sein können, vor denen man panische Angst haben kann: Einkaufen. Auf einen Bus warten. Ein normales Essbesteck halten. Und einen Mann anrufen, der nicht ahnt, welche Probleme sie gerade hat, das gehört auch zu den Sachen, vor denen sie jetzt Angst hat. Aber soll sie deshalb darauf verzichten? Auf Dinge, die doch das Leben erst zu dem machen, was es ist?

»Hallo?« Patrick geht nach dem zweiten Klingeln ran, Marie nimmt allen Mut zusammen und sagt ganz einfach: »Hallo, hier ist Marie.«

»Marie!«, ruft er und klingt dabei, als hätte er soeben die Million im Lottojackpot geknackt. »Schön, dass du mich endlich anrufst! Wann sehen wir uns?«

Sie treffen sich noch am selben Tag an der Elbe. Das Wetter ist schön, und Patrick hat vorgeschlagen, zur »Strandperle« zu gehen. Da sitzt Marie auf einem der unbequemen Holzklappstühle mit Blick aufs Wasser und die großen Pötte, die langsam vorüberziehen und dabei Bugwellen schlagen, den Hafen mit seinen Kränen und Stahlhochsilos, drüben in Finkenwerder das riesige Airbus-Gelände. Vor sich hat sie einen großer Becher mit Apfelsaftschorle, den Patrick an dem kleinen Strandkiosk für sie besorgt hat, er selbst trinkt Alsterwasser und redet auch wie ein Wasserfall. Schon bei der Begrüßung nicht die geringste Peinlichkeit, kein unsicheres Schweigen, nach zwei Küsschen links und rechts auf die Wange hat er sofort losgelegt; hat noch einmal betont, wie sehr er sich über Maries Anruf gefreut hat und dass er schon kurz davor war, Vera zu fragen, ob sie ihre Nummer hat und dass er etwas Angst hatte, sie würde sich nicht bei ihm melden.

Eine entwaffnende Ehrlichkeit, so entwaffnend, wie Marie sie eigentlich nur von Kindern kennt. Schön findet sie das, so viel schöner als das, was die meisten Erwachsenen tun, die nicht zeigen wollen, was in Wahrheit in ihnen vor sich geht. Und was da so alles in einem Menschen vor sich gehen kann, das weiß Marie ja selbst am besten. Doch während sie mit Patrick an der Elbe sitzt, zusammen mit Tausenden von anderen Menschen, die alle den warmen Julinachmittag dazu nutzen, ein bisschen an die frische Luft zu kommen; während sie es genießt, ein ganz normales Date zu haben, eine erste Verabredung, ein bisschen kribbelige Aufregung, scheinen die dunklen Schatten der letzten Wochen sich aufzulösen, nicht das kleinste Wölkchen zeigt sich am Horizont, überall nur strahlend blauer Himmel, um sie herum und in ihr auch.

»Ich wollte schon mit zehn Jahren Schriftsteller werden«, erzählt Patrick. »Mit dreizehn habe ich dann ganz furchtbare Gedichte geschrieben, die ich damals aber für große Kunst hielt.« Er lacht. »Wenn ich heute mal in meine alten Hefte gucke, sind sie allerdings eher gruselig schlecht.«

»Ich würde gern mal was von dir lesen«, sagt sie.

»Kein Problem, ich geb dir gern ein Buch von mir.«

»Ich lese aber langsam«, warnt sie ihn.

»Macht doch nichts«, antwortet er. »Dann geb ich dir einfach was Kurzes.«

»Dein Erstes hätte ich gern. Das, mit dem du angefangen hast.« Er hebt abwehrend die Hände. »Das lieber nicht!«

»Warum denn nicht?«

»Glaub mir, mein Erstling ist nicht besonders gut, den darfst du echt nicht lesen – eine Jugendsünde, für die ich mich heute schäme. Ich geb dir was anderes.«

»Okay«, erwidert sie und lässt dabei ihren Blick am Elbstrand entlangschweifen. Viele Paare sind unterwegs, mal mit, mal ohne Hund, Familien mit Kindern, Gruppen von Jugendlichen, einige sitzen auf Picknickdecken und haben einen Grill dabei, so wie sie früher oft mit Christopher und Celia am Oortkatensee; etwas weiter entfernt versucht ein Vater, seinem Sohn zu zeigen, wie man einen Lenkdrachen steigen lässt. Aber es ist fast windstill, sodass der Drachen in der Luft nur ein paar Mal träge hin und her dümpelt, bevor er wieder kraftlos zu Boden sinkt. Windsurfen, Marie denkt ans Windsurfen, an sich blähende Segel, an ein kleines Mädchen, stolz und glücklich bei seiner ersten Fahrt; sie bemüht sich, die Erinnerung zu verscheuchen, indem sie sich wieder Patrick zuwendet und versucht, sich voll und ganz auf ihn zu konzentrieren. Sie will jetzt nicht traurig werden, jetzt nicht, nicht an diesem schönen Julinachmittag am Elbstrand.

»Dein Bruder schreibt auch, habe ich gelesen?«, fragt sie und ärgert sich im nächsten Moment darüber. Damit hat sie verraten, dass sie sich schon über Patrick und seine Geschwister erkundigt hat.

»Ja«, antwortet er, wirkt dabei aber nicht im Geringsten verwundert oder geschmeichelt. Die Offenheit, mit der er ihr selbst begegnet, scheint ihn auch bei anderen nicht zu überraschen.

»Felix steht noch am Anfang«, fährt er fort, »aber ich bin sicher, dass er bald seinen Durchbruch haben wird. Er ist wirklich gut.«

»Dann seid ihr ja eine richtige Künstlerfamilie! Zwei schreibende Brüder, Vera ist Schauspielerin ...«

»Das haben wir wohl von unseren Eltern geerbt. Unser Vater war Regisseur, unsere Mutter auch Schauspielerin.«

»War?«

»Ja«, er nickt. »Sie sind schon viele Jahre tot, erst starb mein Vater an Krebs, ein Jahr später unsere Mutter.«

»Das tut mir leid.«

»Wie gesagt, es ist schon lange her, über zwanzig Jahre. Ich war damals gerade neunzehn, Vera erst acht und Felix zwölf. Das war ziemlich hart für uns.«

»Das kann ich mir vorstellen«, sagt sie, und als hätte er sie mit seinem Geständnis dazu aufgefordert, nimmt sie einfach seine Hand, sodass ihre Finger nun ineinander verschränkt auf der rauen Platte des Holztisches liegen, an dem sie sitzen. *Wir sind noch ganz lange da, Papa und ich gehen nicht weg.* Ob seine Eltern das ihm, Vera und Felix auch einmal versprochen haben?

»Unsere Eltern waren früher nicht oft zu Hause«, spricht Patrick weiter und betrachtet dabei ihre ineinander verschränkten Hände. Er lächelt fast versonnen, sein Daumen fängt an, über ihren zu streicheln, sofort sind Maries Arme von einer Gänsehaut überzogen. »Ständig waren sie auf Tournee oder hatten Engagements in anderen Städten. Vera, Felix und ich waren viel allein, meistens hat eine Haushälterin nach uns gesehen, weil die Eltern meines Vaters in Irland lebten, unsere Großeltern mütterlicherseits in Frankfurt. Aber mittlerweile sind die auch schon tot.«

»Und nachdem eure Eltern gestorben sind?«

»Sollten wir eigentlich getrennt werden. Vera und Felix sollten zu unserer Tante Sophia, der Schwester meiner Mutter, die auch in Frankfurt wohnt. Ich selbst war ja schon volljährig und wollte in Hamburg bleiben, hier Abitur machen und dann mein Studium beginnen.«

»Aber es ist anders gekommen.«

Er nickt. »Ich habe beim Jugendamt darum gekämpft, dass wir zusammenbleiben können. Das Haus unserer Eltern war abbezahlt, die Waisenrente zusammen mit den Lebensversicherungen mehr als ausreichend, da habe ich keinen Grund gesehen, dass nicht alles so bleiben kann, wie es ist. Oder«, er lächelt sie traurig an, »dass nicht zumindest so viel wie möglich so bleibt, wie es ist.«

»Dann hast du dich also um deine Geschwister gekümmert?« Ein Gefühl der Rührung steigt in Marie auf, ein eigentlich schrecklich plattes Gefühl, das man hat, wenn man einen kitschigen Hollywoodfilm sieht. Doch es ist halt so, die Vorstellung von Patrick, der, selbst kaum erwachsen, darum kämpft, mit seinen Geschwistern zusammenzubleiben, berührt sie sehr.

»Eine Zeit lang ja«, sagt er. »Nach gut zwei Jahren ging es aber nicht mehr, ich war mit der Situation doch ziemlich überfordert. Zwei schulpflichtige und pubertierende Teenager im Haus, ich selbst gerade am Anfang meines Germanistikstudiums, das war irgendwann einfach zu viel. Vor allem mit Felix hatte ich viele Probleme, er war ein kleiner Rebell, hörte nie auf mich und machte eigentlich nur das, wozu er gerade Lust hatte. Zur Schule zu gehen gehörte nicht gerade dazu.« Wieder lacht Patrick auf.

»Eher heimlich rauchen und kiffen, mit seinen Kumpels Bier trinken und um die Häuser ziehen, das war mehr sein Ding. Klar, mit vierzehn total normal, aber ich hatte Angst, dass er mir irgendwann komplett aus dem Ruder läuft.«

»Und dann?«

»Felix ist dann doch nach Frankfurt zu unserer Tante gezogen, Vera und ich blieben in unserem Elternhaus.« Als er das sagt, wird aus dem Wölkchen um seine Stirn eine dichte Nebelwand.

»So richtig hat er mir das bis heute nicht verziehen, glaube ich.«

»Aber du hättest ja nichts anderes tun können«, erwidert Marie. »Du warst doch selbst noch ein halbes Kind.«

»Ja, das war ich. Trotzdem, der Tag, an dem Tante Sophia nach Hamburg kam, um Felix abzuholen, den werde ich nie vergessen. Er hat geschrien und getobt, gebettelt und geweint, wollte auf gar keinen Fall mit unserer Tante wegfahren und hat immer wieder versprochen, ab sofort ganz brav zu sein und alles zu tun, was ich verlange, wenn er nur in Hamburg bei uns bleiben darf.« Ein großes Kreuzfahrtschiff fährt vorbei, Patrick blickt ihm nach, als würden seine Gedanken mit dem Ozeanriesen auf Reisen gehen. Eine Weile sagt er nichts, streichelt nur weiter Maries Hand und sieht dem Schiff hinterher. »Und du?«, fragt er, als er sie wieder ansieht. »Was ist mit deiner Familie?«

»Meine Mutter lebt noch, mein Vater ist auch schon tot«, sagt sie und hört dabei selbst, wie knapp und ausweichend es im Vergleich zu Patricks Offenheit klingt. Aber bevor er weiterfragen kann, steht sie auf. »Komm, lass uns ein Stück spazieren.«

»Gut.« Er steht ebenfalls auf. Als sie losgehen, nimmt er Maries Hand, als sei es das Selbstverständlichste auf der Welt, zusammen mit ihr Hand in Hand an der Elbe entlangzuschlendern.

»Früher wollte ich immer so eins haben«, erzählt Marie, als sie an den bunten Kapitäns- und Lotsenhäuschen in Övelgönne vorbeigehen. »Ein kleines Haus direkt an der Elbe, mit einer hölzernen Veranda und einer Gartenschaukel.«

»Auf der man aber leider nie sitzen kann«, erwidert Patrick, »weil sich bei schönem Wetter die Menschenmassen vor der eigenen Haustür vorbeischieben.«

»Stimmt«, sagt sie und grinst ihn an. Er hat recht, sie kommen kaum voran, so dicht ist der schmale Weg von Spaziergängern bevölkert.

»Aber schön sind sie wirklich«, sagt er und bleibt mit Marie vor einem besonders schönen Haus mit besonders schöner Veranda stehen. Die allerdings – so, wie alle anderen auch – von seinen Besitzern tatsächlich nicht genutzt wird, weit und breit ist niemand in Sicht. »Ich würde mich hier trotzdem nicht verscheuchen lassen. Einfach einen Schaukelstuhl hinstellen, darin gemütlich vor- und zurückwippen, ein gutes Buch lesen und hin und wieder den Spaziergängern zuwinken. Man könnte sogar kalte Getränke verkaufen, das würde ich dann auch noch machen.«

»Ich auch«, sagt Marie und drückt seine Hand. Er erwidert den Druck, und so stehen sie einfach nur eine Weile schweigend vor dem Haus. Marie kann sich fast vorstellen, wie sie da mit Patrick sitzt, als wäre es die Veranda *ihres* Lotsenhäuschens. Ein schöner Gedanke, seit langer Zeit mal wieder ein schöner, vollkommen harmloser Gedanke. Nun ja, vielleicht ein etwas verfrühter Gedanke, sie kennt Patrick ja kaum.

»Hast du Kinder?«, fragt er plötzlich.

Sie schüttelt den Kopf. Flüstert dann: »Nicht mehr, meine Tochter ist vor fast zwei Jahren gestorben.«

Er sagt nichts, setzt sich einfach wieder in Bewegung und lenkt sie weiter durch das Menschenmeer, wie ein Lotse in den sicheren Hafen.

Später am Tag, es ist schon dämmrig, sitzen sie nebeneinander am Strand. Den ganzen langen Weg bis Teufelsbrück sind sie marschiert, haben sich direkt unten am Wasser ein Plätzchen gesucht, ihre Jacken zu einer Decke zusammengeschoben und sich darauf niedergelassen. Patrick hat einen Arm um Maries Schulter gelegt.

So sitzen sie da, lauschen den Wellen und den knackenden Lagerfeuern, die jetzt am Abend überall am Strand brennen und den Abendhimmel zum Flackern bringen, während irgendwo in der Ferne jemand Gitarre spielt.

»Ist es okay, wenn ich dich frage, wie deine Tochter gestorben ist?«

Sie zögert einen Moment, horcht in sich hinein, lauert darauf, dass das beklemmende Gefühl und der Kummer in ihr aufsteigen, wie es meistens passiert, wenn sie an Celia denkt. Aber da ist nichts, hier in Patricks Arm ist es gut.

»Ja, ist okay.« Sie erzählt ihm von Celia und wie sie starb. Noch nie hat sie jemandem so davon erzählt, wie sie es jetzt tut. Von ihren Schuldgefühlen, diesen übermächtigen Schuldgefühlen, die sie nicht mal Christopher gegenüber zugeben konnte, weil sie sprachlos war, stumm und gefangen in ihrer eigenen Angst. Er sagt nichts, hört nur zu.

Fast ist Marie versucht, ihm alles zu beichten, auch das, was nur ihre Mutter, Elli und ein paar anonyme User aus dem Internet wissen. Aber sie sagt es nicht, will nicht, dass er sie für ein Monster hält und von ihr abrückt, er soll sie weiter halten, so wie er es gerade tut. Sie weiter halten und manchmal mit einer Hand über ihre Wange streicheln, ihre Tränen fortwischen. *Schscht, ei, es ist gut, alles ist gut.*

In dieser Nacht ist es Marie, die Hannah mit ihrem Schluchzen weckt. Sie merkt erst gar nicht, dass es nicht mehr Patricks Hand ist, die über ihre Wange streichelt, nicht mehr sein Arm, der sie umarmt, sondern der ihrer Zimmergenossin, die sich zu ihr ins Bett gelegt hat.

»Schscht«, macht Hannah nun tatsächlich und streichelt über ihre Hand, während Marie langsam aus ihrem Traum zurück in die Wirklichkeit driftet. »Wein doch nicht«, flüstert das Mädchen, »es ist alles gut, es war nur ein Traum. Nicht mehr weinen, ja?« Marie rückt ein Stück von ihr ab, setzt sich im Bett auf, reibt sich die verweinten Augen. »War's so schlimm?«, will Hannah wissen, sieht sie besorgt an und richtet sich ebenfalls auf.

»Nein.« Marie schüttelt den Kopf. »Es war so schön. Deshalb musste ich weinen, weil das, was ich geträumt habe, so schön war.«

Das Mädchen lächelt sie an. »Dann leg dich schnell wieder hin, vielleicht kommt der Traum ja zurück?«

»Das will ich gar nicht.«

»Warum nicht?«

»Weil es mich nur daran erinnert, was ich nicht mehr habe.«

»Wenigstens hattest du es«, sagt Hannah, ihr Lächeln ist nun fast verschwunden. »Wenn ich träume, ist da nichts, was jemals schön war. Nicht eine einzige Erinnerung, die ich mir zurückwünschen würde.«

»Nicht eine einzige?«

»Nicht eine.«

»Das muss schlimm sein.«

»Ja. Nein. Ich weiß es nicht. Doch, es ist schlimm. Und dann auch wieder nicht. Weil es deshalb auch nichts gibt, was ich da draußen vermisse, worum ich kämpfen könnte.«

»Ja.« Marie nickt. »Das stimmt.« Vermissen, um etwas kämpfen, Celia, Patrick. Und Christopher, der sie verlassen hat und wahrscheinlich nur deshalb hier aufgetaucht ist, um sein schlechtes Gewissen zu beruhigen. Marie denkt an den langen

Brief, den er ihr geschrieben hat, und schüttelt unmerklich den Kopf, nein, da tut sie ihm unrecht, seine Worte klangen nach aufrichtiger Sorge. Nach jemandem da draußen, auf den sie bauen könnte, wenn sie wollte.

Vielleicht haben ihr Exmann und Dr. Falkenhagen ja recht? Dass sie nur kämpfen muss, einfach ein bisschen kämpfen, und dann wird alles eines Tages wieder schön? Oder wenigstens erträglich? Dann wird sie irgendwann wieder leben, vielleicht sogar wieder lieben können?

8

»HALLO, hier ist Marie.«

Am nächsten Morgen geht sie direkt nach dem Frühstück zum Patiententelefon im Flur und ruft Christopher an. Um sich für seinen langen Brief zu bedanken, den er ihr in die Klinik geschickt hat, und um ihm zu erzählen, dass sie mit der Therapie begonnen hat.

Eigentlich hat sie mit seinem Anrufbeantworter gerechnet, denn ihr Exmann ist ja meistens unterwegs. Aber entgegen ihrer Erwartung nimmt er sofort ab.

»Das ist wirklich toll, Marie!«, sagt er. »Du klingst auch schon viel besser.«

»Ein bisschen besser geht es mir auch«, sagt sie und ist beinahe erstaunt darüber, dass das wirklich die Wahrheit ist.

»Mach einfach weiter so, dann wirst du bestimmt bald wieder gesund!« Er lacht, und sie sieht ihn beinahe vor sich, ihren unbekümmerten Sonnyboy, wie er da steht, das Telefon zwischen Kopf und Schulter eingeklemmt, die Zungenspitze guckt ein kleines Stückchen zwischen seinen Zähnen hervor, wie immer, wenn er fröhlich ist.

»Mongo«, hat er dazu immer grinsend gesagt, »ich lache wie

ein kleiner Mongo. Aber Hauptsache, mit Spaß bei der Sache!« So war er schon immer, optimistisch und voller Lebensmut, immer, bis auf die Zeit nach Celias Tod, da war selbst er in seiner Lebenslust zutiefst erschüttert.

Aber jetzt, während sie mit ihm spricht, ist der alte Christopher wieder da, der, in den sie sich mal verliebt hat. Der, den sie so vermisst hat, nachdem Celia starb.

»Hör zu«, redet er weiter, »ich weiß, dass das für dich kein leichter Weg wird. Aber ich kann nur wiederholen, was ich dir schon bei meinem Besuch gesagt habe: Wenn du mich brauchst, bin ich da. Jederzeit, du musst mich nur anrufen, dann komme ich sofort!«

»Aber du bist doch sicher schon bald wieder im Ausland«, wendet sie ein.

»Nein, ich bleibe jetzt mindestens ein halbes Jahr in Hamburg, hier hat sich für mich ein Job ergeben.« Zum ersten Mal seit langer Zeit spürt Marie wieder etwas wie ein zärtliches Gefühl für ihren Exmann. Denn sie weiß, was er eigentlich meint: *Für dich bleibe ich hier.*

»Danke«, sagte sie.

»Du musst dich nicht bedanken.« Jetzt wirkt er ein bisschen peinlich berührt. »Das hätte ich damals schon tun sollen, statt mich in der Arbeit zu vergraben und …«

»Schon gut«, unterbricht sie ihn. »Ich melde mich bei dir, wenn du mich besuchen kannst.«

»Gut. Dann warte ich auf deinen Anruf.«

Sie legen auf, Marie blickt noch einen Moment auf den Hörer, der auf der Gabel des Wandtelefons leicht hin und her schaukelt. Dann wandert ihr Blick zu der großen Uhr am Ende des Flurs. Viertel nach acht. Noch knapp zwei Stunden bis zu ihrem nächsten Termin bei Dr. Falkenhagen. Bis dahin wird sie sich draußen in den Käfig setzen und ein paar Zigaretten rauchen.

»Ich liebe dich.« Ich weiß noch, dass ich erschrak, als Patrick diese drei Worte das erste Mal zu mir sagte. Wir lagen auf dem Sofa in seiner Wohnung in Eimsbüttel, ein schöner Altbau mit Stuck an den Decken und altem Parkettfußboden, nach hinten raus hatte Patrick sogar einen kleinen Garten, in dem wir in den vergangenen Abenden oft zusammengesessen, miteinander geredet und gelacht hatten. Wir waren nackt, und mein Kopf lag auf seiner Brust, die sich noch ein wenig angestrengt hob und senkte.

»Was?«

»Ich liebe dich«, wiederholte er.

»Aber«, wollte ich sagen, doch er griff mit beiden Händen nach meinem Kopf, zog mich sanft zu sich hoch und küsste mich.

»Es sind erst zwei Wochen, meinst du.«

»Genau.«

Er zuckte mit den Schultern. »Danach fragen meine Gefühle nicht. Sie sind einfach da.« Er fing an, eine Haarsträhne von mir um seinen Zeigefinger zu wickeln. »Keine Sorge, ich erwarte nicht, dass du das erwiderst. Reicht mir schon, wenn du mich ein bisschen magst.«

»Ja.« Ich lachte. »Ein bisschen mag ich dich.«

»Wie beruhigend!« Er schlang seine Arme um mich, fing an, mich wieder zu küssen, und ich spürte, wie sich zwischen seinen Beinen etwas regte. »Noch einmal«, flüsterte er mir ins Ohr, »komm, lass uns noch einmal miteinander schlafen, ich kann nicht genug von dir kriegen.«

»Ich muss mal was essen«, protestierte ich halbherzig. Seit ich am Vormittag in Patricks Wohnung gekommen war, hatten wir es kein einziges Mal in die Küche geschafft – und jetzt war es fast schon neun Uhr am Abend.

»Kriegst du«, behauptete er, »hinterher.«

»Hinterher muss ich nach Hause.« Ich richtete mich auf und versuchte, mich von ihm loszumachen. Doch er hielt mich so fest umklammert, dass ich nicht aufstehen konnte.

»Warum eigentlich?«

»Warum was?«

»Warum musst du immer nach Hause? Du kannst doch bei mir bleiben!«

»Ich schlafe am liebsten in meinem eigenen Bett«, sagte ich.

Mit einem Schlag war mir das wohlige Lustgefühl vergangen, das eben noch in mir gekribbelt hatte, denn Patrick sprach etwas an, um das ich bisher immer rumlaviert hatte: gemeinsame Nächte. Ich war verliebt in ihn, sogar schrecklich verliebt, und seit ich ihn kannte, fühlte ich mich erstaunlich gut und frei, die Zwänge waren fast vollständig in den Hintergrund getreten. Nur hin und wieder blitzten sie noch auf, aber meist ging der Impuls so schnell vorbei, dass ich ihn beinahe gar nicht bemerkt hätte.

Trotzdem misstraute ich dieser inneren Ruhe und Gelassenheit, misstraute *mir*. Von Elli wusste ich, dass die Zwangsgedanken oft gerade dann zuschlugen, wenn man am wenigsten mit ihnen rechnete, so dass sie ihre Opfer aus heiterem Himmel trafen..

Und was, wenn es genau in so einem Moment passieren würde, wenn ich nachts neben Patrick lag? Wenn ich neben ihm aufwachte, und auf einmal war er da, der unbezwingbare Drang, ihm etwas anzutun? »Der Zwang stürzt sich perfiderweise auf genau das, was wir am meisten lieben«, hatte Elli mir schließlich geschrieben.

Je mehr ich mich in Patrick verliebte, desto größer wurde die Angst, dass der Dämon in meinem Kopf sich irgendwann auch gegen ihn richten würde. Deshalb war es das Vernünftigste, nachts in meinem eigenen Bett zu schlafen. So lange, bis ich sicher sein konnte, meine Gedanken im Griff und mich selbst unter Kontrolle zu haben. Wann auch immer das sein würde.

»Dann schlafen wir eben bei dir«, sagte Patrick. »Da war ich sowieso erst ein Mal.«

»Weil es bei dir viel schöner ist.«

»Umso weniger verständlich, dass du nie hierbleiben willst.« Er runzelte die Stirn. »Manchmal könnte ich fast meinen, du verschweigst mir was.«

»Was soll ich dir denn verschweigen?«, fragte ich, gleichzeitig wurde mir heiß und kalt.

»Keine Ahnung«, er zuckte wieder mit den Schultern, zwinkerte mir zu. »Einen anderen Mann vielleicht?«

Jetzt musste ich kichern. »Genau! Und der stört sich überhaupt nicht daran, dass ich seit zwei Wochen fast rund um die Uhr nur mit dir zusammen bin.«

»Ja, eben *nicht* rund um die Uhr!«

»Aber so gut wie die komplette Zeit, in der ich wach bin«, wende ich ein.

»Da hast du recht.« Jetzt küsste er mich wieder. »Wie gut, dass ich Freiberufler bin und du krankgeschrieben.«

Ich hatte ihm etwas von einem Burn-out erzählt, einem Erschöpfungszustand, der mich seit Celias Tod beutelte. Er hatte es geglaubt, natürlich hatte er das, genau wie mein Hausarzt, dem ich für meine Krankschreibung ja nicht einmal etwas von meinen schrecklichen Gedanken hatte erzählen müssen.

»Also«, sagte Patrick, »ich beantrage hiermit feierlich, dass Frau Neumann die Nacht mit Herrn Gerlach verbringt!«

»Antrag abgelehnt«, sagte ich, befreite mich blitzschnell aus seinen Armen und sprang auf, bevor er mich weiter festhalten konnte.

»Na, warte!« Er schnellte ebenfalls vom Sofa hoch, ich stolperte davon und lief lachend kreuz und quer durch die Wohnung, Patrick hinter mir her, mir dicht auf den Fersen, scherzhaft fluchend und tobend. »Ich krieg dich schon«, stieß er atemlos hervor, »und dann gnade dir Gott!«

»Fang mich doch, du Eierkopf!«, plärrte ich mit verstellter Stimme und quietschte vor Freude.

»Eierkopf? Dir werd ich's zeigen!« Kichernd rannte ich weiter, vom Wohnzimmer im Zickzackkurs durch die offene Küche, rüber in den langen Flur, bog um die Ecke – und blieb dort wie angewurzelt stehen.

Direkt vor mir, in der geöffneten Wohnungstür, standen Vera und Felix. Ich starrte sie erschrocken an, sie starrten nicht weniger erschrocken zurück, eine Sekunde später ging ich zu Boden, weil Patrick von hinten und ohne abzubremsen in mich hineinrannte. Da lag ich also, vollkommen nackt, über mir die Gesichter der Geschwister. Patrick reagierte in Windeseile, griff einen Mantel von der Garderobe und warf ihn über mich.

»Schon mal was von Klingeln gehört?«, fuhr er Vera und Felix an, während er sich mit verschränkten Armen – und noch immer komplett nackt – vor ihnen aufbaute. Ich selbst wickelte mich in Patricks Mantel und stand auf. Zurück in der Senkrechten, stellte ich mich hinter Patrick, versteckte mich dort mit hochrotem Kopf.

»Tut uns leid«, sagte Vera und trat von einem Fuß auf den anderen. Im Arm hielt sie eine große Einkaufstüte, aus der oben zwei Baguettestangen hervorlugten. »Wir ...«

»Wir wollten nur mal nachsehen, ob du noch lebst«, kam Felix ihr zu Hilfe. Er grinste mich dabei so dermaßen anzüglich an, dass ich noch röter anlief. Wenn das überhaupt möglich war.

»Seit Tagen hört und sieht man nichts mehr von dir, wir haben uns schon gefragt, ob du tot in deiner Wohnung liegst. Geklingelt haben wir übrigens auch«, ein weiterer Blick zu mir, »das habt ihr scheinbar nicht gehört.«

»Aber das Licht hat gebrannt«, fuhr Vera wieder fort und hielt mit ihrer freien Hand und mit entschuldigender Miene ein Schlüsselbund hoch, »und weil wir gerade einkaufen waren, dachten wir, wir kommen einfach mal rein und fragen ...«

»Das passt perfekt«, unterbrach Patrick sie und legte einen Arm um mich, »meine Süße hat nämlich gerade gesagt, dass sie großen Hunger hat.« Er drückte mich an sich, und meine Gesichtsfarbe kehrte langsam wieder zu normal zurück. »Also, dann lasst uns mal was essen!«

Eine halbe Stunde später saßen wir in Patricks Garten, hatten den Grill angeworfen und uns um den großen Teakholztisch versammelt. Vera und Felix hatten alle möglichen Köstlichkeiten besorgt, zarte Lammlachse, marinierte Perlhuhnbrust, Rinderfiletspieße, dazu leckere Antipasti und verschiedene Käsesorten. Felix spielte den Barbecue-Chef, während Vera damit beschäftigt war, immer mehr kleine Behälter mit Delikatessen auf den Tisch zu stellen.

»Ich sehe schon«, stellte Patrick beim Anblick der drei Flaschen Rotwein, die sie schließlich noch hervorholte, fest, »mein Geld wird von euch durchaus sinnvoll angelegt.« Aus den Augenwinkeln bemerkte ich, wie Felix am Grill kurz in sich zusammenfuhr, bevor er ein weiteres Stück Fleisch auf den Rost packte und achselzuckend erwiderte: »Essen kannst du die Kohle ja eh nicht.«

Patrick lachte, aber ich fühlte mich für den Bruchteil einer Sekunde etwas unwohl, weil auch Vera deutlich anzumerken war, dass die Bemerkung ihres Bruders sie traf.

Ich wusste von Patrick, dass er seinen Bruder finanziell unterstützte. Bei Vera war das nicht mehr nötig, sie konnte von ihrer Schauspielerei inzwischen recht gut leben. Nur Felix, so hatte Patrick es formuliert, bekam trotz seines Talents irgendwie kein Bein auf den Boden. Es war nicht sonderlich viel Geld, was er seinem Bruder gab, ein paar Hunderter im Monat nur, aber mehr brauchte Felix auch nicht. Zumal er zusammen mit Vera in ihrem früheren Elternhaus lebte, sodass sie keine Miete zahlen mussten. Um die Instandhaltung des Hauses kümmerte sich ebenfalls Patrick, was er aber in Ordnung fand, da er am besten von allen dreien verdiente. Doch ganz so gelassen, wie Patrick es mir gegenüber immer dargestellt hatte, sahen seine Geschwister die Situation offenbar doch nicht, das zeigte ihre Reaktion auf Patricks scherzhafte Bemerkung.

»Ich hol uns mal Servietten«, sagte ich und verließ den Tisch.

»Brauchen wir doch nicht«, sagte Patrick und hielt mich am Ärmel meiner Tunika fest.

»Ihr vielleicht nicht, ich aber.«

»Okay. In irgendeiner Küchenschublade müssten noch welche sein.«

»Die finde ich schon.«

Doch ich fand nichts in der Küche, weder in den Schubladen noch in den Schränken, also ging ich rüber ins Wohnzimmer und öffnete die Vitrine, in der Patrick Teller und Gläser aufbewahrte. Wenn, dann müssten hier Servietten zu finden sein. Auf den Regalböden im Schrank lag nichts, also zog ich eins der unteren drei Schubfächer auf und entdeckte dort eine Ansammlung von Kerzen in verschiedenen Farben. Das ging ja schon mal in die richtige Richtung, in der zweiten Schublade lagen immerhin schon Serviettenringe. Schublade drei enthielt tatsächlich einen Stapel Papierservietten und ich holte sie heraus.

Plötzlich blieb mein Blick an etwas hängen, das direkt darunter lag. Ein Foto. Für einen Moment glaubte ich fast, das Bild würde mich zeigen. Mich – zusammen mit Patrick. Verwundert nahm ich das Foto in die Hand, betrachtete die blonde Frau, die mir wirklich ziemlich ähnlich sah. Sie lachte, genau wie Patrick, der sie im Arm hielt.

»Hast du was gefunden?« Vor Schreck ließ ich fast das Foto fallen. Langsam und mit schlechtem Gewissen drehte ich mich zu Patrick um.

»Tut mir leid«, sagte ich und hielt ihm meine Entdeckung hin. »Ich wollte wirklich nicht schnüffeln, ich habe nur nach Servietten gesucht.«

»Macht doch nichts«, sagte er, nahm die Fotografie und legte sie zurück in die Schublade. »Dann weißt du jetzt wenigstens, dass ich in Sachen Frauen einen bevorzugten Typ habe.« Er schob das Fach wieder zu und grinste mich schief an. »Wusste gar nicht mehr, dass das da liegt.«

»Eine Exfreundin?«, fragte ich, obwohl ich das eigentlich gar nicht wollte, es kam einfach so aus mir heraus.

»Ja. Ist aber lange her. Komm, das Essen ist fertig, wir warten nur noch auf dich.« Arm in Arm gingen wir wieder nach draußen in den Garten, wo Felix bereits dabei war, das gegarte Fleisch auf unsere Teller zu verteilen.

»Warum erzählen Sie mir das?« Jan Falkenhagen betrachtet sie aufmerksam.

»Was genau meinen Sie jetzt?«

»Dass Sie dieses Foto gefunden haben.«

»Weil ich mich gerade daran erinnert habe.«

»Und? War es wichtig?«

Marie zuckt mit den Schultern. »Nein, eigentlich nicht. Patrick und ich haben irgendwann später noch einmal darüber gesprochen, und er hat mir versichert, dass die Frau wirklich keine Rolle mehr für ihn spiele und dass es schon ewig her sei, dass sie mal zwei Jahre lang zusammen waren. Er hat das Bild sogar dann weggeworfen, obwohl ich ihn nicht einmal darum gebeten habe.«

»Aber wenn es nicht so wichtig ist und auf dem Bild nur irgendeine Exfreundin von Patrick zu sehen war, warum erwähnen Sie es dann? Sie haben bisher den gesamten Abend ziemlich detailliert wiedergegeben.«

»Weil«, sie holt tief Luft, »an diesem Abend noch etwas passiert ist. Darum ist er mir so gut in Erinnerung geblieben.«

»Nämlich?«

»Als ich mit Patrick, Vera und Felix draußen im Garten saß,

wir zusammen aßen, tranken und uns fröhlich miteinander unterhielten – da ging es wieder los. Die Zwänge kamen zurück.«

»Gibst du mir noch ein Stück Lamm, bitte?« Ich reichte meinen Teller rüber zu Felix, der bereits dabei war, die zweite Lage zu grillen. Zwar war ich schon pappsatt, aber das Fleisch schmeckte einfach zu gut. Das Gleiche galt für den Rotwein, Vera hatte wirklich einen ganz besonderen Wein besorgt, den ich in kleinen Schlückchen genoss.

Felix war offenbar schon wieder an dem Punkt, an dem es besser für ihn gewesen wäre, gar nichts mehr zu trinken. Aber weder Patrick noch Vera sagten etwas, und mir stand es natürlich erst recht nicht zu, Felix zu maßregeln. Außerdem wurde er im Gegensatz zu dem Abend auf der Premierenfeier überhaupt nicht unangenehm, sondern war ausgesprochen witzig und gut gelaunt. Keine Spur mehr von der latenten Aggression, die ich in der Kantine des Schauspielhauses so deutlich gespürt hatte, oder der Häme, als er und Vera uns nackt im Flur überrascht hatten.

»Hör auf!«, prustete Patrick irgendwann, als Felix gerade wieder etwas gesagt hatte, was wirklich zum Schreien komisch war.

»Ich platze sonst gleich!«

»Bestsellerautor zu Tode gelacht, na, das wäre vielleicht eine Schlagzeile!«, sagte Felix.

»Also, ich muss schon sagen, Bruderherz, ich verstehe nicht, warum du nicht ins komische Fach wechselst. Du musst diese Geschichten nur aufschreiben, die Leute würden sich darum reißen.« Kaum hatte er das gesagt, verengten sich Felix' Augen zu Schlitzen, und er musterte seinen Bruder feindselig.

»Meinst du?«, fragte er, seine Stimme klang dabei gepresst. »Du also der ernsthafte Literat und ich der Spaßvogel?« Mit diesen

Worten warf er die Grillzange auf den Gartentisch und marschierte ins Haus. Patrick, Vera und ich sahen ihm überrascht nach.

»Patrick«, sagte Vera schließlich, »geh und sprich mit ihm. Du weißt doch, wie empfindlich Felix bei dem Thema manchmal ist.« Patrick seufzte, nahm seine Serviette vom Schoß und legte sie auf seinen Teller.

»Okay, ich sehe nach ihm.«

»Für Felix ist es schwer«, erklärte Vera, als er außer Sicht war.

»Du meinst Patricks Erfolg?« Sie nickte.

»Ja. Das heißt, nein, es geht nicht darum, dass Patrick so erfolgreich ist. Sondern darum, dass Felix es nicht ist.«

»Das habe ich mir schon gedacht.«

»Rivalität unter Geschwistern, Felix eifert Patrick nach, so lange ich denken kann. Als er nach dem Abitur wieder zu uns nach Hamburg zog, hat er versucht, alles genauso zu machen wie Patrick. Hat auch mit dem Schreiben angefangen und wie Patrick Germanistik studiert. Allerdings hat er sein Studium nie abgeschlossen und kann von seiner Arbeit auch noch nicht leben.« Sie verdrehte die Augen seufzend gen Himmel. »Ich bin froh, dass ich etwas anderes mache. Und dass ich ein Mädchen bin.«

»Patrick hat gesagt, dass Felix wirklich gut schreiben kann.«

»Kann er auch. Nur, dass das niemanden interessiert.«

»Das ist bestimmt nicht leicht für ihn.«

»Nein, ist es nicht. Aber er hat es eben noch nie leicht gehabt.«

»Meinst du damit, dass er teilweise bei seiner Tante aufgewachsen ist?« Wieder ein Nicken.

»Als Felix nach Frankfurt musste, war das echt ein Schock für ihn. Und er konnte damals einfach nicht verstehen, warum das so entschieden wurde.« Gedankenverloren ließ sie die Fingerkuppen über die Zacken ihrer Gabel wandern.

»Patrick war wohl etwas überfordert mit ihm.«

»Hm, ja«, Vera wirkte nachdenklich, »überfordert. So könnte man es wohl nennen.«

»Ich meine …«

»So, da sind wir wieder!«, wurde ich von Patricks Stimme unterbrochen. »Traut vereint wie eh und je!« Arm in Arm kamen die zwei Brüder zurück in den Garten. Felix grinste und wirkte so gelöst wie vorhin, scheinbar hatte sein Bruder die richtigen Worte gefunden, um ihn wieder zu beruhigen.

»Wurde auch Zeit«, sagte Vera, »wo bleibt mein Rinderspieß?«

»Kommt sofort!«, rief Felix und machte sich daran, die nächsten Fleischstücke vom Grillrost zu nehmen und eins davon auf den Teller seiner Schwester zu legen. Im Handumdrehen hatte sie ihren Spieß verdrückt. Ich staunte nicht schlecht darüber, dass eine zierliche und zarte Frau solch einen Appetit haben konnte.

»Noch einen Schluck Wein?«, fragte Patrick. Ich nickte. Er goss mir nach, dann deutete er auf Veras Glas.

»Nein danke«, lehnte sie ab, »ich hab erstens genug und zweitens was Besseres.« Mit diesen Worten fing sie an, in ihrer Handtasche zu kramen, und förderte eine Sekunde später einen Joint zutage.

»Oh!«, rief Felix. »Was haben wir denn da Feines?«

»Keine Sorge«, sagte Vera grinsend, »ich lasse das Ding natürlich kreisen.«

»Ich hab schon ewig nichts mehr geraucht«, sagte Patrick und sah seine Schwester verwundert an. »Wusste gar nicht, dass du das machst.«

»Ist keine Gewohnheit«, erklärte sie. »Aber eine Kollegin hatte neulich was dabei und mir ein Tütchen geschenkt – und gerade dachte ich, der Abend ist doch perfekt, um ein bisschen zu chillen.« Sie steckte sich den Joint zwischen die Lippen, zündete ihn an und nahm einen tiefen Zug. Dann reichte sie ihn weiter an Felix, der mittlerweile neben ihr Platz genommen hatte. Er nahm ihn mit beiden Händen, saugte daran, um ihn danach an Patrick weiterzugeben, der aber ablehnte.

»Spießer«, zog Vera ihn auf. »Los, jetzt nimm schon einen Zug, das bringt dich doch nicht um! Außerdem müssen wir das alle machen.« Sie senkte die Stimme. »Denn nur, wenn wir dieses finstere Geheimnis teilen, können wir sicher sein, dass keiner den anderen verrät.«

Patrick lachte. »Ach, was soll's?«, sagte er, nahm den Joint, zog daran und hielt ihn danach mir hin. Ich zögerte. Klar hatte ich schon einmal gekifft, aber das war viele Jahre her. Es war auch nicht so, dass ich so etwas verdammte, aber ich fragte mich kurz, ob das wirklich eine gute Idee war.

»Das war keine gute Idee«, stellt Dr. Falkenhagen fest.

»Heute weiß ich das auch«, gibt Marie zu. »Aber damals? Ein lauer Sommerabend, eine ausgelassene Runde ...« Sie zuckt mit den Schultern. »Da habe ich den Joint eben genommen.«

»Ihnen war also nicht bewusst, was die Droge in Ihnen auslösen könnte? Dass sie Ihren Zustand verschlimmern würde?«

»Natürlich nicht! Sonst hätte ich sicher die Finger davon gelassen. Ich bin doch nicht verrückt!«

Zuerst merkte ich nicht sonderlich viel. Aber als der Joint zum zweiten Mal die Runde machte, fühlte ich mich langsam schon seltsam. Zuerst war es ein sehr schönes, leichtes Gefühl. Wir alle lachten noch viel mehr, als wir es ohnehin schon getan hatten.

Dann geriet ich in eine Art Schwebezustand, konnte mich selbst, meinen Körper nicht mehr spüren und hatte Schwierigkeiten, meine Gedanken festzuhalten. Sie entglitten mir einfach, bald wusste ich nicht mehr, ob ich etwas gesagt hatte oder nur *dachte*, dass ich es getan hatte. Patrick hatte seinen Arm um meine Schulter gelegt, und ich lehnte meinen Kopf gegen ihn, weil ich ihn auf einmal nicht mehr selbst aufrecht halten konnte.

»Alles in Ordnung mit dir?«, flüsterte er mir zu.

»Ja«, sagte ich, und in meinen Ohren hörte es sich wie ein lang gezogenes Hallen an, ein eigenartiger Laut, der unmöglich aus meinen eigenen Mund kommen konnte.

»Wirklich?«

»Hm«, murmelte ich und schloss für einen Moment die Augen, weil sich mittlerweile alles um mich herum drehte. »Muss nur kurz ein bisschen ausruhen«, nuschelte ich und seufzte tief. Ich spürte die Wärme, die von Patricks Körper ausging, genoss das sanfte Schaukeln meines Kopfes an seiner Schulter, wenn er seinen Oberkörper bewegte. So saß ich einfach eine Weile da, mit geschlossenen Augen, lauschte den anderen dreien, wie sie redeten und lachten.

Irgendwann fühlte ich mich etwas weniger bedröhnt, öffnete die Augen und setzte mich wieder gerade hin. Mein Blick fiel auf die Grillgabel, die Felix seitlich auf dem Tisch abgelegt hat.

Ich sah die scharfen Zacken, an denen noch kleine, angekokelte Fleischfetzen klebten, sah den Griff in unmittelbarer Reichweite vor mir – und mit einem Mal sah ich mich die Gabel nehmen, sah mich selbst in aller Ruhe vom Tisch aufstehen und sie Patrick von hinten direkt ins Genick rammen, sodass er aufschrie und blutend zu Boden ging.

Das Zittern im ganzen Körper, da war es wieder, ich wurde unkontrollierbar hin und her geschüttelt.

»Marie!«, hörte ich Stimmen wie aus weiter Ferne, während ich in die erschrockenen Gesichter der anderen starrte. »Was ist mir dir? Geht's dir nicht gut?« Schreckliche Bilder fluteten meinen Kopf, und statt einer Antwort brachte ich nur Tierlaute hervor, ein Knurren, ein Fauchen, ein jämmerliches Jaulen.

Überall sah ich plötzlich Dinge, mit denen ich Patrick verletzen könnte. Da die leere Weinflasche, ein gezielter Schlag damit auf die Tischkante, zack!, schon wäre der abgebrochene Hals eine tödliche

Waffe. Dort das lange Fleischermesser, mit dem Felix vorhin ein paar der Filets kleiner geschnitten hatte, ich müsste nur danach greifen und die Klinge in Patricks Bauch stoßen, wieder und wieder. Oder in seine Brust, direkt in seine Lunge, mit einem leisen Pfeifen würde die Luft entweichen wie aus einer aufgepumpten Luftmatratze, aus der man den Stöpsel zog. Ich sah Patrick vornüber auf den Tisch sacken, sein Kopf würde auf seinen Teller knallen, das Porzellan zerspringen.

»Nein«, krächzte ich schwach, verdrehte die Augen, warf meinen Kopf hin und her. »Nein!«

»Marie!« Patrick packte mich an den Schultern und wollte mich dazu zwingen, ihn anzusehen. »Beruhige dich!« Aber daran war nicht zu denken, im Gegenteil, als er mich anfasste, wurde es nur noch schlimmer. In meiner Fantasie lagen meine Hände jetzt um seinen Hals und drückten mit aller Kraft zu, ich konnte seinen Adamsapfel spüren, wie er unter dem Druck meiner Daumen hin und her glitschte.

»Shit«, erklang Veras Stimme von irgendwoher, »das muss das Gras sein, so eine Scheiße! Kann ich doch nicht ahnen, dass sie das nicht verträgt!«

»Hol Wasser, schnell!«, schrie Patrick sie an, ich hörte einen Stuhl rücken, dann eilige Schritte, Sekunden später war Vera zurück.

»Hier!« Sie hielt mir das Glas direkt unters Kinn.

Denken ist nicht tun! Denken ist nicht tun! Denken ist nicht tun! Denken ist nicht tun! Wieder und wieder ratterte der Satz durch meinen Kopf, wie in einer Endlosschleife. Und während ich die Worte wiederholte, merkte ich, wie ich langsam, ganz langsam etwas ruhiger wurde, wie das Zittern aufhörte, wie ich wieder besser atmen konnte. *Denken ist nicht tun! Denken ist nicht tun!*

»Danke«, brachte ich mühsam hervor, als ich mich nach einer Ewigkeit wieder einigermaßen unter Kontrolle hatte. Ich nahm Vera das Wasserglas aus der Hand, trank gierig einen großen Schluck in der irrigen Hoffnung, allein damit die Droge aus meinem Körper zu spülen. Doch natürlich war mir nach wie vor noch schummrig.

Gleichzeitig fühlte ich etwas anderes: unerträgliche Scham darüber, was gerade passiert war. Ein Zwangsanfall, fast so schlimm wie damals im Kindergarten, als ich in Gedanken den kleinen Anton ermordet hatte. Und jetzt also in Patricks Gegenwart. In Gegenwart des Menschen, den ich liebte oder in den ich mich von mir aus auch nur verliebt hatte.

Und sie alle, Patrick, Vera und Felix, hatten es miterlebt, hatten gesehen, wie aus mir ein Tier wurde. Die Art und Weise, wie die drei mich anstarrten: Entsetzt. Verwirrt. Angewidert. Blicke, wie ich sie schon von meiner Mutter kannte.

Ich klammerte mich an die Hoffnung, dass es ein einmaliger Vorfall bleiben würde. Dass nur das Kiffen Schuld daran hatte, dass der Kobold wieder durch meinen Kopf getobt war.

Aber ein einziger Blick auf Patrick reichte aus, ein einziger kurzer Blick, um diese Hoffnung im Keim zu ersticken. Nein. So würde es nicht sein. Die Tür war jetzt offen – und ich würde sie nicht einfach wieder schließen können.

Das, wovor ich mich am meisten gefürchtet hatte, war nun eingetreten, ich war wieder zu dem Mädchen mit den Goldhänden geworden.

Bedeutete das nun das Ende meiner Liebe zu Patrick, die doch gerade erst begonnen hatte? Dieser Zwangsschub, würde er mich zu etwas anderem zwingen, nämlich dazu, mich wieder komplett zu isolieren, mich zu Hause zu vergraben, mit meinem Computer als einziger Verbindung zur Außenwelt?

»Schsch«, flüsterte Patrick und nahm mich zärtlich in den Arm, weil mir jetzt Tränen über die Wangen liefen. »Ist ja schon gut, Marie, es ist vorbei. Du hast nur den Joint nicht vertragen, das ist alles, morgen wird es dir schon viel besser gehen.« Er wandte sich an Vera und Felix. »Ich denke, ihr geht jetzt besser. Marie braucht ein bisschen Ruhe.«

»Klar, sicher!«, kam es wie aus einem Mund. Und dann waren beide ohne ein weiteres Wort verschwunden.

»Sollen wir auch reingehen?«, wollte Patrick wissen, als wir allein waren. »Es wird langsam kühl, und du solltest dich vielleicht ein bisschen hinlegen.« Ich schüttelte den Kopf.

»Bitte bring mich nach Hause.«

»Das halte ich für keine gute Idee.«

»Bitte«, wiederholte ich. »Ich will einfach nur nach Hause.«

Ich konnte Patrick kaum ansehen, als er mich eine halbe Stunde später vor meiner Wohnungstür absetzte. Er hatte ein Taxi gerufen, von uns beiden war ja keiner mehr fahrtüchtig.

»Soll ich nicht wenigstens noch mit nach oben kommen?«, fragte er.

»Nein«, erwiderte ich. »Das schaffe ich schon allein, ich brauche jetzt wirklich einfach nur ein bisschen Ruhe.«

»Es tut mir wirklich leid, dass Vera …«

»Das muss dir nicht leidtun«, unterbrach ich ihn. Und das musste es wirklich nicht. Ich hätte ja wirklich selbst darauf kommen können, dass jemand, in dessen Kopf gerade einiges komplett durcheinanderging, ganz bestimmt nicht kiffen sollte. Aber ich war wie ein unvernünftiges Kind gewesen, das auf die heiße Herdplatte fasst, weil es nicht begreifen will, dass es sich dort verbrennen wird.

»Rufst du mich an, wenn es dir besser geht? Oder schlechter?«

»Ja, das mache ich.« Er beugte sich zu mir, gab mir einen Kuss auf den Mund und strich mir dabei mit einer Hand über die Wange. Ganz vorsichtig und sanft, als hätte er Angst, noch mehr kaputt machen zu können, als ohnehin schon kaputt war.

»Dann schlaf gut und erhol dich.«

»Ja.« Ich legte eine Hand auf den Türgriff, um auszusteigen. Dabei wäre ich am liebsten bei Patrick geblieben, hätte mich am liebsten in seine Arme geworfen und ihn gebeten, mit mir zu kommen. Damit er mich beschützte vor dem, vor dem ich mich nicht selbst beschützen konnte. *Anti-Monsterspray*, schoss es mir durch den Kopf, so etwas gab es doch, wir hatten es bei uns im Kindergarten für Übernachtungsabende. Eine kreischend bunte Plastikflasche mit lustigen Figuren auf dem Etikett, so etwas gab es in jeder Drogerie und in jedem Bastelladen für ein paar Euro zu haben. Einfach ein bisschen Anti-Monsterspray in der Luft versprühen und alles war gut, zumindest für die Kleinen. Aber für die Großen gab es das nicht, kein Spray kam gegen solche Monster an.

An Schlaf war nicht zu denken, als ich in meine Wohnung kam. Stattdessen führte mein Weg mich direkt zum Computer, dem einzigen Ort, wo ich mir wenigstens ein bisschen Hilfe versprach. Ich würde an Elli schreiben, sofort würde ich das!

Liebe Elli,

es ist etwas Schreckliches passiert, genau das, wovor ich schon die ganze Zeit Angst hatte: Meine Zwangsgedanken fangen an, sich gegen Patrick zu richten …

Bereits beim Schreiben merkte ich, wie der Druck, der auf mir lastete, nachließ. Ich musste meine Mail an Elli nur abschicken, schon spürte ich, wie die Angst in mir sich legte, wie ich wieder ein bisschen Hoffnung schöpfte. Und als ich am nächsten Morgen Ellis Antwort erhielt, fiel mir ein riesiger Stein vom Herzen.

Liebe Marie,

es tut mir so leid, was passiert ist! Das Beste ist, wenn du dich der Sache stellst. Damit meine ich nicht, dass du Patrick davon erzählen sollst, dafür ist es meiner Meinung nach zu früh. Du kennst ihn ja erst so kurz, wer weiß, wie er da reagieren wird?

Ich denke, du solltest einfach so weitermachen wie bisher. Sprich deine Zwangsgedanken auf, sprich sie alle auf, auch die, die du

Patrick gegenüber hast. Hör sie dir immer wieder an, so lange, bis sie dir aus den Ohren rauskommen und sie ihren Schrecken verlieren!

Mehr kann ich dir gerade auch nicht raten, aber ich bin der festen Überzeugung, dass dir das helfen wird. Bisher hat es doch auch ganz gut geklappt! Ich bin für dich da, wenn du mich brauchst, Menschen wie wir müssen einfach zusammenhalten!

Elli

»Sie scheint wirklich klug zu sein, diese Elli.« Dr. Falkenhagen lässt sein Notizbuch sinken, die Seiten sind schwarz wie eine Bleiwüste, er muss ohne Unterlass mitgeschrieben haben.

»Das ist sie, ganz sicher sogar. Ohne sie wäre ich spätestens zu diesem Zeitpunkt komplett durchgedreht.«

»Wie geht es Ihnen jetzt?«, fragt er.

»Ganz gut.« Sie horcht in sich hinein. »Ja, wirklich, es geht mir ganz gut. Aber ich bin auch verwirrt.«

»Verwirrt?«

»Ja. Ich erzähle Ihnen das alles und frage mich immer mehr, wie es am Ende dann doch passieren konnte. Wenn ich mich an Patrick erinnere und daran, welche Gefühle ich für ihn hatte ... Nein, welche Gefühle ich immer noch für ihn habe, dann kann ich einfach nicht begreifen, weshalb ich ihn umgebracht habe. Man tötet doch niemanden, den man liebt!«

Das gute Gefühl, es verschwindet, und an seine Stelle tritt der Kummer. Der Kummer darüber, nicht nur ein Menschenleben ausgelöscht, sondern gleichzeitig auch noch eine Liebe verloren zu haben. Ihre Liebe. Alle Liebe, die in ihr ist.

»So weit sind wir noch nicht«, wiederholt Dr. Falkenhagen. »Sie brauchen Geduld und Zeit.«

»Geduld, ja«, sagt Marie resigniert. »Und Zeit. Davon habe ich hier ja mehr als genug.«

»Ich finde, wir sind auf einem guten Weg.« Als würde er sich selbst zustimmen wollen, nickt der Arzt mit dem Kopf. »Langsam wird alles klarer.«

»Klarer?« Marie sieht ihn verständnislos an. »Für mich wird alles nur noch verworrener. Je mehr ich mich erinnere, desto weniger verstehe ich, was passiert ist.«

»Geduld«, wiederholt der Arzt und lächelt nachsichtig. »Haben Sie einfach noch ein bisschen mehr Geduld.«

9

»Geduld und Fingerspitzengefühl, das ist hier gefragt.« Ralph Bäumer, Kunsttherapeut, legt eine Hand auf Hannahs Schulter, die gerade fluchend eine der angeketteten Feilen, mit der sie einen Speckstein bearbeitet hat, auf den Tisch donnert. Es ist das erste Mal, dass Marie eines der Klinikangebote nutzt. Heute hat sie sich für die Kunsttherapie entschieden, sitzt jetzt mit Hannah, Susanne, Günther, Gertrud und zwei weiteren Insassen im Werkraum in einem Nebengebäude von Haus 20.

»Das ist alles Mist!«, schimpft Hannah, hebt den Stein einmal an und lässt ihn so auf die Tischplatte knallen, dass er in drei Stücke zerbricht. »Du glaubst doch wohl nicht, dass es mir hilft, wenn ich hier lustige Herzen in Stein schnitze!«, fährt sie den Therapeuten an. Die anderen blicken auf, Susanne von ihrem abstrakten Bild, das sie gerade mit Wasserfarben auf ein großes Stück Papier pinselt, Günther von seiner Collage aus Zeitungsschnipseln und Gertrud, die aus weichem Ton etwas formt, das entfernt an Nichts erinnert.

»Warum haben Sie sich denn ausgerechnet für ein Herz entschieden?«, fragt der Therapeut, seine linke Hand ruht noch immer auf Hannahs Schulter. Mit einem unwilligen Laut schiebt sie sie weg, greift wieder nach der Feile und fängt an, eines der Specksteinstücke wie wild zu bearbeiten.

»Weil unsere Kleine hier keins hat, da will sie sich eins aus Stein machen«, zischt Susanne Marie Beifall heischend zu. Marie senkt den Kopf, sie will nicht mit Susanne paktieren, schon gar nicht gegen Hannah. Aber alle anderen kichern.

»Weil mir der Eiffelturm für den Anfang etwas zu schwierig vorkam«, giftet Hannah erst in Richtung Therapeut, dann ersticht sie Susanne mit Blicken. Ralph Bäumer, der offenbar rein gar nichts mitbekommen hat, nickt, dann wandert er wieder zwischen den Tischen umher, wie er es während der letzten halben Stunde getan hat, beaufsichtigt die Arbeit seiner Eleven, ermuntert sie sanft, hält sie zu kleinen Fortschritten an, ohne dass irgendjemand tatsächlich wüsste, welchen Fortschritt ein Herz aus Speckstein darstellen könnte. *Eins, zwei, drei, vier Speckstein, alles muss versteckt sein!* Leise summt Marie die Melodie vor sich hin und freut sich über das kleine Wortspiel. *Alles muss versteckt sein. Hinter mir und vorder mir gildet nicht, und an beiden Seiten nicht!*

»Und was malen Sie, Frau Krüger?« Jetzt bleibt der Therapeut hinter Susanne stehen und wirft einen Blick auf das bunte Durcheinander, das sie aufs Papier geschmiert hat.

»Das ist ein Wald«, erklärt die Angesprochene eifrig.

»Was hat es mit diesem Wald auf sich?«

»Da bin ich früher immer mit Emma und Johnny Pilze sammeln gegangen. Das machen meine Kinder sehr gern, wissen Sie?« Ralph Bäumer gibt ein verstehendes »Aha« von sich. »Ich schenke das Bild Emma, wenn ich hier raus bin.« *Emma. Hier raus.* Susanne ist wieder in ihrem anderen Film, ihr Gesicht strahlt vor Freude und Zuversicht. Marie erwartet, dass Ralph Bäumer nun einschreitet, dass er irgendetwas sagt, um Susanne sanft aus ihrem Wahn zu holen. Aber das tut er nicht, er betrachtet weiter zufrieden das Bild.

»Emma ist tot.« Hannahs Rache für das Herz. »Und dein Johnny auch, die hast du beide umgebracht.« Sie sagt es sachlich und kühl, ohne jede Häme, stellt es einfach nur fest. Susannes Kopf fährt herum zu ihr, das eben noch leuchtende Gesicht zu einer bösen Fratze verzerrt.

»Fotze!«, stößt Susanne hervor. Dann nimmt sie das Wasserglas, in dem ihre Pinsel stecken, hebt es hoch und kippt es über ihr Bild.

Seelenruhig feilt Hannah weiter an ihrem Stück Stein, das ganz allmählich tatsächlich die Form eines Herzens annimmt. Plötzlich scheint ihr die Sache Spaß zu machen.

Marie sieht durch eines der vergitterten Fenster nach draußen in den Garten. Vom Werkraum aus sind weite Teile des restlichen Geländes einsehbar. Auch andere Patienten machen in der Klinik Therapie, neben der Forensik befinden sich noch Einrichtungen für »normal Verrückte« auf dem Areal. Depressive Hausfrauen, suizidale Teenager, ausgebrannte Geschäftsleute, sie alle sollen hier von ihrem Leid geheilt werden. Und auch »normal« Zwangserkrankte, solche, die im Gegensatz zu Marie die Grenze zwischen Denken und Tun nicht überschritten haben, die gibt es ebenfalls.

Vorhin, als Marie zusammen mit den anderen von drei Betreuern in die Ergotherapie gebracht wurde, hat sie einen jungen Mann gesehen, Anfang zwanzig vielleicht, der jenseits des eingezäunten Geländes durch den öffentlichen Bereich spazierte.

Sie hat ihn sofort erkannt, so wie sich Zwangskranke gegenseitig erkennen; daran, dass er immer vier Schritte vorwärts ging, dann kurz innehielt, die Augen schloss und etwas vor sich hinmurmelte, einen Schritt zurücktrat, um die Augen dann wieder zu öffnen und vier Schritte nach vorn zu gehen.

Harmlos, so ein Zählmarschierer, so einer steht nur sich selbst und seinem eigenen Leben im Weg. Absurd, gestört, ja lachhaft, das schon – aber ansonsten eher bemitleidenswert als gefährlich.

Marie spürt Neid in sich aufsteigen, während sie an den jungen Mann denkt und gleichzeitig Hannah dabei beobachtet, wie sie erneut mit dem Therapeuten diskutiert. Wenn sie doch auch nur so etwas hätte, so etwas lächerlich Simples. Etwas, das sie mit sich selbst ausmachen könnte. Seit ihrem letzten Termin mit Dr. Falkenhagen ist nicht nur ihr Lebenswille Stück für Stück zurückgekehrt, sondern gleichzeitig hat sie auch etwas mehr Klarheit. Und mit der Klarheit ist nun eine neue Verzweiflung da, die Einsicht darüber, was sie noch alles erwartet.

»Es wird kein leichter Weg«, hat ihr Exmann Christopher am Telefon gesagt, und während sie jetzt auf ihre Hände blickt, die genau wie Hannahs versuchen, aus einem Klumpen Speckstein etwas Geformtes zu machen, etwas, das irgendeinen Sinn ergibt, muss sie über die Sinnlosigkeit ihres Daseins nachgrübeln.

Marie versucht, ihre Gedanken zu ordnen. Sie schließt die Augen, lehnt sich auf ihrem Stuhl zurück. Bereitet sich gedanklich auf ihre nächste Sitzung mit Jan Falkenhagen vor, vielleicht wird sie dabei über etwas stolpern. Etwas, das alles erklären wird und das ihr dabei helfen kann, ihrem Leben eine neue Form zu geben.

Meine Gewaltfantasien gegenüber Patrick aufs Handy zu sprechen, war besonders schlimm. Aber es half tatsächlich, auch diesmal hatte Elli recht mit ihrem Rat. Nach mehrmaligem Anhören kam mir die Szene in Patricks Garten nur noch lächerlich vor.

Mit einer Grillgabel als Mordwaffe, wie albern das war! Vermutlich wäre so ein Teil nicht einmal scharf genug, um irgendwem ernsthaften Schaden zuzufügen. Dazu wäre ich auch gar nicht kräftig genug. Himmel, selbst gegen die vierjährigen Dreikäsehochs im Kindergarten kam ich oft nicht an, wenn sie sich zu dritt auf mich stürzten. Wie sollte ich da einen erwachsenen Mann verletzen?

Waren Menschen nicht doch robuster, als wir dachten? Sonst würde doch viel öfter etwas passieren. Nicht unbedingt mit Absicht, aber aus Versehen würden die Leute doch reihenweise umgebracht werden!

»Diese Gedanken haben Sie beruhigt?«, will Jan Falkenhagen wissen, als Marie ihm von ihren Überlegungen erzählt.

»Irgendwie schon«, bestätigt sie ihm. »Ich sagte mir, dass ein Mord in Wahrheit doch gar nicht so einfach war, wie ich ihn mir vorstellte. Dazu brauchte man schließlich Kraft – und diese Kraft hatte ich ja gar nicht mehr, ich war ja vollkommen ausgelaugt und schlapp.«

»Es sei denn«, sagt der Arzt, lässt den Satz aber unvollendet in der Luft hängen.

»Ich weiß, was Sie meinen. Es sei denn, ich hätte jemanden im Schlaf überrascht. Was ich ja auch getan habe.« Sie ringt hilflos mit den Händen. »Deshalb wollte ich ja auch nie bei Patrick übernachten, das habe ich Ihnen ja schon erzählt. Aber mit der Zeit hatte ich natürlich auch Sehnsucht danach, die Nächte mit ihm zu verbringen.« Sie merkt, wie ihre Stimme einen entschuldigenden Tonfall annimmt. »Ich meine, das ist doch nur normal, oder? Wenn man jemanden liebt, will man nicht nur mit ihm schlafen, sondern auch neben ihm. Ihn spüren, bevor man wegdämmert, sich an ihn schmiegen, wenn man nachts einmal wach wird, einfach wissen, dass er da ist! Und ihn als Erstes sehen, wenn man morgens die Augen öffnet. Das gehört doch zum normalen Leben dazu, oder? Das ist doch nichts Verbotenes!«

»Nein, das ist es natürlich nicht. Das, was Sie sich gewünscht haben, ist mehr als normal.«

Endlich mal etwas, das bei ihr normal ist!

Das erste Treffen mit Patrick nach der Grillparty war etwas verkrampft. Trotzdem freute er sich sehr, als ich ihn ein paar Tage später anrief und fragte, ob wir uns sehen wollten.

»Fühlst du dich wieder etwas besser?«, fragte er mich, als er mich abends zu Hause abholte, um mit mir essen zu gehen.

»Ja«, sagte ich und versuchte ein optimistisches Lächeln. »Ich habe halt manchmal noch Phasen, in denen es mir nicht so gut geht, da verhalte ich mich wohl etwas komisch.«

»Das ist doch mehr als verständlich.« Er nahm mein Gesicht in beide Hände und küsste mich. »Nach dem, was du durchmachen musstest, wäre so mancher in der Klapsmühle gelandet.« Bei dem Wort zuckte ich zusammen, aber Patrick merkte es nicht. Er griff nach meiner Hand, führte mich zu seinem Auto und hielt mir die Tür auf.

Während der Fahrt in die Schanze, wo Patrick mir einen neuen Spanier zeigen wollte, versuchte ich angestrengt, mich auf das zu konzentrieren, was er mir über seine Arbeit an seinem neuen Roman erzählte. Ich schaffte es sogar, hin und wieder einen Kommentar abzugeben. Gleichzeitig tat ich in Gedanken die schlimmsten Dinge: Ich griff über ihn hinweg ins Steuer und riss es herum, sodass wir gegen einen Baum knallten. Ich schlug ihm mit der Faust ins Gesicht, zwischen seine Beine, trat ihm mit einem Fuß gegen den Kopf, ohne dass ich gewusst hätte, wie diese Verrenkung im engen Auto überhaupt möglich wäre, im Geiste war sie es einfach, in meiner Vorstellung war das alles ganz leicht, als wäre ich eine Ninja-Kriegerin.

Erstaunlicherweise bereiteten mir meine Gedanken keine Angst, ich hatte mich gut genug gegen sie gewappnet, sie oft genug ins

Lächerliche gezogen, als dass sie mich jetzt ernsthaft beunruhigen könnten. Sie waren lästig, erschwerten es mir, Patrick wirklich zuzuhören, aber das war auch schon alles.

Ich war stolz auf mich, richtig stolz, dass der Kobold in meinem Kopf mich diesmal nicht unterkriegen, mich diesmal nicht in die Flucht schlagen oder in Panik versetzen konnte. Meine Gedanken waren wie ein Hintergrundgeräusch; ein leises Rauschen, das anfangs stört, aber je länger es andauert, desto mehr gewöhnt man sich daran, bis man es fast gar nicht mehr wahrnimmt.

So vergingen die nächsten Tage beinahe reibungslos. Patrick und ich verbrachten viel Zeit miteinander, gingen aus, unternahmen Ausflüge an die Elbe, ans Meer oder raus ins Alte Land, trafen uns abends mit Vera und Felix, die den Vorfall im Garten kein einziges Mal erwähnten.

Vor allem Vera war nett zu mir, vermutlich hatte sie wegen des Joints ein schlechtes Gewissen, genauso wie nach dem Unfall mit dem Fahrrad. Tatsächlich nahm ich es ihr keine Sekunde lang übel, dafür gab es ja auch keinen Grund, sie hatte schließlich nicht ahnen können, was sie mir damit »angetan« hatte. Und so war ich auch so nett zu ihr, wie ich nur konnte, denn während sie sich unausgesprochen, aber deutlich spürbar vorwarf, für meine Aussetzer verantwortlich zu sein, warf ich mir im Gegenzug vor, sie überhaupt in diese Situation gebracht zu haben.

Eine Freundschaft, die sich ein Stück weit aus gegenseitigen Schuldgefühlen entwickelte, jede von uns wollte an der anderen etwas gutmachen. Eine Beziehung auf Gegenseitigkeit, die mir wirklich guttat. Anders als mit Elli sprach ich mit Vera nicht über meine Ängste und Sorgen, das tat ich ja mit keinem – mit ihr zusammen war ich fast immer fröhlich und lachte, sie war für mich wie die kleine Schwester, die ich nie hatte.

Überhaupt war es nicht nur meine Liebe zu Patrick, die diese Zeit für mich zu einer ganz besonderen machte, zusammen mit seinen Geschwistern fühlte ich mich wie in eine neue Familie aufgenommen.

So ging ich nicht nur bei Patrick ein und aus, auch das schöne Stadthaus am Klosterstern, in dem Vera und Felix zusammen lebten, wurde zu einem zweiten Zuhause für mich. Die Verbundenheit der Geschwister, um die ich sie als Einzelkind anfangs manchmal sogar ein bisschen beneidet hatte, jetzt genoss ich sie in vollen Zügen.

So etwas kannte ich von zu Hause nicht, dass eine Familie wie Pech und Schwefel zusammenhielt. Wenn meine Mutter früher manchmal erzählt hatte, wie schrecklich es mit so vielen Geschwistern war – bei Patrick, Felix und Vera war von einem solchen Schrecken nichts zu spüren.

Natürlich gab es auch bei ihnen so etwas wie Eifersucht, vor allem bei Felix war mir das ja schon ein paar Mal aufgefallen, wenn es um seine Karriere als Autor ging. Aber trotzdem war da immer ein Grundgefühl von Liebe, besonders von den Brüdern zu ihrer Schwester und umgekehrt.

Einer so großen Liebe, dass meine Mutter darüber vermutlich den Kopf geschüttelt hätte, dass drei erwachsene Menschen so sehr aneinander hingen. Ich schüttelte nicht den Kopf darüber, ich fühlte mich wie der vierte Musketier, aufgenommen in einer Gemeinschaft, die seine neue Heimat war. Es war der schönste Sommer meines Lebens.

Ich wurde mutiger, so mutig, dass ich schließlich sogar einwilligte, bei Patrick zu übernachten oder ihn bei mir schlafen zu lassen.

Das war ein großer Schritt für mich, der mich gleichermaßen freute wie ängstigte. Denn schon beim ersten Mal, als ich abends neben Patrick im Bett lag und er mich im Arm hielt, merkte ich, wie meine Kopfdämonen sich in Stellung brachten; wie sie nur darauf warteten, dass Patrick einschlummern würde und mir dadurch ausgeliefert war.

»Klappe halten!«, fuhr ich die bösen Kobolde innerlich an, während ich Patricks Atem lauschte und meine gesamte Willenskraft darauf lenkte, ihm nicht das Gesicht zu zerkratzen. Kein Auge tat ich zu in der ersten gemeinsamen Nacht, in der zweiten, dritten und vierten auch nicht, aber ich war fest entschlossen, das irgendwie hinzukriegen. Und wenn ich wochenlang nicht mehr schlief, ich würde das schaffen, ich *wollte* das schaffen.

Sobald ich wieder allein mit mir war, nahm ich sie einfach auf. Sprach alle meine kruden Fantasien in mein Handy, vertraute der kleinen Maschine alles an, was mir nachts durch den Kopf gejagt war und spielte es dann so oft ab, bis es in meinen Ohren wie ein regelrechter Witz klang.

»Ich nehme ein Kissen und drücke es auf Patricks Kopf, setze mich darauf und halte es so lange fest, bis er aufhört, zu strampeln und zu schreien, bis sein Körper schlaff und leblos unter mir liegt. Seinen Kopf umfasse ich mit beiden Händen, dann ein kräftiger Ruck nach links, schon ist sein Genick gebrochen. Die Nachttischlampe neben seinem Bett – ihr schwerer Fuß aus Bronze liegt in meiner rechten Hand, ich hole aus und zertrümmere ihm mit einem Schlag sein hübsches Gesicht. Aus der Küche hole ich ein Messer, das lange scharfe Fleischermesser, das in dem Holzblock steckt. Dann schneide ich ihm erst die Kehle durch, danach steche ich wieder und wieder auf ihn ein. Sein Körper zuckt und blutet wie ein geschlachtetes Schwein, blutet in strömenden Fontänen aus, rotes Nass sickert in die Laken, bis Patrick ganz weiß ist, so weiß wie vorher das Bettzeug, das jetzt getränkt ist von seinem Blut.«

Die Messerfantasie war die häufigste und auch die, die mir am meisten zu schaffen machte. Sie bereitete mir riesige Angst, so realistisch war sie. Und so gefährlich, denn während ich mir erfolgreich einreden konnte, dass ich mit bloßen Händen nicht imstande wäre, Patrick wirklich zu verletzen, sah die Sache mit dem Messer ja ganz anders aus. Und auch, wenn ich von Elli wusste, dass es ein Fehler war, die Dinge, vor denen man sich am meisten fürchtet, zu vermeiden, vermied ich sie vorsichtshalber *doch*. Hielt mich aus Patricks Küche fern, wenn er etwas für uns kochte, und behauptete, lieber auf dem Sofa noch etwas lesen zu wollen und darauf zu warten, dass er mir etwas servierte.

Nicht weiter schwierig war das, denn ich hatte angefangen, mich durch Patricks Bücher zu lesen, die bei ihm fein säuberlich aufgereiht im Wohnzimmerregal standen. Damit würde ich noch viele heikle Kochsituationen überstehen können, er hatte so viele Romane geschrieben, die reichten für die nächsten zwanzig Jahre, denn ich war wirklich keine sonderlich schnelle Leserin.

Gerade weil mich das, was Patrick schrieb, faszinierte, mir eine unbekannte, neue Welt eröffnete. Zumindest wäre sie bis vor einem Jahr noch neu für mich gewesen, denn meist waren es Geschichten von menschlichen Abgründen; über emotionale Untiefen und zerstörte Seelen. Keine wirklichen Krimis, aber düstere Erzählungen über Liebe und Hass, Vertrauen und Verrat, Hoffnung und Verzweiflung.

»Wir kommst du nur auf so etwas?«, wollte ich wissen, als wir wieder einmal abends nach dem Essen nebeneinander auf seinem Sofa lagen.

»Kann ich nicht sagen.« Er tippte sich mit einem Finger an die Stirn. »Das ist hier, alles in meinem Kopf, und ich weiß nicht genau, wo es herkommt, es ist einfach da.« Er zog mich an sich.

»Schätze, ich habe eine etwas überspannte Fantasie, und die muss irgendwo raus. Schreiben ist mein Ventil.« Er stützte sich auf den Ellbogen auf, beugte sich über mich und setzte eine betont finstere Miene auf. »Besser, ich lebe sie in meinen Büchern aus als im echten Leben, nicht wahr?« Ich wollte lachen, aber es blieb mir im Halse stecken, denn für einen kurzen Moment war ich mir ganz sicher, dass er damit auf etwas anspielen wollte. Dass er es wusste, wusste, was ich die ganze Zeit vor ihm versteckte und dass er so versuchte, mich zu provozieren.

Aber das ist ja Unsinn, beruhigte ich mich selbst, unmöglich, davon konnte er nichts ahnen, ich war mittlerweile viel zu gut darin, mich zu verstellen. Mochten die Zwänge in mir auch noch so toben, nach außen wirkte ich wie ein ruhiges Wasser, eine schauspielerische Leistung, von der ich selbst überrascht war.

»Was machen wir morgen?«, lenkte ich vom Thema ab. »Wie wäre es mit einem Ausflug? Ich hab gelesen, dass im Hafen die *Cruise Days* beginnen, vielleicht gehen wir da hin?«

»Würde ich gern«, sagte er, »aber ich fürchte, ich kann nicht. Mein Verleger kommt nach Hamburg.«

»Schade.«

»Vielleicht hat Vera ja Zeit und Lust? Komm«, er schob mich ein Stück von sich weg. »Rufen wir sie an und fragen sie.«

Vera hatte Lust, sogar große. Wie machten aus, dass ich sie am frühen Nachmittag vom Theater abholen sollte, wo sie noch Probe für ein neues Stück hatte. Und abends würden wir bei ihr zusammen mit Patrick und seinem Verleger essen, Vera würde einen *Coq au Vin* kochen.

»Bist du sicher, dass ich bei einem Abendessen mit deinem Verleger nicht störe?«, fragte ich sicherheitshalber noch einmal nach.

»Quatsch!«, sagte Patrick. »Dann hätte ich dich nicht gefragt, außerdem ist Vera doch auch dabei. Warum machst du dir immer so viele unnötige Gedanken?«

»Stimmt«, sagte ich, »warum eigentlich?« Und machte mir schon eine Sekunde später, als er aufstand, mir seine Hand entgegenstreckte, damit ich ihm ins Schlafzimmer folgte, gleich den nächsten unnötigen Gedanken: Der Kristallaschenbecher, der auf seinem Couchtisch stand, war solide und sehr schwer. Wenn ich hinter Patrick herging, konnte ich ihn unauffällig nehmen und ihm damit von hinten auf den Kopf schlagen, das würde ein dumpfes Geräusch geben. Und hässliche Blutflecken auf seinem beigefarbenen Veloursteppich. Ich kicherte angespannt.

»Was gibt es zu lachen?«, fragte Patrick.

»Nichts.« Ich starrte noch immer auf den Aschenbecher. Die Platte des Couchtischs war ebenfalls aus Glas, vielleicht würde Patrick ja auch genau in sie hineinstürzen, mit einem lauten »Rumms« würde der Tisch in Tausende von Stücke zerbersten, Patrick würde inmitten der Scherben liegen, wie in einem blutigen

Mosaik, die Steinchen würden das Licht der Stehlampe neben dem Sofa reflektieren. Ein bisschen wie ein Foto von David Lachapelle oder Miles Aldridge würde das aussehen, Patrick hatte mir zwei Bände mit den bunten Bildern der Künstler gezeigt, und sie hatten mir sehr gut gefallen.

»Dann komm mit mir ins Bett«, lenkte Patrick mich von meinen Fantasiefotografien ab. »Ich bin müde.« Er zog mich an sich. »Und kuschelbedürftig.«

»Moment.« Ich machte mich von ihm los. »Geh schon mal vor, ich muss noch kurz ins Bad.« Gehorsam trottete Patrick in Richtung Schlafzimmer.

Ich wartete einen Moment, dann schnappte ich mir den schweren Aschenbecher, sah mich unschlüssig und suchend im Wohnzimmer um – dann ließ ich ihn in der Schublade des Vitrinenschranks verschwinden. In genau dem Fach, in dem auch das Foto seiner Exfreundin gelegen hatte, das dort ja auch in Vergessenheit geraten war. Aus den Augen, aus dem Sinn. Patrick würde mit Sicherheit nicht auffallen, dass ich die »Waffe« entfernt hatte. Bestimmt nicht – er rauchte ja nicht einmal. Zufrieden ging ich ins Bad, putzte mir die Zähne, dann ging ich rüber ins Schlafzimmer und krabbelte zu Patrick unter die Decke, der mich dort schon nackt und voller Vorfreude erwartete.

»Warum ...«, setzte ich an, nachdem wir miteinander geschlafen hatten und nebeneinander im Löffelchen lagen, verstummte dann aber.

»Warum was?«

»Warum hast du dich eigentlich in mich verliebt?«, fragte ich ihn das, worüber ich schon seit Wochen nachdachte. »Ich bin doch nichts Besonderes. Nur eine Erzieherin, eine ausgebrannte noch dazu.«

Patrick gab mir einen Kuss in den Nacken. »Ich fand dich schon toll, als ich dich zum ersten Mal im Theater gesehen habe.«

»In der Kantine«, sagte ich.

»Nein, im Theater. Ich saß nur ein paar Plätze von dir entfernt und habe dich schon ganz zu Beginn des Stücks entdeckt.«

»Hast du?«, fragte ich überrascht. Patrick war mir überhaupt nicht aufgefallen, ich hatte ihn wirklich erst bemerkt, nachdem Vera uns einander vorgestellt hatte.

Er nickte. »Ja. Und von der Aufführung habe ich so gut wie nichts mitbekommen, weil ich dich die ganze Zeit anstarren musste.« Wieder gab er mir einen Kuss.

»Mich?«

»Ja, dich, du Dummkopf. Ich habe beobachtet, wie du total gefangen warst von dem, was da oben auf der Bühne passierte, wie du bei jeder Szene mitgegangen bist, wie du mitgefiebert hast.«

»Verstehe«, erwiderte ich spöttisch. »Und das hat dir natürlich gefallen, denn schließlich war es ja ein Stück nach einem Roman von dir!«

»Quatsch«, sagte er. »Das hatte damit nichts zu tun. Ich war einfach nur hin und weg von dieser Frau, der man ihre Gefühle so deutlich ansehen konnte. Die so offen und verletzlich wirkte, während sie gleichzeitig eine unglaubliche Stärke ausstrahlte.«

»Das alles hast du gesehen?«

»Na ja, jedenfalls habe ich es mir eingebildet. Aber vermutlich ist das alles Unsinn, und ich dachte in dem Moment nur, dass da eine echt süße Blondine sitzt. Eine süße Blondine mit großen Brüsten.«

»Vielen Dank!« Ich musste kichern. »In Sachen Brüste hast du dich allerdings leider gründlich verguckt.«

»Tja«, er zuckte mit den Schultern. »Leider. *Nobody is perfect.*«

»Du!« Ich griff nach dem Kissen hinter meinem Kopf, drehte mich zu ihm um und schlug damit nach ihm. Lachend wehrte er meine Schläge ab, schrie immer wieder »Erbarmen!«, bevor er mich wieder an sich zog.

»Nein, ganz ehrlich«, flüsterte er mir ins Ohr. »Ich habe dich gesehen und sofort gespürt, dass du eine ganz besondere Frau bist. Eine, bei der mehr ist als nur eine hübsche Fassade.« Bei seinen Worten durchfuhr mich ein Schauer, angenehm und beängstigend zugleich.

»Patrick«, sagte ich leise. Ich war kurz davor, ihm mein letztes Geheimnis zu verraten. Ihm zu beichten, wie recht er mit seiner Vermutung hatte, dass da mehr war hinter der Fassade einer blonden Frau, viel mehr – allerdings nicht das, was er sich vielleicht erhoffte.

»Ja?«

»Ich liebe dich.«

»Ich liebe dich auch«, war das Letzte, was ich hörte, bevor ich einschlief und zusammen mit ihm in eine traumlos schöne Nacht entschwand.

»Also, ich finde, wir haben jetzt genug Boote geguckt. Lass uns lieber shoppen gehen!« Vera und ich waren am nächsten Tag noch keine zehn Minuten unten am Hafen, da verlor sie schon das Interesse an den großen Kreuzfahrtschiffen, die hier vor Anker lagen. Ich hatte sie wie verabredet um zwei Uhr nach ihrer Probe vom Theater abgeholt, gerade erst hatten wir die Landungsbrücken erreicht und eigentlich hatte ich vorgehabt, mir zusammen mit ihr ein nettes Plätzchen zu suchen, um die gesamte Schiffsparade zu bestaunen. Sogar einen Rucksack mit kalten Getränken, selbst gemachten Sandwiches und einer Picknickdecke hatte ich dabei, damit wir uns irgendwo am Pier niederlassen und einen gemütlichen Mädelsnachmittag verleben könnten.

»Die *Queen Mary 2* ist doch noch gar nicht da!«, protestierte ich schwach, denn Vera machte nicht den Eindruck, als würde sie sich von ihrer Shopping-Idee abbringen lassen. »Da müssen wir noch eine halbe Stunde warten!«

»Sieht auch nicht viel anders aus als die anderen Kähne hier«, stellte sie lapidar fest und zog ein gelangweiltes Gesicht. »Groß, weiß, macht laut ›Tuuut-Tuuut‹ und spuckt dann eine Ladung Geriatriepatienten mit Rollatoren an Land.«

»Ich hab uns was zu essen und zu trinken eingepackt.«

»Prima!« Vera hakte mich kurzerhand unter und zerrte mich in Richtung Innenstadt. »Dann gehen wir erst shoppen, danach vernichten wir die Vorräte.« Ohne weiteren Widerspruch ließ ich mich von ihr mitziehen. Dann halt Jungfernstieg satt Jungfernfahrt.

»Wow, mir tun echt die Füße weh!«, stöhnte Vera, als wir zwei Stunden und gefühlte zwanzig Boutiquen später meine Picknickdecke am Alsterufer ausbreiteten.

Während sie selbst geshoppt hatte, als gäb's kein Morgen mehr, sodass sich neben unserer Decke die Tüten nur so stapelten, hatte ich überhaupt nichts gekauft. Beinahe hätte ich ein Buch erstanden, in einem kleinen Antiquariat hatte ich Patricks Debütroman entdeckt, den er mir bisher immer vorenthalten hatte.

»Den ollen Schinken willst du wirklich kaufen?«, hatte Vera gefragt, als ich das Buch mit abgestoßenem Einband in Händen hielt.

»Wieso? Ist es nicht gut?«

»Doch, doch, klar. Aber Patrick hat davon sicher noch Hunderte im Keller stehen.«

Ich überlegte einen Moment, ließ das Buch dann schließlich stehen. Patrick hatte mir gesagt, dass er nicht will, dass ich es lese. Also hielt ich mich daran, vielleicht würde er mir ja irgendwann eines aus seinem Kellervorrat geben.

»In einer Stunde sollten wir zu Hause sein und langsam anfangen, das Essen vorzubereiten«, sagte Vera irgendwann, als wir nach unserem kleinen Picknick nebeneinander in der Sonne dösten. »Mein lieber Herr Bruder hat sich für Punkt acht mit seinem Verleger angekündigt.« Irgendetwas in ihrer Stimme ließ mich aufhorchen. Sie klang … feindselig? Abfällig? Genervt?

»Ich dachte, die Sache mit dem Essen war deine Idee!«, erwiderte ich überrascht.

»Ja, stimmt, war sie auch«, gab sie zu. »Ich hoffe nur, es wird ein netter Abend, Felix ist nämlich auch dabei.«

Jetzt war ich verwirrt. »Wieso? Was ist denn mit ihm?«

Vera seufzte. »Dir ist ja vielleicht schon aufgefallen, dass das Verhältnis zwischen Patrick und Felix manchmal nicht ganz ungetrübt ist. Vor allem, wenn es um die Schreiberei geht ... Das ist einfach Felix' Achillesferse.«

»Ach so«, ich verstand, was sie meinte. »Und weil Patrick mit seinem Verleger kommt, denkst du, dass Felix sich daran stören wird?«

»Was heißt ›stören‹?« Sie zupfte einen Grashalm neben der Decke ab, steckte ihn sich in den Mund und fing an, darauf herumzukauen. »Patricks Verleger hat zwei Manuskripte von Felix abgelehnt, die mein Bruder dann im Eigenverlag herausgebracht hat, weil auch niemand sonst sie veröffentlichen wollte. Deshalb könnte ich mir vorstellen, dass der Abend nicht ganz so entspannt wird. Ich war auch überrascht, als Felix meinte, dass er dabei sein will. Normalerweise sucht er bei so etwas immer das Weite.«

»Aber wenn er beschlossen hat, mit uns zu essen, ist es doch seine Sache.«

»Klar.« Vera lachte kurz auf. »So lange, bis er wieder ins vierte Weinglas gefallen ist. Danach ist es gut möglich, dass er vergisst, dass es seine eigene Entscheidung war.«

»Dann lass uns einfach bei Patrick kochen!« Vera schüttelte energisch den Kopf.

»Und Felix damit wieder ausladen? Da käme er sich ja noch bescheuerter vor!«

»Hm, ja.« Ich dachte einen Moment nach. Auf die Idee, dass der Abend schwierig werden könnte, war ich nicht gekommen. Patrick hatte nur gesagt, seine Schwester würde für uns kochen und wir würden es sicher lustig haben. Jetzt, da ich wusste, dass Felix mit

Patricks Verleger ein Problem hatte, stellte sich die Sache natürlich in einem anderen Licht da. Aber wenn das alles für ihn so schwierig war – warum hielt er sich dann nicht einfach von so einer Veranstaltung fern? Klang fast nach einer Art von Masochismus.

»Ist auch egal«, wischte Vera das Thema vom Tisch. »Wahrscheinlich mache ich mir mal wieder zu viele Gedanken. Ich bin halt ein Harmonietierchen und will immer, dass es jedem gut geht und sich alle vertragen.«

»Das kenne ich, da bin ich ganz ähnlich.« Wir lachten, und wieder einmal dachte ich, wie verdammt wohl ich mich fühlte. Vera sah auf ihre Uhr.

»O Mist, schon kurz nach fünf!«

»Müssen wir los?«

»Nein«, sie fing an, in ihrer Handtasche zu kramen. »Aber ich hab ganz vergessen, dass ich noch den Intendanten anrufen wollte, um ihm zu sagen, dass ich morgen etwas später zur Probe komme.« Sie zwinkerte mir zu. »Könnte ja sein, dass der Abend etwas länger wird, und ich hasse es, morgens nicht ausgeschlafen zu sein.« Sie wühlte weiter in ihrer Tasche. »Das gibt's doch gar nicht«, stellte sie verärgert fest. »Mein Handy ist weg.«

»Bist du sicher?«

»So sicher, wie man bei einer Handtasche sein kann, die ein kleines Massengrab ist.«

»Warte«, ich griff in die Tasche meiner Jeansjacke, die neben mir auf dem Boden lag, und holte mein Mobiltelefon raus. »Ich ruf dich kurz an.« Ich wählte Veras Nummer und ließ es klingeln. Nichts, Veras Tasche blieb stumm.

»Blöd!«, fluchte sie. »Dann muss es noch im Theater liegen.« Sie überlegte einen Moment. »Stimmt, es ist in meinem Kostüm, da habe ich es vorhin reingesteckt!«

»Dann lass uns noch mal hinfahren und es holen.«

»Da ist jetzt niemand mehr. Aber es wäre toll, wenn ich von deinem Handy kurz anrufen könnte. Der Intendant kriegt sonst einen

Tobsuchtsanfall, wenn ich morgen ohne Vorwarnung später auftauche.«

»Sicher, kein Problem.« Ich reichte ihr mein Handy.

Vera wählte eine Nummer, dann hielt sie das Telefon ans Ohr. »Geht keiner ran«, erklärte sie wenig später und legte auf.

»Dann sprich ihm doch auf die Mailbox.«

»Hat er nicht. Tja, dann kann ich es nicht ändern.«

»Und du meinst wirklich, er flippt aus, wenn du eine Stunde später zur Probe kommst?«

»Soll er halt.« Sie grinste mich an. »Ich spiele die Hauptrolle, bald ist Premiere, und es gibt keine Zweitbesetzung. Was kann er also tun? Mich rausschmeißen?«

»Ich verstehe gerade nicht so ganz, worauf Sie hinauswollen«, sagt Dr. Falkenhagen.

»Ich dachte, es ist gut, wenn ich rede!«

»Ist es auch.« Er nickt. »Aber manchmal habe ich das Gefühl, Sie wollen zum eigentlichen Kern der Sache gar nicht vordringen, sondern halten sich an Nebenschauplätzen auf.«

»Nebenschauplätze?«

»Der Nachmittag mit Vera. Shopping, dann Picknick an der Alster – was hat das mit Ihrer Geschichte zu tun?«

»Was das mit meiner Geschichte zu tun hat?« Sie spürt, wie der Ärger in ihr aufsteigt. »Ahnen Sie denn nicht, wie das alles zusammenhängt?«

»Erklären Sie es mir.« Die Art und Weise, wie er da ruhig und gelassen vor ihr sitzt, reizt sie zur Weißglut. Am liebsten würde sie sich seinen goldenen Kugelschreiber schnappen und ihm das Teil in seine blasierte Visage rammen.

»Verstehen Sie denn nicht?«, schreit sie. »Das Handy! Ich hätte mein verfluchtes Handy nie aus der Hand geben dürfen!«

10

Pieep, pieep, pieep! Jan Falkenhagens Pieper geht los, als hätte Maries Geschrei einen Alarm ausgelöst. Zuerst denkt sie wirklich, das Geräusch kommt aus ihr selbst heraus, aber dann merkt sie, dass es das kleine flache Kästchen ist, das der Arzt immer am Hosenbund trägt. Er klippt es vom Gürtel ab und wirft einen Blick aufs Display. Sofort runzelt er die Stirn und springt auf.

»Das war's für heute«, sagt er. »Wir sehen uns morgen wieder!«

»Aber ...«

»Tut mir leid. Ich werde gerade dringend gebraucht.«

Marie steht ebenfalls auf, unsicher, ohne ihm zu sagen, dass sie ihn auch braucht, gerade jetzt, als sie angefangen hat, über eine ihrer schlimmsten Erinnerungen zu sprechen. Er lässt sie damit allein, die Sprechzeit ist um, ihre Gefühle werden sich danach richten müssen, dass sie erst morgen wieder zum Vorschein kommen dürfen.

Draußen im Flur läuft Jan Falkenhagen mit eiligen Schritten den Gang hinunter, am Ende steht ein Pfleger und winkt ihn mit hektischen Bewegungen zu sich heran. Als er ihn erreicht hat, verschwinden beide durch die große Tür mit Milchglasfenstern, die zum Wohnbereich der Station führt. Langsam geht Marie ihnen nach. Sie erreicht ebenfalls die Tür, öffnet sie – und bleibt wie angewurzelt stehen. Direkt vor ihrem Zimmer ist ein kleiner Menschenauflauf. Zwei Pfleger und drei Schwestern stehen dort, reden aufgeregt durcheinander, Dr. Falkenhagen und der andere Pfleger stoßen dazu. Was wollen sie alle ausgerechnet vor ihrem Zimmer? Eine Minute später wird Susanne schreiend und tobend durch die Tür raus in den Flur gezerrt. Marie ist verwirrt, dass Susanne aus diesem Zimmer kommt, schließlich wohnt sie ja jetzt woanders.

»Fotze!«, brüllt sie. »Lasst mich los! Ich bring die kleine Fotze um! Finger weg, habt ihr verstanden? Nehmt eure dreckigen Finger weg von mir!« Der Arzt geht dazwischen, schiebt einen der zwei großen Männer, die Susanne an beiden Armen festhalten, zur Seite und redet beruhigend auf sie ein. Marie kann nicht verstehen, was er sagt, aber allein sein eindringlicher Tonfall lässt darauf schließen, dass die Situation ziemlich ernst, vielleicht sogar bedrohlich ist. Der kleine Trupp entfernt sich, Susanne wird abgeführt, wie Marie es schon einmal miterlebt hat. Allerdings diesmal nicht in Richtung Vandalenzimmer, die Patientin verschwindet in dem Raum, in dem normalerweise Blutdruck gemessen und andere Untersuchungen vorgenommen werden.

Günther kommt den Flur herunter, bleibt direkt vor Marie stehen, stinkt wie immer nach Schweiß und irgendetwas anderem Widerlichen, grinst sie breit an. Zum ersten Mal fällt ihr auf, dass ihm der vordere rechte Eckzahn fehlt, und die anderen Zähne sind braun und stummelig, sehen so verfault aus, als würden sie jeden Moment von ganz allein rausfallen. Fasziniert und angeekelt starrt Marie auf diese Ruinen in Günthers Mund, denkt an »Karius & Baktus«, zweimal Zähne putzen jeden Tag, morgens drei Minuten und abends drei Minuten. Gesungen zur Melodie von »Ein Männlein steht ihm Walde«: *Ich putze meine Zähne von Rot nach Weiß / und führe meine Bürste stets rund im Kreis. / Morgens, wenn ich früh aufsteh', / abends wenn ins Bett ich geh', / putz ich meine Zähne so weiß wie Schnee.* Mit Günther wird niemand je dieses Lied gesungen oder zusammen mit ihm vor einem Badezimmerspiegel gestanden haben.

»Die ist erst mal weg«, stellt er schadenfroh fest, sein Grinsen wird noch breiter. »Dabei hat sie gestern noch was von Vollzugslockerung geschwafelt, die der Doc ihr angeblich versprochen hat.« Er lacht. »Das kann sie wohl vergessen.«

»Was ist denn passiert?«

»Keine Ahnung.« Obwohl er keine Ahnung hat, grinst er noch immer, als würde hier gerade etwas sehr Lustiges passieren. »Hab auch nur mitgekriegt, dass da irgendwas in eurem Zimmer los war.«

Wir sitzen doch alle in einem Boot, denkt Marie. Aber wie Günther da so vor ihr steht und sich ganz offensichtlich darüber freut, dass Susanne gerade weggebracht wurde, wird ihr klar, dass hier keiner mit dem anderen in einem Boot sitzen will. Hass und Häme, das ist es, was sie alle hier zusammenschweißt, und jeder freut sich, wenn der andere noch beschissener dran ist als er selbst. Sie fragt ihn erst gar nicht weiter, lässt ihn einfach stehen und geht zu ihrer Zimmertür. Als sie eintritt, fällt ihr Blick sofort auf Hannah. Das Mädchen sitzt mit angewinkelten Beinen auf seinem Bett, wirkt völlig verängstigt und weint, während eine der Schwestern daneben kniet und Hannahs Nase untersucht.

»Ist nicht gebrochen«, sagt die Pflegerin. Hannah schluchzt und weint, wischt sich mit dem Handrücken den Sabber von der Nase.

»Störe ich?«, will Marie wissen.

»Gehen Sie lieber raus«, sagt die Schwester.

»Nein«, widerspricht Hannah, »Marie soll nicht gehen.« Marie bleibt unschlüssig im Zimmer stehen, fragt sich, was hier gerade passiert ist, und was Susanne bei Hannah wollte. Oder wollte sie eigentlich zu ihr, Marie? Nein, das kann nicht sein, als sie vor einer knappen Stunde zu ihrem Gespräch mit Dr. Falkenhagen gegangen ist, ist ihr Susanne auf dem Flur begegnet, sie muss also gewusst haben, dass Marie nicht in ihrem Zimmer ist.

»Kann sein, dass die Nase noch anschwillt oder sich verfärbt«, erklärt die Schwester. »Ich hole Ihnen eine Salbe.«

»Ist schon in Ordnung«, lehnt Hannah ab. »Ich glaube, so schlimm ist es nicht.« Sie versucht ein schiefes Lächeln. »Bin ja hart im Nehmen.«

»Okay. Aber wenn etwas ist, rufen Sie mich bitte oder drücken Sie die Klingel, in Ordnung?« Hannah nickt, die Schwester steht auf, mustert ihre Patientin noch einmal mit prüfend medizinischem Blick und geht dann hinaus.

Marie geht rüber und setzt sich auf den Rand der Matratze. »Was ist passiert?«

»Ich wollte ein bisschen schlafen«, erzählt Hannah stockend. »Hab mich schon den ganzen Tag so schlapp gefühlt und dachte, ich leg mich eine Stunde hin.« Sie macht eine Pause, ihre Augen sind noch immer ganz glasig und verheult.

»Und?«

»Ich bin aufgewacht, weil ich plötzlich nicht mehr atmen konnte. Im ersten Moment dachte ich, da ist irgendwas auf mich draufgefallen, es war komplett dunkel«, spricht Hannah weiter. Ihre Augen weiten sich, als würde sie den Moment beim Erzählen noch einmal durchleben. »Erst da hab ich begriffen, dass jemand auf mir sitzt und mir ein Kissen aufs Gesicht drückt.«

Marie schießt das Blut in die Wangen, gleichzeitig werden ihre Fingerspitzen eiskalt. *Ich nehme ein Kissen und drücke es auf*

Patricks Kopf, setze mich darauf und halte es so lange fest, bis er aufhört zu strampeln und zu schreien, bis sein Körper schlaff und leblos unter mir liegt.

»Dann habe ich Susannes Stimme gehört. Sie hat gelacht, so richtig irre, ich hatte totale Panik, hab geschrien und gestrampelt.« *Bis er aufhört zu strampeln.* »Irgendwie hab ich den Notfallknopf zu fassen gekriegt. Und dann waren da auf einmal ganz viele Leute, alle haben aufgeregt durcheinandergeschrien, jemand hat mich bei den Schultern gepackt, mich geschüttelt und immer wieder meinen Namen gerufen, und ich wusste gar nicht mehr so richtig, wo ich bin oder ob ich überhaupt noch bin.«

»Sie hat versucht, dich umzubringen.« Marie ist fassungslos. Dass Susanne ernsthaft krank ist, ja, das hat sie gewusst. Vielleicht auch verschlagen und bösartig, das auch, aber *so* gefährlich, dass sie versuchen würde, eine Mitpatientin zu ermorden. Ahnungslos und arglos im Schlaf, sodass sie sich nicht hatte wehren können. Und dann denkt sie …

»Nimmst du mich bitte mal in den Arm?« Hannah sieht sie aus großen Kinderaugen an, noch immer kullern vereinzelt Tränen über ihr Gesicht. Marie zögert nur kurz, aber das Mädchen merkt es trotzdem. »Was hast du?«

»Angst.«

»Wovor denn?« Marie antwortet nicht. »Etwa vor mir?«

»Vor dir?« Sie schüttelt den Kopf. »Nein, vor dir habe ich keine Angst, wirklich nicht!«

»Sondern?«

»Ich fürchte mich vor mir selbst. Ganz schrecklich sogar.«

»Warum?« Die Kinderaugen werden noch größer, blicken überrascht, verständnislos.

»Weil ich mir nicht traue«, erklärt Marie. »Weil ich mir nicht sicher bin, ob ich dir nicht genau dasselbe antun könnte wie Susanne.«

»Nein.« Hannah sagt das einfach so. *Nein.*

»Nein?«, fragt Marie. Das Mädchen nickt bestätigend mit dem Kopf. »Woher willst du das wissen?«

»Ich weiß es eben.«

»Du kennst mich doch gar nicht.«

»Aber ich sehe, wer du bist. Das habe ich sofort gesehen.«

»Wer bin ich denn?«, will Marie wissen und hört selbst, wie verzweifelt sie dabei klingt. Als könnte dieses kranke, sehr kranke Mädchen ihr endlich die Antwort auf die Frage geben, die sie schon so lange quält. »Wer bin ich, Hannah?« Das Mädchen schweigt einen Moment, lässt seinen Blick scheinbar ziellos durch den Raum wandern, dann sieht es Marie wieder direkt an, ganz direkt mit seinen großen blauen Puppenaugen.

»Luzy«, sagt Hannah.

»Luzy?«, fragt Marie irritiert. »Ich bin Luzy?«

Hannah kichert. »Nein, *du* bist nicht Luzy. Luzy, das bin *ich*!« Nun ist Marie so verwirrt, dass sie rein gar nichts versteht von dem, was Hannah da sagt. Luzy? Wer in aller Welt ist Luzy? Plötzlich fallen ihr Hannahs Worte wieder ein, das, was sie gesagt hat neulich Nacht, als sie heimlich miteinander geraucht haben. *Mein Ich ist aufgeteilt. Wir sind viele.* Und: *Die Kinder.*

»Bist du«, will Marie wissen, »eins der Kinder?« Das Kind nickt.

»Und du heißt also Luzy?«

»Ja, ich bin Luzy.«

»Welche Kinder sind da noch? Du hast gesagt, dass ihr mehrere seid.«

»Außer mir gibt es noch Luca.« Tatsächlich spricht Hannah jetzt mit heller Kleinmädchenstimme. Es war Marie vorher gar nicht aufgefallen, dass es nicht Hannah ist, die schon die ganze Zeit mit ihr redet, sondern jemand anders.

»Und du weißt also, wer ich bin?«

Das Mädchen nickt. »Ja. Luca und ich haben dich gesehen.

Beim Mittagessen und dann noch unten im Käfig, als ich dich angesprochen habe. Und wir haben gewusst, dass man dir vertrauen kann.«

Marie schluckt. Dann sagt sie: »Ich habe jemanden umgebracht!«

»Hannah auch. Gleich zwei sogar, Mama und Papa.«

»Aber du«, Marie verbessert sich, »Hannah hatte einen Grund dafür! Einen guten, einen triftigen Grund!«

»Du nicht?« Marie denkt kurz nach. Aber eigentlich muss sie das gar nicht tun, sie weiß ja, dass es keinen Grund gab, Patrick zu töten. Welchen sollte es auch gegeben haben? Sie hat ihn geliebt. Sie schüttelt den Kopf.

»Dann ist es jemand anders gewesen, nicht du. Jedenfalls nicht die Marie, die ich kenne. Komm«, das Kind rückt näher an Marie heran, legt sich auf die Seite, bettet seinen Kopf auf Maries Schoß und schließt die Augen. Marie widersteht dem Impuls, Hannah oder Luzy oder wer auch immer da gerade in diesem schmächtigen Körper steckt, von sich wegzuschieben und aufzustehen. Stattdessen hebt sie eine Hand und beginnt, Hannah durchs Haar zu streichen. »Erzähl mir was.«

»Was soll ich denn erzählen?«, fragt Marie.

»Irgendetwas. Eine Geschichte. Ich höre so gern schöne Geschichten.« *Wir haben gewusst, dass man dir vertrauen kann.* Vertrauen. Marie kann es kaum glauben. Auf ihrem Schoß liegt der Kopf eines Kindes, eines Kindes, das ihr *vertraut*. Ein schönes Gefühl. Genauso schön, wie es war, als Patrick ihr das sagte. Dass er ihr vertraut und dass er niemals Angst haben würde, dass sie ihm etwas antun könnte.

Veras Coq au Vin schmeckte hervorragend, das Hähnchenfleisch war so zart, dass es auf der Zunge zerging. Wir saßen zu fünft an der festlich gedeckten Tafel in Veras und Felix' »Salon«, wie die beiden ihr Esszimmer nannten, in der Mitte des Tisches ein riesiger Römertopf, aus dem es köstlich duftete.

»Grandios!«, sagte Patricks Verleger Rudolph Meissner anerkennend, während er sein Silberbesteck auf dem Teller ablegte.

»So gut habe ich noch in keinem Sternerestaurant gegessen.«

»Danke!« Vera war sichtlich geschmeichelt. »Aber warten Sie ab, bis Sie mein Dessert probiert haben. Mousse von Dreierlei Schokolade mit einer Mangosauce.« Sie stand auf und machte sich daran, das Geschirr abzuräumen. Ich erhob mich ebenfalls, um ihr zu helfen. Als ich nach Patricks Teller griff, formten seine Lippen ein tonloses »Danke« und dann zwei Küsse, die er in meine und Veras Richtung verteilte. Er strahlte regelrecht, offenbar war es ihm sehr wichtig, dass Rudolph Meissner sich rundum wohlfühlte.

Nicht so wohl fühlte sich Felix, das war ihm deutlich anzumerken. Den Abend über hatte er bisher kaum etwas gesagt, was untypisch für ihn war. Stattdessen war er damit beschäftigt, einen neuen Rekord im Sturztrinken aufzustellen. Allein zwei Gläser Champagner als Aperitif und das mittlerweile vierte Glas Weißwein hatte ich mitgezählt, aber wenigstens wurde er nicht aggressiv, sondern spielte geistesabwesend mit seinem Glas herum, das schon wieder fast leer war.

Die Begrüßung zwischen ihm und dem Verleger war förmlich ausgefallen. Seine abgelehnten Arbeiten waren bisher nicht zur Sprache gekommen, und ich hoffte für uns alle, dass es so blieb.

»Denkst du, wir sollten mal eine Runde Kaffee anbieten?«, fragte ich Vera, als wir draußen in der Küche die benutzten Teller neben der Spüle abstellten.

»Du meinst wegen Felix?« Ich nickte.

»Passt ja auch zum Dessert«, sagte Vera. Übernimmst du das?«

Sie deutete auf den italienischen Espressokocher, der auf dem Sideboard zwischen Mikrowelle und Toaster stand. »Kaffee ist im

Schrank darüber.« Ich öffnete die Tür, holte die Dose mit dem Pulver heraus und machte mich daran, die Metallkanne zu befüllen.

Nachdem ich sie auf die eingeschaltete Herdplatte gestellt hatte, erklang wenige Minuten später ein Zischen vom heißen Wasserdampf, gleichzeitig erfüllte frischer Kaffeeduft die Küche. Ich blieb vor dem Herd stehen, das Glühen der Platte hielt mich für einen Moment gefangen, und ich erwischte mich bei dem Gedanken, dass ich die heiße Kanne nehmen könnte und damit …

»Wirklich lieb, dass du mir hilfst«, sagte Vera, bevor meine Fantasie wieder mit mir durchgehen konnte.

»Keine Ursache, das mache ich gern«, antwortete ich, dankbar, dass Vera diesen kurzen Zwangsanflug unterbrach.

»Ich freue mich für Patrick«, sagte sie unvermittelt und lächelte mich an.

»Für Patrick?« Obwohl ich natürlich wusste, was sie meinte, stellte ich mich dumm. In meiner Verliebtheit wollte ich es eben von ihr hören, wollte, dass sie aussprach, was ich tief in meinem Herzen selber hoffte.

»Es ist schön, ihn so glücklich zu sehen«, sagte sie, und mein Herz machte einen kleinen Hüpfer. »Seit er dich kennt, wirkt er so viel ausgeglichener.«

»War er das vorher nicht? Glücklich, meine ich?«

»Doch, schon. Aber nicht wie jetzt. In den letzten Jahren gab es für Patrick nur die Arbeit, und ich habe mir oft für ihn gewünscht, dass er wieder eine Frau kennenlernt.«

»Da muss es aber doch jede Menge gegeben haben! Ein erfolgreicher, gut aussehender Schriftsteller – kann mir nicht vorstellen, dass sich da nicht viele Frauen für ihn interessiert haben.« Ich merkte, dass ich gerade in ein »Mädelsgespräch« schlitterte, und schämte mich ein bisschen. Über Jungs quatschen, kichernd wie auf dem Schulhof, das war was für Vierzehnjährige. Aber meine Neugier war zu groß, ich wollte einfach so viel wie möglich über Patrick wissen.

»Doch«, gab Vera mir recht. »Interessiert waren viele, aber da war keine, in die Patrick sich verliebt hat.«

»Ich hab da neulich zufällig ein Foto gesehen«, setzte ich an, obwohl es mir peinlich war, Vera so direkt danach zu fragen.

»Was für ein Foto?«

»Na ja, da war eine Frau drauf, die mir ziemlich ähnlich sah.«

Vera stutzte einen Moment und legte die Stirn in Falten, als müsse sie überlegen, über wen ich sprach. »Ach, du meinst sicher Saskia!«

»Ich weiß nicht, ob sie so heißt.«

»Das ist lange her.« Vera machte eine wegwerfende Handbewegung, die mich sehr erleichterte.

»Wie war sie denn so?«

Vera zögerte. »Ich weiß nicht, ob ich darüber sprechen soll«, sagte sie. »Ich will keine Plaudertasche sein ... Aber wenn du mir versprichst, dass du Patrick nichts verrätst ...«

»Natürlich!«

»Also, Saskia, das war eine große Liebe meines Bruders, sie hatten sogar heiraten wollen«, erzählte Vera. Die wenigen Worte versetzten mir einen Stich. Heiraten. Große Liebe .... *Sei nicht albern!,* schimpfte ich innerlich mit mir selbst. »War ein kleines Drama damals«, fuhr Vera fort.

»Ein Drama?«

»Ja. Felix war auch ziemlich verschossen in Saskia, aber sie hat sich nur für Patrick interessiert.« Vera drapierte ein Stück Sternfrucht auf dem letzten Dessertteller. »Armer Felix! Sie hat ihn damals nicht mal richtig ernst genommen.«

»Verstehe.« Armer Felix. Immer in Patricks Schatten, nicht nur beruflich, auch privat.

»Wie gesagt, das ist ewig her«, sagte Vera. »Bestimmt über fünf Jahre, und hättest du Saskia nicht erwähnt, ich hätte mich gar nicht mehr an sie erinnert.«

»Obwohl sie mal heiraten wollten?«

»Haben sie ja nicht.«

»Und warum nicht?« Ich konnte nicht anders, ich musste einfach immer weiterfragen, egal, wie lächerlich ich mich damit machte. Irgendetwas war da in mir, das der ganzen Sache nicht traute, ein nagender Zweifel, der mir wieder und wieder zuflüsterte, dass das alles doch gar nicht wahr sein konnte. Dass ich es nicht wert war, von einem so großartigen Mann geliebt zu werden, dass irgendetwas anderes dahintersteckte, etwas, von dem ich keine Ahnung hatte, es aber instinktiv spürte.

»Na ja«, antwortete Vera schließlich und verzog dabei abfällig das Gesicht, »genau genommen war Saskia eine ziemlich verlogene Schlampe.«

»Eine Schlampe?«

»Schlampe, Luder, such's dir aus«, sprach Vera weiter. »Jedenfalls hat Patrick mit der Zeit gemerkt, dass sie ihn ständig angelogen hat. Keine großen Sachen, dafür aber immer wieder. Sie schwindelte eigentlich permanent, das war schon fast pathologisch. Ob es um ihren Job ging, bei dem sie sich zwei Positionen wichtiger gemogelt hatte, als sie war; oder wenn sie mal zu spät kam – was oft passierte –, dann waren grundsätzlich immer der Bus oder die Bahn schuld, selbst wenn Patrick gesehen hatte, wie sie vor seinem Haus aus einem Taxi gestiegen war.«

»Ist doch aber nicht so schlimm«, meinte ich.

»Nein, ist es auch nicht, das habe ich ja gesagt. Aber wenn du merkst, dass jemand selbst bei kleinen Dingen ständig lügt, dann fragst du dich irgendwann, wie es mit den großen, den wirklich wichtigen Sachen ist. Als es dann darum ging, sich beim Standesamt einen Termin für die Hochzeit zu holen, rückte Saskia schließlich damit heraus, dass sie drei Jahre älter war, als sie behauptet hatte.«

»Oh.«

»Ja.« Vera nickte. »Auch das wäre kein Drama gewesen. Aber ich glaube, das war damals der Tropfen, der das Fass zum Überlaufen brachte. Patrick wurde klar, dass er auf Dauer nicht mit einer Frau zusammenleben kann, die nicht ehrlich zu ihm ist. Die nicht das ist, was sie vorgibt zu sein. Ich weiß, dass ihm die Entscheidung, sich von ihr zu trennen, sehr schwergefallen ist und dass er darunter auch sehr gelitten hat.«

»Das kann ich mir vorstellen.« Während Vera munter über Saskia plauderte, zog sich mir der Hals mehr und mehr zu. *Nicht ehrlich … Nicht das, was man vorgibt zu sein …* Ich war auch nicht ehrlich zu Patrick. Ich log ihn zwar nicht an – aber ich verschwieg ihm etwas. Nichts Kleines oder Unwichtiges, sondern etwas Großes, Riesengroßes, etwas Existenzielles. Wie würde er wohl reagieren, wenn er DAS herausfand?

»Tja, so ging die Geschichte halt zu Ende«, sprach Vera weiter. »Und nach ein paar Wochen hatte Patrick sich auch wieder gefangen. Er hatte ja noch Felix und mich, wir drei hielten schon immer zusammen. Jedenfalls in den wichtigen Dingen.«

»Und was ist mit dir?«, fragte ich unvermittelt, um das Thema zu wechseln.

»Mit mir? Was soll mit mir sein?«

»Hast du einen Freund?«

»Nein.« Ihre Antwort fiel erstaunlich knapp aus, fast schon unfreundlich.

»Ich wollte dir nicht zu nahe treten«, entschuldigte ich mich, weil ich irgendwie das Gefühl hatte, es mit meiner Frage getan zu haben.

»Bist du nicht.« Sie lächelte mich an. »Da ist nur keiner.«

»Aber dir müssten sie doch auch die Bude einrennen!«

»Mag sein«, Vera zuckte mit den Schultern, dann breitete sie mit gespielter Theatralik die Arme aus. »Ich lebe allein für die Kunst.«

»Allein für die Kunst? So, so.« Felix erschien in der Küche und unterbrach unser Gespräch. Er wirkte gereizt und übellaunig.

»Genau, Bruderherz.« Vera trat auf ihn zu und drückte ihm einen Kuss auf die Wange. Felix verzog das Gesicht und schob sie weg.

»Kommt ihr bald mal wieder?«, blaffte er sie an. »Ich langweile mich mit den beiden da drinnen zu Tode.« Er wischte sich mit der

Hand ihren Kuss von der Wange. »Du hättest mich ja auch warnen können, dass Patrick heute Abend mit diesem Verlegerarsch auftaucht, dann hätte ich das Weite gesucht!«

Ich sah ihn überrascht an, und auch Vera blickte einigermaßen verständnislos drein.

»Das hab ich doch!«

»Was hast du?«

»Na, dir gesagt, dass ich heute Abend kochen will, weil Patrick mit seinem Verleger kommt.«

»Vom Verleger hast du kein einziges Wort gesagt, nur dass wir mit Patrick und Marie essen.«

»Natürlich hab ich Meissner erwähnt!« Vera runzelte die Stirn und stemmte eine Hand in die Hüfte. »Ich weiß ja, dass er für dich ein rotes Tuch ist!«

»Scheinbar nicht.« Er musterte seine Schwester mit feindseliger Miene, von »immer Zusammenhalten« war in diesem Moment nicht das Geringste zu spüren, und ich hätte mich am liebsten unauffällig an den beiden vorbeigedrückt, um sie allein ihr Scharmützel ausfechten zu lassen. Aber ich stand wie eine bewegungslose Idiotin eingeklemmt in der Ecke zwischen Kühlschrank und Herd.

»Ganz ehrlich, Felix, das ist total ungerecht von dir.« Mittlerweile war auch Vera lauter geworden. »Ich habe es dir gestern Abend in aller Deutlichkeit gesagt und mich selbst gewundert, dass du trotzdem dabei sein wolltest. Da bin ich davon ausgegangen, dass es für dich in Ordnung ist.«

»Du hast es *nicht* gesagt«, insistierte Felix.

»Doch, das hab ich!« Wütend pfefferte Vera das Handtuch, mit dem sie eben noch die überschüssige Mangosauce von den Rändern der Dessertteller abgewischt hatte, zu Boden.

»Das war bestimmt nur ein Missverständnis«, sagte ich, um irgendwie zu vermitteln. »Ist doch nicht so tragisch.« Jetzt sahen beide mich böse an, und ich bereute sofort, mich überhaupt eingemischt zu haben.

»Genau, ein Missverständnis«, giftete Vera. »Danke fürs Kochen, liebe Vera!« Dann griff sie sich zwei der Dessertteller und machte sich daran, sie aus der Küche rüber ins Wohnzimmer zu tragen, blieb aber in der Küchentür noch einmal stehen. »Ich kann dir auch genau sagen, wie dieses ›Missverständnis‹«, sie äffte meinen Tonfall nach, »zustandegekommen ist.« Eine kleine Pause, dann ein abfälliger Blick Richtung Felix. »Mein lieber Bruder war gestern Abend einfach mal wieder voll wie tausend Russen und konnte sich heute früh nicht mehr daran erinnern, dass ich es ihm gesagt habe.«

»War ich nicht!«, schrie Felix.

»Du kannst mich mal!« Vera marschierte durch die Küchentür, zurück blieben Felix und ich mit drei weiteren Desserttellern.

»Ach, scheiß drauf!«, schnaubte Felix und kam mit zwei großen Schritten direkt auf mich zu, sodass ich mich noch dichter an die Wand hinter mir presste.

»Was … was meinst du?« Mit einem Mal hatte ich Angst, dass er mich schlagen würde.

»Was ich meine?« Felix blieb vor mir stehen, baute sich in voller Größe auf und sah einen Moment abschätzig auf mich herab. Dann verzog er plötzlich das Gesicht zu einem amüsierten Grinsen. »Denkst du etwa, ich will dir eine scheuern?«

Ich sagte nichts, starrte ihn nur ängstlich an.

»Ha! Du hast tatsächlich Angst, ich würde dich schlagen?« Er schüttelte den Kopf. »Keine Sorge, die Freundin meines Bruders fass ich garantiert nicht an.«

Und damit langte er an meinem Kopf vorbei, riss den Kühlschrank auf, nahm etwas heraus und knallte die Tür dann mit einem »Rumms« wieder zu. In der Hand hielt er eine Wodkaflasche, schraubte den Verschluss auf, setzte sich die Flasche an den Mund und nahm einen großen Schluck.

»Jetzt geht's mir besser«, sagte er, als er die Flasche mit lautem Knall auf dem Sideboard absetzte. Dann beugte er sich zu mir herab, umfasste mein Kinn mit einer Hand und gab mir einen festen, fast brutalen Kuss mitten auf den Mund. »Viel besser!«, meinte er zufrieden, als er mich wieder losließ.

Ich starrte ihn an. Dann holte ich aus und versetzte ihm eine feste Ohrfeige. Felix tat, als wäre nichts gewesen, lächelte mich einfach an, nahm einen weiteren Dessertteller und die Kaffeekanne und verließ mit einem »Zeit für den Nachtisch« die Küche. Ich blieb noch einen Augenblick zurück, ehe ich imstande war, ihm mit dem restlichen Nachtisch ins Wohnzimmer zu folgen.

Was auch immer hier gerade passiert war, versuchte ich mich innerlich zu beruhigen, es hatte nicht das Geringste mit mir zu tun.

Der weitere Abend war ein einziges Desaster. Bei Felix schienen alle Dämme gebrochen, ganz offen legte er Patrick und Rudolph Meissner gegenüber eine Unfreundlichkeit an den Tag, die schon fast beleidigend war. Immer wieder wanderte mein Blick zu der großen antiken Standuhr auf der linken Seite des Wohnzimmers. Halb zehn, kurz nach halb zehn, zwanzig vor zehn, zwanzig vor zehn, zwanzig vor zehn – die Zeit zog sich quälend langsam dahin, der Abend schien kein Ende nehmen zu wollen.

Zu einem weiteren Ausraster von Felix kam es nicht, aber natürlich kam er irgendwann auf seine abgelehnten Manuskripte zu sprechen.

»Nun, Herr Meissner, Sie finden also, ich habe kein Talent«, attackierte er den Verleger mit schwerer Zunge.

Rudolph Meissner bewahrte eine bewundernswerte Ruhe. »Das habe ich nie gesagt, Herr Gerlach. Ihre Romane passen nur einfach nicht in unser Programm, das ist alles.«

»Schwachsinn! ›Passt nicht ins Programm‹ ist nur die höfliche Formulierung für ›taugt nichts‹!« Felix griff nach der Flasche Riesling und wollte sich noch einmal nachschenken, aber Patrick war schneller und schnappte sich den Wein.

»Ich glaube, du hast genug.«

»Glaubst du?« Felix bedachte ihn mit einem mürrischen Blick, dann hob er entschuldigend die Hände. »O Verzeihung, ich vergaß! Mein Herr Bruder weiß ja immer am besten, was gut für uns ist! Das hat er schon immer gewusst, unser Familienoberhaupt.«

»Felix, bitte!«, schaltete sich nun auch Vera ein.

»Ach, lassen Sie doch.« Rudolph Meissner wirkte beinahe amüsiert. »Ist doch sehr erfrischend, so ein aufbrausender Jungliterat. Genau das ist es, was die Branche braucht: Menschen, die aus ihrem Herzen keine Mördergrube machen, sondern ihren Emotionen freien Lauf lassen.«

»Mördergrube!«, echote Felix.

»Es tut mir wirklich leid«, entschuldigte sich Patrick.

»Fürs Leidtun ist es wohl ein bisschen zu spät!«, bellte Felix ihn an, schnappte seinem Bruder die Flasche weg und goss sich sein Glas so voll, dass es überlief. Ein kleiner Weißweinsee bildete sich auf der Tischplatte.

Rudolph Meissner ließ sich nicht beeindrucken. »Ich halte Sie tatsächlich für begabt«, erklärte er. »Aber ich denke, Sie müssten sich und Ihr Talent noch ein wenig entwickeln. Sie müssten etwas … etwas …«, er suchte nach den passenden Worten, »etwas authentischer schreiben.«

Laut prustend spuckte Felix den Schluck, den er gerade genommen hatte, quer über den Tisch, sodass der Wein bis auf den Ärmel des Verlegers spritzte. Der aber nahm mit gelassener Miene seine Serviette und tupfte sich den Anzug trocken, als wäre nichts geschehen.

»Authentischer«, wiederholte Felix. »Meine Geschichten sind also nicht authentisch genug?«

»Vielleicht ist das nicht der richtige Begriff«, entgegnete Rudolph Meissner. »Aber bei den beiden Manuskripten, die ich geprüft habe, schien mir etwas zu fehlen. Aber ich sehe mir selbstverständlich immer alles gern an, wenn Sie etwas Neues haben.«

»Selbstverständlich!«, lallte Felix. »Na klar, gucken Sie sich alles an, ich bin schließlich der Bruder vom großen Patrick Gerlach!« Wieder ein Kichern, unterbrochen von einem lauten Schluckauf. »Der würde dir sonst auch was husten!«, duzte er Rudolph Meissner.

»Felix! Bitte!«, rief Patrick.

In diesem Augenblick klingelte mein Handy.

»Tut mir leid.« Eilig nahm ich meine Handtasche von der Stuhllehne und verließ mit einem entschuldigenden Blick in die Runde das Zimmer. Selten war ich so erleichtert über einen Anruf beim Essen gewesen. Egal, wer es war, ich war ihm oder ihr unendlich dankbar für die Störung, auch wenn ich beim Wühlen in meiner Tasche dachte, dass es eigentlich nur eine einzige Person gab, die versuchen würde, mich über Handy zu erreichen: meine Mutter, von der ich zwar seit Wochen nichts mehr gehört hatte, die aber aus irgendeiner glücklichen Fügung heraus offenbar just in diesem Moment beschlossen hatte, mal nachzuhorchen, ob ihre einzige Tochter noch lebte.

»Neumann?«, meldete ich mich und zog die Tür zum Flur hinter mir zu.

»Michael Reuter«, hörte ich eine männliche Stimme. »Sie hatten mich angerufen?«

»Wer ist da?«, fragte ich, den Namen hatte ich noch nie gehört. Ein Kindergartenvater?

»Michael Reuter«, wiederholte der Mann. »Sie haben mich heute Nachmittag angerufen.«

»Tut mir leid«, erwiderte ich. »Da müssen Sie sich vertun, ich habe Sie nicht angerufen.«

»Aber ich habe Ihre Nummer im Display.«

»Ja?« Während ich mich noch fragte, wie das sein konnte, fiel bei mir der Groschen. Das musste der Intendant sein! Vera hatte ihn ja von meinem Handy aus versucht zu erreichen, und jetzt rief er zurück. »Einen Moment«, sagte ich eilig, »ich glaube, Vera Gerlach wollte Sie sprechen! Ich verbinde.« Ich ging mit dem Handy in der

Hand zurück ins Wohnzimmer. »Vera, der Anruf ist für dich«, sagte ich, »dein Intendant.«

»Oh, okay.« Als sie aufstand, reichte ich ihr mein Mobiltelefon. Während sie damit hinaus auf den Flur verschwand, kehrte ich innerlich seufzend zu meinem Platz neben Patrick zurück. Sofort nahm er meine Hand, drückte sie und sah mich aufmunternd an.

»Ist wieder in Ordnung«, raunte er mir zu. »Die Gemüter haben sich beruhigt.« Mein Blick wanderte rüber zu Felix. Ob er sich beruhigt hatte, war schwer zu sagen, aber scheinbar hatte er den Punkt erreicht, an dem nicht mehr viel ging, er hing wie ein nasser Sack auf seinem Stuhl und hatte Schwierigkeiten, die Augen offen zu halten.

Rudolph Meissner und Patrick unterhielten sich weiter, als wäre nichts gewesen, ich selbst saß so stumm am Tisch wie Felix, der auf seinem Stuhl schon wegzunicken schien. Plötzlich tat er mir unendlich leid, sein Kopf war ihm auf den Brustkorb gesackt, er war nicht mal mehr ein Häufchen Elend. Wie schwer musste dieser Abend für ihn gewesen sein! Bei seinem Anblick regten sich eigenartige Mutterinstinkte in mir. Jemand sollte den Jungen ins Bett bringen, und zwar so schnell wie möglich!

Die Tür zum Wohnzimmer ging auf. Vera kam wieder herein, mit einem Gesicht, als hätte sie einen Geist gesehen. Sie war weiß wie die Wand, ihre Augen hatte sie weit aufgerissen, und ich meinte sogar, dass sie ein wenig zitterte. *Der Intendant!*, dachte ich im ersten Moment, *er hat sie gerade rausgeschmissen!*

Aber dann fiel mein Blick auf Veras Hand. Weit von sich gestreckt hielt sie mein Handy, als wäre es ein kleines, totes Tier, das sie mit spitzen Fingern vor sich hertrug, um es im nächsten Mülleimer zu entsorgen.

»Was?«, brachte sie gepresst hervor, »was, um Himmels willen, ist das?« Patricks und Rudolph Meissners Gespräch verstummte. Und erst in diesem Moment hörte ich sie. Hörte meine eigene Stimme, die laut und deutlich aus dem Lautsprecher meines Handys schepperte.

»Aus der Küche hole ich ein Messer, das lange scharfe Fleischermesser, das in dem Holzblock steckt. Dann schneide ich ihm erst die Kehle durch, danach steche ich wieder und wieder auf ihn ein. Sein Körper zuckt und blutet wie ein geschlachtetes Schwein, blutet in strömenden Fontänen aus …«

Ich saß da wie im Schock, unfähig, mich zu rühren oder etwas zu sagen. Patrick und Rudolph Meissner schauten ungläubig auf Vera und mein Handy. Felix schien aus seinem Koma erwacht zu sein, auch er saß jetzt kerzengerade auf seinem Stuhl.

»… ihr schwerer Fuß aus Bronze liegt in meiner rechten Hand«, krächzte meine Stimme weiter durch die angespannte Stille, *»ich hole aus und zertrümmere ihm mit einem Schlag sein hübsches Gesicht …«*

»Was für eine abgefahrene Scheiße!« Felix klang auf einmal erstaunlich klar, während meine Stimme weiter wie ein böser Geist durchs Esszimmer waberte.

»Mach das aus!«, schrie ich. »Schalt das sofort aus!« Ich sprang von meinem Stuhl auf und stürzte mich auf Vera. Sie kam ins Taumeln, als ich ihr das Telefon entriss, aber das war mir egal, ich suchte mit zitternden Händen nach der Stopptaste. Noch ein paar Wortfetzen, ein paar Schreckenssätze aus meinem Kopf spuckte das Handy aus – dann war Ruhe. Eine unheimliche, unerträgliche Ruhe. Niemand sagte ein Wort, niemand schien auch nur zu atmen. Ich sah von meinem Telefon auf, überall dieselben entsetzten Gesichter wie damals im Kindergarten.

Raus hier!, schrie eine Stimme in mir, dieselbe Stimme wie schon damals. *Raus hier!* Ich tat, was die Stimme verlangte, griff nach meiner Handtasche, riss sie so heftig von der Stuhllehne, dass ein Riemen abriss, und stolperte aus dem Zimmer. Raus in den Flur, raus aus dem Haus! Hinter mir knallte die Tür ins Schloss.

Draußen achtete ich nicht auf den Gehweg, nicht auf die Straße, ich lief und lief und lief, stolperte, fiel zwei Mal hin, schlug mir die Knie und die Hände blutig, rappelte mich wieder hoch und rannte weiter. Aber so schnell ich auch rannte, die grauenhafte Stimme, die ja meine eigene Stimme war, hallte durch meinen Kopf und wiederholte all die fürchterlichen Sätze, die auf meinem Telefon waren und die sie alle – SIE ALLE – soeben gehört hatten.

Irgendwann blieb ich atemlos stehen und lehnte mich gegen eine Hauswand. Ein junges Pärchen spazierte an mir vorbei, die Frau musterte mich mit einer Mischung aus Neugier und Entsetzen. So wie man jemanden mustert, der verheult, nach Atem ringend, mit verschrammten, blutenden Knien und Händen an einer Hauswand lehnt. Das Paar hielt kurz inne, als würden die zwei überlegen, ob ich vielleicht Hilfe brauchte. Mit einem Kopfnicken deutete ich an, dass alles in Ordnung war. Denn es gab keine Hilfe für mich, nicht für diese arme Irre.

Mein Handy klingelte, ich musste erst gar nicht nachsehen, um zu wissen, dass es Patrick war. Ich ging nicht ran, auch nicht bei seinen nächsten fünf Versuchen. Genauso wenig hörte ich mir die Nachrichten an, die er mir auf der Mailbox hinterließ.

Stattdessen ging ich weinend nach Hause, ließ das Handy in der Tasche klingeln und klingeln. Ich konnte es nicht, konnte einfach nicht rangehen. Was hätte ich ihm denn sagen sollen? Dass das alles nur ein Scherz war? Mein erster Versuch, einen Krimi zu schreiben? Ja, das könnte ich ihm sagen, einfach eine neue Lüge erfinden und mich tiefer und tiefer in diese Sache verstricken, die ich nicht mehr im Griff hatte und in Wahrheit auch nie im Griff gehabt hatte, von Anfang an nicht. Es war an der Zeit, es einzusehen: Meine Zwänge hatten gewonnen. Lange hatte ich mich gegen sie gewehrt – aber nun hatten sie mich doch besiegt.

Zu Hause angelangt, holte ich das Handy aus meiner Tasche, rief die Rekorderfunktion auf und machte mich daran, sämtliche meiner Selbstgespräche zu entfernen, drückte wieder und wieder auf »Löschen«, vernichtete alle bösen Gedanken, die ich laut ausgesprochen und aufgenommen hatte. Nur in meinem Kopf, da würde ich sie leider nicht so einfach löschen können.

Der Kobold sah mir zu bei dem, was ich tat. Und er lachte. Lachte laut und heiter, weil er wusste, dass ich gegen ihn absolut machtlos war.

»Warum hast du dich damals nicht bei mir gemeldet und mir das alles erzählt? Warum hast du überhaupt nicht schon viel früher etwas gesagt? Denkst du etwa, ich hätte dir nicht geholfen?« Christopher sitzt neben ihr auf der Bank im Käfig und hält ihre Hand. Er hat sie die ganze Zeit gehalten, während Marie ihm alles berichtet hat, alles, was in den vergangenen Monaten, in den Monaten, in denen er in einer anderen Welt war, passiert ist. Gleich nach ihrem Gespräch mit Hannah hat sie ihn angerufen, und er ist sofort gekommen. Jetzt sitzen sie im Hof, und er hört sich in Ruhe alles an.

Marie fühlt sich ganz leer, ihr Mund ist trocken, ihre Lippen rau, ob vom Reden oder von der beißenden Kälte im Innenhof, sie weiß es nicht.

Aber nicht nur leer fühlt sie sich, auch leicht. Sie hat ein wenig von der Last abgegeben, nicht an ihren behandelnden Arzt, sondern an einen Menschen, dem sie seit jeher vertraut. Schon bei Patrick hätte sie das damals tun sollen, hätte nicht zulassen dürfen, dass er von allein herausfinden musste, dass mit ihr etwas nicht stimmt. Und wenn sie bei Patrick den Fehler gemacht hatte, ihm etwas – das wichtigste Etwas ihres Lebens – zu verschweigen, muss sie es wenigstens bei Christopher anders machen. Das wird zwar nichts ändern, natürlich wird es das nicht. Aber sie hat sich etwas vorgenommen: Nie wieder wird sie, so hatte der Verleger es formuliert, aus ihrem Herzen eine Mördergrube machen. Und irgendwo muss Marie ja damit anfangen, warum also nicht bei Christopher?

»Ich hatte Angst«, gibt sie jetzt zu. Dabei entzieht sie Christopher ihre Hand, um in ihrer Jackentasche nach dem Päckchen mit den Zigaretten zu suchen. Als sie die Schachtel herausholt, bemerkt sie den Blick ihres Exmannes.

»Gibst du mir auch eine?«, fragt er.

»Seit wann rauchst du?«

»Seit wann bist du verrückt?« Sie müssen beide lachen. Marie reicht Christopher eine Zigarette, zündet sie ihm an, er nimmt einen tiefen Zug und fängt sofort an zu husten. »Vielleicht für den Anfang nicht auf Lunge«, bringt er keuchend hervor, zieht ein weiteres Mal an der Zigarette, pafft den Rauch aber diesmal nur in die Luft.

Hannah kommt in den Hof, sieht Marie und winkt ihr zu. Dann zieht sie den Reißverschluss ihrer dicken Daunenjacke zu, stapft rüber auf die andere Seite des Käfigs und setzt sich dort auf eine freie Bank.

»Wer ist das?«, fragt Christopher.

»Meine Zimmernachbarin, Hannah.« Oder ist es Luzy? Oder einer von den anderen? Nein, Mark oder Hannah, denn gerade steckt das Mädchen sich auch eine Zigarette an und Marie weiß ja, dass außer den beiden keine von Hannahs Persönlichkeiten raucht.

»Also«, kommt ihr Exmann auf das eigentliche Thema zurück.

»Ich muss zugeben, dass das, was du mir eben erzählt hast, wirklich komplett irre klingt.«

»Komplett irre, ja«, gibt Marie ihm recht.

»Und die Vorstellung, dass da niemand war, dem du dich anvertrauen konntest, macht mich auch ganz irre. Das muss für dich einfach schrecklich gewesen sein!«

»Na ja«, Marie grinst schief, »ich hatte Mama, mit ihr habe ich darüber gesprochen.«

»Lass mich raten: Sie war dir eine große Hilfe!«

»O ja«, gibt Marie zurück, »so wie immer, auf Mutter ist

Verlass!« Christopher legt einen Arm um ihre Schulter, im ersten Moment versteift sie sich etwas, aber dann lässt sie sich an ihn sinken. Sich anlehnen, sich ein bisschen fallen lassen – wie gut sich das anfühlt! Sie schließt die Augen, lässt ihren Kopf noch ein bisschen tiefer sinken und genießt es, einfach nur so dazusitzen. Es stimmt, sie hätte damals nicht weglaufen sollen, als sie bei ihm geklingelt hat. Vielleicht wäre dann alles anders gekommen. Aber das sind viele Vielleichts und Wenns und Abers, sie zählen jetzt nicht mehr.

»Marie«, sagt Christopher nach einer Weile. Sie öffnet die Augen und sieht ihn an, nachdenklich streicht er ihr mit der Hand eine Haarsträhne aus dem Gesicht. »Ich weiß nicht, wie das hier ausgeht, aber ich weiß eins: Was immer ich tun kann, um dir zu helfen, werde ich tun. Das bin ich dir schuldig.«

»Schuldig?«

Er nickt. »Nicht wegen der Sache ... Du weißt schon, weil damals alles so unglücklich gelaufen ist. Aber ich bin immer noch dein Freund, das bin ich immer gewesen.«

»Danke«, sagt Marie, dann schließt sie wieder die Augen, dämmert fast ein bisschen weg.

»Frau Neumann?« Als sie blinzelnd aufblickt, sieht sie direkt in Dr. Falkenhagens Gesicht. »Es wird Zeit für Ihre nächste Sitzung. Haben Sie Lust? Oder wollen Sie heute lieber pausieren?« Marie dreht sich zu Christopher um.

»Geh nur«, sagt er, »das ist wichtig.«

»Okay.« Sie stehen auf, folgen dem Arzt vom Käfig in die Klinik.

»Ich fahr dann mal nach Hause«, sagt Maries Exmann, als sie die Treppe erreichen, die hinauf zur Station führt. Geradeaus geht es zur Sicherheitsschleuse und zum Ausgang.

»Oder willst du vielleicht mitkommen?«, fragt Marie. Das Gefühl, jemanden bei sich zu haben, jemanden, der sie beschützt, sie will es sich noch ein wenig länger bewahren.

»Mitkommen?«

»Zu meiner Sitzung, meine ich.«

»Geht das denn?« Beide sehen Jan Falkenhagen an.

Der Arzt überlegt nicht lange. »Warum nicht?«, meint er. »Wenn es Sie nicht stört, habe ich sicher nichts dagegen.«

»Dann soll Christopher dabei sein«, beschließt Marie. Keine Mördergrube mehr.

11

In den nächsten Tagen, in denen ich mich zu Hause verkroch, nicht ans Telefon ging und auch nicht die Tür öffnete, wenn jemand klingelte (Patrick? Oder doch nur die Müllabfuhr?) – ja nicht einmal ins Internet wagte ich mich –, konnte ich nur diesen einen Satz denken, den ich schon so oft im Forum gelesen hatte: Ich schäme mich! Wieder und wieder durchlebte ich die Szene in meinem Innern. Hörte meine Stimme, die aus dem Handy kam und all diese schrecklichen Dinge sagte, sah die verwirrten, entsetzten Gesichter der Anwesenden, wie ich einfach weggerannt bin, in Panik und ohne ein Wort der Erklärung. Nie wieder würde ich einem von ihnen unter die Augen treten können.

Eine ganze Woche dauerte es, bis ich mich traute, wenigstens Elli zu schreiben, was passiert war. Als ich mein privates Postfach im Forum öffnete, fand ich bereits fünf Nachrichten von ihr. Angefangen von einer Antwort auf meine letzte Mail, die ich ihr an dem Vormittag geschickt hatte, bevor ich Vera am Theater abholte. Jede ihrer Nachrichten klang besorgter, eindringlicher. Bis sie schließlich in ihrer fünften Mail schrieb, sie hätte langsam wirklich Angst, dass mir etwas zugestoßen sei. Da hatte sie recht, mir war etwas zugestoßen, in der Tat war es das. Ich antwortete ihr und berichtete von den katastrophalen Ereignissen beim Abendessen mit Patrick, Felix, Vera und Rudolph Meissner.

Offenbar war Elli gerade online, denn kaum hatte ich meine Nachricht verschickt, ging unten rechts im Bildschirm ein Chatfenster auf: »*Wie hat Patrick reagiert?*« Nur diese eine Frage, mehr schrieb sie nicht. Kein mitfühlendes Wort, nur einfach: »*Wie hat Patrick reagiert?*«

Ich lehnte mich auf meinem Schreibtischstuhl zurück und überlegte. Natürlich hatte er genauso schockiert ausgesehen wie die anderen. Oder vielleicht nicht schockiert, aber zumindest doch verwirrt. Und sonst? Gar nichts sonst, musste ich mir selbst eingestehen. Ich war ja sofort weggelaufen, er hatte überhaupt nicht reagieren *können*. Danach hatte er versucht, mich anzurufen, aber weder war ich ans Telefon gegangen, noch hatte ich seine Nachrichten abgehört.

»*Gar nicht*«, tippte ich wahrheitsgemäß zurück. »*Ich bin weggerannt, seitdem bin ich nicht mehr ans Telefon gegangen. Aber er hat versucht, mich zu erreichen, und mir auf die Mailbox gesprochen.*«

»*Was?*«, schrieb Elli. »*Was hat er gesagt?*« Ratlos saß ich vor meinem Computer und dachte nach, was ich Elli antworten sollte. Dass ich sogar zu feige war, Patricks Nachrichten abzuhören? Weil ich befürchtete, dass er mich dazu aufforderte, das zu tun, was ich ohnehin vorhatte: mich ja nie wieder bei ihm blicken zu lassen, mich von ihm und seiner Familie fernzuhalten? Während meine Finger noch unschlüssig auf der Tastatur ruhten, hier und da einen Buchstaben niederdrückten, um ihn gleich wieder zu löschen, trudelte mit einem »Bling« eine neue Nachricht im Chat-Fenster ein: »*Hör es dir an. Sofort!*«

Eine klare Anweisung. Sollte ich ihr folgen? Sollte ich wirklich mein Handy nehmen und die Mailbox einschalten?

Ich erinnerte mich an einen Brief, den mir im Alter von dreizehn oder vierzehn Jahren einmal eine Lehrerin mitgegeben hatte für meine Eltern. Einen Monat lang hatte ich ihn ungeöffnet in meinem

Ranzen aufbewahrt aus lauter Angst, dass er die Mitteilung enthielt, meine Versetzung sei aufgrund meiner schlechten Leistungen in Englisch gefährdet. Einen Monat lang quälten mich mein schlechtes Gewissen und die Angst vor dem Brief, ganze vier Wochen lang brach mir jedes Mal der Schweiß aus, wenn meine Mutter wissen wollte, ob es denn »etwas Neues aus der Schule« gab. Und dann kam der Elternsprechtag, den ich erwartete wie das Jüngste Gericht. Umso größer die Überraschung, als meine Mutter sehr zufrieden heimkehrte

»Wie war es?«, wollte ich ängstlich wissen.

»Sehr gut«, erwiderte meine Mutter. »Es freut mich, dass deine Leistungen in Englisch so viel besser geworden sind, deine Lehrerin hat vor allem deinen mündlichen Einsatz gelobt.«

»Was?« Ich war fassungslos.

»Ja, aber das weißt du doch.« Mama schüttelte verständnislos den Kopf. »Du hättest es aber gar nicht so spannend machen müssen, deine Lehrerin hat mir gesagt, dass sie dir schon vor Wochen einen Brief mitgegeben hat, in dem das alles steht.«

Bling! Eine weitere Nachricht riss mich aus meinen Gedanken. »*Was ist jetzt? Ich warte!*«

Ich holte tief Luft, stand auf und ging raus in den Flur, in dem mein Handy seit Tagen ausgeschaltet auf dem kleinen Garderobentisch neben dem Eingang lag.

»Okay, dann wollen wir mal hören!«, sprach ich mir selbst Mut zu und schaltete es ein. Keine Minute später fing mein Telefon an zu piepen, zeigte sieben Nachrichten auf der Mailbox an. Ich nahm das Handy ans Ohr und hörte sie mir an. Vor Erleichterung hätte ich fast losgeheult. Sie klangen nicht wütend, sondern traurig und zärtlich: »Marie, ich kann dich nicht erreichen, du gehst nicht ans Telefon, und wenn ich bei dir zu Hause klingele, machst du mir nicht auf. Bitte melde dich doch bei mir! Ich verstehe einfach nicht, was los ist! Aber egal, was es ist, sprich mit mir. Bitte, vertrau mir und ruf mich an oder komm von mir aus vorbei. Bitte, Marie, ich liebe dich!« Ein tiefes

Seufzen, dann fügte er hinzu: »Und ich vermisse dich ganz schrecklich, tu mir das bitte nicht an!«

So schnell ich konnte, warf ich Telefon, Portemonnaie und meinen Schlüssel in meine Handtasche und wollte schon aus der Tür stürmen, bis ich im letzten Moment an Elli dachte, die gerade vor ihrem Computer saß und auf eine Antwort wartete. Eilig lief ich zurück zu meinem Schreibtisch und tippte los: *»Alles gut, er sagt, er liebt und vermisst mich, ich fahre jetzt sofort zu ihm hin. Schreibe dir später!«*

»Super, ich freu mich!«, schrieb sie zurück. Ich nahm mir nicht einmal mehr die Zeit, mein Notebook runterzufahren. Ich wollte nur noch eins: zu Patrick, so schnell es ging!

Patrick sagte kein Wort, als er mir die Tür öffnete. Er sah mich nur kurz überrascht an und nahm mich in den Arm. Es waren sicher ein paar Minuten, die wir so in seiner Wohnungstür standen. Einmal hörte ich jemanden im Treppenhaus vorbeigehen, aber weder mich noch Patrick störte es. Er hielt mich fest, ich hielt ihn fest, und ich konnte mich nicht erinnern, jemals so erleichtert gewesen zu sein.

»Marie«, flüsterte er mir ins Ohr, als wir uns nach einer Ewigkeit voneinander lösten und er mich in die Wohnung zog. »Wo warst du denn? Warum hast du dich nicht gemeldet? Ich war schon ganz verzweifelt!«

»Es tut mir leid. Ich war auch verzweifelt.« Ich hob meinen Kopf und sah ihn unsicher an. Jetzt kam der schwierigste Teil, das wusste ich.

»Ich habe mir den Kopf darüber zerbrochen, was da neulich Abend passiert ist«, sagte er. »Aber ich konnte mir keinen Reim darauf machen, das kann ich noch immer nicht. Und dass du auf einmal so verschwunden warst, hat mich fast verrückt gemacht.«

»Es tut mir leid«, wiederholte ich noch einmal. Dann nahm ich all meinen Mut zusammen und sagte es ihm einfach: »Ich bin sehr krank, Patrick. Das hätte ich dir schon früher sagen müssen, aber ich habe mich einfach nicht getraut.« Sofort veränderte sich sein Gesichtsausdruck von zärtlich in besorgt.

»Was ist denn mit dir?«

»Das muss ich dir in Ruhe erzählen.«

Und das tat ich dann auch. Endlich hatte ich den Mut, ihm die volle Wahrheit zu gestehen. Ohne irgendetwas zu beschönigen oder zurückzuhalten, selbst wenn ich beim Sprechen ins Stocken geriet, was immer wieder geschah.

Ich erzählte ihm nicht nur von meinen Gewaltfantasien gegenüber Kindern, die mich dazu gezwungen hatten, meinen Beruf aufzugeben – auch dass ich mir vorstellte, wie ich ihm etwas antun würde, gestand ich. Patrick hörte schweigend zu, unterbrach meinen Redefluss kein einziges Mal, hielt mich dabei die ganze Zeit fest im Arm und zuckte nicht mal zusammen, als ich ihm schilderte, wie ich in meiner Vorstellung das Fleischermesser nahm und ihm die Kehle durchschnitt. Um ihn wenigstens ein bisschen zu beruhigen, erklärte ich ihm auch die Sache mit dem Denken, das aber nicht Tun ist.

»Und was war das auf deinem Handy?«, wollte er wissen, als ich erschöpft zu einem Ende kam. Mittlerweile lagen wir wieder auf seinem Sofa, eng aneinandergeschmiegt.

»Etwas, das mir helfen soll, eine Art Selbsttherapie«, erklärte ich. »Den Tipp habe ich von einer Freundin, die dieselbe Krankheit hat wie ich. Weißt du, die, die mir auch erklärt hat, dass Denken nicht dasselbe ist wie Tun. Sie hat mir gesagt, dass ich meine Gedanken aufsprechen und mir immer wieder anhören soll, dann wären sie irgendwann nicht mehr so schlimm.«

»Und ist das so?«

Ich nickte. »Ja. Aber ich habe natürlich nie damit gerechnet, dass sie irgendjemand außer mir je zu hören bekommt. Vera muss bei meinem Telefon auf einen falschen Knopf gekommen sein und hat dadurch die Aufnahmen abgespielt.«

Patrick gab mir einen Kuss auf die Stirn. »Hätte ich doch nur was geahnt, aber auf so etwas Verrücktes muss man erst einmal kommen. Nachdem du weg warst, haben wir uns zu dritt wirklich die Köpfe heißgeredet, was es mit diesen gruseligen Aufnahmen wohl auf sich hat.«

»Jetzt weißt du es. Ich *bin* gruselig.«

»Unsinn!«, widersprach er. »Deine Krankheit ist gruselig, aber *du* doch nicht!«

»Ist das nicht dasselbe?«

»Natürlich nicht!«

»Aber ich habe *Mordfantasien*!«

»Na und?« Ich wusste nicht, ob er wirklich so gelassen war, wie er tat – aber tatsächlich wirkte Patrick nahezu unbeeindruckt.

»Wer von uns hat die nicht? Jeder denkt doch hin und wieder einen kurzen Moment lang darüber nach, dass er etwas Schlimmes tun könnte. Wir alle sind ein bisschen Dr. Jekyll und Mr Hyde.«

»Mag sein. Aber ich denke nicht nur kurz darüber nach, meine Gedanken werden davon manchmal rund um die Uhr beherrscht.«

»Aber hast du je etwas davon getan?«

»Nein«, gab ich zu. »Allerdings habe ich riesige Angst, dass es irgendwann einmal passiert.«

»Das glaube ich nicht.«

»Warum nicht? Woher willst du das wissen?«

»Ganz einfach, ich glaube, dass deine Freundin recht hat. Denken und Tun sind zwei unterschiedliche Dinge.« Er lachte auf. »Oder was meinst du, wie oft ich schon ins Gefängnis gewandert wäre, wenn das anders wäre? Bei dem, was ich so schreibe.«

»Das kann man nicht vergleichen«, sagte ich leise. »Ich habe diese Bilder vor Augen, ganz echt und realistisch. Wie im Kino, ich sehe regelrecht, was ich tue.«

»Moment!« Er rückte von mir ab und stand auf. »Ich möchte dir etwas zeigen.«

»Was denn?«

»Wart's ab.« Mit einem Lächeln ging er rüber zu seinem großen Regal, suchte etwas und kam dann mit einem Buch in der Hand zurück.

»Was ist das?«, wollte ich wissen.

»Mein erster Roman«, erklärte er. »Der, von dem ich nicht wollte, dass du ihn liest.«

»Und jetzt soll ich ihn lesen?« Patrick nickte. »Warum? Ich denke, du magst ihn nicht sonderlich.«

»Das ist nicht ganz die Wahrheit.« Er klappte das Buch auf, blätterte einen Moment darin herum, fand die Stelle, die er suchte, dann hielt er mir die aufgeschlagene Textpassage hin.

»Okay.« Ich nahm ihn entgegen und fing an, die Seite zu lesen.

Sie kam zu ihm ins Bett gekrabbelt. In der ersten Nacht dachte er sich noch nichts dabei. Vielleicht hatte sie Angst vor der Dunkelheit oder wollte aus einem anderen Grund nicht allein schlafen. Was auch immer es war, er mochte es, sie so nah bei sich zu spüren, mochte es, ihren Atem direkt neben sich zu hören, mochte es, am Morgen mit ihr zusammen aufzuwachen, ihr weiches Gesicht ganz dicht an seine Brust geschmiegt. Eine Woche später kam sie wieder, gegen zwei oder drei Uhr nachts, und auch diesmal machte er unter seiner Decke bereitwillig Platz für sie.

Danach wurden die Abstände kürzer, bis sie schließlich jede Nacht bei ihm verbrachte, jede einzelne Nacht, in der er es genauso genoss wie sie, nicht allein schlafen zu müssen. Sie hatten ja beinahe nur noch sich, kein Wunder, dass sie sich da aneinanderklammerten, sich gegenseitig Halt gaben, ein bisschen Wärme, ein bisschen Trost in der Dunkelheit, mehr war es nicht, nicht für ihn und nicht für sie.

Doch dann irgendwann, nach ein paar Monaten, ohne dass er bewusst darüber nachgedacht hätte, veränderte es sich. Irgendwann war es nicht mehr nur das unschuldige Aneinanderschmiegen, irgendwann merkte er, dass sie etwas ihn ihm auslöste. Dass sich in ihm etwas regte, und erst als sie ihn einmal im Schlaf aus Versehen mit ihrer Hand zwischen den Beinen berührte, wusste er, was es war: Lust.

Er verspürte Lust, wenn sie bei ihm war, Lust, wenn sie so dicht neben ihm lag, dass ihr süßer Duft ihn voll und ganz umhüllte, ja, ihn regelrecht erfüllte. Im ersten Moment war er erschrocken über sich selbst, wollte sie aufwecken oder schlafend rüber in ihr eigenes Bett tragen. Aber gleichzeitig wollte er ihren weichen Körper weiter spüren, wollte sie, die er doch so sehr liebte, nicht aus seinem Bett verscheuchen. Liebe, das war es, was er für sie empfand. War es da verwerflich oder nicht sogar ganz normal, dass sich in seine Liebe auch ein Lustgefühl mischte? Wo war die Grenze? Er legte beide Arme um sie, zog sie so fest an sich, dass es ihm unmöglich war, sie irgendwo anders zu berühren, dort, wo sie es vielleicht nicht gewollt hätte.

Ein paar Wochen lang blieb es so, nachts kam sie zu ihm, schlief auf seine Brust gebettet ein, während er sie fest mit beiden Armen umschlungen und sich damit selbst im Zaum hielt. Doch dann, als er einmal gegen Morgen erwachte, ihren heißen Atem auf seinem Gesicht spürte und ihre Hand schon wieder gefährlich nah neben der Stelle lag, wo er sie am meisten hinsehnte, wurde ihm klar, dass die Grenze zwischen Liebe und Lust sich auflöste. Wenn er sie jetzt nicht wegschickte, würde er diese Grenze überschreiten. Ganz vorsichtig, als wolle er sich selbst nur ein wenig testen, beugte er sich über sie und fing an, sie zärtlich zu küssen. Vorsichtig, aber alles andere als harmlos, das wusste er, auch wenn er sich Mühe gab, sich selbst das Gegenteil einzureden.

Sie wurde wach, war im ersten Moment verwirrt, wusste nicht, wie ihr geschah, und sah ihn aus ängstlichen Augen an. Aber nicht nur Angst meinte er darin zu lesen. Nein, er war sich sicher, auch bei ihr dieselbe Lust zu entdecken, die schon eine Weile wie ein Schwelbrand in ihm war. Trotzdem rückte sie ab von ihm, krabbelte aus seinem Bett und verschwand in ihrem Zimmer. Ließ ihn voller Scham und Schuldgefühlen zurück.

Drei Nächte später war sie wieder da. Sagte nichts, schmiegte sich einfach an ihn und erwiderte diesmal seinen Kuss, als er es noch einmal versuchte. Die Grenze war überschritten, ein für alle Mal. Und so gingen sie Nacht für Nacht weiter, erkundeten gemeinsam immer neues Terrain in diesem unbekannten Land, das sie zusammen entdeckt hatten.

Er wusste, dass es falsch war, was sie taten, und doch konnte er nicht anders, wurde süchtig danach, mehr und mehr. Nicht nur nach ihren Berührungen, sondern auch nach dem Geheimnis, das sie miteinander teilten. Und es war ein Geheimnis, das war auch ihr klar, selbst wenn sie es niemals sagte. Unausgesprochen hatten sie einen Pakt geschlossen, einen Pakt darüber, dass sie es niemals jemandem sagen würden. Niemandem. Denn das konnten sie nicht. Nicht als Bruder und Schwester. Und nicht als die Kinder, die sie noch waren.

»Das ist gut«, war meine erste und wohl ziemlich verwirrte Reaktion, nachdem ich Patricks Buch sinken ließ. Ich war schockiert und fasziniert zugleicht. Sein erster Roman handelte ausgerechnet von einer Geschwisterliebe?

»Ja«, sagte Patrick. »So gut, dass damals fast alle glaubten, ich hätte mir das nicht nur ausgedacht.« Er sah mich unsicher an, fast so, als würde er sich schämen. »Vera eingeschlossen«, fügte er hinzu.

»Vera?« Er nickte.

»Sie dachte, das wäre wirklich passiert, als sie ein Kind war, und sie hätte es vergessen. Ich habe lange gebraucht, um sie davon zu überzeugen, dass ich sie nie angerührt habe.«

»Hat sie das denn ernsthaft gedacht?«

»Eigentlich nicht«, sagte er. »Aber das Gerede, das aufkam, nachdem ich den Roman veröffentlicht hatte, hat sie ziemlich verunsichert.«

»Verstehe.«

»Ich bin damals sogar zusammen mit Vera zu ihrem Therapeuten gegangen, um ihr dort zu versichern, dass ich ihr nie etwas angetan habe.«

»Vera ist in Therapie?«

»Das war sie«, antwortete Patrick. »Seit der Pubertät ging es meiner Schwester eine Zeit lang nicht so gut. Sie hatte Angstanfälle, Panikattacken.« Patrick hob die Hände. »Irgendwie verständlich, der frühe Tod unserer Eltern und der Umstand, dass wir als Familie auseinandergerissen worden waren – das alles hat sie nicht so gut verkraftet, es hat sie durcheinandergebracht.«

»Und dann veröffentlichst du auch noch diesen Roman ...«

»Tja.« Patrick sah mich bedauernd an. »Ich hielt es für eine tolle Geschichte, damals habe ich mir gar keine großen Gedanken gemacht.«

»Warum«, wollte ich wissen, »hast du mir das Buch jetzt gezeigt?«

»Verstehst du das nicht?«

»Nein.«

»Ich wollte eigentlich nicht, dass du es liest. Es ist ja schon so lange her, dass ich es geschrieben habe, und obwohl ich diesem Roman meine Karriere als Schriftsteller zu verdanken habe, hat die Sache damals doch auch so großen Schaden angerichtet, dass ich manchmal wünschte, ich hätte ihn nicht veröffentlicht. Aber dafür war es zu spät, das Buch war da, und fast hätte es die Beziehung zwischen Vera und mir zerstört.« Er machte eine Pause, legte sich wieder zu mir aufs Sofa und nahm mich in den Arm. »Aber als ich dich eben so verzweifelt und traurig gesehen habe ... als du mir erzählt hast, wie sehr du dich für die Dinge schämst, die in deinem Kopf sind – da hatte ich plötzlich das Bedürfnis, dich auch in meinen Kopf gucken zu lassen. Dir etwas anzuvertrauen, für das ich mich auch schäme.«

»Aber das ist nur ein Buch.«

»Ein Buch, das aus meinem Kopf kommt, das meinen Gedanken,

meiner Fantasie entsprungen ist. Verstehst du, was ich meine? Die Gedanken sind frei, so ist das eben. Und das kann Segen und Fluch zur gleichen Zeit bedeuten.«

»Danke, dass du es mir gezeigt hast«, sagte ich.

»Komm«, mit einem Mal sprang Patrick vom Sofa auf. »Lass uns deine Dämonen verjagen. Ein für alle Mal!«

»Wie denn?« Ich sah ihn verblüfft an.

»Indem wir sie rausholen, einen nach dem anderen!«

»Und wie soll das funktionieren?« Statt mir zu antworten, griff er nach meiner Hand und zog mich hoch. »Was wird das?«, wollte ich wissen, aber er schüttelte nur stumm den Kopf.

»Frag nicht, komm einfach mit!« Während er sprach, zog er mich an der Hand hinter sich her, durch den Flur hinüber in die Küche. Ich ahnte, was er vorhatte, und als er sich zu mir umdrehte und tatsächlich das große Fleischermesser in der Hand hielt, wich ich zurück. Aber Patrick ließ mich nicht los. »Da!« Er streckte mir das Messer entgegen. »Nimm es!«

Ich zögerte, mein Körper begann wieder zu zittern, denn ich musste das Messer nur ansehen, es nur in greifbarer Nähe haben, schon erwachte der Dämon tatsächlich in meinem Kopf.

»Los, Marie!« Patricks Ton war jetzt fast herrisch. »Nimm es in die Hand. Das Messer ist deine Vogelspinne, das, vor dem du Angst hast. Und du kannst diese Angst nur besiegen, wenn du dir selbst beweist, dass nichts passieren wird.«

Ich versuchte, nach dem Messer zu greifen, aber das Zittern in mir wurde immer stärker. Schon sah ich Patricks Blut überall gegen die Küchenfliesen spritzen.

»Ich kann nicht. Ich kann das einfach nicht.«

»Natürlich kannst du!«

»Nein!« Panik stieg in mir auf, mir wurde schwindelig, und ich hatte das Gefühl, jeden Moment umzukippen. »Bitte!«, flüsterte ich, »bitte lass mich!«

»Nein, Marie!«, insistiere Patrick, als ginge es um Leben und Tod.

Und genau darum ging es in diesem Moment, um mein Leben oder seinen Tod oder unser aller beider, ich konnte keinen klaren Gedanken mehr fassen, in meinem Kopf ging alles drunter und drüber.

»Ich will dir helfen, Marie, und wenn ich dich dafür quälen muss, werde ich das tun.«

Ein Ruck ging durch meinen Körper, wie eine gewaltige Welle aus purem Adrenalin schossen Gefühle durch meine Adern: Panik, Wut, Angst, Lust, Bitterkeit, Trauer, Hass.

»Nimm das Messer weg!«, brüllte ich ihn an. »Ich werde dich sonst umbringen! Ich werde dir die Kehle durchschneiden und dich niedermetzeln, dich abstechen wie eine Sau!«

»Das wirst du nicht«, sagte er ganz ruhig, obwohl ich knurrend wie ein Tier vor ihm stand. »Du wirst es nicht tun, Marie, du kannst mich nicht töten. Ich vertraue dir. Also vertrau dir auch, ein kleines bisschen nur, ich bitte dich!« Ganz langsam und vorsichtig kam er noch einen Schritt näher, die Messerklinge blitzte gefährlich auf.

Ich versuchte, meinen Kopf abzuwenden, verdrehte die Augen, sodass ich die Waffe nicht mehr sehen musste. Aber er ließ mir keine Chance, blitzschnell ließ er meine Hand los, fasste mich unters Kinn und zwang mich, ihn und das Messer wieder anzusehen.

»Nimm es!« Damit drückte er mir den Griff in die Hand, wie im Reflex umklammerte ich die Waffe, hielt sie zitternd und heulend fest, versuchte die Bilderflut, die allein das Gefühl, es in der Hand zu halten, in mir auslöste, zu stoppen. Bilder, Bilder, Bilder, noch schlimmer, als ich sie jemals zuvor gesehen hatte.

Vor meinem inneren Auge sah ich mich über Patricks toten Körper gebeugt, sah, wie ich ihm Hände, Füße, Beine und Arme mit dem Fleischermesser abtrennte, wie ich seinen Kopf abhackte, seine Wirbelsäule durchtrennte, bis nur noch sein blutüberströmter Rumpf vor mir lag.

»Nein! Nein! Nein!« Ich warf meinen Kopf hin und her, schaumiger Speichel, der sich vor meinem Mund gesammelt hatte, flog durch die

Küche, bespritzte mich und Patrick, der nicht einen Millimeter zurückwich, sondern wie ein Fels vor mir stehen blieb, meine freie Hand, die ihn wegstoßen wollte, mit seiner wie in einem Schraubstock umklammert hielt. »Nein!«

»Halt es aus«, sagte Patrick ruhig. »Halt es einfach nur aus. Es geht vorbei, bitte glaub mir! Du musst es nur einen Moment aushalten, dann geht es vorbei.«

Aber es ging nicht vorbei, noch immer zitterte ich, als hätte man mich unter Starkstrom gesetzt, noch immer tobte der unwiderstehliche Drang in mir, Patrick die Klinge in den Bauch zu rammen.

»Es hört nicht auf«, wimmerte ich, »es hört einfach nicht auf!«

»Doch, das wird es. Vertrau darauf.« Als hätte er nicht mit mir, sondern mit meinem Zwang gesprochen, als hätte er eine geheime Beschwörungsformel gefunden, um ihn im Zaum zu halten, ließ das Zittern mit einem Mal tatsächlich nach.

Noch zuckten und zerrten die Schreckensbilder an mir, als wollten sie den Kampf nicht so ohne Weiteres aufgeben, aber ich spürte, wie der Dämon in mir schwächer und schwächer wurde, wie er anfing zu kapitulieren, zu kapitulieren vor diesem Widerstand, der ihm plötzlich entgegengesetzt wurde.

»Siehst du?«, flüsterte Patrick, als er merkte, dass ich mich ein wenig beruhigte, »es hört auf. Es hat keine Macht über dich, es kann dir nichts anhaben, wenn du dir nur selbst vertraust.«

Ich sah auf das Messer, das ich noch immer hielt. Und als würde mich all meine Kraft in diesem Moment verlassen, ließ ich es los, sodass es klirrend zu Boden fiel.

Fassungslos starrte ich auf die Waffe, die da zu meinen Füßen lag. Ein Messer, es war einfach nur ein simples Küchenmesser, nichts weiter. Ich hatte Patrick nicht damit getötet, das hatte ich nicht. In Gedanken, ja, da hatte ich es getan.

Aber ich hatte die Gedanken ausgehalten und sie damit besiegt, sie waren nicht stärker als ich gewesen, ich hatte mich unter Kontrolle, hatte dem Zwang mit Patricks Hilfe die Stirn geboten.

Ich wusste nicht, was genau Patrick Vera und Felix erzählt hatte, er hatte mir versprochen, ihnen nicht zu sagen, woran ich litt. Aber irgendeine Erklärung musste er ihnen gegeben haben, denn als ich sie ein paar Tage später wieder sah, verhielten sich beide absolut normal. Als wäre nichts gewesen. Sie zeigten auch keine Spur dieser falschen Freundlichkeit, die ich nach Celias Tod so oft erleben musste und bei der ein unüberhörbares »Sei nett zu der Armen!« mitschwang. Eine Art von Freundlichkeit, die mich erst recht zu einer Aussätzigen stempelte. Wie auch immer Patrick das hinbekommen, was auch immer er ihnen erzählt hatte – ich war ihm unendlich dankbar dafür.

Überhaupt konnte ich nicht fassen, was er seit meinem Geständnis alles für mich tat. Oder, besser gesagt: was er *nicht* tat. Er hatte sich informiert, hatte alles Mögliche gelesen über diese seltsame Krankheit, die mich quälte, und verhielt sich mir gegenüber genauso, wie es in jedem praktischen »Leben mit einem Zwangserkrankten«-Ratgeber nachzulesen ist. Eben, indem er mich *nicht* vor heiklen Situationen schützte. Indem er nicht mein »Komplize« wurde, der versuchte, mir vermeintlich alles zu erleichtern, sondern indem er mich im Gegenteil dazu zwang – ja, auch das war ein Zwang, aber ein hilfreicher – mich wieder mit der »echten« Welt auseinanderzusetzen.

Ich musste mit ihm zusammen kochen und dabei Gemüse schneiden. Einkaufen gehen und im Supermarkt ausgerechnet die Kasse wählen, an der eine Mutter mit ihren zwei Kleinkindern stand. In der U-Bahnstation sorgte Patrick dafür, dass er beim Einfahren des Zuges direkt vor mir stand und witzelte darüber, dass ich ihn jederzeit auf die Gleise schubsen könnte. Und nachts, vor allem nachts war er da, wenn ich nicht schlafen konnte und vor mich hin flüsterte, was ich ihm alles antun könnte. Dann hielt er mich fest, küsste mich und lachte manchmal sogar über meine absurden Fantasien, half mir, die Gedanken auszuhalten, so lange, bis sie vorüberzogen.

Es funktionierte, mit der Zeit wurde ich ruhiger, gelassener, sicherer. Zwar war es mir schon einmal gelungen, meine Zwangsgedanken in die Schranken zu weisen, sie in eine Art Hintergrundgeräusch zu verwandeln, aber jetzt, mit Patricks Hilfe, hatte ich zum ersten Mal die Hoffnung, dass ich sie vielleicht eines Tages ganz loswerden könnte. Ich traute mich sogar, meine Fantasien wieder aufzusprechen, nachdem Elli, mit der ich nach wie vor mailte, mich davon überzeugt hatte, wie wichtig das war. Und diesmal tat ich es nicht nur für mich – ich tat es auch für Patrick. Jedenfalls sah Elli das so.

»*Du hast so ein irrsinniges Glück!*«, schrieb sie mir in einer ihrer Mails. »*Was beneide ich dich um diesen Mann! Halt den bloß gut fest!*« Genau das hatte ich vor.

Christopher blickt angestrengt zu Boden, als Marie eine Pause macht und zu ihm rübersieht. Er hat sich mit ein bisschen Abstand zu ihr und Dr. Falkenhagen auf einen Sessel in der Ecke gesetzt und fixiert seine Turnschuhe, als gäbe es da etwas Interessantes zu entdecken. Sie ahnt, was er gerade denkt, nein, sie weiß es ganz genau, dafür kennt sie ihn zu lange: *Ich hätte es sein müssen. Marie hätte* mich *gebraucht in dieser Zeit, ich hätte für sie da sein, ihr helfen sollen!* Jetzt hebt er den Kopf, sieht sie an, und an seiner Miene kann sie ablesen, wie recht sie mit ihrer Vermutung hat.

»Christopher«, sagt sie und lächelt ihn an. »Du kannst nichts dafür, es ist nicht deine Schuld. Du konntest ja nicht wissen, was mit mir los ist, ich habe es dir nicht gesagt.« Statt einer Antwort senkt er wieder den Kopf und blickt erneut auf seine Turnschuhe.

»Es ist grausam, Ihnen das zu erzählen«, wendet Marie sich an Dr. Falkenhagen.

»Grausam?«, fragt der Arzt.

»Natürlich. Wenn ich mich daran erinnere, was Patrick alles für mich getan und wie er mich unterstützt hat – ist es da nicht umso grausamer, dass ich ihn umgebracht habe? Vor allem, *weil* er mir so sehr vertraut hat, dass er mir die Tatwaffe sogar noch selbst in die Hand gedrückt hat, im wahrsten Sinne des Wortes.«

»Ja«, stimmt Jan Falkenhagen ihr zu. »Das erscheint tatsächlich grausam.« Er räuspert sich, Christopher hingegen ist ganz still, keinen Mucks gibt er von sich. »Aber ich habe immer noch kein klares Bild vor Augen. Mögen Sie uns«, er wirft einen Blick auf Maries Exmann, »erzählen, was weiter geschah?«

»Mögen ist das falsche Wort«, versucht Marie einen Scherz. »Aber gut.«

Etwa zwei Wochen später waren wir von Vera und Felix zu einem Spieleabend eingeladen. »Eine richtig schön spießige Veranstaltung«, hatte Patrick erklärt, mit »Monopoly« oder »Mensch ärgere dich nicht!« oder »Risiko«.

Vera und Felix waren nicht zu Hause, als wir pünktlich um sechs Uhr bei ihnen klingelten.

»Typisch«, stellte Patrick fest, »laden uns ein und sind noch nicht da.«

»Hast du keinen Schlüssel?«

»Hatte ich. Aber die Tür hat seit Neuestem ein Zahlenschloss, und ich kenne den Code nicht.«

»Macht nichts.« Ich hangelte mich auf den Mauervorsprung neben der Eingangstreppe und ließ die Füße baumeln. »Warten wir eben und knutschen solange ein bisschen.« Ich griff nach seiner Hand, zog ihn an mich und legte meine Arme um seine Taille.

»Keine schlechte Idee.« Er erwiderte meine Umarmung, küsste mich und wie meistens, wenn er mich nur berührte, verspürte ich sofort ein angenehmes Kribbeln im Bauch. »Na?«, grinste er zwischen den Küssen, »irgendwelche Mordfantasien?« Ich schüttelte den Kopf.

»Im Moment nicht.«

»Gut, dann können wir ja weitermachen.« Ein paar Minuten knutschten wir weiter, bis Patricks Handy klingelte.

»Wer stört?«, wollte er wissen, als er den Anruf entgegennahm und mir dabei zuzwinkerte. »Geht nicht«, sagte er als Nächstes, »ich kenn ja den Code nicht.« Nach einer kurzen Pause dann: »Ah, okay.« Wieder eine Pause. »Vera, da kommt doch jeder drauf!« Pause. »Ja, schon klar. Dafür, dass du Schauspielerin bist, ist dein Gedächtnis echt ein Sieb!« Pause. »In Ordnung, bis gleich!« Er legte auf. »Vera und Felix«, erklärte er. »Stecken vorm Elbtunnel fest. Kann noch etwas dauern, bis sie hier sind.«

»Kein Problem, ich amüsiere mich bestens mir dir allein.«

»Aber lass uns besser drinnen weitermachen«, schlug er vor,

»Vera hat mir den Zahlencode verraten.« Er verdrehte die Augen.

»Ihr Geburtsdatum, wie einfallsreich!«

»Ziemlich leichtsinnig.«

»Außer Texten kann Vera sich kaum was merken« Patrick lachte. »Die vergisst sogar ihre eigene Telefonnummer, da muss der Code natürlich möglichst simpel sein.« Er schüttelte den Kopf. »Ich hätte ja einfach das normale Schloss dringelassen, aber gut.«

Er ging zur Haustür, tippte die Zahlenkombination ein, die kleine Leuchte überm Nummernfeld sprang auf »Grün«, und ein deutliches Klicken signalisierte, dass sich das Schloss geöffnet hatte.

»Dann können wir zwei ja schon mal mit dem Spieleabend beginnen«, sagte ich, als wir im Flur standen.

»Gute Idee«, erwiderte er und fing an, meine Bluse aufzuknöpfen.

»Patrick, wir sind hier nicht zu Hause.«

»Erstens *war* das hier mal mein Zuhause, und zweitens finde ich die Vorstellung gerade sehr reizvoll, dich hier …«

»Vera und Felix können jeden Moment auftauchen«, unterbrach ich ihn lachend. »Willst du sie so im Flur empfangen?«

»Das kennen sie ja schon.« Bevor ich etwas erwidern konnte, verschloss er mir mit einem Kuss den Mund, streifte mir meine Bluse von den Schultern und zog mich mit sich zu Boden. Ich wehrte mich nur ein klitzekleines bisschen. Das war es doch, was ich mir die ganze Zeit gewünscht hatte: das Leben einfach wieder zu leben, ohne Ängste und Sorgen.

Wir waren gerade dabei, uns anzuziehen, als wir Veras Auto in der Einfahrt hörten. Kichernd beeilten wir uns, und als die Haustür aufging, waren wir wieder anständig bekleidet. Allerdings mit erhitzten Gesichtern und grinsend wie Kinder, die man um ein Haar bei einem besonders schlimmen Streich erwischt hätte.

»Scheiße!«, schimpfte Felix, während er seine Jacke achtlos auf den Boden neben der Garderobe warf. »Dass Vera auch unbedingt durch den Tunnel wollte! War doch klar, dass der um diese Uhrzeit dicht ist!« Er nickte uns nur kurz zu und ging dann an uns vorbei Richtung Esszimmer. »Ich brauch erst mal ’nen Drink!«

»Guten Abend, Felix!«, rief Patrick ihm nach. »Freut mich auch, dich zu sehen!«

»Er ist schon wieder auf hundertachtzig«, sagte Vera, die uns mit Wangenküsschen begrüßte. »Hat im Auto die ganze Zeit gezetert, als wäre das ein Weltuntergang.« Sie zuckte mit den Schultern. »Na, dann hat er wenigstens mal wieder einen Grund, sich einen zu genehmigen.« Patrick nickte und sah dabei alles andere als glücklich aus.

Insgeheim fragte ich mich, weshalb Felix’ Geschwister nicht versuchten, ihn vom Trinken abzuhalten. Ließen sie ihm deshalb so viel durchgehen, weil er es immer schwerer gehabt hatte als sie?

»Wenn wir spielen, geht es ihm besser«, raunte Patrick mir zu.

»Das liebt er!«

Tatsächlich, kaum hatten wir am Tisch Platz genommen und angefangen, Monopoly zu spielen, war Felix wie ausgewechselt.

Eben noch mürrisch und übellaunig, verwandelte er sich in ein begeistertes Kind, das jedes Mal vor Freude laut aufschrie, wenn es wieder eine Straße, ein Haus oder sogar ein Hotel kaufen oder von einem seiner Mitspieler abkassieren konnte.

»Ha!«, rief Felix, als Patrick auf seiner dicht bebauten Goethestraße landete, »jetzt mach ich dich fertig!« Die Freude, die er empfand, zeigte er ganz unverhohlen, und mit jedem Schluck Wein, den er sich nach dem Whiskey eingegossen hatte, wurde deutlicher, dass es vor allem Patricks Niederlagen waren, auf die er es abgesehen hatte. Dabei machte er auch eigentlich unsinnige Spielzüge, wenn er nur seinem Bruder schaden konnte.

Je weiter das Spiel voranschritt, umso mehr verkrampfte ich innerlich. Bemerkte denn niemand außer mir, wie feindselig Felix gegenüber Patrick war? Seine Geschwister schienen sich nicht daran zu stören, sie lachten, als wäre es das Normalste der Welt, wenn Felix lallend gegen seinen Bruder pöbelte. »Da guckst du, was?«, raunzte er, als Patrick ihm fast seine gesamte Barschaft an Spielgeld rüberschieben musste; und als es für ihn ins Gefängnis ging, konnte Felix sich kaum halten vor Gelächter.

»Gewonnen!«, rief er zwei Stunden später, und reckte beide Arme in die Höhe. »Gewonnen! Gewonnen! Gewonnen!« Patrick und Vera lächelten nur nachsichtig. »Kommt«, forderte Felix uns auf. »Lasst uns noch eine Runde spielen!«

»Ich hab für heute genug«, lehnte Vera ab, »noch eine Runde dauert mir zu lange.«

»Spielverderberin!«

»Vera hat recht«, meinte auch Patrick. »Es ist gleich elf«, er warf mir einen Blick zu, »und Marie sieht auch müde aus.«

»Du hast doch nur Schiss, dass du wieder verlierst!«

»Kann sein«, Patrick ließ sich nicht provozieren, »aber ich glaube, keiner von uns hat Lust auf eine zweite Runde.«

»Du auch nicht, Marie?«, wandte Felix sich an mich. In seinem Blick lag etwas Lauerndes.

»Nein, Felix«, ich schüttelte den Kopf. »Mir reicht es für heute eigentlich auch.«

»Verstehe.« Felix griff nach seinem Glas und nahm einen großen Schluck. Dann stellte er den Wein ab und beugte sich so weit zu mir vor, dass sein Gesicht direkt vor meinem war. »Du siehst auch wirklich müde aus.« Obwohl das eine vollkommen harmlose Feststellung war, sträubten sich mir die Nackenhaare.

»Bin ich auch«, murmelte ich.

»Kann ich mir vorstellen.« Er lehnte sich zurück und verschränkte die Hände im Nacken. »Aber bevor ihr geht, erzähl doch mal!«

»Was soll ich erzählen?«, fragte ich.

»Drei Mal darfst du raten«, sagte er, »komm schon, wir sind neugierig! Was ist das für eine durchgeknallte Krankheit, die du hast?«

Ich brauchte ein paar Schrecksekunden, bis ich begriff, was Felix meinte. Dann fuhr ich zu Patrick herum und starrte ihn vollkommen fassungslos an.

»Du hast es ihnen gesagt?«

12

»Was war so schlimm daran, dass Patrick seinen Geschwistern gesagt hat, woran Sie leiden?«, will Dr. Falkenhagen wissen.

»Na, ich bitte Sie!«, schaltet Christopher sich an ihrer Stelle ein. »Das ist doch wohl ein ziemlicher Vertrauensbruch!«

»Haben Sie das auch so empfunden, Frau Neumann?«, fragt der Arzt.

»Zuerst schon, ja«, antwortet sie. »Er hatte mir ja versprochen, dass das unter uns bleibt.« *Versprochen ist versprochen und wird auch nicht gebrochen!* »Und als Felix mich so plötzlich damit überraschte, war das nicht nur ein Schock für mich – ich war auch unheimlich verletzt.«

»Dieser Felix gefällt mir nicht!«, sagt Christopher.

»Herr Neumann«, ermahnt ihn der Arzt. »Ich möchte Sie bitten, still zu sein, sonst müssen Sie mein Büro verlassen.«

»Entschuldigung, mich regt das einfach alles sehr auf.«

»Das verstehe ich, aber Sie müssen trotzdem ruhig sein.« Christopher fängt an, sich wieder mit seinen Turnschuhen zu beschäftigen.

Und obwohl Marie gerührt ist, wie sehr die Sache ihren Exmann mitnimmt, denkt sie für den Bruchteil einer Sekunde:

Ja, jetzt bist du hier und willst mitreden – aber wo warst du damals? Wo?

»Es hat Sie also verletzt«, fragt der Arzt weiter und macht sich eine Notiz in seinem Block. Marie nickt.

»Ja, das hat es. In dem Moment war es, als hätte Patrick mich verraten. Oder vielleicht sogar *uns* verraten, das Geheimnis, das wir miteinander geteilt haben, nur er und ich.«

»Das ist ein interessantes Wort, Verrat.«

»So habe ich es empfunden.«

»Wie hat Patrick diesen ›Verrat‹, wie Sie es nennen, begründet?«

»Er ist sofort in die Offensive gegangen, hat Felix angefahren, warum er nicht einfach seine Klappe halten kann und mir dann erklärt, dass er mich schützen wollte.«

»Schützen?«

»Ja. Er dachte, es sei besser, Vera und Felix einzuweihen und ihnen zu erklären, dass ich eine Krankheit habe, statt sie in dem Glauben zu lassen, ich würde aus Lust und Laune darüber nachdenken, wie ich ihn umbringen kann.«

»Klingt schlüssig.«

»Das tut es«, pflichtet Marie ihm bei. »Und nach dem ersten Schock habe ich es genauso gesehen. Ich wusste ja, dass Patrick es nicht böse meinte, dass er mir einfach nur helfen wollte.«

»Wussten Sie das wirklich?« Der Arzt hält im Schreiben inne.

»Wie meinen Sie das?«

»So, wie ich es sage.« Sie hört, wie Christopher scharf die Luft einzieht, und merkt, dass er sich am liebsten wieder einmischen würde. Aber er beherrscht sich.

»Denken Sie, dass ich in Wahrheit doch wütend auf Patrick war?«, will Marie wissen.

»Vielleicht«, bestätigt der Arzt.

»So wütend, dass ich ihn deshalb umgebracht habe? So

wütend, dass das mein Motiv gewesen sein könnte?« Sie lacht trocken auf. »Das ist lächerlich! Wegen so etwas tötet man doch keinen Menschen!«

»Es sind schon Menschen für weniger als einen Vertrauensbruch ermordet worden«, wendet Jan Falkenhagen ein.

»Das ist absoluter Unsinn!« Nun kann Christopher doch nicht mehr an sich halten.

»Herr Neumann!«, ruft der Arzt ihn zur Ordnung.

»Nichts da, Herr Neumann!« Christopher springt von seinem Sessel auf und macht zwei Schritte auf Dr. Falkenhagen zu. »Ich sagen Ihnen jetzt mal was! Was ich bisher verstanden habe, ist, dass aggressive Zwangsgedanken nicht umgesetzt werden. Dass sie zu keiner Tat führen. Richtig?«

»Richtig«, bestätigt Jan Falkenhagen.

»Dann sollten Sie, statt hier nach hanebüchenen Motiven zu suchen, besser herausfinden, wie das passieren konnte. Was mit meiner Frau«, er lässt das »Ex« weg, »geschehen ist, was sie hierhergebracht hat!«

»Herr Neumann«, erwidert der Arzt, immer noch freundlich und gelassen, »genau das versuche ich.«

»Davon merke ich nichts! Sie stochern nur im Nebel herum!«

»Würden Sie sich bitte wieder hinsetzen?«, fordert Dr. Falkenhagen ihn auf. »Wir kommen sonst hier nicht weiter.« Christopher sieht so aus, als würde er noch etwas sagen wollen – aber dann schweigt er doch und nimmt schließlich wieder Platz.

»Es gab also keinen Streit zwischen Ihnen, weil Patrick es seinen Geschwistern erzählt hat?«, fragt Jan Falkenhagen.

»Nein, den gab es nicht. Patrick hat mir erklärt, weshalb er Vera und Felix eingeweiht hat, und ich habe es verstanden. Damit war die Sache für mich erledigt. Nur für Felix – für Felix war sie nicht erledigt.«

Felix war geradezu fasziniert von meiner Krankheit. Wann immer ich ihn in den nächsten Tagen sah – und das geschah häufiger, seltsamerweise hatte er ständig einen Grund, unangemeldet bei Patrick aufzutauchen; mal wollte er dringend ein Buch ausleihen, dann wieder brauchte er irgendwelche Unterlagen für den Steuerberater, die Patrick bei sich zu Hause hatte, als Nächstes wollte er das geliehene Buch zurückbringen –, versuchte er, mich über meine Zwangsgedanken auszufragen. Ich beantwortete ihm ein paar seiner Fragen, denn ich wollte nicht unhöflich sein. Allerdings hielt ich mich dabei immer ziemlich knapp, sagte nur das Nötigste und erklärte ihm, dass er alles darüber im Internet nachlesen könne, wenn es ihn wirklich interessieren würde.

»Jetzt lass Marie doch mal in Ruhe!«, fuhr Patrick seinen Bruder eines Tages an, als er mal wieder unter irgendeinem Vorwand – ich glaube, diesmal ging es um eine Unterschriftenaktion für die Wahrung des Urheberrechts, für die Felix sich engagierte und Stimmen sammelte – unangemeldet vor der Tür stand und sich dann noch auf ein Glas Wein zu uns an den Gartentisch gesetzt hatte. »Deine ständige Fragerei geht ihr auf die Nerven, merkst du das nicht?«

»Verzeihung!« Felix hob in abwehrender Haltung beide Hände. »Ich kenne halt sonst niemanden, der so etwas hat.«

»Warum willst du das denn überhaupt alles so genau wissen?«, fragte ich.

»Weil ich es unglaublich interessant finde.« Er sah mich voller Bewunderung an, nahezu euphorisch, als hätte ich irgendetwas, auf das ich mächtig stolz sein konnte. »Ich meine, was in deinem Hirn so abgeht – das ist doch total spannend.«

»Danke«, gab ich zurück, »ich könnte gut darauf verzichten. Aber es freut mich, wenn es dich unterhält!«

»Nein, wirklich!«, ereiferte Felix sich. »Das ist ja wie ein Krimi im Kopf, so was kann man sich gar nicht ausdenken!« Sein Blick bekam etwas Geistesabwesendes. »Das Leben schreibt doch wirklich die besten Geschichten.«

»Oder die gruseligsten«, ergänzte ich.

»Dann ist es eben eine Horrorgeschichte«, erwiderte Felix mit einem breiten Grinsen.

»Wie dem auch sei«, ging Patrick dazwischen, »du hast jetzt deine Unterschrift, dein Glas ist auch fast leer, also kannst du eigentlich abzischen.«

»He! Schmeißt du mich etwa raus?«, wollte Felix wissen.

»Du hast es erkannt.« Patrick stand von seinem Stuhl auf. »Marie und ich wollen auch mal allein sein und nicht ständig mit meinem kleinen Bruder abhängen.«

»Okay, okay, ich geh ja schon.« Felix erhob sich ebenfalls, stürzte im Stehen schnell die letzte Pfütze Wein herunter und knallte das Glas dann auf den Tisch. »Dann macht euch mal einen schönen Abend, ihr zwei Turteltäubchen.«

»Danke«, sagte Patrick knapp.

»Bis bald, Marie«, verabschiedete Felix sich von mir. »Und nimm's mir nicht übel, wenn ich dich ausgefragt habe. Ich finde die Sache einfach wirklich nur extrem spannend.«

»Schon in Ordnung.« Ich war erleichtert, dass Felix sich endlich verzog. Es war eigenartig mit ihm – einerseits mochte ich ihn irgendwie, andererseits fühlte ich mich von ihm auch abgestoßen. Und ich wusste in beiden Fällen nicht, warum.

»Warum, denken Sie, hat Felix sich so für Ihre Zwänge interessiert?«, will Dr. Falkenhagen wissen.

»Warum schauen Menschen sich Gruselfilme an?«, fragt Marie zurück. »Warum gaffen sie bei Verkehrsunfällen auf der

Autobahn? Wieso beherrschen Krieg, Mord und Totschlag die Schlagzeilen in den Medien und nicht Friede, Freude, Eierkuchen?« Sie zuckt mit den Schultern. »Weil wir eben so sind. Das, was uns unheimlich ist, finden wir aufregend, vor allem, wenn es uns selbst nicht betrifft. Es ist eine Faszination, der wir uns kaum entziehen können. So, wie Patrick es mal gesagt hat: In jedem von uns steckt ein Dr. Jekyll und ein Mr Hyde.«

»Teilen Sie seine Meinung?«

»Ja, das tue ich. Und ich denke, dass es Ihnen auch nicht anders geht.«

»Mir?«

»Ja.« Marie spürt wieder einen Anflug von Ärger gegenüber diesem Arzt, der eigentlich nicht viel mehr tut, als belanglose Fragen zu stellen. Wie er sie damit heilen will, scheint ihr mehr als schleierhaft. »Sehen Sie sich doch mal an!«, spricht sie weiter. »Sie sind ein junger, gut aussehender Mann, dazu offenbar intelligent und gebildet. Und für welchen Beruf haben Sie sich entschieden? Sie sind Irrenarzt geworden!« Bei dem Wort verzieht er nicht eine Miene, im Gegenteil, die Andeutung eines Lächelns tritt auf sein Gesicht, die Bezeichnung scheint ihn zumindest zu amüsieren. »Aus irgendeinem Grund haben Sie beschlossen, damit Ihr Leben zu verbringen: mit Verrückten, Geisteskranken, Durchgeknallten. Jeden Tag. Halten Sie das für normal? Ich nicht!«

»Da kann ich Ihnen nicht widersprechen«, gibt der Arzt zu. »Offenbar bin ich ebenfalls von dem Dunklen, das in uns allen ist, fasziniert, sonst würde ich diesen Beruf wohl kaum ausüben.«

»Sehen Sie!« Marie spürt eine gewisse Befriedigung, offenbar hat sie den Nagel auf den Kopf getroffen!

»Aber das ist nicht alles«, fährt er fort. »Denn ich möchte gleichzeitig meinen Patienten helfen. Nun ja«, er lächelt verlegen, »pathetisch ausgedrückt sehe ich es als meine Aufgabe an, die Menschen dabei zu unterstützen, dieses Dunkle zu überwinden und wieder zurück ans Licht zu kommen.«

»Das ist echt pathetisch!« Christopher lacht. »Allerdings klingt es ganz gut.«

»Ja, das tut es«, findet auch Marie. »Und ich hätte auch nichts dagegen, wenn Sie langsam auch ein wenig Licht in *mein* Dunkel bringen würden.« Vor ihrem inneren Auge stellt sie sich vor, wie der Arzt eine Glühbirne anknipst, und plötzlich ist alles hell um sie und in ihr. Erleuchtung, dieses Wort fällt ihr ein, sie hätte so gern eine Erleuchtung. Doch nun, da es an der Zeit ist, den letzten Teil ihrer Geschichte zu erzählen, taucht sie wieder ein in die Dunkelheit. Die Dunkelheit ihres letzten Abends in Freiheit. Die letzten Stunden ihres Lebens, in denen sie noch keine Mörderin war.

Am zweiten Samstag im September begann die neue Spielzeit am Theater, und natürlich hatte Vera für Patrick, Felix und mich Karten für die Premiere besorgt. Das Eröffnungsstück war ein echter Klassiker, der so viele Leute wie möglich ins Schauspielhaus locken sollte, »Romeo und Julia« in einer, wie Vera es nannte, »08/15-Inszenierung«.

»Ich will ja auch gar nicht meckern«, sagte sie, als wir sie nach der Vorstellung hinter der Bühne zu ihrem Auftritt beglückwünschten, denn das Publikum hatte mit seinem Applaus ganze acht Vorhänge gefordert, »immerhin darf ich trotz meines hohen Alters noch die Julia spielen und nicht die Amme, das ist doch mal was!«

»Stimmt, eigentlich siehst du eher nach ›Miss Daisy und ihr Chauffeur‹ aus«, frotzelte Felix, lachte und gab Vera einen Kuss direkt auf den Mund.

»Lass das, du Idiot!« Sie stieß ihn von sich, offenbar hatte sein kindischer Witz sie ziemlich getroffen.

»Dann lasst uns mal zur Party gehen«, schlug Patrick vor, bevor die bis dahin gute Stimmung kippen konnte.

»Genau!«, pflichtete Felix ihm bei. »Nach dieser langweiligen 08/15-Aufführung haben wir uns ein bisschen Feiern verdient.«

»Also wirklich, du Idiot!«, zischte Vera ihm zu, während wir uns auf den Weg zur Kantine machten.

Die Premierenparty war noch ausgelassener als die erste, an der ich teilgenommen hatte. Vielleicht lag es auch daran, dass ich mich mittlerweile als Teil der Veranstaltung fühlte und nicht mehr so eingeschüchtert und verunsichert war, schließlich war es für jeden ersichtlich, dass ich zu Patrick und damit auch zu Vera, dem Star des Abends, gehörte. Das Schauspielhaus hatte sich nicht lumpen lassen und für gut zweihundert Gäste ein opulentes Büffet aufgefahren, Sekt, Wein und Bier flossen in Strömen, und natürlich war es mit Felix bald schon wieder vorbei. Ich sah ihn durch die Menge flanieren, ständig ein volles Glas in der Hand.

»Ich weiß, dass es mich nichts angeht«, sagte ich irgendwann zu Patrick, »aber denkst du nicht, du solltest mal ein ernstes Wort mit deinem Bruder reden?«

»Ja«, er folgte meinem Blick. »Das sollte ich wohl. In letzter Zeit hat es mit seiner Trinkerei wirklich ein bisschen überhandgenommen.« Er setzte ein schiefes Lächeln auf. »Ich hab ihm schon als Kind immer viel zu viel durchgehen lassen.«

»Ich meinte damit nicht, dass du dir die Schuld geben sollst.«

»Das tue ich aber ein bisschen. Ich hab ihn damals nach Frankfurt geschickt, und manchmal fürchte ich, dass ihn das mehr aus der Bahn geworfen hat, als ich wahrhaben will.«

»Unsinn!«, widersprach ich. »Du hast ihn ja schließlich nicht ins Heim gesteckt, oder so.«

»Nein, das nicht. Aber wenn ich ihn heute sehe ...« Patrick

seufzte. »Ich weiß ja, wie sehr es ihm wehtut, in meinem Schatten zu stehen. Aber was soll ich machen? Ich habe Rudolph Meissner seine Bücher sehr ans Herz gelegt, ihn bekniet, sie zu veröffentlichen. Mehr konnte ich doch nicht tun.«

»Natürlich konntest du das nicht«, sagte ich. »Und Felix ist schließlich erwachsen.« Fast tat es mir leid, dass ich das Thema angeschnitten hatte, Patrick war offensichtlich alles andere als gedankenlos, wenn es um seinen Bruder ging. Jetzt sah er so unglücklich aus, dass ich eher das Gegenteil vermutete, dass er sich viel zu viele Gedanken über Felix machte.

»Jetzt lass uns mal nicht über Felix reden«, sagte er, als hätte er meine Gedanken erraten. »Lieber möchte ich mir dir tanzen.«

»Tanzen?«, fragte ich und sah mich erstaunt um. »Hier tanzt doch gar keiner.«

»Doch.« Er schnappte mich beim Arm und führte mich hinter sich her zu einer Stelle, an der die Leute nicht so dicht gedrängt standen. »Wir! Und zwar jetzt!«

»Ich brauch eine Pause!«, stöhnte ich nach einer halben Stunde erschöpft, so sehr hatte Patrick mich über die nicht vorhandene Tanzfläche gewirbelt.

»Puh, ich dachte schon, das sagst du nie, und ich muss mir als Erster die Blöße geben, dass ich nicht mehr kann.«

»Nein«, japste ich. »Ich zerfließe.«

»Okay, dann also Pause.« Eine ältere Dame sprach Patrick an und teilte ihm mit, was für eine große Bewunderin seiner Arbeit sie sei.

»Unterhalt dich ruhig«, flüsterte ich ihm zu, »ich geh mal Vera suchen.«

»Alles klar, mach das.«

Vera stand direkt neben der Sektbar.

»Jetzt stoßen wir erst einmal miteinander an«, sagte sie, als ich bei ihr war. Ich nahm ihr das Getränk ab, das sie mir hinhielt. Als wir uns zuprosteten, tauchte auch Felix auf. Mit einer Hand stützte er sich am Tresen ab, offensichtlich hatte er schon leichte Schwierigkeiten zu stehen.

»Wohl bekomm's, die Damen!« Er deutete eine Verbeugung an, wobei das Glas Rotwein, das er in der Hand hielt, überschwappte. »Hupps!« Schnell setzte er das Glas an die Lippen und nahm einen großen Schluck.

»Felix? Wie viel hast du schon getrunken?«, fragte Vera.

»Keine Ahnung«, gab er hicksend zurück. »Aber noch lange nicht genug!« Wieder machte er eine Verbeugung und stolperte davon.

»Vielleicht sollten wir Felix nach Hause schaffen?«, fragte ich.

»Wenn er so weitermacht, werden wir das wohl müssen. Allerdings, wenn mein Bruder in dieser Stimmung ist, ist es nicht leicht, ihn davon zu überzeugen, dass die Party für ihn zu Ende ist.« Sie hielt mir noch ein Glas Sekt hin, aber ich lehnte ab.

»Ach, komm schon«, protestierte sie, »heute ist Premiere! *Meine* Premiere!«

»Ich will hier nachher nicht rumlaufen wie Felix«, sagte ich.

Vera lachte. »Also, davon bist du ja noch ziemlich weit entfernt.«

»Na gut.« Ich nahm das Glas, wir stießen ein weiteres Mal an.

»Weißt du«, sagte Vera, »ich bin wirklich richtig froh, dass wir uns kennengelernt haben. Nicht nur wegen Patrick. Du bist wie eine Schwester für mich.« Sie ließ ihr Sektglas gegen meins klirren, und wir grinsten uns an.

»Du auch für mich«, antwortete ich.

Irgendwann, vielleicht zehn Minuten später, merkte ich, dass mir schummrig wurde, und ich beschloss, auf Wasser umzusteigen und mich eine Weile in eine der Sitzecken am Rand des Saals zu verziehen. Vera blieb an der Sektbar zurück und unterhielt sich mit ihrem Regisseur. Ich war über die Pause ganz froh. Das letzte Glas mit Vera – es war vielleicht doch eins zu viel gewesen.

Kaum hatte ich Platz genommen, ließ Felix sich neben mich plumpsen und legte einen Arm um mich.

»Na?«, fragte er. »Schon kaputt?«

»Ein bisschen müde«, gab ich zu und schob seinen Arm zurück.

Ohne auf meine unfreundliche Geste zu achten, reichte er mir sein Weinglas. »Komm, nimm einen Schluck, das hilft.«

»Nein, danke. Ich hab für heute genug.«

»Das ist nicht fair! Mit meiner Schwester stößt du an und mit mir nicht!«

»Mit *einem* Glas kann man nicht anstoßen«, erwiderte ich.

»Ui! Ganz schön schlagfertig für eine Kindergärtnerin!«

»Vielen Dank«, gab ich zurück, »ein Test hat ergeben, dass mein IQ knapp über dem einer Amöbe liege.«

»So war das nicht gemeint«, lallte er.

»Schon gut.« Von einem Moment zum anderen hatte er sich vom Idioten in einen schuldbewussten Jungen verwandelt, dem man nicht richtig böse sein konnte.

»Ich bin echt ein Blödmann. Drum kriegt mein Bruder auch immer die tollen Frauen ab.«

»Du meinst die doofen Kindergärtnerinnen?«

Felix lachte. »Du bist in Ordnung«, sagte er und hielt mir noch einmal sein Glas hin. »Komm, wenigstens einen Friedensschluck!«

»Okay«, sagte ich, nahm das Glas und nippte daran. Als er mich weiter auffordernd ansah, leerte ich es ganz.

»Siehste«, er lächelte mich an, »hat doch gar nicht wehgetan.« Und ohne sich weiter um mich zu kümmern, stand er auf und wankte davon. Ich blieb sitzen und beobachtete die feiernde Menge. Der Klangteppich der Party lullte mich angenehm ein, und fast wäre ich weggenickt, wenn Patrick nicht auf einmal neben mir Platz genommen hätte.

»Sollen wir nach Hause fahren?«

Ich nickte müde. In diesem Moment tauchte Vera bei uns auf. Sie hatte ihren Bruder untergehakt, der kaum noch stehen konnte. »Ich bringe Felix nach Hause«, sagte sie mit genervtem Blick.

»Gut«, sagte Patrick. »Dann treten wir geschlossen den Rückzug an, Marie und ich haben auch genug.«

Er stand auf, streckte mir eine Hand entgegen und zog mich hoch. Kaum in der Senkrechten, bemerkte ich, dass ich ziemlich wackelig auf den Beinen war, fast wäre ich gestolpert. »Hoppla!«, rief Patrick. »Wird wohl echt Zeit für dich.«

Zu viert bahnten wir uns einen Weg durch die Menge. Als wir den Ausgang erreichten, fragte Patrick seine Schwester, ob sie wirklich ihren Bruder allein nach Hause bringen könne.

»Kein Problem«, sagte sie. »Ist ja nicht das erste Mal, dass ich ihn ins Bett verfrachten muss.«

»Gut«, meinte Patrick. »Dann lass uns morgen telefonieren.« Mit diesen Worten führte er mich hinaus auf die Straße, wo bereits ein paar Taxis standen. Ich spürte die kühle Nachtluft auf der Haut, atmete einmal tief ein – und das war's.

»Das war's?«, wiederholt Jan Falkenhagen.

Marie nickt. »Ja, das war's. Von diesem Moment an kann ich mich an nichts mehr erinnern.«

»Sind Sie bewusstlos geworden?«

»Kann sein, ich war plötzlich einfach weg.«

»Und dann?«

»Und dann?«, wiederholt Marie. »Das wissen Sie doch, das steht alles in meiner Akte.«

»Ja«, bestätigt Jan Falkenhagen. »Aber ich habe Ihnen schon erklärt, dass ich alles noch mal von Ihnen selbst hören möchte.«

»Wozu?«, meldet Christopher sich wieder zu Wort. »Um meine Frau noch mehr zu quälen?«

»Nein. Sondern damit sie sich vielleicht doch wieder erinnern kann, was genau passiert ist.«

»Sie hat doch schon gesagt, dass sie nichts mehr weiß!«

»Lass gut sein, Christopher«, sagt Marie. »Dr. Falkenhagen hat ja recht, ich muss mich erinnern. Ich muss es wenigstens versuchen.« Sie wendet sich wieder an den Arzt. »Leider kann ich Ihnen wirklich nicht sagen, was danach passiert ist. Das Nächste, woran ich mich erinnere, ist, dass ich neben Patrick im Bett aufgewacht bin. Dass er tot war. Und überall war Blut, so viel Blut!« Wieder steigen die Bilder in ihr auf, sie fröstelt.

»Sonst nichts?«, hakt der Arzt nach. »Nicht die kleinste Erinnerung? Sie wissen nichts mehr von dem Moment an, in dem Sie die Feier verlassen haben? Bis zu dem Augenblick, als Sie neben Patrick aufwachten?«

Marie schüttelt den Kopf. »Nein«, sagt sie leise. »Da ist gar nichts. Ich weiß nicht, wie wir zu Patrick gekommen sind, wie er mich ins Schlafzimmer gebracht hat und wie ich dann irgendwann in der Nacht ...« Sie kommt ins Stocken, fängt an zu schluchzen, kann nicht mehr weitersprechen.

»Marie!« Christopher ist hinter sie getreten und legt beschützend beide Hände auf ihre Schultern. »Es ist gut, Marie, du musst nicht darüber reden.«

»Ich will aber darüber reden!«, faucht sie ihn an und schüttelt seine Hände ab. »Ich wünsche mir nichts mehr, als darüber reden zu *können*! Aber das kann ich nicht, weil mein Kopf komplett leer ist! Nichts ist schlimmer als diese Ungewissheit!« Christopher seufzt und geht zurück zu seinem Platz.

»Das verstehe ich gut, Marie«, sagt Jan Falkenhagen. Zum ersten Mal nennt er sie beim Vornamen.

»Ich möchte mich so gern erinnern! Selbst wenn das bedeutet, dass ich wirklich ein Monster bin. Wenigstens wäre dann da nicht dieses schwarze Loch, dieser nagende Zweifel mehr!«

»Zweifel?«, fragt der Arzt.

»Ja«, antwortet sie. Denn das ist es, was sie fast umbringt: der Zweifel. Der Zweifel daran, dass sie es getan hat. Dass sie allein die Schuld an Patricks Tod trägt. »Solange ich mich nicht an alles erinnern kann, werde ich nie ganz sicher sein, dass ich es wirklich war.«

»Sie wissen, dass die Beweise eindeutig sind«, erinnert Jan Falkenhagen. »Die Tatwaffe in Ihrer Hand, die Fingerabdrücke, das Blut des Opfers an Ihnen. Sie haben gegenüber der Polizei die Tat sofort gestanden. Alle Zeugen des Abends haben ausgesagt, dass Sie mit Patrick Gerlach in ein Taxi gestiegen sind. Allein.«

»Das weiß ich doch selbst!«, gibt Marie trotzig zurück. »Aber vielleicht ...«

»Vielleicht was?«

»Vielleicht ist ja alles anders gewesen?«

»Wie soll es denn anderes gewesen sein?«

Sie seufzt. »Das weiß ich auch nicht.« Wieder und wieder hat sie die Situation, an die sie sich nicht erinnern kann, durchgespielt. Hat sich den Kopf darüber zermartert, wie das sein konnte. Wie sie einen Menschen, den sie so sehr liebte, hatte umbringen können. Und kam zu keiner Lösung, zu keiner Erklärung. Aber auch zu keiner anderen Möglichkeit als der, die mehr als auf der Hand lag.

»Frau Neumann.« Der Arzt klappt mit einem Mal entschlossen sein Notizbuch zu, beugt sich vor und sieht Marie ernst und eindringlich an. »Was ich Ihnen jetzt sage, widerspricht genau genommen sämtlichen therapeutischen Grundsätzen.« Er macht eine Pause.

»Nämlich?«, fragt sie.

»Es ist nur eine Überlegung, eine Möglichkeit, und ich

möchte Sie beide bitten, mit niemandem darüber zu sprechen, denn momentan ist das alles mehr als unklar.«

»Was meinen Sie?« Marie ist verwirrt, warum drückt Jan Falkenhagen sich so geheimnisvoll aus?

»Die Sache ist die«, sagt er und räuspert sich. »Nachdem wir nun schon so viele Gespräche geführt haben ...«

»Ja?«

»Also, bisher konnte ich nicht den Eindruck gewinnen, dass die Tat in Ihr Persönlichkeitsprofil passt.«

»Nicht in mein Persönlichkeitsprofil passt?«, wiederholt Marie. Der Arzt schüttelt den Kopf. »Bis auf Ihre Zwänge erkenne ich bei Ihnen keinerlei Auffälligkeiten. Weder eine Persönlichkeitsstörung noch sonst eine psychische Erkrankung, mit der sich erklären ließe, wie es zu der Tat kommen konnte.«

»Was heißt das?« Marie versteht nicht, worauf Jan Falkenhagen hinauswill.

»Das heißt«, setzt der Arzt zögernd an, »dass es nach meinen bisherigen Erkenntnissen möglich ist, dass sie Patrick Gerlach doch nicht ermordet haben.«

»Mein Gott!«, entfährt es Christopher.

Nicht ermordet?

13

Nicht ermordet.

Die Worte hallen in Maries Kopf nach, selbst als sie Stunden später im Bett liegt und einschlafen will. Jan Falkenhagen hatte gesagt, dass man sehr vorsichtig sein müsse mit so einer Vermutung und er ihr keine falschen Hoffnungen machen wolle, dass er aber tatsächlich nachhaltig irritiert sei. Sie müssten die Therapie einfach fortsetzen, vielleicht käme die Erinnerung an die Tatnacht dann doch noch zurück.

Hoffnung. Es ist Marie egal, ob sie falsch ist oder nicht. Der erste Funke Hoffnung seit langer Zeit. Das ist mehr, als sie bisher hatte, *viel* mehr.

Christopher hat ihr versprochen, sie gleich morgen wieder in der Klinik zu besuchen, er wolle bis dahin ein bisschen recherchieren. Er war von der Idee nicht abzubringen, hat immer wieder gesagt, dass ihm die Sache nicht gefällt und er glaubt, dass etwas anderes dahintersteckt.

Etwas anderes. Jemand anderes. *Felix.* Auch daran hat Christopher keinen Zweifel gelassen, daran, gegen wen sein Verdacht sich richtet. »Irgendwas ist da faul«, sagte er zum Abschied. »Und ich schwöre dir, dass ich herausfinde, was!«

Jetzt liegt sie also in ihrem Bett und denkt nach. Denkt nach über Felix und darüber, dass sie selbst ja auch immer fand, dass sein Verhältnis zu Patrick eigenartig war, oft auf ungute Weise gespannt. Getrübt von Eifersucht und Missgunst, für jeden spürbar. Aber deshalb ein Mord? Und wenn ja: Wie?

Am Abend der Tat war er kaum noch fähig gewesen, seinen eigenen Namen auszusprechen, wie hätte er da in der Nacht seinen Bruder umbringen sollen? Sicher war das möglich, theoretisch jedenfalls. Er hatte einen Schlüssel zu Patricks Wohnung, er hätte hineinschleichen und ihn töten können.

Doch laut Felix' Aussage, die von der Polizei bestätigt worden war, war er noch immer sturzbetrunken gewesen, als die Beamten ihn und seine Schwester gegen zehn Uhr am nächsten Morgen geweckt hatten. Und Vera hatte das bestätigt. Zwei Mal hätte sie in der Nacht noch aus Sorge nach ihm gesehen, einmal um zwei, einmal um sechs, beide Male hätte ihr Bruder in seinem Bett gelegen und geschlafen.

Felix also nicht. Wer sonst könnte es getan haben? Und selbst wenn es da jemanden gab, der einen Grund gehabt hätte, Patrick zu töten – wäre Marie davon nicht aufgewacht? Wenn jemand neben einem in Todesangst schrie – konnte man da seelenruhig weiterschlafen? Nein, das konnte man nicht.

Oder doch?

Gleich am nächsten Morgen spricht sie mit Dr. Falkenhagen darüber.

»Das ist eine wilde Vermutung«, sagt der Arzt. »Und ich kann Sie auch nicht ernsthaft in diesem Glauben bestärken, das wäre aus therapeutischer Sicht absolut unverantwortlich.«

»Aber können Sie es ganz ausschließen?«, will sie wissen. Er zögert. Zögert eine Sekunde zu lang.

»Was kann man schon ausschließen?«

»Und wenn es so wäre?«

»Dann müsste es dafür Beweise geben. So stichhaltige Beweise, wie man sie gegen Sie hat.«

»Christopher will sich umhören«, sagt sie.

»Frau Neumann, Sie bringen mich in Teufels Küche.« Dr. Falkenhagen schlägt sich mit beiden Händen resigniert auf die Knie. »Aber natürlich habe ich keinen Einfluss darauf, was Ihr Exmann tut. Das geht mich nichts an.«

Das geht mich nichts ans. In Maries Ohren klingt das wie eine Aufforderung.

»Ich hab was rausgefunden«, erzählt Christopher, als er später am Tag wieder zu Besuch kommt. Sie sitzen im Aufenthaltsraum. Die Wände des Zimmers sind Gelb von Nikotin. Zwar herrscht hier mittlerweile Rauchverbot, aber die vergilbten Tapeten bezeugen, dass das nicht immer so war.

»Und?«

»Es ist schon seltsam«, sagt er. Wieder guckt seine Zungenspitze ein Stückchen vor. »Offenbar gibt Felix sein Erbe mit beiden Händen aus. Hat sich einen Sportwagen zugelegt, einen richtig dicken. Das haben mir die Nachbarn erzählt.«

»Das ist geschmacklos, aber nicht verboten.«

»Mag sein«, sagt Christopher. »Ich hab auch mit Vera gesprochen.«

»Mit Vera?«

»Ja.« Er nickt. »Kein Sorge, sie weiß ja nicht, wer ich bin. Ich hab bei ihr geklingelt und behauptet, ich sei ein alter Freund von Felix und wollte wissen, wo er ist. Sie hat gesagt, er sei nicht zu Hause.«

»Und dann?«

»Dann«, er lächelt verschmitzt, »hab ich wirklich alles gegeben. Hab ihr gesagt, dass es mir furchtbar unangenehm ist, aber dass ich in großen finanziellen Nöten sei und Felix hätte ja schließlich gerade eine Menge geerbt ...«

»Das hat du nicht gemacht!« Marie ist fassungslos.

»Doch. Hab ich.«

»Wie hat sie reagiert?«

»Sie hat mich angeschrien, dass das wohl das Allerletzte sei, und mir die Tür vor der Nase zugeknallt.«

»Verständlich.«

»Ja, sicher.« Christopher sieht aus, als würde ihm das alles hier großen Spaß machen. »Bevor sie die Tür zugeschmissen hat, hat sie aber noch gesagt, dass ihr Bruder und sie noch keinen Cent gesehen hätten und dass sie, wenn das Erbe kommt, sicher nichts irgendwelchen dahergelaufenen Freunden geben würden, von denen zumindest sie noch nie etwas gehört hätte.«

»Auch das kann ich verstehen.«

»Natürlich. Bleibt nur die Frage: Woher stammt das Geld für den Sportwagen?«

»Vielleicht hat die Bank Felix einen Kredit gegeben?«, antwortet Marie. »Die werden ja auch wissen, dass er was erbt.«

»Kann sein. Kann aber auch nicht sein. Ich werde einfach das Gefühl nicht los, dass da etwas nicht stimmt. Ganz gewaltig nicht stimmt!«

»Ich weiß nicht.« Marie ist skeptisch. »Solltest du es nicht lieber gut sein lassen?«

»Gut sein lassen?« Christopher sieht sie verständnislos an. »Wüsste nicht, was daran *gut* sein sollte! Du sitzt hier, eingesperrt für eine Tat, die du vielleicht nicht begangen hast – und ich soll es *gut* sein lassen?«

»Dr. Falkenhagen sagt, ohne neue Beweise ändert sich für mich nichts.«

»Genau! Und diese Beweise werden wir finden, es muss sie geben! Für mich bist du nicht schuldig, für mich kannst du nicht schuldig sein.«

»Danke.« Sie ist ihm wirklich dankbar. Und fragt sich, ob er schon immer so an sie geglaubt hat, ihr so bedingungslos vertraut hat. Sie selber *hatte* ihm bedingungslos vertraut, so sehr, dass sie für ihn beide Hände ins Feuer gelegt hätte. Bis zu dem Tag, an dem sie erfahren musste, dass sie sich verbrennen würde, wenn sie es täte.

»Was hast du?« Christopher sieht sie an, als wolle er ihre Gedanken lesen.

»Nichts.«

»Aber ich merke doch, wenn etwas nicht stimmt, wenn du über etwas nachgrübelst!«

»Du glaubst immer noch, ich bin ein offenes Buch für dich, oder?«

»Nein, das nicht«, erwidert er. Ich denke nur, das hier ist nicht der richtige Moment und nicht der richtige Ort, um mir etwas zu verschweigen. Also sag mir doch einfach, was dich gerade beschäftigt.«

Sie zögert. Dann gibt sie sich einen Ruck. »Also gut. Ich musste gerade daran denken, dass du mich betrogen hast. Dass du mich allein gelassen hast in einer Zeit, in der ich dich am meisten gebraucht hätte.«

Sofort tritt ein schuldbewusster Ausdruck auf sein Gesicht, er zieht die Schultern ein, wird ganz klein trotz seiner Größe. »Das stimmt«, gibt er zu. »Das war falsch.«

»Es war nicht nur *falsch*«, erwidert sie. »Es war gemein und brutal.«

»Warum hast du das damals nicht gesagt? Warum hast du mich nicht angeschrien? Warum bist du nicht ausgerastet, hast Dinge nach mir geworfen, getobt, mich geschlagen?«

»Was hätte das gebracht?«

Christopher seufzt. »Zumindest hätte ich dann gewusst, dass dir nach Celias Tod nicht alles egal ist. Dass *ich* dir nicht egal bin.«

»Ach so?« Ärger steigt in ihr auf. »Jetzt bin ich also auch noch schuld?«

»Nein.« Er schüttelt energisch den Kopf. »Das natürlich nicht! Aber ich habe deine Resignation einfach nicht aushalten können. Dieses Gefühl, dass es ganz egal ist, was ich tue, ob ich da bin oder nicht, weil deine Gefühle für mich tot sind. Genauso tot wie unsere Tochter.«

»Das hast du gedacht?«

»Ja, das habe ich«, sagt er. »Und das soll wirklich keine Entschuldigung sein. Aber vielleicht wenigstens eine Erklärung?« Er sieht sie unsicher an, wirkt fast so, als würde er erwarten, dass sie *jetzt* ausrastet. Dass Marie jetzt endlich, *endlich* einmal ausrastet.

Sie tut es nicht. Wozu auch? Der Moment dazu ist lange vorbei. Aber nicht der Moment des Verstehens. Und vielleicht sogar auch nicht der des Verzeihens.

»Es tut mir leid«, flüstert sie.

»Leid tun muss es dir nun wirklich nicht«, sagt er, nimmt ihre Hand und streichelt mit seinem Daumen darüber. »Ich war ja das Schwein, hab mich zumindest wie eins benommen. Ich dachte nur ... Vielleicht ... vielleicht hätten wir darüber reden sollen.«

»Ja.« Sie nickt. »Das hätten wir.«

»Vielleicht wäre dann alles anders gekommen.« Marie seufzt.

Jetzt tätschelt sie seine Hand wie die eines Kindes. »Hätte, hätte, Fahrradkette.« Dann schweigen sie. Sitzen einfach nur da in diesem vom Nikotin vergilbten Zimmer und schweigen.

»Was willst du jetzt tun?«, fragt Marie, als Christopher sich von ihr verabschiedet.

»Ich überlege noch.« Er sieht unschlüssig aus. »Mit Felix zu reden wird nichts bringen. Kann mir kaum vorstellen, dass er einfach zugibt, irgendetwas mit dem Tod seines Bruders zu tun zu haben. Selbst wenn das der Fall wäre.«

»Eher unwahrscheinlich.«

»Trotzdem.« Wieder hat er diesen entschlossenen Gesichtsausdruck. »Wenn ich das Zeug zum Einbrecher hätte, würde ich sagen, ich steige durch ein Fenster ein. Ich könnte natürlich auch einfach durch die Tür gehen, wenn ich den Zahlencode wüsste.«

Marie denkt kurz nach. Soll sie Christopher nicht lieber bremsen, ihn abbringen von der fixen Idee, dass hinter allem, was passiert ist, ein Komplott steckt? Aber irgendwas hält sie zurück. Hoffnung, diese winzig kleine Hoffnung! Auch wenn es noch so unsinnig ist, sich daran zu klammern ... Sie erinnert sich an Veras Geburtsdatum, den Zahlencode, sie könnte ihn Christopher verraten und schon wäre er im Haus.

»Bitte, Christopher, pass auf dich auf«, sagt sie zum Abschied.

»Glauben Sie, dass Sie Ihrem Exmann verzeihen können, wie er sich nach Celias Tod verhalten hat?« Es ist fast Abend, Marie sitzt zum zweiten Mal an diesem Tag in Dr. Falkenhagens Büro, nach Christophers Besuch wollte er noch einmal mit ihr sprechen. Jetzt erzählt sie, worüber sie mit ihrem Exmann gesprochen hat, die Gründe ihrer Trennung. Sie sagt dem Arzt, dass es dabei auch um Christophers Sicht der Dinge ging, um seine Empfindungen, von denen sie bisher nichts gewusst hatte.

»Ich weiß nicht, ob ich ihm verzeihen kann«, gibt Marie zu. »Aber ich denke, es war gut, dass wir wenigstens einmal darüber gesprochen haben.«

»Das glaube ich auch. Es wird nicht besser, indem man etwas totschweigt, im Gegenteil. Viele seelische Störungen entstehen dadurch, dass man sie nicht richtig verarbeitet hat.«

»Wie in meinem Fall?«

»Wahrscheinlich«, bestätigt der Arzt. »Sie haben weder den Verlust Ihrer Tochter noch die Trennung von Ihrem Mann wirklich angenommen und betrauert. Und irgendwann hat Ihre Seele so laut geschrien, dass Sie nicht mehr weghören konnten. Der Zwang wurde zu Ihrer Seelenpolizei.« Jan Falkenhagen senkt den Blick und studiert aufmerksam seine Notizen. Dann sieht er Marie wieder an. »Nicht aus Neugierde, sondern aus therapeutischen Gründen: Hat Ihr Mann noch etwas zu dem Thema gesagt, dass er sich umhören wollte?«

»Aus therapeutischen Gründen?«, fragt Marie verwundert. „Das verstehe ich nicht.«

»Na ja«, sagt Jan Falkenhagen. »Wenn es da etwas Neues gibt, das Sie verwirren könnte, sollte ich es wissen.«

»Ja, Christopher hat sich umgehört«, antwortet Marie. »Aber er hat nur erfahren, dass Patricks Bruder das Geld wohl mit beiden Händen ausgibt. Und das ist ja nicht verboten.«

»Nein, das ist es nicht. Und sonst?«

»Sonst nichts.« Sie überlegt, ob sie noch mehr erzählen soll. Warum nicht? Dr. Falkenhagen ist ihr Therapeut, wenn sie es ihm nicht sagt, wem dann? »Ich glaube, Christopher verrennt sich da in was, und vielleicht habe ich ihn ja sogar ermutigt. Er ist von meiner Unschuld überzeugt und will unbedingt Beweise dafür finden.« Sie sucht nach den richtigen Worten. »Ich habe fast den Eindruck, dass er glaubt, etwas an mir gutmachen zu müssen. Und dass er deshalb von der Idee nicht abzubringen ist. Dass er denkt, er sei mir das schuldig.«

»Ist er es Ihnen schuldig? Was sagt Ihr Gefühl dazu?« Sie zuckt mit den Schultern.

»Eigentlich nicht. Oder, ja, doch auch.«

»Also ist er schuldig, sagen Sie.«

»Nein«, sie schüttelt den Kopf. »Er ist nicht schuldig im allgemeinen Sinn. Aber er ist es vielleicht *mir* schuldig.«

»Ist das nicht dasselbe?«

»Bitte, hören Sie auf!«

»Womit soll ich aufhören?«

»Sie machen schon wieder dieses Katz-und-Maus-Spiel mit mir. Um mich zu provozieren!«

»Warum sollte ich das tun?«

»Weil Sie ...« Marie spürt, wie sie die Beherrschung verliert. Eben war sie noch ganz ruhig, jetzt toben die widersprüchlichsten Gefühle in ihr. »Weil Sie irgendeine Reaktion von mir wollen?«, fragt sie. »Weil Sie möchten, dass ich die Fassung verliere, dass ich aus der Haut fahre?«

»Wenn Ihnen danach ist, tun Sie das doch einfach.«

Sie springt von ihrem Stuhl auf. »Sie haben recht! Manchmal möchte ich gern aus der Haut fahren! Und dann will ich schreien! Schreien darüber, was für eine Ungerechtigkeit das ist! Dass ich erst mein Kind verloren habe und dann noch meinen Mann! Dass er mich hintergangen hat, dass ihm nichts Besseres eingefallen ist, als mit einer anderen Frau zu schlafen, während ich vor Verzweiflung fast durchgedreht wäre!« Marie atmet schwer, ihr ist schwindelig »Dann diese schreckliche Krankheit! Warum? Warum ich? Was habe ich getan, dass ich jetzt hier sitzen und mit Ihnen reden muss? Dass ich eingesperrt bin in dieser Hölle, ohne überhaupt zu wissen, warum?«

Der Arzt sitzt ruhig auf seinem Stuhl, als würden sie gerade nett miteinander plaudern. »Sie wissen sehr wohl, weshalb Sie hier sind«, erinnert er sie.

»Nein!«, schreit sie. »Das weiß ich nicht!«

»Sie haben Patrick Gerlach ermordet.«

»Das sagen *Sie!* Dabei haben Sie noch gestern selbst behauptet, dass Sie es für möglich halten, dass ich es gar nicht war!

Wollen Sie mich mit diesem Hin und Her verrückt machen, wollen Sie *das*? Das gelingt Ihnen wunderbar.«

»Natürlich will ich Sie nicht verrückt machen. Ich habe da gestern eventuell meine Kompetenzen überschritten. Die Schuldfrage zu klären ist nicht meine Aufgabe.«

»Nicht Ihre Aufgabe? Und deshalb rudern Sie jetzt schnell wieder zurück? Damit man Ihnen ja nichts kann?«

Ihr Blick fällt auf den Schreibtisch des Arztes, sehr ordentlich und aufgeräumt, ein schickes Apple-Notebook, ein paar Unterlagen, ein Stifthalter mit Kugelschreibern. So ordentlich und aufgeräumt wie Dr. Falkenhagen selbst, der noch immer entspannt auf seinem Stuhl sitzt. Was macht ihn so sicher, was macht ihn so *verdammt* sicher, dass Marie nicht total ausrasten wird? Dass sie nicht zu seinem Schreibtisch stürzen, einen Stift greifen und ihn niederstechen wird? Das wäre möglich mit einem Kugelschreiber, sicher wäre es das, Wut verleiht ungeahnte Kräfte. Was also macht ihn so sicher? Weshalb hat er keine Angst vor ihr, wo sie doch angeblich schon einmal jemanden getötet hat? Warum sitzt bei ihren Gesprächen kein Aufpasser mit dabei, wie bei Markus, dem charmanten Frauenmörder?

»Ich war es nicht.« Sie sagt es und begreift erst gar nicht, dass die Worte aus ihrem Mund kommen. Noch bevor sie den Satz wirklich gedacht hat, hat sie ihn schon ausgesprochen.

»Wie bitte?«

»Ich war es nicht«, wiederholt sie. »Ich war es nicht!« Noch einmal blickt Marie auf den Stifthalter. Als hätte jemand in ihr einen Schalter umgelegt, als hätte es lautlos irgendwo »klick« gemacht, breitet sich die Sicherheit in ihr aus. Nein, sie war es nicht. Genauso wenig, wie sie dazu fähig ist, einen Kugelschreiber zu nehmen und damit Jan Falkenhagen zu erstechen, hat sie Patrick etwas angetan. Die Gewissheit ist einfach da. Wie in Trance geht Marie zu ihrem Stuhl zurück und lässt sich darauf sinken. Da, wo eben noch Wut tobte, breitet sich ein anderes Gefühl in ihr aus: Erleichterung. Die Erleichterung, sich plötzlich ganz klar darüber zu sein. Klar darüber, dass sie das nicht getan hat, ganz egal, was die anderen behaupten.

»Sie sagen also, dass Sie Patrick Gerlach nicht umgebracht haben?« Jan Falkenhagen beugt sich zu ihr vor, jetzt wirkt er nicht mehr ruhig, sondern hoch konzentriert, angespannt.

»Nein. Das habe ich nicht. Ich habe es nicht getan!«

»Wieso glauben Sie das auf einmal?«

»Ich glaube es nicht, ich *weiß* es.«

»Können Sie sich nun doch an die Nacht erinnern, oder woher nehmen Sie sonst diese Gewissheit?«

»Woher weiß eine Mutter, dass sie ihr Kind liebt? Sie weiß es einfach.« Er lehnt sich wieder auf seinem Stuhl zurück, sieht Marie eine Weile nur nachdenklich an.

»Dann müsste es also tatsächlich ein anderer gewesen sein.«
Sie nickt. »Ja.«

»Wer?«

»Keine Ahnung.«

»Felix?«

»Möglich, ich weiß es nicht.« Und dann sagt sie: »Dr. Falkenhagen, bitte seien Sie ehrlich zu mir: Was glauben Sie wirklich? Dass ich es war oder nicht?«

Eine Ewigkeit vergeht, ehe der Arzt seinen Mund öffnet und spricht. »Nein. Ich glaube auch nicht mehr, dass Sie es getan haben. Das glaube ich sogar ganz sicher nicht.«

»Und jetzt?«, fragt sie. Zum ersten Mal sieht er ratlos aus.

»Sie können sich noch immer nicht erinnern.« Nachdenklich wiegt er den Kopf. »Und auch, wenn mein Gefühl mir etwas anderes sagt, die Beweislage ist dieselbe, und es gibt keinen Verdächtigen außer Ihnen. Ich kann Sie hier nicht einfach rausspazieren lassen, nur weil ich persönlich mehr als bezweifele, dass sie Patrick Gerlach getötet haben.«

»Zählt das denn nicht? Was Sie glauben?« Er schüttelt den Kopf.

»Ich könnte mich ja irren. Und es gibt auch keinen Grund, das Verfahren noch einmal neu aufzurollen.«

»Also kann ich nichts tun?«

»Ich fürchte, nein.«

»Was ist mit Felix? Wir könnten die Polizei benachrichtigen und sagen, dass wir ihn verdächtigen, mit dem Tod seines Bruders etwas zu tun zu haben.«

»Soweit ich weiß, hat er für die Tatzeit ein Alibi.« Dr. Falkenhagen blättert in seinem Notizbuch, in den vielen und langen Gesprächsprotokollen. »Was ist denn mit Ihrem Exmann?«

»Christopher?« Sie ist irritiert.

»Sie hatten einen neuen Partner«, erklärt der Arzt. »Eifersucht ist nicht selten ein Motiv, Rache ebenfalls. Erst den neuen Liebhaber töten, es gleichzeitig der Abtrünnigen in die Schuhe schieben und sich dann als heldenhaften Retter zeigen – das wäre perfekt!«

»Nein, das ist nicht perfekt, sondern völlig absurd!«, sagt Marie. Jan Falkenhagen wippt mit den Füßen, dann schüttelt er den Kopf.

»Sie haben recht, es ist absurd.« Er sieht sie entschuldigend an. »Manchmal geht auch einem Psychiater die Fantasie durch.«

Marie überlegt. »Es müsste also neue Beweise geben.«

»Ja, natürlich. Ohne neue Beweise bleiben Sie die Täterin.«

»Christopher«, sagt sie, verstummt dann aber.

»Christopher, was?«

»Na ja«, sie weiß nicht, ob sie ihren Gedanken aussprechen soll. Doch sie kann ihn nicht zurückhalten. »Mein Exmann ist felsenfest davon überzeugt, dass mit Felix etwas nicht stimmt. Er überlegt sogar, wie er ins Haus der Geschwister kommt, um sich dort umzusehen.« Der Arzt beißt sich auf die Lippe. Offenbar zögert auch er, einen Gedanken auszusprechen.

»Haben Sie uns nicht erzählt«, fragt er schließlich, »dass Sie den Eingangscode kennen? Was spricht dagegen, ihn Christopher zu sagen?«

»Raten Sie mir das im Ernst?«

»Als Ihr Arzt: Nein. Als jemand, der Ihnen helfen will: ja. Aber ich würde immer abstreiten, dass ich das getan habe.«

»Oh.« Marie ist überrascht. Kein Zweifel, Jan Falkenhagen, ihr Arzt und Psychotherapeut, der Mensch, der sich wie kein anderer seit ihrer Verhaftung mit ihr beschäftigt hat, glaubt ihr tatsächlich. Glaubt, dass sie wirklich unschuldig ist. »Ich werde niemandem erzählen, was Sie mir geraten haben.« Dann lächelt sie ihn an. »Und wenn ich ehrlich bin: Ich hab's schon getan. Christopher kennt den Code für die Eingangstür bereits, gleich morgen früh will er versuchen, ins Haus zu kommen.«

»Sagen Sie ihm, dass er die Polizei rufen soll, wenn er etwas findet.« Jan Falkenhagens Miene ist undurchdringlich. Einen Moment lang. Und dann schüttelt er schmunzelnd den Kopf, als könne er selbst nicht fassen, worüber sie hier gerade reden. »Die ganze Sache ist so schon genug *Indiana Jones*.«

Am nächsten Nachmittag stürzt Christopher in Maries Zimmer mit hochrotem Kopf. Sie springt vom Tisch auf, an dem sie mit Hannah »Memory« gespielt hat. Das heißt, sie hat *versucht*, zu spielen, doch die Anspannung war viel zu groß, um sich auf die Bilder zu konzentrieren.

»Was ist passiert?«

Christopher, noch völlig außer Atem, deutet mit einem Kopfnicken Richtung Hannah, die ihn neugierig ansieht. »Das ist in Ordnung«, erklärt Marie. »Hannah kann das hören. Komm, setz dich.« Sie nehmen am Tisch Platz, Hannah schiebt das Memory-Spiel beiseite.

»Ich war im Haus«, sagt Christopher. »Ich hab seit heute früh davor gewartet. Gegen zehn sind Felix und Vera weggefahren.«

»Mach's nicht so spannend!« Marie spürt, dass sie sich vor Nervosität wieder die Fingernägel ins eigene Fleisch bohrt.

»Ich bin dann rein«, spricht er weiter. »Und du glaubst nicht, was ich in Felix' Zimmer entdeckt habe!« Er greift mit einer Hand an seinen Hemdkragen, zerrt daran, als würde er immer noch zu wenig Luft kriegen.

»Ja, was denn?«

»Er hat sich nicht mal die Mühe gemacht, irgendwas zu verstecken!«

»*Was denn?*«

»Also«, Christopher fährt sich nervös mit der Zungenspitze über die Lippen. »Ich kam in sein Zimmer, direkt am Fenster stand sein Schreibtisch, darauf ein Computer. Überall verteilt, auf dem Tisch, auf dem Boden, sogar auf dem Bett, überall lagen Bücher und Artikel herum, alles Fachbücher und -aufsätze. Über das, was du hast. Über Zwangsgedanken!«

Sie starrt ihn verständnislos an. »Felix hat sich sehr für meine Krankheit interessiert«, sagt Marie. »Vielleicht wollte er darüber schreiben?«

Christopher nickt. »Ja«, sagt er. »Das wollte er. Aber du hast ja keine Ahnung, *was*! Hier.« Unter seiner Jacke zieht er einen Stoß Papier hervor. »Das habe ich in seinem Computer entdeckt. Bevor ich die Polizei gerufen habe, hab ich einen Ausdruck gemacht.« Er wirft Marie die losen Blätter hin. Sie nimmt sie – und beginnt zu lesen.

Ich habe meinen Bruder getötet. Meinen großen, erfolgreichen und allseits beliebten Bruder. Aber nicht nur das: Mit diesem Mord habe ich das perfekte Verbrechen begangen!

»Was ist das?« Marie ist entsetzt, ein Kribbeln geht durch ihre Hände, mit denen sie den Papierstapel hält.

»Lies einfach!«

Marie kann nicht glauben, was Felix da aufgeschrieben hat, glaubt es einfach nicht! Er schreibt über seinen Hass gegen den älteren Bruder, der ihn schon als Kind nach dem Tod der Eltern einfach zu einer Tante nach Frankfurt »abgeschoben« hat. Über seine Frustration, dass ihm der Erfolg als Schriftsteller verwehrt blieb, während sein Bruder einen Bestseller nach dem nächsten auf den Markt brachte. Und wie er irgendwann den Entschluss fasste, dass er ihn loswerden müsste. All sein Unglück, all sein Scheitern projizierte er auf Patrick, schob ihm die Schuld für wirklich alles, was in seinem Leben schiefgegangen war, in die Schuhe. Selbst sein Misserfolg bei Frauen – aus Felix' Sicht war einzig und allein Patrick dafür verantwortlich.

»Das ist krank«, flüstert Marie, während sie Seite für Seite umblättert, »wirklich krank.«

Ein einziges Mal meinte es das Schicksal gut mit mir und schickte mir Marie, die neue Freundin meines Bruders. Ihre Zwangserkrankung, von der ich bei einem Abendessen erfuhr. Von diesen Mordfantasien, die sie quälten, von diesen großartigen Gedanken! Da habe ich gewusst: Das ist perfekt! Du musst es nur richtig inszenieren – dann wird jeder glauben, dass sie das war und nicht du! Alle haben gehört, was im Kopf dieser Durchgeknallten vor sich geht, bessere Beweise gibt es nicht!

Der Rest war schnell geplant: Ich musste sie für eine Nacht schachmatt setzen, mit K.-o.-Tropfen, die ich ihr in den Drink kippte, kein Problem, damit wäre sie völlig weggetreten. Die Tropfen bekam ich im Internet, wo man mir versicherte, dass sie nur sechs Stunden lang im Blut nachweisbar wären. Außerdem: Wenn ich es geschickt anstellte, würde man nach so etwas erst gar nicht suchen, Marie wäre die eindeutige Täterin.

Ich selbst? Ich müsste nur so tun, als hätte ich mich wie immer betrunken, obwohl ich absolut nüchtern war. Nachts mit dem Schlüssel in die Wohnung meines Bruders, ihn töten, und es dann so aussehen lassen, als wäre Marie es gewesen, ihr das Messer in die Hand drücken, ihren Körper in Patricks Blut rollen. Dann wieder nach Hause und schnell so viel Whiskey tanken, dass ich noch am nächsten Morgen total betrunken wäre … Ein Alibi? Meine Schwester würde es mir geben, wenn ich sie darum bat, da war ich ganz sicher!

Marie lässt die letzte Seite sinken, lässt sie auf die Memory-Karten fallen. Das war wirklich alles geplant? Felix hatte sie wie eine Tatwaffe benutzt? Wie eine *vermeintliche* Tatwaffe?

»Das glaube ich nicht«, sagt sie. »Das glaube ich einfach nicht!«

»Ich war auch fassungslos«, erwidert Christopher. »Wie kann man nur auf so eine abartige Idee kommen?«

»Es gibt viele Menschen, die abartig sind«, schaltet sich Hannah zum ersten Mal ein. »Oder wie sie hier in der Psychiatrie immer sagen: *Es gibt nichts, was es nicht gibt*.«

»Aber was heißt das jetzt?« Marie ist immer noch verwirrt.

»Was das heißt?«, ruft Christopher. »Das heißt, dass du unschuldig bist! Du hast Patrick nicht ermordet! Und das hier«, er schlägt mit der flachen Hand auf den Stapel Papier, »ist besser als jedes Geständnis.«

Marie schüttelt den Kopf. »Warum hat er das alles aufgeschrieben? War er sich seiner Sache so sicher, dass er dieses Risiko eingehen konnte?«

»Genau dieses Risiko *wollte* er sogar eingehen!«

»Er *wollte* das?«

»Ich habe auch seine E-Mails gecheckt«, erklärt Maries Exmann. »Felix schrieb sich mit Rudolph Meissner. Das war doch der Verleger, von dem du erzählt hast, oder?« Marie nickt.

»Felix hat ihm Teile seiner Geschichte gemailt und als Buch angeboten.«

»Was?« Marie begreift überhaupt nichts mehr. »Warum? Das ist doch totaler Wahnsinn!«

»Weil es ihm nicht gereicht hat, das perfekte Verbrechen begangen zu haben. Er wollte auch noch Kapital daraus schlagen und sein Ego befriedigen.«

»Und für sein Ego gibt er einen Mord zu? So dumm kann doch niemand sein!«

Christopher schüttelt den Kopf. »So dumm war er natürlich nicht. Er hat einfach behauptet, der Mord an seinem Bruder habe ihn zu einer Geschichte inspiriert. Zu der Überlegung, was wäre, wenn alles völlig anders gewesen wäre, als es scheint. Rudolph Meissner war von der Idee begeistert. Er schrieb zwar auch, dass so eine Veröffentlichung ein heikles Thema sei, gerade für ihn als Patricks Exverleger, aber die Geschichte hätte ihn einfach komplett überzeugt, man könne ja die Namen ändern, so etwas Unglaubliches hätte er jedenfalls noch nie gelesen, da würde er das Risiko eines Skandals durchaus eingehen wollen.«

Ihre Geschichten müssten etwas authentischer sein. Marie hat die Worte des Verlegers noch im Ohr. Und authentisch, ja, das war sie, diese Geschichte hier.

»Meissner hat Felix einen Vorschuss von über sechzigtausend Euro gezahlt«, unterbricht Christopher ihre Gedanken. »Davon hat er sich wohl den Sportwagen gekauft, also brauchte er das Geld von seinem Erbe dafür gar nicht.«

»Ich fasse es immer noch nicht«, gibt Marie zu. »Das klingt einfach zu absurd! Das wäre ja wirklich ein regelrechtes Komplott!«

»Ich fürchte, das ist es«, sagt Christopher. »Felix hat deine Schwäche ausgenutzt. Du warst tatsächlich die perfekte Tatwaffe für ihn.«

»Aber nicht nur das«, schaltet Hannah sich wieder ein. Das Mädchen knibbelt konzentriert an einer Memory-Karte, wiegt nachdenklich den Kopf hin und her. »Wenn Felix darüber sogar einen Roman schreiben und veröffentlichen wollte …« Jetzt geht die Memory-Karte entzwei, Hannah wirft sie achtlos weg und nimmt sich eine neue. »Dann hat er sich das sicher alles ganz genau überlegt. Dann wird er behaupten, dass der Roman einzig und allein seiner Fantasie entsprungen ist, dass da nichts Wahres dran ist. Das muss er ja.«

Während Hannah ihre Überlegungen ausspricht, wird Marie klar, was die Worte ihrer Freundin bedeuten.

»Du hast recht«, sagt sie. »Er wird behaupten, dass das alles nur in seinem Kopf ist. Nur Gedanken, mehr nicht, erst recht kein Beweis. Natürlich total geschmacklos, so ein Buch zu schreiben – aber nicht verboten.«

»Ja, das habe ich auch sofort gedacht«, sagt Christopher. »Aber ich habe trotzdem die Polizei gerufen, und die Beamten waren in einer Viertelstunde da. Sie haben alles sichergestellt, nur meinen Ausdruck konnte ich rausschmuggeln.« Er grinst. »Eine Anzeige wegen Hausfriedensbruch habe ich wohl am Hals, aber das ist egal.« Er guckt zufrieden in die Runde. »Wir kamen gerade alle aus dem Haus, als Felix mit seiner Schwester in seinem Sportwagen vorfuhr…« Er macht eine genüssliche Pause.

»Wie hat Felix reagiert?« Erneut sind Maries Nerven zum Zerreißen gespannt.

»Vermutlich war er zu überrascht, um überlegt zu handeln«, spricht er weiter. »Er hat mich und die Polizisten gesehen – und ist mit quietschenden Reifen davongerast.« Christopher klatscht vor Freude in beide Hände. »Das ist so gut wie ein Schuldeingeständnis!«

»Meinst du?« Marie ist skeptisch. Für so eine Reaktion kann es viele Erklärungen geben. Schreck, Panik, alles Mögliche.

Warum soll ein Mann nicht im Reflex abhauen dürfen, wenn ihn vor der eigenen Haustür unverhofft Polizisten erwarten?

»Trotzdem ist es mehr als verdächtig.« Christopher sieht weiter optimistisch aus. »Die Fahndung nach Felix läuft jedenfalls, sie werden ihn schon kriegen.«

»Und dann?«

»Dann dürfen wir alle sehr gespannt sein, wie er das hier«, er deutet auf das Manuskript, »der Polizei erklärt. Und die Tatsache, dass er so fluchtartig abgehauen ist.«

Felix erklärt nichts mehr. Am nächsten Morgen – Marie hat in der Nacht kein Auge zugetan – holt Dr. Falkenhagen sie vom Frühstück ab und führt sie in sein Büro.

»Es ist vorbei«, eröffnet er das Gespräch, sobald sie an dem runden weißen Tisch Platz genommen haben. »Ich habe es eben gerade erfahren. Felix Gerlach ist tot.«

»Tot?«

Der Arzt nickt.

»Aber, aber …«, stottert Marie, die Nachricht trifft sie unvermittelt, sie weiß nicht, was sie sagen soll. Und auch nicht, was sie denken soll. »Ein Unfall?« Etwas anderes kommt ihr nicht in den Sinn. »Mit seinem Sportwagen?« Ein Film läuft in ihrem Inneren ab, das Auto mit überhöhter Geschwindigkeit, Felix, wie er das Lenkrad verreißt, aus Versehen, nicht absichtlich, wie Marie es oft tun wollte, er verliert die Kontrolle …

»Vermutlich Selbstmord«. Der Film stoppt. »Er hat sich nahe der dänischen Grenze heute Nacht vor einen Zug geworfen.«

»Sind Sie sicher?«, fragt Marie. »Dass es Selbstmord war?«

»Nein«, antwortet er. »Das nimmt man an, aber Genaueres weiß ich nicht, das werden wir abwarten müssen. Sicher ist nur, dass Felix nicht mehr lebt.«

»Und was ist mit Vera?«

»Auch das weiß ich nicht. Schon die Informationen, die ich jetzt habe, hätte man mir eigentlich gar nicht geben dürfen. Wir müssen abwarten und brauchen Geduld, bis sich alles klärt.«

Marie nickt. Sie sieht Jan Falkenhagen schweigend an. Er wirkt kraftlos, übermüdet – als hätte auch er die ganze Nacht kein Auge zugetan. Älter, viel älter sieht er aus als gestern noch, seine sonst so aufmerksamen Augen scheinen matt und trüb. *Er fühlt mit mir,* denkt Marie. Leidet genau so wie sie unter der Ungewissheit, ob das hier nun wirklich das Ende der Geschichte bedeutet. Und zum ersten Mal wird ihr richtig klar, was dieses Wort überhaupt bedeutet: *Mit-Gefühl.*

Diesmal ist es Marie, die ihre Hand auf seine legt. Sie tut es, ohne sich zu fragen, ob diese Geste unpassend oder anmaßend ist, ob sie ihn, ihren Arzt, überhaupt anfassen darf. Sie tut es einfach. Jan Falkenhagen erwidert den Druck ihrer Hand. Der matte Ausdruck weicht aus seinem Gesicht, an seine Stelle tritt ein Lächeln. Ein zaghaftes, hoffnungsvolles Lächeln.

»Danke«, sagt Marie.

14

Frei ... Sie ist frei. Wirklich und wahrhaftig frei!

Marie hockt auf einem Stuhl in ihrem Zimmer. In diesem Zimmer, das über drei Monate ihr Zuhause war. Und das sie die Hälfte dieser Zeit mit Hannah geteilt hat, die drüben auf ihrem Bett sitzt und Marie mit einer Mischung aus Freude und Traurigkeit betrachtet.

»Ist er gleich da?«

Marie nickt. »Ja. In einer Viertelstunde.« Sie lässt ihren Blick durch den halb leeren Raum wandern, ihre Sachen hat sie in die zwei großen Koffer gepackt, die schon draußen im Flur stehen.

Direkt neben ihr auf dem Bett liegt ein Herz. Ein Herz aus Speckstein, Hannah hat es für sie gemacht und sie eben damit überrascht. Ein bisschen krumm und schief ist es, dieses Herz, aber Marie hat sich trotzdem darüber gefreut. Vielleicht, weil es zu ihr passt. Auch wenn sie jetzt frei ist, sie jetzt diese Hölle verlassen darf, ist da immer noch ein Schmerz in ihr, direkt in ihrer Brust. Weil sie Hannah zurücklassen muss? Oder weil Marie weiß, dass das Leben, das sie draußen erwartet, nie mehr so sein wird wie zuvor?

Nach erneuter Aufnahme des Verfahrens war die Verhandlung relativ kurz, denn es gab keinerlei Zweifel daran, dass nicht Marie, sondern Felix es getan hatte. Den eigenen Bruder ermordet, aus Neid und Habgier, verbunden mit dem perfiden Plan, alles einer Unschuldigen in die Schuhe zu schieben, sie zu missbrauchen und büßen zu lassen für einen Mord, den sie nicht begangen hatte. Und gleichzeitig die wahnsinnige Idee, diese Geschichte aufzuschreiben und damit den lang ersehnten Durchbruch als Schriftsteller zu schaffen.

Nur mit Christopher und der Polizei, mit denen hatte Felix nicht gerechnet und war in Panik geraten, als sie vor seiner Haustür standen, war mit Vera im Auto losgerast, einfach weg, irgendwohin. Kurz vor der dänischen Grenze hatte er seine Schwester aussteigen lassen und war weitergefahren. Für das, was dann geschah, gab es keine Zeugen, aber die Obduktion der Leiche hatte ergeben, dass Felix vor seinem Tod jede Menge Alkohol getrunken haben musste, mehr als 2,7 Promille hatte er im Blut. Irgendwann nachts war er auf diese Brücke gefahren. Auf die Brücke, von der er sich direkt vor einen Zug in den Tod gestürzt hatte.

Unter Tränen widerrief Vera vor Gericht ihre Aussage. Gab zu, dass das Alibi, dass sie ihrem Bruder gegeben hatte, falsch war, dass sie in der Tatnacht nicht nach ihm gesehen hatte, aber immer davon ausgegangen war, dass er betrunken in seinem Bett gelegen hätte. Sie hätte Felix nur beschützen wollen, weil er sie so sehr darum gebeten hatte. Aus Angst, der Verdacht hätte aus irgendeinem Grund auf ihn fallen können, auch wenn diese Angst ihrer Meinung nach vollkommen unbegründet gewesen war. Und da hätte sie es eben getan, hätte für ihn gelogen, ohne sich dabei etwas zu denken. So, wie Geschwister einander nun einmal beschützen und zusammenhalten. Aber niemals, das schwor sie bei ihrer Aussage, hätte sie vermutet, dass ihr Bruder so etwas getan haben könnte! Sie war sich ganz sicher gewesen, *ganz sicher,* dass Marie die Mörderin war. Schließlich hatte sie doch auch die Tonbandaufnahmen gehört!

Auch jetzt noch, wenn Marie darüber nachdenkt, kommt es ihr vor, als hätte sie das alles nur in einem Film gesehen und nicht am eigenen Leib erfahren. Wie krank konnte ein Mensch sein? Wie sehr von Hass und Wut erfüllt, dass er zu so etwas fähig war? Sie würde es nicht verstehen, nie würde sie das, auch wenn sie doch gerade hier so viele Menschen getroffen hatte, die als verrückt, als gemein und als gefährlich galten.

Auch ihre Mutter war bei der Verhandlung aufgetaucht. Hatte in der allerersten Reihe gesessen und diesmal nicht draußen vor der Tür geraucht, hatte beim Freispruch laut gejubelt und hinausgeschrien, dass sie es gewusst hätte! *Gewusst,* dass ihre Tochter keine Mörderin ist, nie hätte sie etwas anderes geglaubt, *nicht eine einzige Sekunde lang!* Das hatte Regina auch den Reportern erzählt, die vor dem Gerichtsgebäude bereits gewartet hatten. Nicht auf sie, sondern auf Marie und ihren Anwalt, auf die beiden hatten sie sich stürzen wollen.

Tagelang gab es in den Medien kein anderes Thema als diesen Fall, der die Auflagen der Zeitungen und die Einschaltquoten der TV-Boulevardmagazine in die Höhe trieb. Die Geschichte vom Brudermord mit einer Zwangserkrankten als vermeintliche Täterin, was für eine Sensation! Noch dazu der Mord an einem bekannten Schriftsteller, an einem Prominenten! *Hurra, räumt die Titelseite frei!*

Und jetzt hatte die Nation natürlich auch ein Recht darauf, zu erfahren, wie er ausgegangen war, dieser Prozess. Und wie das arme, bedauernswerte Opfer sich fühlte. Ja, das wollten die Reporter natürlich wissen, wollten ihre Mikrofone auf Marie richten, um ein paar hoffentlich tränenreiche Aussagen zu ergattern. Vielleicht sogar, wer wusste das schon, einen kleinen Ausraster provozieren, einen öffentlichen Zwangsanfall, einmal hautnah und live das miterleben, über das sie schon so viel geschrieben hatten. Über diese geheimnisvolle Krankheit, über die sie zwar nicht das Geringste wussten, über die sie sich aber trotzdem ausufernd ausbreiteten unter Zuhilfenahme zweifelhafter und selbst ernannter Experten. »Diese Frau hat die Hölle im Kopf!«, lautete eine der vielen Schlagzeilen, von der Christopher Marie berichtet hatte, damit sie sich darauf vorbereiten konnte, was sie draußen erwartete.

Den Gefallen einer öffentlichen Stellungnahme hatte sie den Journalisten nicht getan, Marie hatte durch einen Seitenausgang das Gerichtsgebäude verlassen, beschützt von zwei Beamten, die sie zu einem Polizeiwagen geführt hatten, der sie zum letzten Mal in die Forensik bringen sollte, damit sie dort ihre Sachen holen konnte.

Pech für die Reporter, Glück für Regina, die in ihren fünfzehn Minuten Ruhm baden und allen ihre Sicht der Dinge hatte erläutern können. Marie war es egal, was ihre Mutter erzählte, dass sie behauptete, ihre Tochter jeden Tag in der Psychiatrie besucht und ihr immer beigestanden zu haben.

Es spielte keine Rolle. Sie war noch immer wie betäubt. Seit sie von Felix' Schuldeingeständnis und seinem Selbstmord erfahren hatte, kam ihr alles vor wie ein langer Traum, als würde sie sich unter Wasser bewegen, alles um sie her war eigenartig unwirklich und gedämpft. Sie hatte kaum gehört, was der Richter bei der Urteilsverkündung gesagt hatte, hatte nur ein paar Wortfetzen ihres Anwalts über eine finanzielle Entschädigung mitbekommen. Auch das war ihr gleichgültig.

Erst jetzt, als Marie in ihrem Zimmer sitzt, ihre Sachen alle schon eingepackt, wird ihr bewusst, was passiert ist. Dass sie frei ist, zumindest äußerlich. Und dass Christopher gleich kommt, um sie abzuholen. Um sie »nach Hause« zu bringen. Nicht in ihre frühere Wohnung, die längst vermietet ist, sondern in seine, vorerst und vorübergehend. »Rein freundschaftlich«, hatte er gesagt, »nur so lange, bis du etwas anderes hast.«

An der Art und Weise, wie er Marie dabei angesehen hatte, war deutlich zu erahnen gewesen, dass er auch zu etwas anderem bereit wäre, aber sie ist froh, dass er das nicht gesagt hatte. Einen Freund, ja, den kann sie nun gut gebrauchen. Und ein Heim, das ebenfalls, und lieber bei ihrem Exmann ein Zimmer beziehen als bei ihrer Mutter, die das *selbstverständlich* auch angeboten hatte. Marie ist erleichtert, dass sie dieses Angebot ausschlagen konnte.

Schon vor Tagen hat Christopher die wenigen Möbel, die Marie noch besitzt – ein Bett, einen Schrank, eine Kommode, einen kleinen Tisch mit vier Stühlen, einen antiken Sekretär; alles eingelagert in der Garage ihrer Mutter –, abgeholt und damit ein Zimmer in seiner Wohnung für sie eingerichtet. Denn es war klar, wie der Prozess ausgehen würde, klar, dass Marie freikäme, also hat er alles für ihre Ankunft vorbereitet.

»Ich hab auch Vorhänge besorgt und hoffe, sie gefallen dir«, hatte er ihr stolz berichtet. »Mit Blumenmuster, wie wir sie früher hatten.«

Nun also nach Hause. Marie sieht auf ihre Uhr, in knapp zehn Minuten wird Christopher draußen stehen und darauf warten, dass sie die Klinik, die *Forsensik*, verlässt.

»Bist du glücklich?«, fragt Hannah. »Freust du dich?« Marie überlegt, während sie ihre Füße betrachtet. Glücklich? Fühlt Glück sich so an?

»Nein«, sagt sie dann und hebt den Blick. »Ich habe ein bisschen Angst.«

»Das verstehe ich«, meint das Mädchen und steht vom Bett auf. »Komm. Ich will dich noch einmal drücken.« Marie steht auch auf, umarmt Hannah, zieht sie fest an sich. Diesen kleinen, schmächtigen Körper, dieses halbe Kind, das sie gleich, in ein paar Minuten, hier allein zurücklassen wird.

»Wie geht es jetzt weiter?«, fragt Hannah direkt neben ihrem Ohr.

»Ich ziehe erst mal zu Christopher«, sagt Marie. »Gleich morgen habe ich meine erste Sitzung bei einem Therapeuten, den mir die Klinik vermittelt hat.«

»Das ist gut«, sagt Hannah. »Das wird dir helfen.«

»Ich hoffe.« Marie schluckt, kämpft wieder einmal gegen die Tränen an. »Wenn es irgendwie geht, möchte ich so schnell wie möglich wieder arbeiten.«

»Lass dir Zeit damit.«

Marie schüttelt den Kopf. »Je länger es dauert, desto größer wird die Angst.« Hannah schiebt sie ein Stück von sich weg, mustert sie eindringlich.

»Hab keine Angst«, sagt sie und klingt dabei ganz erwachsen, fast mütterlich. »Dafür gibt es keinen Grund.«

»Ich bin noch nicht gesund«, widerspricht Marie. »Vielleicht werde ich es ja auch nie.«

»Doch«, erwidert Hannah, »das wirst du, ich weiß es.«

»Ich wünschte, ich hätte deine Zuversicht.« Das Mädchen grinst sie an, und auch Marie muss lächeln. Zuversicht, ausgerechnet Hannah hat das, was ihr selbst so sehr fehlt.

»Ich weiß es«, wiederholt Hannah, nimmt sie wieder in den Arm. »Und noch eines weiß ich ganz genau: Egal, was in deinem Kopf vor sich geht, egal, wie schlimm und grauenhaft es ist – du wirst es nie in die Tat umsetzen.« Ihre Umarmung wird noch fester, Marie kann ihren Herzschlag spüren. »Die Kinder wissen es«, flüstert sie, »vergiss das nicht und hab keine Angst.«

»Danke. Und, nein, das vergesse ich nicht. Nie.«

Jan Falkenhagen begleitet sie zur Klinik hinaus, bringt sie durch die Sicherheitsschleuse, trägt ihr sogar das Gepäck. Christopher steht draußen vor dem Eingang, tritt von einem Fuß auf den anderen und winkt, sobald er Marie und den Arzt erblickt, kommt mit schnellen Schritten auf sie zu und nimmt Dr. Falkenhagen die Koffer ab.

»Also dann.« Maries Therapeut wirkt unsicher beim Abschied. Etwas linkisch streckt er ihr seine Hand entgegen, sie schüttelt sie mit festem Händedruck, gibt sich Mühe, optimistisch zu wirken. Ob für sich selbst oder den Arzt, kann sie nicht sagen, es scheint ihr einfach angebracht.

»Danke, Dr. Falkenhagen«, sagt sie. »Sie haben mir sehr geholfen.« Es klingt wie eine Floskel in ihren Ohren, aber sie meint es so.

»Ich bin froh, dass alles so ausgegangen ist, und wünsche Ihnen für Ihre Zukunft alles Gute! Und bitte denken Sie immer daran, Ihre Medikamente zu nehmen.« Sie verspricht es, dann dreht sie sich um. Und geht.

Sie folgt Christopher, der ihre Koffer zu seinem Auto trägt. Kurz ist sie versucht, sich noch einmal umzusehen, noch einen letzten Blick auf Jan Falkenhagen und die Klinik zu werfen. Aber sie lässt es, so ein Bild muss man sich nicht einprägen, sie geht einfach weiter hinter Christopher her, folgt ihm zu der Schranke, hinter der sein Wagen parkt. Und während sie spürt, wie mit jedem Schritt das Gefühl der Taubheit von ihr abfällt, breitet sich langsam etwas anderes in ihrem Innern aus: Zuversicht.

Christopher hat nicht zu viel versprochen. Als sie eine halbe Stunde später seine Wohnung in Alsterdorf erreichen und Marie ihr Zimmer besichtigt, ist sie überrascht, wie viel Mühe er sich gegeben hat. Ihre Möbel sind aufgebaut, das Bett bezogen, ins Regal hat er ihre wenigen Bücher alphabetisch einsortiert, ihr Notebook steht auf dem antiken Sekretär, und auf den kleinen Tisch neben der Tür hat ihr Exmann eine Vase mit

Blumen gestellt. Gelbe Teerosen, ausgerechnet. Aber sie machen Marie nicht traurig, im Gegenteil, es ist, als wäre ein Teil von Celia in diesem Zimmer. Vorm Fenster hängen tatsächlich geblümte Vorhänge, sie haben dasselbe Muster wie die Überdecke auf dem Bett.

»Gefällt es dir?«, fragt Christopher und stellt die Koffer ab.

Marie nickt. »Ja, sehr! Das ist wirklich lieb von dir.«

»Habe ich gern gemacht«, sagt er. »Wenn ich dir irgendwie helfen kann, wieder richtig Tritt zu fassen …«

»Danke.« Zum dritten Mal am heutigen Tag.

»Vermutlich bist du müde und möchtest etwas schlafen?«

»Ja, ich bin ziemlich kaputt.«

»Wenn du was brauchst, ruf mich einfach. Ich bin in der Küche und bereite das Abendessen vor.« Christopher verlässt das Zimmer, zieht die Tür hinter sich ins Schloss.

Einen Moment bleibt Marie unschlüssig stehen. Das hier sind ihre Sachen. Sie wirken fremd an diesem Ort. So fremd wie sie selbst. Sie wird sich daran gewöhnen müssen. Statt sich ins Bett zu legen, öffnet sie ihre Koffer und fängt an, den Inhalt auszuräumen. Je schneller sie sich einfindet, umso besser.

Als sie fertig ist, überlegt sie, rüber zu Christopher zu gehen, den sie leise in der Küche klappern hört. Obwohl sie wirklich erschöpft und hundemüde ist, will sie nicht schlafen. Vermutlich würde sie es ohnehin nicht können.

Ihr Blick fällt auf das Notebook auf dem Sekretär. Daneben liegt ein Zettel, Christopher hat Name und Passwort seines Internetzugangs aufgeschrieben. Marie zögert. Nur kurz, dann klappt sie den Computer auf und fährt ihn hoch.

Fünf Minuten später ist sie online, ruft ihren Mailaccount auf und staunt, was sich dort angesammelt hat. Tausende von Spam-Nachrichten, dazwischen Anfragen von Journalisten, die ihre Adresse herausgefunden haben und wissen wollen, ob sie für ein Interview zur Verfügung steht. Ein paar Newsletter, drei oder vier Nachrichten von Bekannten, die trotz des Medienrummels nicht mitbekommen haben, was mit ihr passiert ist. Nur das, was Marie sucht, findet sie nicht. Keine Nachricht vom Forum, dass Elli ihr an ihr Postfach dort geschrieben hat. Nicht eine einzige.

Maries Bauch krampft sich zusammen, ihr ist klar, was das bedeutet: Elli weiß es. Sie weiß, dass Marie wegen Mordes verurteilt wurde, vielleicht hat sie es in der Zeitung gelesen oder im Fernsehen gesehen. Marie hatte Elli ja sogar ihren echten Namen verraten, und auch so wird ihre Netzfreundin sofort gewusst haben, um wen es in den Berichten ging. Deshalb keine Nachricht mehr von ihr. Weil sie wusste, dass Marie keine Mails mehr erreichen würden? Oder weil sie, wie so viele andere, Marie nun für ein Monster hält? Dann hatte sie offenbar noch nichts von den neuesten Entwicklungen gehört, von Felix' Tod und der Wiederaufnahme des Verfahrens.

Mit eiligen Fingern tippt Marie die Forumsadresse ein, wartet, dass der Browser die Seite lädt, meldet sich an und öffnet das Postfach. Sie ruft die letzte Nachricht von Elli auf, die sie am Morgen der Premiere von »Romeo und Julia« gelesen und bisher nicht beantwortet hat. Dann schreibt sie los.

Liebe Elli,

ich denke, du weißt, wo ich so lange war, denn es stand ja überall in der Presse. Jetzt bin ich wieder zu Hause, besser gesagt wohne ich bei meinem Exmann. Das Gericht hat mich heute freigesprochen! Bitte melde dich bei mir, ich vermisse dich und habe dir unglaublich viel zu erzählen!

Deine Marie

Wieder scheint Elli genau in diesem Moment auch online zu sein. Keine dreißig Sekunden später ertönt das vertraute »Bling«, das den Eingang einer neuen Nachricht anzeigt. Marie klickt auf »Öffnen«. Und ist erstaunt. Denn es ist nicht Elli, die ihr da schreibt. Es ist eine automatisierte Antwort des Forumsadministrators: Der *User Hamburg-Elli ist nicht mehr aktiv.*

Christopher macht es Marie so leicht wie möglich, wieder in den Alltag zurückzufinden. Was er nur kann, nimmt er ihr ab, ob es ums Einkaufen, ums Kochen oder ums Putzen geht, sogar das Wäschewaschen übernimmt er. Bis sie ihm nach einer Woche sagt, dass es nicht gut für sie ist, wenn er sie wie eine Kranke behandelt, dass es ja eben darum geht, dass sie wieder *eigenständig* lebt.

Ihr gelingt es gerade noch, zu verhindern, dass ihr ein »So, wie Patrick es getan hat« herausrutscht. Christopher verspricht leicht beleidigt, sie ab sofort nicht mehr zu verhätscheln.

Sein Angebot, sie zu den täglichen Therapiestunden zu fahren und draußen auf sie zu warten, bis sie fertig ist, nimmt sie trotzdem an. Auch wenn sie weiß, dass es nicht leicht ist für ihn, sein Leben und die Arbeit so um Marie herum zu organisieren. Doch zum einen hat sie kein Auto mehr, zum anderen fühlt sie sich noch zu unsicher, um sich allein in der Stadt zu bewegen, den Bus oder die U-Bahn zu nehmen und inmitten von fremden Menschen zu sitzen. Menschen, die sie neugierig anstarren, seit Fotos von ihr veröffentlicht wurden, wird sie hin und wieder erkannt.

Aber auch das passiert immer seltener, schon nach zwei Wochen kann sie mit Christopher durch einen Supermarkt gehen, ohne dass die Umstehenden sich gegenseitig anstupsen und verstohlen auf sie zeigen. Der Mensch vergisst schnell, nach einer kurzen Aufregung ist es nun ein anderes Thema, das die Allgemeinheit beschäftigt, vielleicht ein Massenmörder in Norwegen oder ein hoher Politiker, der wegen vermeintlicher

Bestechung am Pranger steht. Marie ist froh. Froh darüber, dass für sie doch so etwas wie Normalität möglich sein kann.

Von Elli hat sie nichts mehr gehört, sie ist komplett von der Bildfläche verschwunden, und Maries Versuche, über das Internetforum ihren richtigen Namen oder eine andere E-Mail-Adresse herauszufinden, laufen ins Leere. Sie hat versucht, den Betreibern der Seite zu erklären, dass sie wirklich dringend Kontakt zu Elli haben muss. Vergeblich, nichts zu machen, Datenschutz, natürlich, da könnte ja jeder kommen!

Und so muss es jetzt eben allein gehen, ohne die vertraute Freundin. Auch wenn Marie noch oft an Elli denkt und das Bedürfnis verspürt, ihr zu erzählen, was alles geschehen ist. Wie gern hätte sie ihr geschrieben, dass sie wirklich recht hatte und dass Marie nicht eine Sekunde lang daran hätte zweifeln dürfen: dass Denken nicht Tun ist. Sie hofft, dass Elli es trotzdem weiß, dass sie nicht irgendwo sitzt – vielleicht auch in einer Klinik, in einer Irrenanstalt – und glaubt, dass Marie eine Mörderin ist.

Ebenso verschwunden wie Elli bleibt Vera. Einen Brief hat Marie über die Klinik noch von ihr erhalten, ein paar knappe Zeilen, in denen sie um Verzeihung bittet. In denen sie noch einmal betonte, dass sie wirklich geglaubt habe, Marie sei die Mörderin und dass sie Felix nie und nimmer ein falsches Alibi verschafft hätte, hätte sie die Wahrheit auch nur geahnt. Kurz hat Marie überlegt, ihr zu antworten, hat es aber dann nicht getan. Wenigstens das will sie vergessen, diese Episode in ihrem Leben, die ihr noch mehr Leid und Kummer gebracht hat, als ohnehin schon da war. Einfach vergessen. Oder, wie Jan Falkenhagen sagen würde, *verdrängen*. Was auch immer, Hauptsache, sie wird daran nicht mehr erinnert.

Sie ist nicht wütend auf Vera. Nicht einmal, weil ihre Falschaussage vielleicht überhaupt erst dazu geführt hat, dass Marie sich für die Schuldige hielt. Auch weil sie versteht, dass man diejenigen, die man liebt, schützen will. Das ist normal, normale Menschen verhalten sich so. Und das will Marie ab sofort auch wieder, sich so normal verhalten wie möglich, und diese Geschichte, die sie erleben musste, und alles, was damit zu tun hat, würde sie daran nur hindern.

Über dem Eingang flattert ein Schriftzug im Wind, eine Girlande mit den Worten »Herzlich Willkommen«.

Acht Wochen nach ihrer Entlassung aus der Forensik hat Marie den Mut, wieder zur Arbeit zu gehen. Ihre Therapeutin findet, dass nichts dagegenspricht, vorausgesetzt, dass Marie sich langsam eingewöhnt und sich nicht übernimmt. Zwei oder drei Stunden am Tag sind in Ordnung, sie hält ihre Patientin für stabil genug. Der Zwang, das merkt auch Marie mit großer Erleichterung, hat sich zurückgezogen. Hat die Waffen gestreckt, die weiße Flagge gehisst und ihren Kopf verlassen. *Unheilbar*, dieses Wort, das Marie damals im Forum gelesen und das sie so erschreckt hatte, scheint auf sie nicht zuzutreffen.

»Sie haben Glück«, hat ihre Therapeutin gesagt, »Sie gehören zu den wenigen Menschen, die den Zwang vollständig besiegt haben. Das heißt nicht, dass er nicht wiederkommen kann, da müssen Sie trotzdem aufpassen.« Das wird Marie, darauf wird sie genauso gut aufpassen wie auf die Kinder, auf die sie sich schon seit Tagen freut.

Christopher geht neben ihr, als sie den Kindergarten erreichen. Es kommt ihr vor, als seien Jahre vergangen, seit sie zuletzt hier war, seit sie zuletzt durch diese Tür, in dieses Leben gegangen ist.

Mit einem Mal bekommt sie Angst, Angst davor, das Gebäude zu betreten. Auch wenn der Schriftzug sie willkommen heißt – was erwartet sie hier? Ihre alten Kollegen, die vertrauten Kinder, sicher, das weiß sie. Aber heute ist Marie nicht mehr die Alte, die Vertraute, das ist sie nicht und das wird sie nie wieder sein.

»Alles in Ordnung?«, fragt Christopher.

»Geht so.«

»Sollen wir lieber wieder fahren? Das ist kein Problem, ich kann kurz reingehen und Bescheid sagen, dass du doch nicht kommst. Das wird jeder verstehen. Meiner Meinung nach ist es sowieso zu früh, du solltest dir mehr Zeit geben.« Marie denkt an ihre Worte. An das, was sie zu Hannah gesagt hat. *Je länger es dauert, desto größer wird die Angst*

»Nein«, sie schüttelt den Kopf. »Ich gehe da jetzt rein und mache das, was ich am besten kann. Mit Kindern arbeiten.«

»Bist du sicher?«

»Ja, das bin ich.«

»Marie!!!« Kaum hat sie die Eingangstür durchquert, stürmen die ersten Knirpse auf sie zu und werfen sie fast um. Dutzende kleine Kinderhände zerren an ihr, Marie weiß gar nicht, wie ihr geschieht.

»Langsam, langsam!«, ruft sie aus. »Ihr überfallt mich ja richtig!« Sie muss laut lachen, während sie die vielen kleinen Körper an sich drückt, heiße Wangen küsst und streichelt und feuchte Schmatzer abbekommt.

Mittlerweile sind auch ihre Kollegen im Flur, Jennifer, Tanja und die anderen stehen da, sehen zu, wie Marie überrannt wird, lachen und klatschen und johlen begeistert, trampeln sogar mit den Füßen.

Marie fühlt sich wie im Rausch, mit so einer Begrüßung hatte sie nicht gerechnet. Nicht damit, dass die Kinder sie so vermisst haben, ihre Kollegen ihr so deutlich zeigen, wie sehr sie Marie schätzen. Wie froh sie sind, dass sie wieder da ist. Marie ist überwältigt, kann die Tränen schon wieder nicht zurückhalten, muss gleichzeitig weinen und lachen vor Glück.

Und während immer noch klebrige Kinderhände an ihr zerren, kleine Ärmchen sich um sie legen und helle Stimmen ihren Namen rufen, spürt sie ihr Herz. Ihr Herz, das geheilt ist. Denn das, wovor sie die größte Angst hatte, es tritt nicht ein. Keine schlimmen Gedanken mehr. Nicht ein einziger.

Als Marie am nächsten Morgen wieder in die Kita kommt, ist sie fröhlich und gut gelaunt. Den Abend zuvor hat sie mit Christopher beim Italiener gesessen, hat mit ihm bei einem Drei-Gänge-Menü ihren ersten erfolgreichen Arbeitstag gefeiert. Sie haben angestoßen, Christopher aus Solidarität mit Marie ebenfalls mit Apfelsaftschorle, denn sie hat beschlossen, vorerst keinen Alkohol mehr anzurühren. Sie will nichts riskieren, wird nichts tun, das es dem Kobold, dem Dämon erleichtern würde, sich wieder in ihrem Kopf breitzumachen.

Trotzdem war es schon kurz vor zwei, bis sie wieder in der Wohnung waren, weil Marie nicht müde wurde, ihm haarklein von jeder noch so unwichtigen Einzelheit zu berichten. Davon, wie sie mit ihrer Gruppe gebastelt hatte, wie die Kinder ihr stolz zwei neue Lieder vorgetragen hatten, vom Kuchen, den Jennifer zur Feier des Tages selbst gebacken hatte und darüber, dass die Kollegen ihr privates Fach die ganze Zeit frei gehalten hatten, weil alle sicher gewesen waren, dass sie zurückkommen wird. Christopher hatte sich mit ihr gefreut und immer wieder betont, wie stolz er auf sie sei.

Und stolz fühlt Marie sich auch, als sie jetzt die Kita betritt, so, als wäre es das Normalste auf der Welt. Sie hängt ihren Mantel an der Garderobe auf, ein paar Kids flitzen einfach an ihr vorbei und begrüßen sie nicht einmal. Marie muss lächeln. Besonders war gestern. Heute ist wieder normal.

»Guten Morgen!« Jennifer sitzt im Gruppenraum beim Frühstück mit den Kindern, die auf ihren Miniaturstühlen an ihren Miniaturtischen hocken und sich mit tapsigen Händen ein paar Brote streichen.

»Guten Morgen!« Marie nickt ihr zu. Die Kollegin ist gerade damit beschäftigt, Lena auf ihrem Schoß von einem Klumpen Tartex zu befreien, den das Mädchen sich entweder selbst in die Haare geschmiert oder von einem anderen Kind auf den Kopf gekleistert bekommen hat.

Schön, denkt Marie, *alles wirklich ganz herrlich normal!* Sie kann nicht sagen, wann – wenn überhaupt – sie sich das letzte Mal so sehr über ein bisschen vegetarischen Brotaufstrich in Kinderhaaren gefreut hat.

Marie hockt sich zusammengefaltet auf einen Ministuhl und betrachtet zufrieden die Frühstücksszene.

»Fehlen da nicht ein paar?«, fragt sie Jennifer, als sie beim Durchzählen nur auf sechzehn anstelle der üblichen fünfundzwanzig Kinder ihrer Gruppe kommt.

»Ja«, antwortet Jennifer und kämpft weiter mit Lenas Haaren, »Emil und Paul kommen heute später, die restlichen sieben sind krank.«

»Krank? Gleich sieben?«

»Ich hab's auch nur von Tanja gehört, die hat die Anrufe angenommen.« Sie zuckt mit den Schultern. »Magen-Darm, das Übliche.« Jennifer wirkt ein bisschen nervös, als hätte sie Sorge, sich auch angesteckt zu haben. Das passiert schnell, ein Kindergarten ist ein regelrechter Bazillenherd. Marie erinnert sich an ihre Anfänge als Erzieherin, da lag sie ständig flach, bis ihr Immunsystem sich an die kleinen Virenschleudern gewöhnt hatte.

»Hoffentlich grassiert das jetzt nicht«, sagt Marie.

»Das hoffe ich auch.« Lena zappelt auf Jennifers Schoß herum und teilt mit lautem Protest mir, dass es an den Haaren ziept. »Mir war heute früh auch schon ganz flau im Bauch«, sagt die Kollegin und versucht, das Kind zu bändigen.

»Na ja.« Marie zuckt mit den Schultern. »Spätestens heute Nachmittag wissen wir es. Aber wird schon nicht so schlimm sein.«

Am nächsten Tag fehlen zwei weitere Kinder wegen Magen-Darm-Infekt. Einen Tag später noch eins, am vierten Tag sind es schon zwölf.

»Seltsam«, sagt Marie, als sie vom Flurtelefon zurück in den Gruppenraum kommt, nachdem noch jemand angerufen und sein Kind krankgemeldet hat. »Da scheint ja echt was Übles rumzugehen, so viele Fälle auf einmal hatten wir noch nie!«

»Die werden schon wieder gesund«, sagt Jennifer. »Gut für uns, je weniger Rabauken, desto mehr Ruhe haben wir.« Irritiert macht Marie sich daran, die verbliebenen Kinder vom Spielen zusammenzurufen, um ihnen ihre tägliche Geschichte vorzulesen, bevor es Mittagessen gibt. *Das Essen,* überlegt sie, *ob irgendwas damit nicht in Ordnung ist?* Aber alle im Kindergarten essen dasselbe, und weder von den Betreuern noch aus den anderen drei Gruppen sind übermäßig viele krank.

Nach der Mittagspause werden wie immer ein paar Kinder von den Eltern, die nur halbtags arbeiten, abgeholt, und auch für Marie ist nach den drei Stunden am Vormittag jetzt Schluss, erst in ein paar Monaten will sie wieder auf eine volle Stelle gehen.

Sie steht im Flur, zieht sich ihren Mantel an und winkt Lena zu, die in der Tür zum Gruppenraum steht und ihr frech die Zunge rausstreckt.

»Das können wir nicht machen, da verlangst du etwas Unmögliches!« Sie hört Jennifers aufgeregte Stimme, die aus der kleinen Teeküche zu ihr dringt. Zwar ist die Tür geschlossen, aber Marie hat trotzdem jedes Wort verstanden. Sie horcht auf. Jennifer ist eben mit Antons Mutter dort verschwunden.

»Aber wie stellt ihr euch das vor? Was ist mit der Sicherheit der Kinder?« Marie zuckt zusammen, ihre Hände werden eiskalt, ihr Herz beginnt zu rasen. Sie muss gar nicht erst rätseln, worüber Jennifer mit Antons Mutter spricht. Sie weiß es. Es geht um sie, Marie.

»Sie ist wieder gesund«, hört sie nun ihre Kollegin sagen, als würde sie Maries Verdacht bestätigen wollen.

»Ja? Wie wollt ihr da so sicher sein? Wenn ich daran denke, was damals mit Anton war ...« Sie spricht nicht weiter, aber auch das ist nicht nötig, überhaupt nicht nötig.

Marie ist wie erstarrt, steht im Flur mit halb angezogenem Mantel, unfähig, auch nur den kleinen Finger zu rühren, von ihren Füßen ganz zu schweigen. Obwohl sie am liebsten weglaufen will, sich ducken unter diesen Worten, die da aus der Küche kommen und sie wie Schläge treffen.

»Es ist nichts passiert«, hört sie Jennifer sagen. »Und es wird auch nichts passieren!« Schweigen, darauf hat Antons Mutter nichts zu erwidern. Oder zumindest nicht sofort. Kurze Zeit später erklingt ihre Stimme doch wieder.

»Das ist unverantwortlich! Wenn sie hier weiter arbeitet, bleibt uns nichts anderes übrig, als Anton abzumelden! Und ich bin sicher, dass das die meisten Eltern tun werden, nicht nur die aus unserer Gruppe!«

Plötzlich kommt Bewegung in Marie. Als hätte ihr jemand von hinten einen Stoß gegeben, stürzt sie auf die Küchentür zu, reißt sie mit einem Ruck auf.

Jennifer und Antons Mutter fahren zu ihr herum. Starren sie an, beide das personifizierte schlechte Gewissen. Bei der Mutter des Jungen nur für einen Schrecksekunde, dann hat sie ihre Gesichtszüge wieder unter Kontrolle, angriffslustig reckt sie das Kinn.

»Marie, wir haben ...«, macht Jennifer den Versuch einer Erklärung, aber ihre Stimme erstirbt.

»Ich habe alles gehört«, sagt Marie. Ihre Stimme zittert, sie muss sich beherrschen, um nicht zu brüllen. Nicht aus Wut. Aus Angst.

»Tut mir leid, dass du es so erfahren musst«, sagt Antons Mutter und sieht wieder eine Spur freundlicher aus. »Man hätte es dir anders beibringen sollen.«

»Es stimmt also gar nicht?«, wendet Marie sich an Jennifer. »Dass so viele krank sind?« Ihre Kollegin schüttelt den Kopf.

»Nein«, gibt sie zu. »Das war eine Notlüge.«

»Dann«, Marie traut sich kaum, es auszusprechen, »dann sind so viele nicht da, weil ihre Eltern glauben, ich könnte ihren Kindern etwas antun? Ist es das?« Keine von beiden sagt ein Wort, stumm und verlegen sehen sie Marie an. Marie hat das Gefühl, als würde der Boden unter ihr wanken. Ihr schlimmster Albtraum, das, was sie immer befürchtet hat – ist es nun wahr? Nicht dass sie ihre Gedanken in die Tat umsetzt. Aber dass andere denken, sie *könnte* es tun.

»Wir haben es doch alle in der Zeitung gelesen«, wagt Antons Mutter sich zaghaft vor. »Diese schreckliche Sache mit dem Schriftsteller und ...«

»Ich bin unschuldig!« Marie brüllt so laut, dass die Tür der Teeküche vibriert. Hinter sich hört sie erschrockenes Kindermurmeln, ansonsten ist es plötzlich mucksmäuschenstill in der Kita.

»Ja, das wissen wir«, sagt Jennifer. »Und die Eltern wissen es auch, sie sind nur ...«

»Trotzdem!«, sagt die Mutter. »Das, was da über diese Krankheit stand, an der du leidest ...«

»Gelitten habe!«, schneidet Marie ihr das Wort ab.

»Mein Mann hat mit einem Arzt gesprochen. Und der hat gesagt, dass sie jederzeit wieder ausbrechen kann.«

»Nicht, wenn ich aufpasse«, sagt Marie. Gleichzeitig merkt sie, wie schwach sie sich fühlt. All die Energie, all die Vitalität, die sie in den letzten Tagen tanken konnte, scheint aus ihr herausgesaugt zu werden, viel länger wird sie diese Diskussion nicht durchhalten.

»Wie willst du denn aufpassen? Nur der kleinste Stress kann die Krankheit wieder auslösen, hat mein Mann gesagt, der hat sich darüber erkundigt.«

»Selbst wenn!« Marie mobilisiert die letzten Reserven, um die Mutter zu überzeugen, dass sie für keines der Kinder eine Gefahr darstellt. »Denken ist nicht tun!« Ihre Stimme überschlägt sich fast, als sie Ellis Leitsatz hinausschreit. »Es ist nur in meinem Kopf, nur da, aber es ist keine Tat! Ich würde nie etwas machen, was den Kleinen schaden kann, nie! Und die Kinder wissen das.« Der letzte Satz kommt leise und resigniert. Es sind Hannahs Worte, die Antons Mutter natürlich nicht verstehen kann.

»Marie«, nun schlägt die Mutter einen überraschend sanften Ton an. Sie macht einen Schritt auf Marie zu. »Ich weiß ja, dass das schlimm für dich ist. Und es will dir doch keiner etwas Böses. Aber«, sie sucht nach den richtigen Worten. »aber du musst das doch auch verstehen. Stell dir doch nur einmal vor, es wäre dein Kind.«

Dein. Kind.

Celia.

Das ist zu viel. Der Widerstand in Marie bricht in sich zusammen wie ein Kartenhaus, für einen Moment muss sie sich am Türrahmen festhalten. Dann, als würde ein Adrenalinstoß durch ihren Körper pumpen, schnellt sie herum und stürzt davon. Sie hört Jennifer noch ihren Namen rufen, aber sie bleibt nicht stehen. Marie muss raus hier, raus, bevor sie tatsächlich etwas tut, was sie hinterher bereuen könnte.

Christopher ist nicht zu Hause, als sie die Wohnung erreicht. Auch in seinem Büro oder über Handy ist er nicht zu erreichen. Sie versucht es bei ihrer Therapeutin, aber auch dort geht nur der Anrufbeantworter ran.

Was tun, was tun?, rattert es durch ihren Kopf, während sie rastlos durch Christophers Wohnung hin und her läuft. Was soll sie nur tun?

Sie ist unschuldig, freigesprochen, wieder gesund – aber das alles interessiert nicht. Es ist, wie ihre Mutter Regina prophezeit hatte, die Leute halten sie für verrückt! Ja, sie haben Angst vor ihr! Daran kann kein Gericht der Welt, kein ärztliches Gutachten etwas ändern. Marie ist stigmatisiert, eine Aussätzige, eine, von der man sich fernhalten muss! Es gibt nichts, was sie dagegen tun kann, nichts. Als ihr das klar wird, sackt sie weinend in sich zusammen.

»Was ist denn hier los?« Marie hebt den Kopf, sie muss eingenickt sein, Christopher blickt verwundert auf sie herab. »Was ist passiert?«

Marie bleibt auf dem Boden hocken, erzählt mit fast teilnahmsloser Stimme vom Kindergarten, von der angeblichen Krankheitswelle und von Antons Mutter.

»Was für dumme, selbstgerechte Arschlöcher!«, schreit Christopher wütend.

»Sie haben eben Angst«, sagt Marie, als müsse sie ihre Angreifer verteidigen.

»Dann sind es eben ängstliche Arschlöcher! Du bist freigesprochen worden, und du bist gesund. Die können dich da nicht rausekeln, dafür gibt es keine rechtliche Grundlage!«

»Aber sie können ihre Kinder abmelden.«

»Dann sollen sie das machen, kann dir ganz egal sein!«

»Mir ist es aber nicht egal, Christopher.« Sie hat das Gefühl, ihn beruhigen zu müssen. »Ich kann sie auch ein bisschen verstehen. Sie glauben, dass ihre Kinder bei mir in Gefahr sind.«

»Quatsch!«, fährt er sie an. »Das Gefährlichste am Kindergarten ist der Weg dahin!«

»Ich weiß.«

»Wir fahren da jetzt sofort vorbei!«, sagt Christopher.

»Was soll das bringen?«

»Ich werde mit der Kita-Leitung sprechen. Das wollen wir doch mal sehen!« Er ist so aufgebracht, dass seine Halsmuskulatur deutlich hervortritt. Als wäre *er* kurz davor, jemanden zu schlagen.

»Nein.« Marie wünscht, sie könnte etwas anderes erwidern, ihm sagen, dass sie wirklich hinfahren und ordentlich auf den Putz hauen sollten. Aber sie weiß, dass es zwecklos ist. »Selbst, wenn wir im Recht sind und mir niemand etwas anhaben kann – ihr Vertrauen in mich ist zerstört, alle halten mich für krank und gefährlich.«

»Aber – «

»Nein, Christopher, nichts aber. Ich rufe morgen in der Mansteinstraße an und melde mich für unbestimmte Zeit krank.« Allein bei dem Gedanken bildet sich ein dicker Kloß in ihrem Hals. So sehr hat sie sich darauf gefreut, wieder mit den Kindern arbeiten zu dürfen! Doch genau um die geht es eben auch: um die Kinder. »Es geht auch um die Kinder«, formuliert sie ihren Gedanken laut. »Die können schließlich nichts dafür und müssen wegen mir jetzt zu Hause bleiben. Das will ich nicht!« Einen Moment sieht Christopher noch immer fuchsteufelswild aus, doch dann scheint auch er in sich zusammenzusacken, er lässt die Schultern sinken, seine kämpferische Miene weicht einem Ausdruck von Resignation.

»Vielleicht hast du recht.«

»Ja«, sie nickt. Er setzt sich neben sie, nimmt sie in den Arm und presst sie so fest an sich, dass sie kaum noch Luft bekommt.

»Es tut mir leid«, flüstert er und streichelt ihr dabei übers Haar. »Es tut mir so unendlich leid.« Daran, wie sein Körper zuckt, kann sie spüren, dass er weint. Sie beugt sich zurück, nimmt sein Gesicht in beide Hände und wischt ihm die Tränen fort.

»Ist schon gut, du kannst nichts dafür.«

»Doch«, erwidert er. »Ich hab dich damals alleingelassen, vielleicht ist es nur deshalb so weit gekommen.«

»Schscht«, tröstet Marie ihn. Sie streichelt ihm über die Wange, fühlt seine glatte, weiche Haut unter ihren Händen, sieht die Tränen in seinen Augen. Und schließlich sein Gesicht, das ihrem, wie in Zeitlupe, näher und näher kommt, bis ihre Lippen sich berühren.

Es ist ein zärtlicher, ein vorsichtiger, tastender Kuss. Als hätten beide Angst davor.

»Marie«, murmelt Christopher. »Ich wünschte, ich könnte das alles einfach wegküssen.«

»Schscht«, macht sie noch einmal. »Ist schon gut. Es ist gut.« Sie rückt ein Stück ab von ihm und sieht ihn an, er versucht, sie wieder näher an sich heranzuziehen. »Nein, Christopher«, wehrt sie ihn sanft ab. »Nicht mehr, jetzt nicht. Ich brauche etwas anderes. Ich brauche einen Freund, der mich versteht.« Christopher nickt. Traurig und ratlos.

An Schlaf ist nicht zu denken, als Marie später in ihrem Bett liegt und an die Decke starrt. Obwohl sie und Christopher wissen, dass es keine Lösung gibt, haben sie noch stundenlang debattiert. Darüber, was Marie tun kann. Ob sie überhaupt etwas tun kann. Und sind zu der Erkenntnis gekommen, dass es momentan keinen Ausweg gibt.

Ja, sie könnte sich bei einer anderen Kita bewerben. Aber ihr Fall hat zumindest in ganz Hamburg für so viel Wirbel gesorgt, dass es sinnlos wäre, man wird sie überall erkennen oder wenigstens bald herausfinden, wer sie ist. Vielleicht hat sie in ein paar Jahren, wenn Gras über die Sache gewachsen ist, wieder eine Chance als Erzieherin. Bis dahin wird es schwierig werden, Eltern zu finden, die ihr ihre Kinder anvertrauen.

Elli! Wie gern würde sie sich mit ihr austauschen, mit jemandem, der genauso betroffen ist wie sie. Der vielleicht einen Rat hat, irgendeine Idee, auf die Marie selbst nicht kommt. Jemand, der ihr sagen kann, wie sie mit diesem Kainsmal umgehen soll, wie sie damit ein halbwegs normales Leben führen kann. Aber Elli ist weg, es gibt sie für Marie nicht mehr.

Jan Falkenhagen? Er ist zwar nicht mehr für sie zuständig, trotzdem hat der Arzt ihr beim Abschlussgespräch angeboten, dass sie sich jederzeit bei ihm melden darf. Marie verwirft den Gedanken, er kann ihr auch nichts anderes sagen als das, was nicht Betroffene halt so sagen: dass es schon wieder gut werden wird und sie sich noch etwas mehr erholen soll. Was man so sagt, wenn man nicht weiß, was man sagen soll.

Ein paar Minuten bleibt Marie noch liegen, dann setzt sie sich im Bett auf. Das Forum. Sie könnte dort einen anderen Betroffenen suchen, mit dem sie sich austauschen kann. Aber dafür müsste sie ihre ganze Geschichte erzählen. Und wie diese Geschichte erzählen, ohne dass dem anderen klar wird, wer sie ist? Jemandem, den sie nicht kennt, ihr gesamtes Unglück schreiben?

Sie geht rüber zu ihrem Notebook, klappt es auf und setzt sich davor. Sie wird es noch ein letztes Mal versuchen. Versuchen, ob sie Elli nicht doch wiederfinden kann. Vielleicht gibt es im Forum jemanden, der eine Ahnung hat, wo sie steckt, ob es ihr gut geht, ob man sie irgendwo erreichen kann. Den Versuch ist es wert.

Marie surft zum Forum, loggt sich ein und eröffnet einen neuen öffentlichen Thread:

Achtung, wichtig! Suche dringend Hamburg-Elli. Wer hat oder hatte Kontakt zur ihr? Bitte private Nachricht an mich!

15

Am nächsten Morgen ist Maries Postfach leer. Schon um kurz vor sieben fährt sie im Bett hoch, obwohl sie erst um fünf Uhr eingeschlafen ist, springt sofort auf, setzt sich an ihren Computer und öffnet den Briefkasten. Nichts, keine Antwort auf ihren Aufruf. Enttäuscht schließt sie das Fach, starrt blicklos auf den Bildschirm. *Nicht so ungeduldig,* beruhigt sie sich selbst, *du hast es ja gerade erst gepostet.*

Am Nachmittag dasselbe Bild, ein leeres Nachrichtenfach gähnt Marie an, niemand meldet sich bei ihr. So geht es auch am nächsten Tag und am übernächsten, die Hoffnung, Elli doch noch zu finden, schmilzt mehr und mehr dahin.

Als sie am vierten Morgen wieder um kurz vor sieben am Computer sitzt, kann Marie ihr Glück kaum fassen. Der Button für neue Meldungen in ihrem Postkasten blinkt, sie klickt ihn auf und schreit fast vor Freude auf. Nicht nur eine neue Nachricht hat sie. Es sind gleich *zwei!*

Die erste ist von *Crazy1978*, die schreibt, sie hätte sich vor zwei Jahren mit Elli hin und wieder gemailt, der Kontakt sei aber im Sande verlaufen und sie wisse auch nicht, wo sie abgeblieben sei.

Frustriert schließt Marie die Mail und wendet sich dann der nächsten zu:

Hi, HelenaHH,

ich weiß nicht, ob ich Dir helfen kann, aber Dein Aufruf klang so dringend. Ich kenne Elli, das heißt, ich hab mir mit ihr mal geschrieben. Vier oder fünf Jahre ist das jetzt her, war ein ziemlich intensiver Kontakt. Wir wollten uns sogar mal treffen, aber da ist sie nicht zur Verabredung gekommen, und danach hab ich nie wieder was von ihr gehört. Ich war ziemlich sauer, dass sie mich so versetzt hat. War extra von Ahrensburg in die Stadt gefahren, und sie ist einfach nicht aufgetaucht, hat sich hinterher nicht mal entschuldigt oder mir erklärt, wo sie war, auch nicht, als ich ihr noch zwei Mal geschrieben habe, eine Antwort von ihr habe ich nie bekommen. Glaube zwar nicht, dass dir das wirklich weiterhilft, aber vielleicht ja doch ein bisschen?

MissMarvellous

Marie kann kaum glauben, was sie da liest. *MissMarvellous* war auch mit Elli verabredet, und da ist ihre Chatfreundin ebenfalls nicht aufgetaucht? Warum nicht? Weshalb will jemand sich treffen und kommt dann einfach nicht? Oder hatte Elli damals wieder einen Zwangsschub? Oder Angst? Weshalb hat sie sich dann nicht mehr bei *MissMarvellous* gemeldet, sich für ihr Fortbleiben entschuldigt oder es wenigstens erklärt, so wie sie es bei Marie ja immerhin getan hat? Warum der komplette Kontaktabbruch?

Marie antwortet *MissMarvellous*, fragt sie, wie und wo genau sie sich mit Elli treffen wollte. Sie drückt auf »Senden«, trommelt danach nervös mit den Fingern auf ihrem Sekretär herum.

Nach einer Weile steht Marie auf und geht hinaus auf den Flur, schleicht auf leisen Sohlen zu Christophers Zimmer, legt ihren Kopf an die Tür und lauscht. Sie kann ihn regelmäßig atmen hören, er schläft, sein Wecker geht erst in einer Stunde los. Sie überlegt, ob sie so lange warten kann, aber dann siegt die Ungeduld. Sie ist zu aufgewühlt, zu durcheinander, sie muss mit jemandem reden.

So geräuschlos wie möglich drückt sie die Klinke herunter. Unsinnig, das weiß sie, denn sie will Christopher ja wecken. Im halbdunklen Zimmer sieht sie ihren Exmann, wie er – alle viere von sich gestreckt – selig schlummernd auf seinem Bett liegt, die Decke runtergestrampelt bis ans Fußende.

»Christopher«, flüstert sie, um ihn nicht zu erschrecken. »Bist du wach?« Sie weiß, wie dumm diese Frage ist, schließlich weckt sie ihn gerade.

Christopher gibt einen unwilligen Laut von sich, dann schlägt er die Augen auf. »Guten Morgen«, murmelt er schlaftrunken. »Was gibt's denn?« Sein Blick fällt auf den Nachttischwecker, und er runzelt die Stirn. »Es ist ja nicht mal sieben!« Unmut schwingt in seiner Stimme mit.

»Ich weiß, tut mir leid. Aber es hat sich jemand gemeldet, der Elli kennt.«

»Elli?« Er wirft ihr einen verwirrten Blick zu.

»Meine Freundin aus den Zwangsforum«, erinnert sie ihn.

»Ich hab dir von ihr erzählt. Und dass ich versuchen will, sie zu finden.«

»Ach ja, stimmt, hab ich vergessen. Wer hat sich denn da gemeldet?«

»Eine andere Frau, die sich auch mit ihr geschrieben hat und mir ihr verabredet war. Und auch bei diesem Treffen ist Elli nicht aufgetaucht.«

»Na und?« Christopher rekelt und streckt sich, gähnt noch einmal so herzhaft, dass ihm dabei die Augen tränen.

»Findest du das nicht komisch?«

»Nein. Kann doch sein, dass sie wirklich zwei Mal vor einem Treffen Angst bekommen hat. Außerdem: Wer weiß schon, wer sich alles so im Netz hinter irgendwelchen Webnamen rumtreibt?«

»Ich weiß nicht«, sagt Marie. »Das kommt mir seltsam vor. Auch, dass Elli jetzt komplett verschwunden ist.«

»Vielleicht hatte sie schlicht keine Lust mehr auf dieses Forum.«

»Und wenn etwas anderes dahintersteckt?«

»Was soll denn dahinterstecken?«

Marie hebt ratlos die Arme. »Keine Ahnung. Aber ich würde mich besser fühlen, wenn ich es wüsste.«

»Vielleicht findest du Elli ja noch und kannst sie dann fragen.« Christophers Tonfall klingt bemüht aufmunternd, er streckt eine Hand nach ihr aus, aber Marie ist schon vom Bett aufgestanden.

»Ich geh mal in die Küche und koch Kaffee«, sagt sie, Christopher lässt den Arm wieder sinken.

Nachdem sie zusammen gefrühstückt haben und Christopher zur Arbeit gefahren ist, checkt Marie noch einmal ihr E-Mail-fach. Noch hat *MissMarvellous* ihr nicht geantwortet, eine weitere Rückmeldung auf ihren Aufruf gibt es ebenfalls nicht, also surft sie unschlüssig ein bisschen im Netz. Gerade mal halb neun ist es, ein endlos langer Tag liegt vor ihr, und sie fragt sich, wie sie ihn hinter sich bringen soll. Diesen Tag und den nächsten und den danach.

Mit dem Rauchen hat sie aufgehört, Kinder mögen keinen Zigarettengestank, aber jetzt denkt sie gerade, dass sie glatt wieder anfangen könnte. In der Forensik hat sie sich damit die Zeit eingeteilt. Damit und mit der Frage, was bloß passiert ist mit ihrem Leben, was sie getan hat oder auch nicht. Nicht einmal das muss sie jetzt noch, Marie muss gar nichts mehr, sie kann hier einfach sitzen bleiben und dabei zusehen, wie die Zeit vergeht.

Fast denkt sie, dass es in der Klinik besser war. In dieser Anstalt mit dem nummerierten Besteck und dem geregelten Tagesablauf, mit dem Rumsitzen im Innenhof und dem Zigarettenzüge zählen, mit den Arztgesprächen und dem Dasein als Verrückte.

Vielleicht sollte sie mal Hannah besuchen? Schließlich hat sie das versprochen. Mit Bus und Bahn dauert es sicher eine Stunde bis zur Klinik, wenn sie etwas bummelt sogar eineinhalb. Eine Stunde dürfte sie dort bleiben, vielleicht erlaubt man ihr sogar ein bisschen mehr, sie ist ja schließlich Expatientin. Ja, so könnte sie wenigstens einen Tag mit etwas verbringen, das ihr halbwegs sinnvoll erscheint.

»Bling!« Marie hat eine neue Nachricht. *MissMarvellous* hat sich gemeldet.

Hi Helena,

ich musste erst mal in meinen alten Mails suchen, das ist ja schon ewig her. Aber ich hab sie gefunden! Also, wir waren damals auf der Reeperbahn verabredet, in einem »Café Bley«. Erkennungszeichen sollte eine rote Rose sein, also hab ich da eine Stunde blöd rumgesessen, die Rose auf dem Tisch, dann bin ich abgehauen. Mehr weiß ich leider wirklich nicht.

Liebe Grüße, MissMarvellous

Marie starrt auf die Nachricht. Rote Rose. Café Bley. Das heißt nichts, natürlich heißt das nichts. Warum soll Elli nicht zwei Mal den gleichen Laden auswählen, weshalb nicht zwei Mal eine Rose als Erkennungszeichen vorschlagen? Und warum nicht zwei Mal einfach fernbleiben?

Trotzdem. Trotzdem hat Marie das ungute Gefühl, dass hier etwas nicht stimmt. Nur was? Sie schreibt *MissMarvellous* zurück, bedankt sich kurz bei ihr. Dann steht sie auf. Nicht in die Klinik wird sie jetzt fahren. Sondern in das Café.

Als sie ankommt, herrscht dort reger Frühstücksbetrieb, fast alle Plätze sind besetzt, überall Menschen, die jetzt, um zehn Uhr, Zeit haben für Brötchen, Croissants, Milchkaffee und ein Gespräch. Unschlüssig bleibt Marie im Eingangsbereich stehen, fragt sich, was sie hier eigentlich will. Eine Rose hat sie diesmal nicht dabei, dafür jede Menge Fragen, die durch ihren Kopf geistern. Hinterm Tresen steht ein junger Mann, der gerade die Espressomaschine bedient. Sie geht auf ihn zu.

»Entschuldigung, ich hätte mal eine Frage.«

»Ja, bitte?« Er lächelt sie an, während er Kakaopulver auf einen fertigen Cappuccino streut.

»Kennen Sie eine Elli?« Der Mann schüttelt den Kopf.

»Soll die hier arbeiten?«

»Nein«, sagt Marie. »Das heißt, ich glaube nicht. Aber es könnte sein, dass sie hier öfter Gast ist, oder so.«

»Ich bin erst seit zwei Monaten hier«, antwortet er und deutet mit dem Kopf in Richtung einer Kellnerin, die an einem Tisch neben dem Eingang steht und da gerade kassiert. »Fragen Sie mal Natalie, ihr gehört der Laden.«

»Danke.« Marie nickt ihm zu, dann geht sie zu der Frau, wartet, bis diese ihr Portemonnaie in den Bund ihrer Schürze gesteckt hat, und spricht sie dann an. Fragt, ob sie eine Elli kennt.

»Tut mir leid«, antwortet Natalie freundlich. »Der Name sagt mir nichts. Wie soll sie denn aussehen?«

»Das weiß ich nicht«, gibt Marie zu. »Ich kenne nur ihren Namen.«

Natalie runzelt die Stirn. »Hab ich wirklich noch nie gehört.« Sie zuckt mit den Schultern. »Und wenn Sie sie nicht beschreiben können, weiß ich jetzt auch nicht ...«

»Es klingt vielleicht etwas seltsam«, unterbricht Marie sie.

»Aber kommt es häufiger vor, dass sich hier Leute treffen, die eine Rose dabeihaben?« Während sie das fragt, spürt Marie, dass sie rot anläuft, selbst in ihren Ohren klingt das eigenartig.

Die Frau macht ein verdutztes Gesicht – dann lacht sie plötzlich los. »Wirklich komisch, dass Sie das wissen wollen! Tatsächlich ist mir irgendwann mal aufgefallen, dass hier hin und wieder Frauen mit einer Rose sitzen.« Nun lächelt sie amüsiert. »Nicht oft, aber es kam immer mal wieder vor.«

»Ja?« Marie spürt, wie ihr Herz auf einmal schneller klopft. Natalie nickt. »Und mit wem haben die sich getroffen?«

»Das ist es ja«, erwidert sie. »Deshalb kann ich mich überhaupt daran erinnern, denn sie blieben immer allein. Haben was getrunken, gewartet und sind dann nach einer Weile wieder gegangen. Wir haben hier schon Witzchen gemacht, ob das wohl an meinem Laden liegt, wenn hier ständig Frauen versetzt werden.«

»Danke!«, antwortet Marie. Eilig verabschiedet sie sich von Natalie und stürzt hinaus. Auf der Straße bleibt sie stehen. Durch die Scheibe sieht sie die Besitzerin, die ihr irritiert nachblickt. Auch Marie ist irritiert. Mehr als das. *Viel mehr!* Das kann kein Zufall sein, das *kann* es nicht! Sie winkt ein Taxi heran.

Vor Christophers Wohnung springt sie aus dem Wagen, stürmt ins Haus, auf der Treppe drei Stufen auf einmal nehmend, hetzt in den ersten Stock, lässt beim Versuch, die Tür aufzusperren, gleich mehrmals den Schlüssel fallen und stolpert schließlich hinein. Ihr Computer ist noch an, die Seite des Forums noch geöffnet, sofort tippt Marie einen neuen Aufruf ein.

Bitte unbedingt melden! Wer von euch war in Hamburg mit Elli verabredet? Im Café Bley, Erkennungszeichen rote Rose! Bitte schreibt mir!!!

Sie stellt den Text ein, lehnt sich auf ihrem Stuhl zurück und starrt auf den Rechner. Fünf Minuten. Sieben Minuten. Vierzehn Minuten. Nichts. Achtundzwanzig Minuten. Dreiundvierzig. Fünfzig.

Marie wird nicht aufstehen, ehe sie eine Antwort hat. Und die wird kommen, das weiß sie, weiß es mit einer Sicherheit, die sie nicht einmal überrascht.

Eine Stunde und sieben Minuten.

Hallo, Helena!

Das Chat-Fenster unten rechts im Bildschirm geht auf, *Herzelfe* schreibt. Marie beugt sich vor und tippt.

Hallo, Herzelfe!

Hab deinen Aufruf gesehen und dachte, ich chatte dich mal an, weil du gerade online bist. Ich war mal mit Elli im Café Bley verabredet, sollte auch 'ne rote Rose mitbringen. Sie ist aber nicht aufgetaucht.

Hast du danach noch etwas von ihr gehört?

Ja. Sie hat sich entschuldigt, hatte einen schlimmen Zwangsschub, deshalb konnte sie nicht kommen. Warum willst du das wissen?

Ich suche sie! Weißt du, wo sie ist?

Nein, leider nicht. Wir haben uns noch eine Weile geschrieben, dann ist sie irgendwann einfach verschwunden und hat auch auf meine Mails nicht mehr geantwortet.

Angestrengt denkt Marie einen Moment lang nach. Was soll sie noch fragen? Sie versucht es ganz direkt.

Unter was für einem Zwang leidest du?

Keine Antwort. Das Chat-Fenster bleibt leer. Auch nicht die kleinen hüpfenden Punkte, die anzeigen, dass jemand schreibt.

Bist du noch da?

Ja. Aber das möchte ich nicht so gern sagen.

Damit ist klar, welcher Zwang es ist.

Hast du aggressive Gedanken?

Wieder dauert es eine Weile, ehe *Herzelfe* eine Antwort tippt.

Ja.

Ich auch.

Schöne Scheiße, oder?

Das kannst du wohl sagen!

Und warum suchst du jetzt Elli?

Ja, warum? Was soll sie schreiben? Wie einer Fremden erklären, weshalb das für sie wichtig ist? Und warum sie so verwirrt darüber ist, dass Elli sich mit Mitgliedern aus dem Forum treffen wollte und dann nie aufgetaucht ist. Soll sie einfach so, im Internet, jemandem alles erzählen? Einem Menschen, von dem sie gar nicht weiß, ob er wirklich das ist, was er vorgibt zu sein? Der Chat-Ton erklingt, jetzt ist es an *Herzelfe*, zu fragen, ob Marie noch da ist. Sie holt tief Luft und fängt an zu tippen.

Es klingt alles etwas komisch, aber ich habe mir auch mit Elli geschrieben, wollte mich mit ihr treffen, aber sie ist nicht gekommen. Danach haben wir uns weiter geschrieben, aber irgendwann ist etwas Schreckliches passiert, ich konnte nicht mehr ins Netz und jetzt habe ich den Kontakt zu ihr verloren.

Was ist denn Schreckliches passiert?

Ich soll jemanden umgebracht haben. Aber das habe ich nicht.

Erneut scheint *Herzelfe* zu zögern, Marie befürchtet schon, dass sie ihre Chat-Partnerin verschreckt hat. Dass sie jetzt verschwinden wird. Aber sie verschwindet nicht. Stattdessen stellt sie noch eine Frage. Nur eine einzige.

Jetzt sag bloß, du bist die Frau, die Patrick Gerlach ermordet haben soll und es gar nicht war???

Sie ist enttarnt. Natürlich hat *Herzelfe* darüber auch gelesen. Gerade sie! So, wie vermutlich fast jeder hier in diesem Forum, wie jeder, der diese Krankheit hat.

Ja, die bin ich.

O mein Gott! Ich habe alles darüber gelesen, wirklich alles! Und die ganze Zeit habe ich gedacht, das hätte auch ich sein können!

Wieso du?

Ich habe Patrick Gerlach auch gekannt!

Marie starrt auf die Buchstaben im Chat-Fenster, kann kaum begreifen, was sie da liest. Schwindel, eiskalte Hände, das Herz rumpelt so unruhig, als würde es gleich aussetzen.

Du hast ihn auch gekannt?

Ja, aber nicht gut. Hab ihn nur einmal kurz kennengelernt, ist schon über ein Jahr her.

Wie hast du ihn kennengelernt?

War ein blöder Zufall. Seine Schwester hat mich auf einem Straßenfest angerempelt und mir dabei Kaffee über die Jacke gekippt. Da hat sie mich zu einer Lesung von ihm eingeladen, als Wiedergutmachung.

Heiß. Kalt. Heiß. Kalt. Jetzt läuft der Schweiß in Strömen. Ein unglaublicher, ein monströser Verdacht!

Patrick. Vera. Felix. Elli. *Herzelfe*. *MissMarvellous*. Marie.

Wieder sitzt sie im Taxi. Gleich nach dem Chat mit *Herzelfe* hat sie versucht, Christopher anzurufen, hat ihn aber nirgends erreicht. Wieder und wieder hat sie es versucht, eine ganze Stunde lang, dann hat sie es in der Wohnung nicht mehr ausgehalten. Nicht mehr in der Wohnung und nicht mehr mit dem, was sie von *Herzelfe* erfahren hat.

Sie hat ihr geschrieben, dass sie Patrick Gerlach nach der Lesung nie wieder gesehen hat. Er wäre nett zu ihr gewesen aber weiter nichts, einfach nicht ihr Typ und sie wohl auch nicht seiner. Auf die Frage, was das alles denn nun mit Elli zu tun hätte, hat Marie sie gebeten, sich daran zu erinnern, wann Elli ihr nicht mehr geschrieben hat. Auch *Herzelfe* hat in ihren alten Nachrichten nachgeschaut. Und dann auf den Tag genau benennen können, ab wann Elli verschwunden war: Nach Patricks Lesung hat sie nie wieder etwas von ihr gehört.

Vera. Vera hat etwas damit zu tun. Über sie hat Marie Patrick kennengelernt. Und *Herzelfe* auch. Zufall? Wohl kaum. Absicht? Aber warum? Genau das will Marie Vera fragen, das wird sie sie nun fragen. Wird sie anbrüllen und schütteln, so lange, bis sie weiß, was das alles soll.

Und sie will wissen, wer Elli ist, denn auch wenn sie noch nicht versteht, wie das alles zusammenhängt, ist ihr eines klar: Die beiden müssen sich kennen!

Gegen Viertel nach drei erreicht Marie das Haus am Klosterstern, die noble Villa aus der Gründerzeit. Sie steigt aus dem Auto, läuft zur Tür, klingelt Sturm, ohne dass sie schon wüsste, was sie eigentlich sagen wird, wenn Vera ihr öffnet. Nichts passiert, Marie klingelt wieder und wieder, doch niemand öffnet. Sie setzt sich auf den Mauervorsprung, sie wird so lange warten, bis Vera nach Hause kommt. So sitzt sie da. Erinnert sich daran, wie sie hier schon einmal gesessen hat, damals, als Patrick noch lebte. Wie er vor ihr gestanden hat, ihr Gesicht in beide Hände nahm und sie küsste. Wie glücklich sie da war. Wie unfassbar glücklich, ihn gefunden zu haben. Ihn, der ihr so viel Mut, so viel Hoffnung gab. Der ihr so sehr vertraut hat, dass er ihr selbst das Messer in die Hand gedrückt hatte. Und der nun kalt und tot in seinem Grab liegt, das Grab, in das Felix ihn gebracht hat.

Felix. Der nicht davor zurückgeschreckt war, Patrick zu ermorden und anschließend auch noch alles aufzuschreiben. Als Roman, wie eine Geschichte, die er nur erfunden hat, etwas, das nur in seinem Kopf geschehen ist.

Erfunden.

Geschichte.

Felix.

Nur in seinem Kopf.

Marie steht auf und geht wieder zur Tür. Kurz zögert sie, dann tippt sie einen Code ins Zahlenschloss. Ihr Gefühl treibt sie dazu, ihr Gefühl flüstert ihr zu, dass sie es tun soll. Dass sie hineinmuss in dieses Haus. Und so tippt sie den Code ein, den sie ja kennt. Veras Geburtsdatum.

Kein grünes Lämpchen, kein Klicken, kein Geräusch, die Eingangstür bleibt verschlossen. Der Code ist geändert, Sesam öffnet sich nicht. Warum nicht? Wer von denen, die Vera kennen, sollte sich Zutritt ins Haus verschaffen wollen? Patrick – tot. Felix – tot. Marie – nicht tot, aber aus Veras Leben verschwunden.

Sie probiert es mit dem Geburtsdatum von Felix. Falsch. Sie will das von Patrick eingeben, zögert aber. Wenn der Code wieder nicht stimmt, geht nach dem dritten Mal vermutlich ein Alarm los. Sie muss ganz sicher sein, bevor sie es mit einer weiteren Zahlenkombination versucht. *Kaum was merken. So simpel wie möglich.* Marie legt den Finger wieder auf die Tastatur.

Patricks Todestag. Klick.

Die Tür geht auf.

Im Haus ist alles noch so, wie Marie es in Erinnerung hat. Sie geht durch die große Halle, vorbei an dem mannshohen Kamin, rüber ins Wohn- und Esszimmer. Dahin, wo sie schon oft gesessen hat. Auch hier alles wie immer. Sie verlässt den Raum, geht zurück in den Flur, steuert die Treppe zum ersten Stock an. Oben ein langer Gang mit Türen, sie öffnet eine nach der anderen, hinter der dritten liegt Veras Zimmer.

Hell und freundlich ist der Raum, wie bei Marie hängen geblümte Vorhänge am Fenster, an den Wänden Plakate von Veras Theaterstücken. Marie sieht sich um. Ohne zu wissen, was sie überhaupt sucht. Ein Kleiderschrank. Regale mit Büchern. Eine Tür, die zu einem kleinen Wandschrank führt. Ein Schreibtisch mit Computer, Zettelblock, Locher, Tacker, Schere, Stiften, daneben ein Rollcontainer. Dort fängt sie an, zieht eine Schublade nach der nächsten auf. Verschiedene Unterlagen, Krankenkasse, Finanzamt, Versicherungen, alles durcheinander, besonders ordentlich ist Vera nicht. Dazwischen Texthefte von Theaterstücken, alte Fotos, eins davon aus Kindertagen, das Vera mit ihren Brüdern zeigt. Marie nimmt es zur Hand. Vera in der Mitte, Felix und Patrick haben jeweils einen Arm um sie gelegt. Sie schätzt das Mädchen auf sieben oder acht, Felix ein bisschen älter, Patrick auf der Schwelle zum Erwachsenen. Alle drei lachen fröhlich in die Kamera. Ein Bild aus der Zeit, als die Eltern noch lebten?

Sie legt das Foto zurück, schiebt die Schubladen zu, sieht sich weiter um. Das französische Bett ist gemacht, auf dem Nachttisch ein paar aufgeschlagene Bücher, eine Lampe, ein Radiowecker und ein kleines schwarzes Kästchen, wohl ein MP3-Player oder etwas in der Art.

Marie öffnet den Kleiderschrank, entdeckt ein paar Sachen, die sie an Vera kennt, weiter nichts. Zum Wandschrank. Unzählige Handtaschen, Tücher, Jacken, drei Hüte, unten auf dem Boden Dutzende von Schuhen. Oben ein Regal, darauf ein Karton. Marie stellt sich auf die Zehenspitzen und holt ihn herunter.

Sie setzt sich auf den Schreibtischstuhl, stellt den Karton auf ihren Knien ab, hebt den Deckel hoch. Wieder Fotos. Aber nicht von Vera oder ihren Brüdern. Sie sind ausgedruckt auf Papier, auf dem ersten ist eine blonde Frau. Marie stockt. Die Frau, etwa in ihrem Alter, sitzt an einem Tisch. Mit einer Rose.

Maries Hände werden feucht, als sie den nächsten Ausdruck betrachtet. Wieder eine Frau, wieder blond. Und wieder mit roter Rose. Sie blättert weiter, insgesamt sieben Bilder sind es. Nein, acht. Denn das letzte davon zeigt sie selbst. Im »Café Bley«. Erst jetzt bemerkt sie, dass die Fotos alle durch eine Scheibe fotografiert wurden. Und dass hinter den Bildern eine Schrift durchschimmert.

Sie dreht die Blätter um. Jemand hat auf der Rückseite die Daten zur jeweiligen Person notiert, Name, Alter, Adresse, Beruf, dazu Anmerkungen wie »Kauft meistens abends beim Edeka Osterstraße ein« oder »Fährt um acht Uhr mit dem Fahrrad zur Arbeit«.

Wieder zittern Maries Hände, sie kann nicht glauben, was sie gefunden hat. Kein Zufall, nein, kein Zufall! Sie und die anderen Frauen, sie wurden ausspioniert! Wurden eine nach der anderen ins »Café Bley« bestellt. Von Elli.

Marie wühlt weiter in dem Karton, ganz unten auf dem Boden liegt eine Kladde, eine alte, abgestoßene Kladde. Sie schlägt den Einband auf. Eine krakelige Handschrift auf der ersten Seite.

Vera kam zu mir ins Bett gekrabbelt. In der ersten Nacht dachte ich mir noch nichts dabei. Vielleicht hatte sie Angst vor der Dunkelheit oder wollte aus einem anderen Grund nicht allein schlafen. Was auch immer es war, ich mochte es, sie so nah bei mir zu spüren, mochte es, ihren Atem direkt neben mir zu hören, mochte es, am Morgen mit ihr zusammen aufzuwachen, ihr weiches Gesicht ganz dicht an meine Brust geschmiegt. Eine Woche später kam sie wieder, gegen zwei oder drei Uhr nachts, und auch diesmal machte ich unter meiner Decke bereitwillig Platz für sie.

»Um Gottes willen!« Marie lässt die Kladde sinken. Was hat sie da gefunden? Was hat sie da, verdammt noch mal, gefunden?

Sie kennt die Geschichte, natürlich kennt sie die, kann sich gut daran erinnern. Patricks erster Roman, er hat ihn ihr ja gezeigt. Und das hier? Ein Entwurf dafür, geschrieben aus der Ichperspektive? Marie nimmt die Kladde wieder zur Hand, blättert fahrig durch die Seiten. Überfliegt mit flackernden Blicken, was hier steht. Die Geschichte einer Liebe zwischen Bruder und Schwester. Zwischen Kindern, irgendwo liest sie, dass Vera erst acht ist, als all das anfängt, was in dieser Kladde steht. Acht. Ein kleines Mädchen. Ein kleines Mädchen, das nachts in das Bett seines Bruders klettert, weil es Angst hat. Weil es Nähe sucht. Weil es nach dem Tod der Eltern nicht allein sein will.

Marie liest von harmlosen Küsse. Küssen, aus denen nach und nach mehr wird, erst ein bisschen Streicheln und dann, mit der Zeit, noch einmal mehr. Viel mehr. Zu viel. Und das, was sie hier in Händen hält, ist keine erfundene Geschichte. Es ist ein Tagebuch. Wirklichkeit.

»Patrick«, flüstert Marie. »Was hast du getan? Was hast du deiner Schwester angetan?« Dieser Mann, dieser wunderbare Mann, den sie so sehr geliebt hat, hat seine eigene Schwester missbraucht? Und diesen Missbrauch auch noch an die Öffentlichkeit gebracht? Als Roman? Wie sein Bruder Felix den Mord an ihm!

»Patrick!« Kein Flüstern mehr, sie schreit den Namen heraus.

»Das war nicht Patrick.«

Maries Kopf fährt herum. In der Tür steht Vera. Und lächelt, seelenruhig. »Das ist das Tagebuch von Felix.«

»Ich ... ich verstehe das nicht«, stottert Marie. »Was ist das?« Sie deutet auf den Karton. »Ich begreife das alles nicht!«

»Wir erklären es dir.«

»Wir?«

»Hallo, Frau Neumann!« Hinter Vera taucht ein Mann auf. Und da erkennt Marie, dass das, was auf Veras Nachttisch liegt, das kleine schwarze flache Kästchen, gar kein MP3-Player ist. Es ist ein Pieper. So einer, wie Marie ihn schon oft gesehen hat, in der Klinik trug jeder vom Personal so einen.

Dr. Jan Falkenhagen, er ist es, der hinter Vera erscheint. Auch er lächelt freundlich, während er einen Arm um ihre Schulter legt.

16

»ICH HAB DIR GLEICH GESAGT, dass du Elli nicht abmelden sollst. Schätze, das war unser einziger Fehler.« Jan Falkenhagen wendet sich an Marie. »Oder, Frau Neumann? Sie haben doch sicher nach Ihrer Freundin Elli gesucht?«

Marie nickt verwirrt. »Ja, habe ich. Aber ich verstehe nicht ganz ...«

»Nun«, unterbricht sie ihr früherer Psychiater. »Glückwunsch: Sie haben sie gefunden!«

»Gefunden?«

»Ich bin Elli«, sagt Vera. Sie geht zu dem kleinen Sofa unter der Dachschräge und setzt sich. Jan Falkenhagen bleibt weiterhin im Türrahmen stehen.

»Du?«, fragt Marie.

Vera nickt und schlägt die Beine übereinander.

»Aber wie ist das möglich? Elli ist meine Freundin, sie hat mir geholfen! Sie war für mich da, sie hat mir doch alles erklärt, die Sache mit dem Denken und dem Tun ...« Die Worte sprudeln nur so aus ihr heraus, sie kann sich gar nicht bremsen, der Schock, ihre wirren Gedanken, alles bricht sich Bahn. »Und die Sache mit den Aufnahmen, die Expositionsübungen, die mir helfen sollten, das war doch alles Ellis Idee ... Elli ... meine Freundin ...« Ihr Redefluss erstirbt.

»Ich hätte dir das gern erspart«, sagt Vera. »Es war dumm von mir, mich vom Forum abzumelden. Ich hätte dir einfach noch ein bisschen schreiben sollen, anstatt so wortlos zu verschwinden.« Sie zuckt mit den Schultern. »Aber ich dachte ja, wir brauchen Elli nicht mehr.«

Wir.

»Was ...« Sie kommt ins Stocken. »Was hat Dr. Falkenhagen damit zu tun? Woher kennt ihr euch überhaupt?«

»Ich bin schon lange Veras Therapeut«, sagt der Arzt. »Sie ist bei mir in Behandlung, seit sie achtzehn ist.«

»Bei Ihnen in Behandlung?« Ihr Blick springt zwischen den beiden hin und her.

»Ja«, bestätigt er. Dann geht er ebenfalls zum Sofa, setzt sich neben Vera und legt wieder den Arm um ihre Schulter. »So haben wir uns vor Jahren kennengelernt. Und dann irgendwann ineinander verliebt.« Er schenkt Vera einen zärtlichen Blick, dann sieht er Marie entschuldigend an. »Therapeut und Patientin, das geht eigentlich gar nicht, so etwas verbietet das Berufsethos, das war uns beiden klar. Und trotzdem ist es irgendwann einfach passiert.«

»Therapeut, Patientin ...«, wiederholt Marie. Sie begreift nicht, was hier vor sich geht. Sie wendet sich an Vera. »Soll das heißen, du leidest auch unter Zwängen?«

»Nein, bestimmt nicht.« Vera schüttelt den Kopf. »Ich bin nicht *verrückt*!« Marie zuckt zusammen, das Wort trifft sie wie ein Schlag. Veras Miene wird ernst. »Mir ist etwas passiert«, sagt sie, »was schlimmer ist als das, was du erleiden musstest.«

»Schlimmer?«

»Sehr viel schlimmer. Ich weiß, was mit einem Menschen geschieht, wenn ein anderer eben nicht nur *denkt*.« Ihre Stimme klingt zynisch, hart. »Sondern, wenn er es auch *tut*!« Jan Falkenhagen streicht ihr über den Kopf. Eine beschützende Geste, ein liebevolles »Ich bin bei dir«.

»Felix hat Vera als Kind missbraucht«, erklärt er. »Hat ihre Liebe zu ihm, ihre Abhängigkeit ausgenutzt. Nicht nur einmal, immer wieder hat er das getan, nachdem ihre Eltern gestorben waren und die Geschwister allein miteinander lebten. Bis Patrick irgendwann dahinterkam. Weil er das Tagebuch seines Bruder gefunden hat.«

»Ich selbst habe das erst später erfahren«, fügt Vera hinzu. »Viel später. Damals wusste ich das alles noch nicht.«

»Was?« Marie versteht kein Wort.

»Ganz einfach«, sagt Vera. »Felix hat mit mir geschlafen, als ich noch ein kleines Mädchen war. Und es in sein Tagebuch geschrieben. Und Patrick ....«

Während sie den Satz in der Schwebe lässt, fängt Marie an zu begreifen. Ganz langsam setzt sich in ihrem Kopf tatsächlich alles zusammen, auf einmal ergibt alles einen Sinn. Einen vollkommen absurden Sinn. Aber einen Sinn. »Deshalb«, fragt sie zögerlich, »hat Patrick Felix nach Frankfurt zu eurer Tante geschickt? Er wollte dich beschützen.«

»Beschützen?«, schnaubt Vera. »Er wollte mich *benutzen*!« Sie schnappt nach Luft. »Jahrelang hab ich nicht gewusst, was mit mir nicht stimmt!«

»Menschen können Ereignisse, die sie nicht ertragen, vollkommen ausblenden«, bringt der Arzt eine Erkenntnis in Erinnerung, die er Marie schon einmal erklärt hat. »Und so war es auch bei Vera. Sie wusste, *dass* etwas nicht stimmt – aber sie hatte keine Ahnung, was genau.«

»Mit knapp fünfzehn ging es los«, spricht Vera weiter. »Panikattacken, wie aus dem Nichts, immer wieder hatte ich schreckliche Anfälle. Und eine unerklärliche Angst vor Jungen. Während die anderen Mädchen bald alle ihre ersten Freunde hatten, hab ich mich schon geekelt, wenn mir nur einer zu nahe kam.« Bei der Erinnerung muss sie sich schütteln. »Wie eine Gefangene war ich, voller Ängste und Neurosen, komplett lebensunfähig. Patrick hat mich dann irgendwann zu einem Therapeuten geschleppt, weil meine Panikanfälle von Jahr zu Jahr schlimmer wurden und er sie auch nicht verstand.« Sie lacht. »Weil er sie *angeblich* nicht verstand, weil er wollte, dass mir jemand *hilft*!«

Der Therapeut! Marie erinnert sich, wie Patrick ihr davon erzählt hatte, dass seine Schwester eine Zeit lang in psychologischer Behandlung war.

»Dann ist Patrick mit dir zu ...« Sie sieht Vera fragend an.

»Richtig«, antwortet Dr. Falkenhagen an Veras Stelle. »Er ist mit ihr zu mir gekommen. Ich hatte gerade als Arzt in einer psychiatrischen Notfallambulanz angefangen und war im Dienst, als Patrick mit Vera auftauchte, weil sie gerade eine schlimme Panikattacke hatte. Sehr viel Erfahrung hatte ich da noch nicht. Aber Zeit.« Wieder ein zärtlicher Blick zu Vera. »Ich fing also an, mit ihr zu arbeiten«, spricht der Arzt weiter. »Mehr und mehr auch in meiner privaten Zeit, denn ich hatte sie sehr gern. Bald schon hatte ich vermutet, dass ein Missbrauch hinter ihren Panikattacken stecken könnte. Lange Zeit habe ich auf den Vater getippt, von ihren Brüdern sprach Vera immer nur voller Zuneigung und Wärme.«

»Ich habe sie beide vergöttert! Und Felix hat nie etwas gesagt. Er war ja froh, dass ich mich an nichts erinnern konnte. Alles war gut.« Sie gibt einen spöttischen Laut von sich. »Bis Patrick dann dieses widerliche Buch veröffentlichte.«

»Da bist du misstrauisch geworden?«, fragt Marie.

»Ja, natürlich«, antwortet sie. »Aber er hat Stein und Bein geschworen, dass es nur ein Roman, nur eine Erzählung sei. Er ist sogar mit zu meiner Therapie gekommen, um Jan davon zu überzeugen, dass er mich nie angerührt hat.« Sie grinst böse. »Hat er ja auch nicht, das hat er wirklich nie.«

»Und ich bin Patrick ebenfalls auf den Leim gegangen«, sagt der Arzt. »Nach einem langen Gespräch mit ihm war ich sicher, dass er tatsächlich nie etwas getan hatte.«

»Aber Felix hat es doch getan.« Marie traut sich kaum, das laut zu sagen, nur flüsternd bringt sie die Worte hervor.

»Richtig«, antwortet Vera. »Und Patrick wusste das auch ganz genau.« Jetzt bebt ihre Stimme.

»Das glaube ich nicht, das ist unmöglich!«, ruft Marie.

»Du hast Felix' Tagebuch doch eben gelesen!«

»Was ...« Sie denkt fieberhaft nach. »Was, wenn es nur eine Fantasie von ihm war? Vielleicht hat Patrick das einfach für eine pubertäre Spinnerei gehalten?« Marie merkt, wie sehr sie hofft, dass es so ist, dass es wenigstens so sein *könnte*. Dass er das nicht gewusst hat, dass er es nicht einmal auch nur im Ansatz für möglich gehalten hat.

»Warum hätte er Felix dann nach Frankfurt schicken sollen? Weshalb dann das Tagebuch nehmen und bei sich verstecken?«, wendet Vera ein. »Dafür hätte es dann ja keinen Grund gegeben. Nein, Marie, Patrick hat es *gewusst*. Dein wunderbarer Patrick hat gewusst, dass sein eigener Bruder die kleine Schwester gefickt hat!«

Marie weiß keine Antwort und senkt den Blick. Resignation steigt in ihr auf, denn das, was Vera sagt, ist wahr. Muss wahr sein, eine andere Erklärung gibt es nicht. »Oder«, ihr kommt ein neuer Gedanke, »vielleicht wollte Patrick nur ganz sichergehen. Vielleicht hat er trotzdem gedacht, dass es nicht stimmt, aber er wollte einfach vorsichtig sein.«

»Vorsichtig, sicher!«, spuckt Vera ihr entgegen. »Immer nur die edelsten Motive. So edel, dass er die Geschichte auch noch für seinen ersten Roman benutzt hat, ja, das war wirklich vorsichtig!« Sie kneift die Augen zusammen, um Marie zu fixieren. »Kannst du dir vorstellen, was in mir vorging, als ich irgendwann durch Zufall Felix' Tagebuch bei Patrick fand? Als mir klar wurde, woher der Stoff für seinen ersten Roman stammt?« Nun brüllt sie. »Kannst du dir das vorstellen?«

Nein. Das kann sie nicht. Das alles hier kann sie sich nicht vorstellen, das übersteigt ihre Vorstellungskraft, im wahrsten Sinne des Wortes.

»Vera kam mit dem Tagebuch zu mir«, schaltet Jan Falkenhagen sich wieder ein. »Auch ich habe sofort begriffen, was das ist, ich kannte schließlich Patricks Roman. Da war uns beiden klar: Vera wurde tatsächlich vergewaltigt. Vergewaltigt von ihren Brüdern, von allen beiden – in gleich mehrfacher Hinsicht! Missbraucht und benutzt«, er verzieht angewidert das Gesicht, »von den zwei Menschen, die sie am meisten geliebt, denen sie am meisten vertraut hat!« Noch fester legt er seinen Arm um sie, sie sitzen so dicht nebeneinander, als wären sie eine einzige Person. »Nein, das da in diesem Buch«, er zeigt mit der freien Hand auf den Karton, »das waren keine Fantasien. Das waren die Gedanken eines *echten* Monsters!«

»Aber Patrick und Felix haben dich doch geliebt! Das habe ich immer deutlich gespürt.«

»O ja«, gibt Vera zurück. »Das haben sie. In einem Fall vielleicht ein bisschen zu sehr! Und in dem anderen zu wenig. Nicht mal das war ich Patrick wert, dass er für mich auf seinen Roman verzichtet!«

»Aber wenn das so war«, sagt Marie, »dann muss Felix doch gewusst haben, woher Patrick die Idee für diese Geschichte hat.« Vera nickt. »Ich bin mir sogar sicher, dass er das wusste. Aber was hätte er tun sollen? Seinen Bruder damit konfrontieren und es gleichzeitig zugeben? Patrick hatte ihn doch in der Hand!«

»Hast du denn nie mit ihnen darüber gesprochen?«, will Marie wissen. »Ihnen nie gesagt, dass du das Tagebuch kennst? Vielleicht hätten sie ja doch eine Erklärung für alles gehabt!«

»Nein.« Veras Stimme klingt eiskalt. »So einfach wollte ich sie nicht davonkommen lassen.«

»Sie hätten sich irgendwie rausgeredet«, erklärt der Arzt. »Sie haben doch gerade selbst versucht, das alles zu erklären. *Nur Fantasie, nur Spinnerei!*« Er lacht. »Ja, *genau das* hätten die zwei mit Sicherheit auch behauptet! Und Patrick hat ja schon damals seinen Bruder gedeckt, wenn auch nicht ganz uneigennützig. Hat ihn einfach abgeschoben und gehofft, dass sich damit schon alles von allein regeln wird. Wozu also mit den beiden sprechen und ihnen eine Chance geben, die Vera nie hatte?«

»Nein.« Vera schüttelt energisch den Kopf. »Das kam nicht infrage, sie so davonkommen zu lassen. Mit einer lahmen Erklärung, einer weiteren Lüge! Wir«, sie legt eine Hand auf Jan Falkenhagens Knie, »wir wussten sofort, dass es nur eine Möglichkeit gibt. Und die war, mich von *beiden* zu befreien.

»Das ist doch vollkommen verrückt!« Marie springt auf, der Karton fällt zu Boden, die Fotos und das Tagebuch purzeln heraus. »Total verrückt ist das!« Sie will aus dem Zimmer gehen. Sie wird sich das nicht länger anhören, keine Sekunde! Mit großen Schritten eilt sie zur Tür. Und bleibt abrupt stehen, als sie eine Hand auf ihrer Schulter spürt.

Da ist sie auf einmal: *Angst.*

»Das ist nicht verrückt«, sagt Jan Falkenhagen leise und ruhig hinter ihr. Mit sanftem Druck seiner Hand auf ihrer Schulter dirigiert er sie zurück zum Stuhl. Während sie sich wieder hinsetzt, bleibt er ganz dicht vor ihr stehen. *Angst*, denkt sie. *Ich habe Angst! Jan und Vera sind verrückt, sie sind ver-rückt!* »Es ist genau das«, spricht der Arzt ruhig weiter, »was jemand verdient, der einen anderen Menschen mutwillig zerstört.«

»Felix war doch damals auch noch ein halbes Kind«, sagt Marie mit flehender Stimme. »Als das alles passiert ist, da war er doch erst ein Teenager! Verwirrt, traumatisiert, einsam, verzweifelt, er wusste nicht, was er tat, es war ihm nicht klar, er ....« Sie redet, als würde es um ihr Leben gehen, sucht Ausflüchte, Gründe, Entschuldigungen. Für Felix. Und hofft, dass sie damit sich selbst aus dieser Lage befreien kann.

»Ja?« Jan Falkenhagen sieht sie skeptisch an. »Sie hatten doch selbst eine Tochter, Marie. Hätten Sie das da auch so gesehen?«

»Nein«, flüstert sie und schüttelt den Kopf.

Jan Falkenhagen geht zur offenen Tür, schließt sie und bezieht davor Posten. Der Weg aus dem Zimmer, er ist versperrt. Links von ihr Vera, rechts vor der Tür der Arzt – Marie ist zwischen ihnen eingekeilt.

»Lange haben Vera und ich«, spricht er weiter, »darüber nachgedacht, was wir tun können. Haben hin und her überlegt. Bis ich vor sechs Jahren in der Forensik anfing. Damals, mit meiner neuen Stelle, kam uns dann die Idee.« Er nickt, als müsste Marie begreifen, was er meint. »Ein Zwangserkrankter wäre ideal.«

»Ein Zwangserkrankter?«, wiederholt Marie wie eine Idiotin. »Ideal?«

»Natürlich!«, bestätigt der Arzt. »Sie wissen doch selbst am besten, zu was für mörderischen Gedanken solche Menschen fähig sind!« Er lächelt sie freundlich an, so, wie er es in der Klinik oft getan hat. »So jemanden brauchten wir«, sagt er. »Jemanden, der auch selbst glauben würde, dass er Patrick getötet hat.«

»Wir haben ewig gesucht«, in Veras Stimme schwingt unverhohlener Stolz mit. »Es war nicht leicht, denn es musste jemand sein, der ganz genau passt. Und eine Frau.« Sie lacht. »*Natürlich* eine Frau! Eine, die meinem großen Bruder gefällt. Und umgekehrt. Ein paar Jahre hat das schon gedauert.«

»Aber wir hatten Zeit«, sagt der Jan Falkenhagen. »Und wir hatten uns.« Er bedenkt Vera mit einem liebevollen Blick.

»Irgendwann habt ihr mich entdeckt«, stellt Marie tonlos fest. »Das Zwangsforum – das war nichts weiter als eine Falle!«

Vera nickt. »So ist es. Viele, viele arme Zwangserkrankte, Verzweifelte auf der Suche nach Hilfe oder wenigstens jemandem, der sie versteht. Wir haben Elli erfunden, und sie war perfekt darin. Perfekt im Verstehen.«

»Dann hast du mir also geschrieben«, spricht Marie das aus, was sie ja ohnehin schon weiß. »Und das Treffen im Café – da hast du mich und die anderen hinbestellt, um zu gucken, wie wir aussehen. Meine Ähnlichkeit mit Saskia, mit Patricks großer Liebe. Ich habe genau in sein Beuteschema gepasst!«

»Ziemlich, ja«, antwortet Vera. »Das war übrigens ein Punkt, an dem ich kurz mal Angst hatte.«

»Angst?«

»Als du mich auf Saskias Foto angesprochen hast. Das war nicht geplant, und ich hatte auf einmal Sorge, dass du misstrauisch werden könntest, weil ihr euch ja wirklich sehr ähnlich seht. Also habe ich dir die wilde Geschichte von der geplatzten Hochzeit und ihren ständigen Lügen erzählt.«

»Das war alles nur ausgedacht?«, fragt Marie.

»Klar war es das!« Vera lacht. »Deshalb habe ich dir ja auch gesagt, dass du Patrick darauf nicht ansprechen sollst. Also, ein Paar waren er und Saskia natürlich schon, und er hat sie auch sehr geliebt. Nur das mit der Heirat und ihren Schwindeleien, das stimmte nicht.« Sie zuckt mit den Schultern. »Na ja, es hat geklappt, eure große Ähnlichkeit hat dich nicht weiter beschäftigt, ich musste mir keine Sorgen mehr machen.«

»Deine Sorge war unbegründet«, murmelt Marie und weiß gar nicht, wie sie so ruhig bleiben kann. »Auf so eine Idee, dass es gar keine Elli gibt, dass das Treffen im Café nur dazu diente, um mich abzuschätzen – darauf wäre ich nie gekommen.«

»Aber so ist es gewesen. Nachdem Jan und ich dich gesehen haben, sind wir dir gefolgt, haben rausgefunden, wo du wohnst, wo du einkaufst, wie eben dein Tagesablauf so ist. Tja, und dann musste ich dich nur noch mit dem Fahrrad anfahren und dir die Theaterkarte schenken.«

»Du hast gehofft, dass ich mich in Patrick verliebe und er sich in mich.«

»Was ja auch passiert ist«, stimmt Vera ihr zufrieden zu.

»Glücklicherweise – bei einer anderen vor dir hat das leider nicht geklappt. Für die hatte Patrick sich nicht interessiert und sie sich nicht für ihn. Aber schon, als ich im Theater sah, wie mein Bruder dich beobachtet hat, wusste ich, dass es funktionieren könnte.«

Das Theater.

Vor Maries innerem Auge entstehen Bilder, der Abend, an dem sie Patrick das erste Mal sah. Dieser wunderbare, besondere Abend, an dem das vermeintliche Glück Einzug in ihr Leben hielt.

Glück!

Wie bei einem Puzzle schieben sich die Teilchen aus Bildern zusammen, während Vera und Jan Falkenhagen weiterreden, ihr haarklein berichten, wie alles in Wahrheit war, läuft in Maries Kopf ein Spielfilm ab. Der fröhliche Grillabend im Garten, der Joint, den Vera kreisen ließ. Nur für sie, eigens für Marie hatte sie den mitgebracht! In dem Wissen, was die Droge mit ihr machen würde, dass sie den Dämon hervorlocken würde, der sich gegen den richten würde, den sie am meisten liebte: Patrick. Und nun war es an Elli gewesen – Vera als Elli! –, Marie dazu zu bringen, ihre schlimmem Gedanken mit dem Handy aufzunehmen. Als spätere Beweise – und damit Vera sie Felix und den anderen vorspielen konnte. *Aus Versehen.* Mit einem Schlag wird alles klar. Alles. Und noch mehr.

»Der angebliche Anruf von deinem Intendanten!«, ruft Marie aus. Sie sieht Jan Falkenhagen an. »Das waren Sie!«

Er nickt. »Ja, natürlich. Dass Sie Wochen später und nach

solch einschneidenden Erlebnissen meine Stimme wiedererkennen würden, hielten wir für ausgeschlossen.« Der Arzt nickt zufrieden. »Ja, auch das war geplant, Marie. Es war *alles* geplant. Begreifen Sie das denn noch immer nicht? Auch, dass Sie nach Ihrer Verurteilung bei mir landen, schließlich wohnen Sie im richtigen Einzugsgebiet. Sie würden zu mir kommen, Sie wären unter meiner Kontrolle. Und mit einer geschickten Gesprächsführung würde ich Sie genau dahin bringen, wo wir Sie haben wollten. Wir haben *nichts* dem Zufall überlassen.«

»Na ja«, wirft Vera ein, »ein paar Mal hatten wir auch Glück. Zum Beispiel, als Patricks Verleger zum Abendessen kam. Eine wunderbare Gelegenheit, Felix als unberechenbar vorzuführen, denn natürlich hatte ich ihn *nicht* vorgewarnt! Und gleichzeitig war Rudolph Meissner ein weiterer Zeuge dafür, dass du ein bisschen plemplem bist, das passte wunderbar!« Vera sieht aus, als würde sie gerade eine lustige Geschichte erzählen. »Und als dein Ex in der Forensik aufgetaucht ist, für dich den edlen Ritter auf dem weißen Pferd gespielt und uns damit so sehr geholfen hat, das war auch ein echter Glücksfall! Das hätten wir sonst anders lösen müssen.«

»Stimmt«, pflichtet Jan ihr bei. »Das war mehr als genial, der Mann war ja ganz krank vor schlechtem Gewissen und Schuldgefühlen, da musste ich ihn nur ein bisschen in die richtige Richtung schubsen, damit er aktiv wird und Felix als vermeintlichen Mörder enttarnt.«

Vera lächelt nachsichtig. »Es war kompliziert, aber eigentlich auch ganz einfach. An dem Abend der Premierenfeier habe ich dir K.-o.-Tropfen ins Glas gekippt. Den Rest hat dann Jan erledigt, während du neben Patrick wie eine Tote geschlafen hast. Er hat es genauso gemacht, wie es in deinem Kopf passierte.«

Marie hört ihre eigene Stimme wie von einer Fremden. »Der Mord, den ihr erst mir und dann Felix in die Schuhe geschoben habt …«

»Exakt«, bestätigt Vera. »Als Felix erfahren hat, an welcher Krankheit du leidest, musste ich ihm nur klarmachen, was für ein spannendes Thema das sei, da war er sofort Feuer und Flamme. Und nach Patricks Tod habe ich ihm noch eine großartige Geschichte geliefert. Einen echten Krimi, von dem er total begeistert war.«

»Du hast ihm nur das erzählt, was ihr tatsächlich getan habt. Und Felix hat geglaubt, das wäre alles ausgedacht.«

Vera seufzt. »Mein armer Bruder hat nicht mal gemerkt, dass er dabei war, sein eigenes Geständnis aufzuschreiben.«

»Er hat sich gar nicht umgebracht.« Marie staunt, wie einfach sich gerade eins zum anderen fügt. »Ihr habt auch ihn ermordet.«

Vera nickt. »Der zweite Teil des Plans war schwieriger umzusetzen«, erklärt sie. »Nachdem ich Felix dazu gebracht hatte, alles aufzuschreiben, mussten wir ihn loswerden, bevor er sich dazu äußern konnte. Und auf eine Art und Weise, die keinen Zweifel an seiner Schuld ließ.«

»Wäre Ihr Mann nicht gewesen«, übernimmt Jan Falkenhagen. »Hätte ich Sie dazu bringen müssen, sich bei Felix umzusehen. Ich hätte Ihnen *geholfen*, hätte mit Ihnen für ein paar Stunden die Forensik verlassen. Therapeutische Maßnahme, Übung zur Exposition, irgendwas. Das war auch der ursprüngliche Plan. Aber als dann Ihr Exmann anfing, sich so sehr zu engagieren, war es mit ihm viel einfacher.« Er lacht.

»Hören Sie auf!«, sagt Marie und schließt die Augen, ihr Herzschlag wummert in rasendem Rhythmus, wie ein Wasserfall rauscht das Blut durch ihre Adern.

»Aber Marie!«, erklingt Veras gedämpfte Stimme. »Du sollst doch wissen, wie alles weiterging. Also hör zu!« Sie erzählt ungerührt weiter und weiter und weiter. Sogar die Verspätung beim Spieleabend, auch die war kein Zufall, Marie sollte den Code fürs Türschloss erfahren, den sie später dann hätte benutzen können oder eben, wie ja für Vera und Dr. Falkenhagen viel besser gelaufen war, Christopher verriet. Vera erzählt, wie Jan sie angerufen hat, sobald die Polizei auftauchte, wie sie mit Felix zurück zum Haus gefahren ist und ihn dazu überredet hat, mit ihr die Flucht nach Norden zu ergreifen. Wie sie weinend und verzweifelt Felix gestand, dass sie Patrick getötet hatte. Weil sie glaubte, er hätte sie missbraucht; sein Roman als unumstößlicher Beweis dafür.

»Nicht mal da hat Felix Verdacht geschöpft, dass ich vielleicht sein Tagebuch kenne.« Vera schüttelt ungläubig den Kopf. »Dabei wusste er selbst ja ganz genau, wie Patrick auf die Idee für seinen Roman gekommen war. Aber das konnte er mir natürlich nicht sagen, so wenig, wie er seinen Bruder damals zur Rechenschaft hatte ziehen können. Nein, keinen Ton hat Felix gesagt, auch diesmal nicht. Hat mir sogar noch heuchlerisch recht gegeben, was für ein abartiger Mensch Patrick sei. Hat mich beruhigt und mir versichert, dass er jetzt, nachdem ich ihm das erzählt habe, meine Wut und meinen Hass auf unseren großen Bruder verstehen kann. Ha! Er konnte es *verstehen*, das fand ich fast schon lustig!«

»Sie sehen, Frau Neumann«, unterbricht Jan Falkenhagen Veras Erzählstrom, »wie das alles zusammenpasst.«

»Ja.« Marie nickt. »Das sehe ich.« Der Arzt verlässt seinen Posten, geht wieder zum Sofa und nimmt neben Vera Platz. Marie fixiert die Tür. Kein Schlüssel steckt. Schon vorhin nicht? Ist sie offen? Oder hat er unbemerkt abgeschlossen und den Schlüssel abgezogen, um ihr den Fluchtweg zu versperren?

»Wir haben dann irgendwo in der Pampa gehalten und überlegt, was wir tun können«, erzählt Vera weiter. »Zuerst hab ich vorgeschlagen, was zu trinken, wir waren ja einkaufen und hatten genug dabei. Und Felix hat wie immer alles in sich hineingekippt, bis er komplett hinüber war. Da war es dann ein Leichtes, ihn zu der Brücke zu fahren und dort auf die Bahngleise zu werfen. Mittlerweile war Jan da, zusammen haben wir ihn mit einem kräftigen Stoß über das Geländer gekippt.« Sie klatscht in die Hände. »Danach musste ich bei der Polizei nur noch mein Alibi für ihn widerrufen, damit war dann alles geregelt.«

»Ja«, sagt Marie ein weiteres Mal. »Ich verstehe.« Wie erschlagen sitzt sie auf dem Stuhl. Und überlegt gleichzeitig fieberhaft, wie sie aus diesem Zimmer kommt.

»Es tut mir leid, dass du das alles jetzt erfahren musstest«, sagt Vera. »Das hab ich nicht gewollt, wirklich nicht. Aber ich habe dich unterschätzt. Ich hätte nicht gedacht, dass du noch einmal nach Elli suchen und dann hier auftauchen würdest.« Sie seufzt.

»Jetzt müssen wir natürlich überlegen, was wir als Nächstes tun.«

Als Nächstes tun …

»Was soll das heißen?« Panik steigt in Marie auf und Schweiß bricht ihr aus. Sie wollen sie jetzt auch umbringen, natürlich wollen sie das! Nur deshalb haben sie ihr das alles haarklein erzählt, weil sie wissen, dass sie nicht lebend diesen Raum verlassen wird. Nein!, schreit eine Stimme in Marie. Nein, das nicht! Ich werde leben, leben, *leben!* Sie springt auf und stürzt zur Tür.

»Marie!«, ruft Vera, da hat sie die Klinke schon in der Hand, drückt sie runter. Sie ist offen, die Tür ist offen!

Marie stürmt hinaus, raus in den Flur, rennt auf die Treppe zu, stolpert und fällt, als sie die erste Stufe erreicht. Direkt hinter sich hört sie ein Rumpeln, schnelle Schritte, Vera und Jan Falkenhagen setzen ihr nach. Sie rappelt sich auf, springt über die Stufen, fliegt fast nach unten, landet in der Halle, rennt auf die Haustür zu – und wird mit Wucht zu Boden geworfen. Schwer lieg der Körper von Jan Falkenhagen auf ihr.

»Nein!«, presst sie hervor. »Lass mich los! Lass mich los!«

Keinen Millimeter bewegt er sich, die Last drückt sie unbeweglich auf die kalten Steinplatten unter ihr. Sie rudert mit den Armen hinter ihrem Rücken, versucht, den Arzt irgendwie zu erwischen. Ihn zu schlagen, ihn zu kratzen, ihn irgendwie von sich runterzukriegen.

»Hören Sie doch auf!«, sagt er jetzt wieder mit dieser nachsichtigen Therapeutenstimme. »Sie verletzen sich ja!«

Doch in ihrer Todesangst strampelt sie weiter, tritt und schreit. Zwecklos, Jan Falkenhagen ist zu stark, sie gibt den Widerstand auf. Und schließt die Augen. Dann, auf einmal, ein rettender Gedanke: *Herzelfe!* Marie reißt die Augen auf.

»Ihr könnt mich nicht töten!«, ruft sie, ihre Stimme überschlägt sich fast. »Herzelfe!« Sie ruckt mit dem Kopf, ihr Kinn schlägt so hart auf die Bodenfliesen, dass sie sich auf die Zunge beißt. Der metallische Geschmack von Blut, sie spuckt eine rote Pfütze aus, spricht trotzdem hektisch weiter. »Die andere Frau aus dem Forum, sie weiß Bescheid, sie weiß *alles*!«, droht Marie. »Wenn ihr mich umbringt, wird sie wissen, was passiert ist. Damit kommt ihr nicht durch, wenn ihr mich tötet, kriegen sie euch!« Marie läuft der Schweiß in Strömen runter, Jans Gewicht nimmt ihr die Luft zum Atmen.

Plötzlich verschwindet der Druck auf ihr. Jan Falkenhagen lässt sie los und steht auf. Einfach so. Hinter ihr erklingt ein seltsames Geräusch. Ein Lachen. Ein lautes, fast hysterisches Lachen. Vera. Irritiert hebt Marie den Kopf, dreht sich um, sieht Vera. Sie und der Arzt stehen vor ihr, blicken verwundert auf sie herab.

»Aber Marie!« Vera hat aufgehört zu lachen. »Was denkst du denn? Wir wollen dich doch nicht töten!«

Nicht. Töten.

Marie versteht gar nichts mehr. Immer noch voller Angst steht sie auf.

»Hast du das etwa geglaubt?« Vera schüttelt den Kopf.

»Frau Neumann«, sagt Jan Falkenhagen, »Sie brauchen keine Angst zu haben. Patrick und Felix haben den Tod verdient. Aber Sie?« Jetzt schüttelt er den Kopf. »Nein, das würden wir nie tun.«

»Nein?«, wiederholt Marie ungläubig. Statt Erleichterung verspürt sie immer noch Angst. »Das ... das verstehe ich nicht, ich weiß doch jetzt alles. Alles weiß ich!«

»Das stimmt«, bestätigt Vera. »Aber das ist kein Grund, dich zu töten. Wir müssen nur unsere Pläne ändern, mehr nicht.«

»Was ... was für Pläne?«

»Ich hatte fest vor, Patricks Geld nie anzurühren«, sagt sie. »Keinen Cent von diesem schmutzigen, dreckigen Erbe!« Wieder legt Jan Falkenhagen einen Arm um Veras Schulter. »Wir haben natürlich darüber gesprochen, was passiert, wenn sie uns entdecken. So gut unser Plan auch war, es gibt immer etwas, mit dem man nicht rechnet.« Sie lächelt Marie an. »In diesem Fall warst das du. Also werden wir verschwinden müssen. Und dafür brauchen wir das Geld meines Bruder, leider.« Sie gibt Jan einen zärtlichen Kuss auf die Wange. »Wir werden ein neues Leben anfangen, irgendwo, wo uns keiner kennt.« Ein entschuldigender Ausdruck tritt auf ihr Gesicht. »Wir werden dich jetzt hier einsperren müssen. Aber nicht lange, keine Angst, nur bis wir in Sicherheit sind. Es wird nicht lange dauern.«

»Wir sind keine Verbrecher«, ergänzt Jan Falkenhagen. »Wir würden nie einem Unschuldigen etwas tun. Ihnen wird nichts geschehen, glauben Sie mir!«

Einem Unschuldigen. Etwas tun. Neues Leben. Anfangen.

Und dann: *Es ist das, was jemand verdient, der einen anderen Menschen mutwillig zerstört.* Die Worte von Dr. Falkenhagen. Seine *eigenen* Worte.

Wieder beginnen Maries Hände zu zittern. Doch diesmal nicht vor Angst. Sondern vor Zorn. Und vor Hass. Weil ihr Leben zerstört ist, wegen dieser zwei Menschen, die da vor ihr stehen. Weil es keinen Ort auf der Welt gibt, wo sie, Marie, neu anfangen könnte – keinen, *nirgends!*

»Marie«, sagt Jan Falkenhagen mit sanfter Stimme. »Ich kann mir vorstellen, dass das ein Schock für Sie ist.«

Sie antwortet nicht. Sagt nichts. Tut nichts. Aber in ihrem Kopf, da tut sie etwas. In Gedanken springt sie zum Kamin, greift den Feuerhaken von dem Messingständer, stürzt auf die beiden zu, rammt erst ihm den Haken in den Hals, bohrt ihn von unten durchs Kinn in seinen Rachen, sodass er röchelnd nach hinten kippt, wirft sich dann auf Vera, schleudert sie zu Boden, reißt den Feuerhaken aus Jan Falkenhagens Kopf, schlägt mit der blutigen Waffe auf Vera ein, einmal und noch einmal und noch einmal, direkt auf ihren Kopf, immer wieder, bis der Schädel bricht.

Denken ist nicht tun. Aber jetzt setzt es bei Marie aus. Sie denkt nicht mehr – sie tut. Keine Zwangsgedanken, keine schrecklichen Fantasien, nein, es sind echte, es sind *wahrhaftige* Mordgelüste! Jetzt springt sie tatsächlich zum Kamin, greift den Feuerhaken, stürzt sich schreiend auf Jan und Vera, erwischt ihn nicht am Hals, nur an der Hand, die er sich schützend vors Gesicht hält. Er brüllt vor Schmerz, die Haken steckt zwischen den Knochen seines Handrückens. Marie reißt ihn wieder raus, hebt ihren Arm in die Höhe, die Waffe in der Hand, um erneut zuzuschlagen – da wird sie plötzlich von hinten zu Boden gerissen.

»Marie«, ruft eine Stimme, die sie sofort erkennt. »Mein Gott, Marie!« Sie liegt auf dem Bauch, direkt über ihr ein Polizist, der sie niederdrückt, ihre Hände auf dem Rücken fixiert. Aus den Augenwinkeln sieht sie weitere Beamte, die sich auf Vera und Jan Falkenhagen stürzen.

Dann taucht er neben ihr auf: Christopher. »Gott sei Dank!« Er sinkt zu ihr auf die Knie, beugt sich über sie und schaut sie erleichtert an. »Ich dachte schon, wir kommen zu spät!«

Es ist gut so. Gut, dass Christopher an dem Tag, an dem sie bei Vera war und die ganze Wahrheit erfahren hat, in seine Wohnung kam, Marie suchte und dann gelesen hat, was in ihrem Computer stand. Alles das, was sie im Forum erfahren hatte. Gut, dass er sofort eins und eins zusammengezählt und die Polizei alarmiert hat, gut, dass sie in letzter Sekunde das Haus gestürmt und verhindert haben, dass Marie zu einer echten Täterin wird.

Vera und Jan. Ihnen bleibt der Maßregelvollzug erspart. Der Käfig, die Zigarettenpausen, das nummerierte Besteck und das Vandalenzimmer, das alles werden sie nicht erleben. Das Gericht hat sie als voll schuldfähig zu normalen Gefängnisstrafen verurteilt.

Marie sitzt auf dem Balkon von Christophers Wohnung, genießt die warmen Strahlen der ersten Frühlingssonne, genießt die Ruhe und die Stille, die sie umgeben. Ruhe, Stille, das hat sie mehr als nötig gehabt. Und auch wenn sie nicht mehr daran denken will, nicht mehr denken an das, was in den letzten Wochen und Monaten passiert ist, wandern ihre Gedanken zu Patrick.

Sie hat versucht, eine Erklärung zu finden. Hat sich den Kopf zermartert über das, was er getan hat. Vielleicht hat er wirklich immer geglaubt, dass das Tagebuch seines Bruders keine Realität, sondern nur eine zusammenfantasierte Geschichte war. Und vielleicht war sie das ja auch – niemand kann das Gegenteil beweisen, egal, wie überzeugt Vera und Jan Falkenhagen davon waren.

Doch selbst wenn – Patrick trägt eine Schuld. Die Schuld eines Menschen, der der Versuchung nicht hatte widerstehen können, einen Vorteil aus seiner Entdeckung zu ziehen. Felix'

Tagebuch, Patricks erster Roman. Dafür hatte er bezahlt. All seine Versuche, es wiedergutzumachen, waren zwecklos geblieben. Er hatte Felix und Vera unterstützt, wo er nur konnte; dem Bruder alles durchgehen lassen, sogar dessen selbstzerstörerische Trinkerei. Es war zu spät. *Zu spät.* So wie es für manche Dinge eben zu spät ist. So war auch Patrick ein Täter, ein Täter ohne Tat. Beinahe. Bis auf die eine Tat, die er eben *doch* begangen hatte. Und für die er nie Vergebung erhalten hatte.

»Alles gut bei dir?« Christopher kommt nach draußen, zieht sich einen Stuhl heran und setzt sich neben sie. Marie nickt.

»Ja, alles bestens.«

»Ich muss gleich los, mein Flieger geht in zwei Stunden.«

»Ich weiß.«

»Bist du sicher, dass du allein hierbleiben willst? Australien ist ein wunderschönes Land. Wenn du es dir noch überlegen möchtest – ich besorg dir ein Ticket, und du kannst nachkommen. Jederzeit.«

»Nein, Christopher. Ich werde hier gebraucht.«

Er seufzt. »So eine therapeutische Ausbildung kannst du sicher auch da drüben machen. Und Zwangserkrankte, denen du helfen kannst, gibt es da sicher auch.«

»Sei nicht albern.« Sie legt eine Hand auf seine Schulter. »Du bist doch erst einmal nur ein halbes Jahr in Australien, vielleicht bist du danach schon wieder ganz hier. Außerdem ist mein Englisch viel zu schlecht.«

»Aber ich hätte dich gern bei mir.«

»Ich komm dich besuchen. Es ist ja nur das andere Ende der Welt.«

Jetzt lacht er. »Stimmt. Nur das andere Ende der Welt. Na gut«, er steht auf. »Dann rufe ich mal ein Taxi.«

Marie geht mit ihm hinein, wartet mit ihm im Flur, bis der Fahrer an der Tür klingelt.

»Ich melde mich, sobald ich gelandet bin«, sagt Christopher, beugt sich zu seinem Koffer und hebt ihn hoch. Dann zögert er kurz, als würde er noch etwas sagen wollen, lässt es aber, sondern dreht sich stattdessen zur Wohnungstür.

»Hab einen guten Flug!«, wünscht sie ihm.

Er hat schon die Klinke in der Hand, da tritt Marie noch einmal von hinten an ihn heran, schlingt ihre Arme um ihn, schmiegt ihren Kopf an seinen Rücken. Ganz fest.

»Danke.«

Er wendet sich zu ihr um. Beugt sich zu ihr herab und gibt ihr einen sanften Kuss. »Jederzeit«, sagt er, als er sich von ihr löst.

»Ich komme bestimmt nach, irgendwann. Aber jetzt muss ich erst einmal Tritt fassen, mein neues Leben regeln und es angehen.«

»Das verstehe ich.« Er zwinkert ihr aufmunternd zu. »Pass gut auf meine Wohnung auf. Und auf dich selbst auch!« Mit diesen Worten geht er hinaus ins Treppenhaus. Marie schließt hinter ihm die Tür. Bleibt einen Moment so stehen, atmet tief ein und aus.

Dann kommt Bewegung in sie, langsam muss sie sich auch beeilen und ihre Sachen zusammensuchen. Am Nachmittag beginnt schon ihr erster Kurs. Und vorher will sie unbedingt noch Hannah besuchen.

NACHWORT

Als ich das erste Mal etwas über das Thema »Zwangsgedanken« hörte, war ich gleichermaßen fasziniert wie schockiert. Diese Krankheit, die sich ausschließlich im Kopf – also im Verborgenen – abspielt, bedeutet für die Betroffenen mitunter eine wahrhafte Hölle. Denn je mehr sie versuchen, sich von ihren Zwangsgedanken zu befreien, ihre beängstigenden Vorstellungen von sich wegzuschieben, sie aus ihrem Kopf zu vertreiben, desto massiver, desto übermächtiger werden sie.

Dabei sind diese Gedanken häufig aggressiver, religiöser oder sexueller Natur und richten sich perfiderweise in der Regel exakt gegen die Dinge beziehungsweise Personen, die der Erkrankte am meisten liebt – oder sie sprechen seine größten Ängste an. Einmal ausgelöst, können sie auf die unterschiedlichsten Lebensbereiche übergreifen und die Freiheit des Erkrankten mehr und mehr einschränken.

Die Betroffenen sind dabei von riesigen Scham- und Schuldgefühlen erfüllt, weshalb oft Jahre vergehen, bis sie sich jemandem anvertrauen oder Hilfe suchen – und auch dann wird die Krankheit oft nicht sofort erkannt, vor allem in ländlichen Regionen findet sich nicht immer auf Anhieb ein Experte, der die Symptome richtig zuordnen kann. So gehen Fachleute davon aus, dass es im Schnitt 7,5 Jahre dauert, bis ein Zwangserkrankter die geeignete Therapie erhält. Je schneller ein Betroffener behandelt wird, desto leichter und erfolgreicher kann er aber von seinem Zwang befreit werden.

Auch das Umfeld der Betroffenen reagiert nicht immer verständnisvoll, denn wer kann schon begreifen, weshalb ein Mensch in sich den unbändigen Drang verspürt, zum Beispiel einem anderen – oder sogar einem Kleinkind – etwas anzutun? Das ruft bei Außenstehenden natürlich Ängste hervor. Wie wollen sie schließlich sicher sein, dass der Erkrankte seine düsteren Gedanken nicht irgendwann in die Tat umsetzt?

Und genau davor haben eben auch die Betroffenen Angst: dass sie die Kontrolle über sich verlieren und dem Dämon in ihrem Kopf nachgeben könnten. Ein solcher Fall ist allerdings – ohne das Auftreten einer zusätzlichen Störung wie z. B. einer schweren Psychopathie, also dem Fehlen jeglicher Empathie, Gewissen oder Verantwortungsgefühl – weltweit bisher nicht bekannt. So heißt es auch: »Zwangskranke sind Täter ohne Tat.« Um es noch einmal ganz deutlich zu sagen: Denken ist nicht tun! Eine solche Angst ist also vollkommen unbegründet.

Dennoch – die Sorge, eines Tages nicht mehr Herr der eigenen Sinne zu sein, bleibt für die Betroffenen eine reale Bedrohung, unter der sie unerträglich leiden, die sie in regelrechte Panik versetzt. Aus diesem Grund beobachten und hinterfragen sie sich und ihr Verhalten permanent, liegen ständig auf der Lauer nach den kleinsten Anzeichen, die einen Kontrollverlust andeuten könnten. Der seelische Druck wird so mit der Zeit immer stärker, die Mauern des selbst erschaffenen Gefängnisses immer höher und scheinbar unüberwindbar.

Zwangsgedanken (dazu zählt auch das sogenannte »Magische Denken«; der Glaube, allein durch seine Gedanken oder bestimmte Rituale den Lauf der Dinge beeinflussen zu können) führen häufig zu Zwangshandlungen, wie zum Beispiel zu einem Wasch- oder Kontrollzwang. Gerade in Literatur und Film werden solche Zwänge (nach Schätzungen gibt es übrigens allein in Deutschland 1,5 Millionen Zwangserkrankte) oft als absurd-komische Spleens dargestellt, was den Leidensdruck der Betroffenen und den ihrer Angehörigen oft noch erhöht.

Denn der Zwang kann so große Ausmaße annehmen, dass ein »normales« Leben gänzlich unmöglich wird. Eltern können sich nicht mehr um ihre eigenen Kinder kümmern, weil die Angst, ihnen etwas anzutun, für sie ganz real ist; andere können nicht mehr Auto fahren, nicht mehr an einem Regal mit Kerzen vorbeigehen, halten sich von normalen Küchenmessern und anderen »Waffen« fern, müssen für Außenstehende seltsame Zählrituale einhalten, weil sonst etwas »passieren« wird; manche fürchten, sie könnten plötzlich sexuelle Übergriffe begehen, und und und.

Hinzu kommt, wie gesagt, das unerträgliche Schamgefühl, das diese Menschen belastet, die Angst, dass jemand entdecken könnte, dass mit ihnen »etwas nicht stimmt«, dass in ihnen ein »Monster« lebt. Denn alles muss versteckt sein ... Der verständliche Versuch, diese inneren Qualen vor anderen zu verbergen, sorgt für eine immense Anspannung, die sich sogar in körperlichen Reaktionen entladen kann.

Auch wenn der vorliegende Roman rein fiktionaler Natur ist, so orientiert sich das beschriebene Krankheitsbild an Tatsachen. Allerdings ist hier von einer sehr schweren und stark ausgeprägten Form die Rede, nur selten nehmen Zwänge solche Ausmaße an.

Dazu sei noch gesagt, dass jeder »normale« Mensch zwanghaftes Verhalten bis zu einem gewissen Grad kennt – wer ist noch nie wieder in seiner Wohnung zurückgegangen, um nachzusehen, ob das Bügeleisen auch wirklich ausgeschaltet ist? So kennt auch eigentlich jeder kurze Anflüge von eigenartigen

Gedanken, die für den Bruchteil einer Sekunde auftretende Versuchung, etwas Unpassendes zu sagen oder vielleicht etwas Gefährliches zu tun. Normalerweise verschwinden solche Gedanken genauso schnell, wie sie gekommen sind, nur beim Zwangserkrankten setzen sie sich fest.

Die Übergänge zwischen »normal« und »krankhaft« sind dabei fließend, was der eine Mensch als besonders reinlich empfindet, hält ein anderer für einen Waschzwang. Generell gilt: Sobald ein Leidensdruck vorhanden ist, ist es Zeit, etwas zu unternehmen.

Wer sich ausführlicher über das Thema Zwangsgedanken und -handlungen informieren möchte, findet bei der Deutschen Gesellschaft Zwangserkrankungen e. V. (www.zwaenge.de) jede Menge nützliches Material, Literaturempfehlungen sowie Selbsthilfegruppen und spezialisierte Therapeuten. Im Vergleich zu früher gibt es heute viele Möglichkeiten und Mittel, Betroffenen zu helfen – Betroffenen wie mir.

Weiterführende und hilfreiche Literatur:

Ambühl, Hansruedi: *Frei werden von Zwangsgedanken.* Walter Verlag.

Baer, Lee: *Der Kobold im Kopf. Die Zähmung der Zwangsgedanken.* Verlag Hans Huber.

Fricke, Susanne, und Hand, Iver: *Zwangsstörungen verstehen und bewältigen, Hilfe zur Selbsthilfe.* Balance buch + medien verlag.

Rufer, Michael, und Fricke, Susanne: *Der Zwang in meiner Nähe. Rat und Hilfe für Angehörige von zwangskranken Menschen.* Verlag Hans Huber.

Wölk, Christoph: *Talk to him! Ein interaktives Programm zur Selbsthilfe bei Zwangsstörungen.* Die Übungs-CD zum Buch *Zwangsstörungen verstehen und bewältigen.* Balance buch + medien verlag.

Wölk, Christoph, und Seebeck, Andreas: *Brainy, das Anti-Zwangs Training. Ein computergestütztes Übungsprogramm zur Überwindung von Zwangshandlungen und Zwangsgedanken.* Pabst Science Publishers.

DANKSAGUNG

Ich danke dem Blessing Verlag. Namentlich Ulrike Netenjakob, Tilo Eckardt und Ulrich Genzler, die von Anfang an von meiner Geschichte überzeugt waren und an den Stoff geglaubt haben. Ulrike Netenjakob gilt besonderer Dank für ihre tolle Idee zum Titel – und für ihren Rückhalt und die vielen gemütlichen Plauderstunden!

Ganz herzlich möchte ich Dr. Matthias Lange danken, Facharzt für Psychiatrie am Universitätsklinikum Eppendorf, der diesen Roman auf fachliche Fakten hin überprüft und mir Einblicke in die menschliche Seele gestattet hat. Und weil ein gesunder Geist in einem gesunden Körper steckt, hat Matthias Lange mir als Leiter des Aikido Zentrums Hamburg gleich noch ein paar fernöstliche Weisheiten mit auf den Weg gegeben. Wer sich dafür interessiert: http://aikidozentrum.com

Darüber hinaus gilt mein Dank Dr. Guntram Knecht, Leiter der forensischen Psychiatrie Hamburg-Ochsenzoll, Asklepios Klinik Nord, für die wichtigen Einblicke in den Klinikalltag.

Meinem Kollegen Dr. Peter Prange (www.peterprange.de) danke ich für sein hilfreiches Feedback als Erstleser – und für seine strengen Anmerkungen, die für diesen Roman unglaublich wertvoll waren.

Dank auch an Dr. Susanne Fricke aus Hamburg, deren hervorragende Bücher zum Thema Zwang (siehe Literaturhinweis) mir sehr geholfen haben, und die darüber hinaus noch so reizend war, mir beim Nachwort fachlich unter die Arme zu greifen.

Außerdem gilt mein Dank meiner Freundin und Kollegin Steffi von Wolff (www.steffivonwolff.de), die mich immer wieder dazu angehalten hat, auch in schwierigen Phasen weiterzuschreiben.

Und Dank an meine Cousine Heike Lorenz (www.lorenz-consultants.de), die mir den Freiraum fürs Schreiben schafft, indem sie meinen gesamten Bürokram managt.

Ganz herzlich möchte ich meiner Freundin Janine Binder (http:// janinebinder.wordpress.com) danken, die nicht nur eine tolle Autorin ist, sondern die mir als Kriminalkommissarin auch hilfreiche Tipps gegeben hat.

Meiner Schwester Frauke Scheunemann danke ich für das, was wir sind: beste Freundinnen und Kolleginnen. Und für die erste Expositionstherapie meines Lebens.

Maren Lammers, Diplom-Psychologin aus Hamburg: Danke!

Wiebke Lorenz, Hamburg im Nomember 2021

MEHR VON COUCHBOOKS

Selbstlos, verständnisvoll und kinderlieb sind nur einige Eigenschaften, die den bekanntesten Promi der Welt ausmachen. Oder ist dies lediglich eine kluge Marketingstrategie? Hat der Weihnachtsmann in Wahrheit längst genug von frechen Gören, tut ihm vom Geschenke-Schleppen der Rücken weh und säuft er sich in seiner Villa am Nordpol durch die einsamen Nächte? Ist Santa in der Midlife-Crisis?

MEHR VON COUCHBOOKS

Unterschiedlicher können Schwestern nicht sein: Die verträumte Künstlerseele Unnur wartet noch immer auf ihren Traummann, während die burschikose Wissenschaftlerin Hekla gar nicht mehr an die Liebe glaubt. Als Unnur ihrer Schwester ein Wunder verspricht, nimmt Hekla das nicht ernst. Auch nicht, als sich kurz vor Weihnachten zwei Fremde in der Pension der Familie einmieten und das Leben aller Beteiligten gehörig durcheinanderbringen ...